U0927584

鲸歌
我们拥有同样的音频和心跳

Magic Hour

魔法时刻

［美］克莉丝汀·汉娜 /著　　黄异辉 /译

四川人民出版社

图书在版编目（CIP）数据

魔法时刻/（美）克莉丝汀·汉娜著；黄异辉译.
—成都：四川人民出版社，2017.4
ISBN 978-7-220-10064-2

Ⅰ.①魔… Ⅱ.①克…②黄… Ⅲ.①长篇小说—美
国—现代 Ⅳ.①I712.45

中国版本图书馆 CIP 数据核字（2017）第 044922 号

MOFA SHIKE
魔法时刻
（美）克莉丝汀·汉娜 著
黄异辉 译

统　　筹	张春晓　王其进
责任编辑	刘姣娇
装帧设计	张　妮
封面插图	黄樱樱
责任校对	舒晓利
责任印制	祝　健
出版发行	四川人民出版社（成都市槐树街 2 号）
网　　址	http://www.scpph.com
E-mail	scrmcbs@sina.com
新浪微博	@四川人民出版社
微信公众号	四川人民出版社
发行部业务电话	（028）86259624　86259453
防盗版举报电话	（028）86259624
照　　排	四川胜翔数码印务设计有限公司
印　　刷	成都国图广告印务有限公司
成品尺寸	160mm×235mm
印　　张	23.25
字　　数	390 千
版　　次	2018 年 3 月第 1 版
印　　次	2018 年 3 月第 1 次印刷
书　　号	ISBN 978-7-220-10064-2
定　　价	38.00 元

这本书献给我的儿子塔克。

似乎仅仅在几年前，你还是个躺在我怀里的婴儿。

现在，我们已在一起游览着各个学院，谈论着你的将来。

那个曾让我感到骄傲的男孩，正在成长为一个会让我感到骄傲的男人。

很快，你就会离开你的爸爸和我，去寻找你自己在这世上的路。

你只需记住，无论你在做什么，无论你去了哪里，我们都会一直爱着你。

他开始读道:“‘真实不是指你是如何被制造出来的,’木马说道,‘而是会发生在你身上的事。当一个孩子爱了你很久很久,不只是拿你当玩具,而是真正地爱上你,你就会成为真实。’”

“我会受伤吗?”兔子问道。

“有时候会。”木马回答,因为它总是那么坦白。

——《棉绒兔》 玛格莉·威廉姆斯

01 chapter 魔法时刻

01 *chapter*

一切很快就会结束。

茱莉亚·盖茨都忘记她跟自己说过多少次了。今天，终于，要结束了。几个小时后，事情的真相就会水落石出。

是的，如果一切顺利的话。不幸的是，太平洋海岸高速公路堵车堵得像个停车场一样。马里布后面的山上又着火了，浓烟在屋顶上翻滚，在海滨一贯明亮的天空上，涂了一层厚厚的褐色污泥。还是午夜时分，全城的孩子都被吓醒了，他们一起流着灰黑的眼泪，喘着粗气大声哭喊。甚至连海浪都像是放慢了脚步，仿佛被这突如其来的热浪搞得筋疲力尽了一样。

高速公路上的车流拥挤不堪，走走停停。她镇定自若地在车流中驾驶着，无视那些对她竖起中指然后挤到她前面去的车。发生这样的火灾，几乎是意料之中的事。现在的南加利福尼亚州到了最危险的季节，气温极高，随时随地都有可能着火，简直比在你家后院里生火还要容易。炎热的天气让所有人都烦躁不安。

终于，她下了高速，开车到了法院大楼。

到处都是电视台的转播车。一群记者簇拥在法院的台阶上，麦克风和摄影机准备就绪，时刻准备着迎接新的故事到来。这样的状态，在洛杉矶已经是日常情况。法律诉讼已经变成了娱乐新闻，就像迈克尔·杰克逊、科特妮·洛芙和罗伯特·布莱克曾经的故事一样。

茱莉亚拐了个弯，开到一个侧门，她的律师们在那儿等着她。

她把车停在街上，下了车。她试图让自己充满自信地往前走，然而，有那么一个可怕的瞬间，她走不动了。你是无辜的，她提醒自己，他们会知道的，法律是公正的。然后，她强迫自己一步一步地向上走，像是在穿越看不见的网，走得异常艰难。上完台阶，她用尽全身力气挤出一丝微笑。她知道，在旁人看来，这个微笑是真的。心理医生都知道怎样使一个微笑看起来像是真的。

“你好，盖茨医生，”她的辩护团首席律师弗兰克·威廉姆斯说，“你怎么样?”

“走吧。”她轻声说，生怕别人听出隐藏在她声音里的颤抖——她讨厌暴露自己的恐惧。今天是重要的一天，她要坚强，要向这世界表明她正是他们所期待的那种好医生，她没有做错任何事情。

她的辩护团队保护性地走在她周围。她感激他们的这种支持。虽说她已经尽了最大的努力，表现得专业而自信，然而这只是一个脆弱的表象——只要说错一个字，便会前功尽弃。

他们推开一道道门，走进法院。

记者们立即大呼小叫地拥上前来。蓝白相间的闪光灯一阵狂闪，快门咔嚓作响，胶卷呼呼地转。

“盖茨医生，你怎么看待这次事件?”

“为什么你没有救那些孩子?”

“关于那把枪你知道多少?”

弗兰克伸出一只胳膊把茱莉亚搂在身边，她竖起衣领贴着脸，任由弗兰克搂着往前走。

她坐在了法院的被告席上，她的辩护团成员一个接一个地坐在她身边。在她身后旁听席的第一排，坐着几个实习律师、律师助理。

她尽力忽视身后的喧闹。门砰砰地被打开，又吱吱呀呀被关上；大理石地板上脚步声急促，人们交头接耳嘈杂不停。她不用回头就知道，法庭上的空位已经坐满了。由于法官早已声明法庭内禁止拍照，毫无疑问，记者和摄影师这时候已经挤满了走廊，做好了报道的准备。今天，这个法庭已经成了洛杉矶的焦点。

在过去的一年里，记者们已经对她做过无尽的报道；摄影师们已经拍过她数千张照片——她倒垃圾的照片、站在露台上的照片、从办公室进出的照片……那些最平常的照片也总能登上头版。

记者们早就在她的公寓外搭起了帐篷。尽管她从未对他们开口讲过一句话，这也不妨碍他们的热情，关于她的报道照样雪片般飞来。他们不停地报道她的小镇出身，以前在学校时有多优秀，她昂贵的海滨公寓，她和菲利普灾难般的分手……甚至猜测最近她要么是得了厌食症，要么就是已沉迷于抽脂。唯独，他们不会报道她那唯一与事实相关的情况：她对自己的工作的热爱。小时候的她，孤独而不合群，她记得这种痛苦的每一个细枝末节。少年时代这样的经历，让她成为一名出色的心理医生。就她本身来说，这的确是唯一与事实相关的情况了。

当然，新闻是不会报道这样的小事情的。也绝对不会提到，她曾帮助过多少儿童少年。

法官卡罗尔·迈尔森坐到了她法官席的位子上，法庭顿时安静下来。她是个看起来很严厉的女人，戴着一顶亮褐色的假发和一副老花眼镜。

法警宣布开庭。

这一刻，茱莉亚觉得要是有人陪着一起来这里该多好呀。朋友或亲戚都好，可以站在她身边，哪怕是结束后可以握一握她的手也好。但她从来都把工作摆在社交之前，根本没什么时间去交朋友。她自己的心理医生常常指出她生活中的这一缺失，然而说实话，到目前为止，她还从来没有把他那些话当回事。

她身边的辩护人弗兰克相貌堂堂，身形修长而优雅，灰黑相间的头发梳理得井井有条、鬓角分明。她之所以选了他做辩护人，是因为他聪明的头脑，或说更是看中了他的风度。在法庭这样的地方，形式往往比实质来得更重要。

“尊敬的法官大人，”他开口道，那嗓音比她听过的任何嗓音都要柔和，都更加有说服力。“针对茱莉亚·盖茨医生的这项指控是荒唐的。尽管关于精神状况保密条款的准确限制和边界常常存在着争议，然而是有先例的，如‘塔利索胡诉加州大学评议会’案。盖茨医生完全不知情她病人的暴力倾向，以及这种倾向会对受害者产生具体威胁的任何信息。实际上，在这项指控中根本未提及她的不知情。因此，我们敬请法庭撤销关于她的这项指控，谢谢。”他说完坐下。

原告席上，一个穿着一袭黑色套装的人站了起来。“尊敬的法官大人，”他一边说着一边摇头，“四个孩子死了！他们再也无法长大，再也无法去上大学，也不可能有他们自己的孩子了。盖茨医生是安柏·祖尼加的心理医生。三年来，盖茨医生每周两个小时和安柏在一起，倾听她的问题，给她开处方治疗她日益严重的抑郁症。在这样亲密的关系下，我们怎么能相信盖茨医生不知道安柏变得越来越暴力和沮丧？然而，她没有给出过任何警告！后来她的病人买了一支自动步枪，闯入教会青年组织会议并开枪射击。”这位律师从桌子后面走了出来，站到了法庭中间。

慢慢地，他转向茱莉亚。这是一个值钱的新闻镜头，法庭里的每一个摄影师都该把这个镜头拍下来，让所有人都看到。“法官大人，她是专家，她应该预见并阻止这场悲剧！她应该警告受害者，或是向祖尼加小姐提出收容治疗。即使她不知道祖尼加小姐的暴力倾向，她也应该这样做！因此，我们才起诉盖茨医生。这是事关正义的问题。被杀的孩子们的家庭，应当得到她的赔偿，因为她是那个最有可能预见并阻止这场谋杀的人！”他回到自己的位子坐下。

“不是这样的。”茱莉亚在心里喃喃地说，她知道别人听不见她在说什么。然而，她恨不得大声说出来：“其实安柏从未显露过暴力倾向！每一个忧郁的少年都会说他们恨他们的学校、恨他们的同学，然而这距离去买枪杀人还有几光年远！”

他们为什么不能明白这一点？

迈尔森法官看完了她面前的文件，然后取下老花镜，放在她法官席的硬木台面上。

法庭陷入了寂静。茱莉亚知道记者们已经做好了立即开写的准备。在法庭外面待命的记者更多，他们早已准备好做两种报道，两种标题都已经写好了。他们只等里面的同事给一个信号了。

遇害的孩子们的父母们，待在法院的后排，悲哀地挤成一团。他们等着有人告诉他们这个悲剧本是可以避免的，本应有某些权威人士可以保证让他们的孩子免于受难。就这个非正常死亡事件，他们起诉了相关的所有人——警察、医护人员、药品制造商、医生，以及枪手祖尼加的全家。现代社会不会再容忍任何人为的事故，这样的灾难不能发生了就算了，必须要有人为此付出代价！受害者的家人们希望这次诉讼给他们答案，但茱莉亚知道，这最多会给他们一点让他们分散一下注意力的东西，或许也可以分担一点他们的痛苦。然而，痛苦是不会被减轻的。悲伤会陪伴他们终生。

法官首先把目光投向孩子们的父母，随后说道：“毫无疑问，2 月 19 日发生在锡尔弗伍德街浸会教堂的事件是一场可怕的悲剧。我也是为人父母的人，我无法设想在过去的几个月中，你们过着什么样的日子。然而，今天，在这里，我们可不是为了表示遗憾和同情。我们今天要讨论的问题是：盖茨医生是否应该在这个案件中受到指控。”她把双手交叉放在桌子上，“我确信，作为一个法律问题，在这样的情况下，盖茨医生没有义务提醒或保护受害者。我得出这个结论有几个原因：首先，事实无法证明、原告也未指出，盖茨医生具有识别潜在受害者的能力；其次，根据法律她并没有发出警告的责任，除非面临的是明确知道会有人受害的情况；最后，作为一个公共政策问题，我们必须维护精神病医患关系的机密性，除非有一个确定的、可认知的威胁，来证明这个保密性应当被忽略。根据盖茨医生的证词和记录，以及原告的声明，在本案中盖茨医生没有义务提醒或保护受害者。因此，为使合法权益不受侵害，我解除针对她的这项指控。”

旁听席上疯狂地骚动起来。茱莉亚还没反应过来，就已经被她的辩护团队抱起来庆祝了。她能听到身后记者们从大理石过道向门边狂奔的声音，还有人大叫着：“她出来了！”

茱莉亚有一种解脱了的感觉。感谢上帝。

然后，她听到孩子们的父母在她身后哭泣。

“这样的判决……怎么可能？”其中一个大声说，“她早就该知道这事会发生的！”

弗兰克抚着她的手臂，对她耳语道：“你应该微笑，我们赢了。”

她匆匆扫了一眼那些孩子的父母，然后看向别处。她的心沉入了惋惜的黑暗森林。他们是对的吗？她应该早就知道这事会发生吗？

“现在该轮到你来告诉人们这不是你的错了。现在是你说出来的机会，告诉……”

一群记者挤到了他们身边。

“盖茨医生！你想对那些认为你该负责的父母们说什么？”

“你认为别的父母将来还敢把他们的孩子交给你吗？”

“有报道说，洛杉矶地方检察官办公室已经将你从法庭精神鉴定医生的名单中除名了，你能评论一下吗？”

弗兰克赶紧介入，去拉回茱莉亚的手，“我的客户刚从这场诉讼中解脱出来……”

“因为你们耍了手腕！”有人叫道。

当他们把火力转向弗兰克后，茱莉亚溜到人群背后，跑向后门。她知道弗兰克想让她做一个声明，但她不在乎。她并没有“大获全胜”的感觉。她只想尽快远离这一切，回到现实的生活中去。

祖尼加夫妇站在门口，挡住了她的去路。他们的脸色比起以前她见过的时候要苍白许多。悲痛令他们黯然失色，也让他们苍老了不少。

祖尼加夫人满眼含泪地望着她。

“她爱你们两个，”茱莉亚温柔地说，恨不能更温柔，“你们是好父母。不要听别人乱说。安柏是得了病的。我希望……”

“别说了，”祖尼加先生没好气地打断了她的话，“有希望，会更难过。”他用一只胳膊紧紧抱着他的妻子。

他们沉默了。茱莉亚试着找更多的话题来说，可是只剩下“对不起”可说了。这句话，她对他们说过的次数早已多到数不清。然后，就只有“再见”了。她紧紧攥着包，轻轻绕开他们，离开了法庭。

外面的世界变成了暗淡的棕色。一层厚厚的烟雾覆盖着天空，遮住了太阳，一如她的心情。

她上了她的车，开车走了。当她开上马路后，她想，弗兰克恐怕连她走了都没注意到吧。对他来说，这只是一场风险极高的游戏；作为今天的赢家，他现在已经高高飘到天上去了吧。或许今天晚上，他在书房里，喝了几杯加冰的帝王威士忌后，会想一想受害者和他们的家属；他也会想起她，也许还想知道，一个心理医生，在经受了这样沉重的打击、被严重破坏了名誉之后，会变成什么样子吧。但他不会想得太久。他不敢。

现在，她也必须忘记这一切了。今晚，她会独自躺在床上，听一听海浪的声音，看看这声音和自己的心跳声到底有多像；然后，再试着忘记悲痛和内疚。她必须弄明白，她之前到底漏掉了些什么样的线索，忽视了些什么样的迹象。这很痛苦，但是，这样的痛苦会让她成为更好的心理医生。然后，第二天早上七点，她会穿好衣服回去上班。

去帮助别人。

这才是她能挺过来的原因。

女孩蜷缩在洞穴的边缘，看着雨从天上落下来。身边都是空罐头，她想拿起一个，再舔一遍罐头里面。但她已经这样干过太多次了，食物已经没有了，早就没有了，她已经数不清自己见过多少次月亮了。在她身后，是饿得焦躁不安的狼群。

天空的雷声轰隆隆地咆哮，树木被吓得瑟瑟发抖，雨水顺着树叶滴落。

她睡着了。

突然，她惊醒了，四处张望，在空气里嗅着。黑暗中有一股奇怪的味道。她感到很害怕，想回到那个深深的黑洞子里去，可是她几乎无法动弹了。她空荡荡的肚子收缩到了一起，疼得厉害。

雨下得没那么大了，变成了小雨。她希望能看见太阳。在明亮的地方感觉会好点，这个洞里太黑了。

传来一声树枝折断的“咔嚓”声。

又传来一声。

她屏住呼吸，恨不能消失在洞穴壁上。她变得像是自己的影子一样，平和而一动不动。她知道这时候无声无息有多重要。

“他”会回来的。“他”已经走了太久，食物都已经没有了。阳光明媚的日子已经过去。尽管她很高兴“他”走了，然而没有“他”，她却很害怕。很久以前，“她”还在的时候，情况会好些。但是现在，“她”已经死了。

当森林又陷入寂静后，她向前倾身，把她的脸放到外面灰暗的光线里。夜幕即将降临，很快周围的一切又会陷入黑暗。雨下得甜美而温柔，她喜欢雨的味道。

她该怎么办?

她低头看看身边的小狼，它也在高度戒备地嗅着空气里的味道。她抚摩着它柔软的毛，感觉到它的身体正在不停颤抖。它也在想同一件事：“他”会回来吗?

在“他”走之前，最多有一两天看到过月亮。但自从“她”死了、消失了后，一切都变了。在离开时，“他”明确跟女孩说过：

“我走后你给我老实点，不然……”

她不完全懂这句话的意思，但她知道“不然……”是什么意思。

不过，“他”实在离开太久了，没有东西吃了。她曾经离开洞穴进入森林去寻找，看看有没有浆果或坚果，但在这个季节很难找到。而且她太虚弱了，很快便体力不支，根本无法继续寻找，——也根本找不到。白昼慢慢降临，她看见自己呼出来的气都变成了雾。她很害怕，害怕生活在附近的“陌生人”。她也快饿死了。但是，要是“他”回来后发现她离开过洞穴的话，那会很糟糕。她必须回去了。

雨谷镇坐落在奥林匹克国家森林公园的荒野边，另一边是太平洋那咆哮的灰色浪花。这可是进入森林深处之前，最后的人类文明阵地了。

离小镇不远的森林里，有许多从未见过阳光的地方。肥沃的黑土地常年被阴影所笼罩，看起来又厚又重。这里几乎没人来过。个别顽强的徒步旅行者到了这里，还以为自己是误闯了冬眠的熊的领地。即使在今天，在这个充满了科学奇迹的摩登时代，这些森林仍然是它们数个世纪以来的原有面貌，未被开发，人迹罕至。

近一百年前，移民们来到这个美丽的地方，在雨林和海洋之间砍出了足够的空地来种植庄稼。过了一段时间后，他们发现了本土美国人早就发现了的事实：这是一个无法被征服的地方，庄稼根本长不出来。于是，他们放弃了种植，开始打鱼。三文鱼捕捞业和木材砍伐业成为当地的支柱产业；数十年后，镇子繁华了起来。20 世纪 90 年代，环保主义者们来到雨谷镇，他们开始着手拯救鸟类、鱼类和那些最古老的树。在这场发展与环保的斗争中，赖以这块土地求生的人们的利益被忽略了。这些年来，这个小镇默默地走向了衰败。镇上杰出的人们的宏伟愿景一个接一个地破灭，街上那些备受瞩目的路灯从未增加过一盏；通往那个神秘之湖的道路，依然是一条两车道的薄沥青路，坑坑洼洼破烂不堪；电线、电话线懒洋洋地横在空中，从一根旧朽不堪的电线杆飘向另一根；随便来场风暴，树枝一挂，全镇的电力供应就会被中断。

若是在别的地方，在那些更早为人开发的地方，在这样一个破落小镇上，居民们的集体意识一定淡薄得要命。但这里的人不一样。雨谷镇的人们拥有强大的灵魂，能够并且愿意，生活在这样一个每年下两百多天雨的地方。太阳就像一个有钱的叔叔一样，很少会给这里的穷亲戚打来问候电话。人们忍受着灰蒙蒙的天气，就在那松软的草坪上生存了下来；谋生日益艰难，然而他们顶住了这一切，因为他们是那些敢于生活在这高耸的丛林里的先驱们的后代。

然而，今天，考验他们精神的时候到了。现在是 10 月 17 日，寒冬刚刚战胜了深秋。是的，虽然树木们仍然穿着五颜六色的盛装，草地也已从夏末的棕色再次变绿，但是没错：冬天来了。整个星期，天空一直低沉又灰暗，布满了层层不祥的乌云。雨一直下了七天，几乎没有停过。

警察局坐落在惠顿路和盖茨大道交会的角落上，是一座低矮的带圆顶的灰色石头房子，门前的青草地上竖着一根旗杆。朴素的大楼内，破旧的日光灯发出的微光，让人几乎感觉不到海湾那特有的灰白。现在是下午四点钟，但由于天气不好，让人感觉要更晚些。

在这里上班的人们尽量不去注意这些。如果有人问他们的话，他们会说连续下四五天的雨没什么关系；如果只是毛毛雨的话，再下久点也没问题。当然，没人会去问。但这糟糕的天气还是有点不对头。毕竟，现在不是一月。

最初的几天里，他们坐在各自的办公桌前，说说笑笑地抱怨着他们从汽车走到前门的这段会被雨淋的路。现在，这样不停捶打在屋顶上的雨，让他们连抱怨一下的心情都没有了。

艾伦·巴顿（她的朋友们都叫她艾莉，而镇上的每一个人都是她的朋友）站在窗前，呆呆地盯着窗外的街道。雨让窗外的一切都显得很脆弱，好像这一切景象都是用木炭画出来的一样。她瞥见带着水纹的窗户上自己的影子，——不是影子，准确地说，那感觉更像是时不时映在玻璃上的影像一样。她看见自己跟以往年轻的时候一样，是有着又长又浓的黑发、矢车菊一般浅蓝的眼睛、明媚的笑容，当选为“返校节皇后”和啦啦队长的那个女孩。同她以往回想到她的少女年代一样，她看见自己身穿一袭白色长裙，那是新娘的颜色，对未来的希望的颜色，是等着迎接新生的颜色。

“我要去抽支烟了，艾莉。你知道我的。我一直很好，但现在已经到我的临界点了。如果我不去抽一支，我就要钻到冰箱里去了。”

“别让她去。”卡尔说。他坐在调度台的电话前，一绺头发耷拉在眼睛上。高中时，因为他黑色的头发和尖锐、锋利的性格，艾莉和她的朋友们叫他乌鸦。他瘦骨嶙峋、病病怏怏，随时一副神不守舍的样子。将近四十岁的人了，看起来还是一个不成熟的孩子。只有那乌黑而热烈的眼神，表明他走过了多少人生里程。“要对自己狠一点，其他没有用。”

“你管我呢！”花生怒气冲冲地说。

艾莉叹了口气。他们十五分钟前才这样吵过，还有，在那之前的十分钟也这样吵过。她双手叉腰，手指放在腰上挎着的沉重的枪带上，转过头去看着她最好的朋友：“好了，花生，你知道我要说什么。这是一座公共建筑，我是警察局长，我怎么能让你违法呢？”

“这就对了。”卡尔说。他张开嘴想说更多，但一个电话进来了，他接起电话：“雨谷镇警察局。”

“哦，好吧，”花生说，“突然你又是法律和秩序的化身了。那斯文·摩根斯坦呢？他天天把车停在他的铺子前面，就在消火栓前面！你还记得上次你拖走他的车是什么时候吗？每个星期天的礼拜后，大玛姬都会从药店偷走两箱冻饮料和一瓶指甲油，我还没准备逮捕她，我想只要之后她的丈夫付了钱就没事了。”她说完了。艾莉和卡尔两个都知道，她可以举出一打更多的例子来。这就是雨谷镇，毕竟，这里不是西雅图市中心。艾莉已经在这里做了四年警察局长，在这之前做了八年的巡警。虽然她做好了应对一切的准备，但她从来没有遇到过比非法入侵更危险的罪行。

“你是打算让我去抽支烟，还是让我去吃个甜甜圈、喝瓶红牛呢？”

“这两样都会杀了你。”

“是的，但不会杀死我们，”卡尔一边挂电话一边说，“看着吧，艾莉。她可是巡逻员，她可不会在公共场合抽烟。”

“你抽得太多了。”艾莉最后说。

“对，可我吃得更少呀！”

“为什么你不去吃三文鱼鱼干，或者来个葡萄柚？这两样都要健康些。”

“别说了，我要抽烟！”

“你四天前才开始抽烟，花生，”卡尔说，“你几乎没有烟瘾的。”

艾莉摇了摇头。如果她不插手，这两个家伙会斗一整天嘴。“你该回到你的正题上去了，”她叹了口气，对花生说，“那家减肥机构开业了。”

“喝六个月的卷心菜汤然后减肥十磅吗？我可不想这样。艾莉，你知道我都想去吃一个甜甜圈了。”

艾莉知道她这样是不行的。她和花生——佩内洛普·纳特①——已经肩并肩地在这间办公室里工作了十多年了，从高中时候起她们就是最好的朋友。多年来，她们的友谊经受住了风雨的考验，从艾莉两次脆弱婚姻的破碎到最近花生决定以抽烟来减肥。她说抽烟才是减肥的秘诀，称之为好莱坞式减肥法，并列举出所有火柴棍一般身材的抽烟的明星。

“好吧。但是只能抽一支。”

花生向卡尔咧嘴一笑，把手放在桌子上撑着站了起来。在过去这几年里，她的体重增加了五十磅，这让她的动作有点迟缓。她走到门口把门打开了，尽管他们都知道，在这样一个令人沮丧的雨天，不会有一阵清风进来把烟味吹散。

艾莉穿过大厅，走向后面她名义上的办公室——她很少使用这间办公室。在这样一个镇上，并没有太多的公务电话，她宁愿每天跟卡尔和花生在大厅里待着。她翻开上个月煎饼早餐附带的广告宣传单，找出了一个防毒面具，戴上，返回大厅。

卡尔爆发出一阵大笑。

花生忍住笑，说：“有意思。”

---

① 佩内洛普·纳特：“Penelope（佩内洛普）”，在英语中与“Peanut（花生）”谐音。

"以后我可能还会想要孩子，我是在保护我的子宫。"

"如果我是你，我会先想着找一个约会对象，再来担心自己吸了二手烟。"

"什么样的人她都试过了，"卡尔说，"上个月她甚至都跟UPS① 的那个家伙出去了，就是老不记得把自己的货车停在哪儿的那个帅哥。"

花生吐出烟雾，咳嗽着说："我认为你需要降低你的标准。"

"你看起来的确是很享受你抽的烟嘛！"卡尔咧嘴笑着说。

花生对他竖起了中指："我们是在讨论艾莉的爱情生活！"

"那是你们两个唯一的话题。"卡尔指出。

这是事实。

艾莉拿自己没办法。她爱过的人，通常——好吧，总是——不对的人。

花生称之为"小镇选美皇后之诅咒"。除非艾莉像她的妹妹那样，学会了靠脑子而不是靠美貌生活。但有些事情根本就是注定了的。艾莉喜欢有趣的人，她喜欢浪漫。问题是，浪漫没有带来过真正的爱情。花生说那是因为艾莉不懂得如何妥协，但这样说并不准确。艾莉的婚姻——两次婚姻，都失败了，那是因为她总是嫁给了长得好看的男人，而这些男人都充满了漂泊的渴望、长着一颗流浪的心。她的第一任丈夫艾·托雷斯是她高中时候橄榄球队的队长，本来与他离婚后，应该足以让她很多年不愿再找男人的；但她的记性并不好，短短几年后又嫁给了另一个长得好看的窝囊废。真是糟糕的选择。但是，这两次离婚并没有让她的希望变得灰暗。她仍然相信浪漫，等着被浪漫的爱情席卷而去。她知道这是可能的，她曾在她的父母那里见过那种真正的爱情。她抬起防毒面具说："只要有一点情绪低落，花生，我就会去和我的那些物种约会。卡尔或许可以把我介绍给一个他那些会去参加动漫大会的怪胎朋友。"

卡尔看起来像是被蜇了一下似的，说："我们可不是怪胎！"

"没错，"花生一边吐着烟雾一边说，"你们是喜欢那些穿紧身衣的人②的成年人。"

"你说得我们好像是同性恋一样。"

"不能这么说，"花生大笑起来，"男同性恋们还是会做爱的。你的朋友们

① UPS：联合包裹速递服务公司，是世界上最大的快递承运商与包裹递送公司。

② 穿紧身衣的人：此处是指电影里面那些超级英雄，都穿着紧身衣，例如超人、蝙蝠侠等。

可是会在公共场合穿《黑客帝国》的服装的人……你是怎么找到莉莎的？我实在搞不懂。”

提到了卡尔的妻子后，整个房间陷入了尴尬的沉默。全镇的人都知道她是个交际花。总有人说，一提到她的名字，男人们就会发笑，女人们就会皱着眉摇头。但是在这里、在这个警察局里，没人提这事。

卡尔又开始读他的漫画书，在他的速写本上涂鸦。他们都知道，现在他会安静一下了。

艾莉在她的办公桌前坐了下来，把她的脚架了上去。

花生背靠在墙上，透过一团烟雾看着她：“昨天我在新闻上看到茱莉亚了。”

卡尔抬起头：“没开玩笑吧？我要多看看电视了。”

艾莉把手伸到她的头后面，摘下了面具。当她把它放桌子上时，忍不住叹了口气。他们总会谈到关于她那个天才妹妹的话题的，只不过是时间问题而已：“她的诉讼被解除了。”

“你给她打电话了吗？”

“当然。她电话答录机的声音真好听。我觉得，她在躲着我。”

花生向前迈了一步，旧橡木地板随着她的移动而抖动。这些地板还是在世纪之交时，比尔·惠普曼在这里当警察局长的时候铺的。就像雨谷镇的所有东西一样，它们比它们看上去的样子要坚固得多。西部深处就是这样一个地方，这里的东西，还有人，就是有经久耐用的特质。“你该再打打。”

“你知道茱莉亚有多嫉妒我。现在这样的时候，她会尤其不想跟我说话的。”

“你觉得所有人都在嫉妒你。”

“我没有。”

花生做出那种“你觉得你是在耍谁呢”的表情，看来这才是友谊的基石。“算了吧，艾莉！你妹妹看起来可是很受伤哦！你要假装你不能跟她说话的原因，是因为二十年前你是舞会皇后，而她却是数学俱乐部的丑小鸭吗？”

说实话，艾莉也看见了。她在茱莉亚的眼睛里看到了忧心忡忡和惴惴不安，她也曾想去帮她妹妹。茱莉亚对事物的感觉总是太敏锐，这才是让她成为一名非常出色的心理医生的根本原因。“她不会听我的，花生，你知道的。她觉得我只是比一块石头聪明一点儿罢了，”艾莉说，“或许——”

一阵脚步声打断了她。

有人在“跑”向他们的办公室。这可是在雨谷镇，从来没有人“跑”到警察局来。

门被推开，砰地撞在了墙上。同时，艾莉站了起来。

洛莉·福尔曼冲了进来。她浑身湿透了，显然很冷，浑身都在颤抖。她的孩子贝利、菲利西亚和杰里米把她围成一团。“快过来！”洛莉对艾莉说。

“深呼吸，洛莉。告诉我发生了什么事！”

“你不会相信我的！见鬼，我看见了，可我都不敢相信我的眼睛！来吧，在马格洛丽亚街上有情况。”

“好啊，”花生说，“镇上的确是发生了事情！”她伸手从她办公桌旁边的衣帽架上取下外套，“快点，卡尔，把报警电话呼叫转移到你的手机上。我们可不想把所有令人兴奋的事情都错过了！”

艾莉第一个冲出了门。

02 chapter 魔法时刻

02 chapter

艾莉把她的巡逻警车停在马格洛丽亚街和伍德兰德街交界处的一个空车位上，熄掉引擎。警车像一个老年人在咳嗽似的，轰隆轰隆地响了几声，然后沉寂下来。

就在这时，雨停了，阳光穿过了云层。

就连艾莉这样一直生活在这里的人，都对这么突然的天气变化感到惊奇。这是个魔法时刻：在这一刻，每一片树叶、每一棵草似乎都显得卓尔不群，阳光被雨水映衬得光辉亮丽，又被那即将到来的夜色软化得温柔无比，给这个世界镀上了一层美得不可思议的光晕。

花生在副驾驶座上倾身向前，塑料座椅随着她的动作吱嘎作响："我什么都没看见呀？"

"我也是。"卡尔说，他在后座上坐得笔直，高大瘦长的身体折叠成了三等分，又瘦又长的手指搭起一个尖塔。

艾莉在市镇广场上仔细搜索。灰黑的乌云在天空中翻滚而过，试图冲散那片暗淡的光；然而现在太阳出来了，就没那么容易了。雨谷镇的整整五个街区，都蒙上了一层超凡脱俗的光晕。沿街砖砌的商店铺面被照耀得像是用精铜锻成的一样，——这些铺面，还是在 20 世纪 70 年代，在三文鱼业和木材业兴旺发达的那些美好日子里一个个建成的。

斯旺家的药店前聚集着一群人，街对面露露家的美发店前也有一群人。毫无疑问，倒酒之家酒吧里的顾客们随时也会跌跌撞撞地跑出来，看看别人都在看什么热闹。

"你在吗，头儿？"对讲机里传来了一个声音。

艾莉轻轻按下按钮回答："我在这里，厄尔。"

"到希尔斯酋长公园的这棵树下来，"一阵静电干扰的嗞啦声，然后，"慢慢过来，我没开玩笑。”

“你待在这里，花生；你也是，卡尔。”艾莉说着下了车。她的心飞快地跳着，这是她接到过的最令人兴奋的报警。通常，她工作的主要内容是把那些喝得太多的家伙送回家，或者是在学校里给孩子们说说嗑药的危害。但是她一直准备好了应对任何事情。这是她从她的叔叔乔警长身上学到的，他曾在镇上当了三十年的警长。“不要以为安宁是理所当然的，”他经常会对她说，“它像玻璃一样脆弱。”

她相信他，所以，虽然她平时是在以一种懒洋洋的方式当警察，但她知道怎样干好工作。她平时一直对镇上所有的最新信息了如指掌，射击技能也一直很熟练；她一直在用她敏锐的目光守护着这个小镇。除了长得好看之外，守护这个小镇的确是她唯一擅长、并花了足够的心思的。

她沿着街往下走，注意到小镇显得非常安静。

甚至连一根针掉在地上都听得见，这对一个平时嘈杂不堪的小镇来说的确很反常。

她解开枪套，去摸她的手枪。在这个地方，她还是第一次准备拔枪。

她能听到她的高跟鞋在人行道上敲击发出的每一步声音。街道两边的排水沟已经变成了两条小河，汩汩地翻滚，流淌着银色的水。当她到达那个十字路口附近的时候，她能听到人们的窃窃私语，看见他们都指着希尔斯酋长城市公园的方向。

“她来了！”有人说。

“巴顿警长知道该怎么做。”

在街角上，她停了下来。厄尔向她跑来，他的牛仔靴跟在光滑的路面上敲击发出的声音像是枪声一样。他双手叉腰，跑得歪歪扭扭的，像是一个快散架了的木偶。他的制服上布满了雨痕。

“嘘！”她低声说。

厄尔·哈夫的一张脸挤在一起，像是一个红润的拳头一样。他已经年近六十，在艾莉出生前他就已经是警察了，但他从来都对艾莉表现出极度的敬意：“抱歉，老大。”

“发生什么事了？”艾莉问道，“我什么鬼都没看到一个！”

“她是大约十分钟前出现的，就在那一声巨大的雷鸣之后。你们都听见了吧？”

“我们听见了。”花生说，刚刚的一阵快跑让她气喘吁吁。卡尔站在花生旁边。

艾莉转过身说："我让你们两个待在巡逻车里！"

"你是认真的？"花生满脸狐疑地说，"我还以为你只是在打官腔呢！见鬼，艾莉，我们可不能错过这么多年来第一个真正的案子！"

卡尔在一旁咧嘴笑着点头，这让艾莉有点想揍他。她不知道洛杉矶市警察局的警长和他的朋友们之间会不会也有类似问题。叹了口气，她转回身对厄尔说："跟我说一下情况。"

"那一声雷鸣后，雨停了。就是这样，前一分钟还是瓢泼大雨，马上就停了。然后那一轮神奇的太阳出来了。那时，费舍尔老医生听到一声狼嚎。"

花生一听，直打哆嗦："就像那次巴菲，当她……"

"继续说，厄尔！"艾莉大声说。

"是格里姆夫人注意到那个女孩的。当时我在剪头发，——别跟我说'什么头发？'！"他慢慢转身，伸手指着说，"当她爬到那棵树上去后，我们就给你打了电话。"

艾莉盯着树看着。在她生命中的每一天她都看到过这棵树，当她还是个孩子的时候就喜欢爬到这棵树上去玩，十几岁的时候在这棵树边抽劣质的薄荷香烟，还在那绿色的树冠之下得到了初吻——还是从卡尔那里得到的。然而目前，她什么不寻常的情况也没看到："这是在开玩笑吗，厄尔？"

"我的天！戴上你的眼镜，艾莉。"

艾莉把手伸到她胸前的口袋里去摸眼镜，她总不承认她需要戴眼镜，因为这眼镜又不是医生"开处方"一样"开"给她的。他们感到艾莉戴上眼镜后的脸显得陌生而沉重。她眯着眼睛透过椭圆镜片瞧着向前走去："那是……"

"是的。"花生低声说。

有一个孩子高高地藏在那棵大枫树秋天的红叶之中。怎么会有人能在雨后那么光滑的树枝上爬得那么高呢？

"你怎么知道那是个女孩？"卡尔低声问厄尔。

"我所知道的是这孩子穿着裙子，长长的头发。我只是按常规推测那是个女孩。"

艾莉向前迈了一步，看得更清楚了点。

那孩子年龄很小，肯定不超过五六岁。即使是这个距离，艾莉也可以看到她是多么的纤细而瘦弱。她长长的黑发裹成一团，里面全是树叶和碎片，肮脏无比。她的怀里蜷缩着一只正在狂吠着的小狗。

艾莉把枪收进了枪套里。“待在这里别动!”本来她是在往前看着的，特意停了下来回头瞪了花生和卡尔一眼，“我是认真的，你们两个！别逼我开枪打你们!”

“我不动!”花生说。

“绝对不动!”卡尔赞成道。

当艾莉迈着大步穿过十字路口时，她能听到周围的窃窃私语。当她走近目的地后，她把眼镜取了下来。她不相信那通过镜片看到的世界。

她站在离树大约五英尺远的地方向上看着，那个孩子还在那里，蜷缩在一根高得不可思议的树枝上。绝对是个女孩。她看起来在那高处待得泰然自若似的，怀里抱着小狗。但是她的眼睛睁得很大，她在关注每个人的一举一动。这个可怜的孩子被吓坏了。

该死，她抱在怀里的是一只狼崽!

“嘿，小家伙，”艾莉用抚慰的声调说。她又像之前多次想过的一样，多希望自己已经有了孩子，这个时候，要是拥有一个母亲的嗓音该多好，“你在那里做什么呀?”

小狼崽嗥叫了一声，露出它的牙齿。

艾莉的目光锁定那孩子，“我不会伤害你的，真的。”

那孩子只是睫毛闪烁了一下，一根手指微微动了一下，没有任何回应。

“我们互相了解一下吧。我叫艾伦·巴顿，你呢?”

仍然没有反应。

“我猜你是在逃避什么东西，也许是在玩什么游戏。当我还是个小女孩的时候，我妹妹和我也会在树林里玩海盗游戏，或者灰姑娘的游戏，那是我最喜欢的，因为我总是穿上漂亮的衣服去参加舞会，而茱莉亚不得不打扫房间。大一点的孩子总是会演最好的角色。”

这就像是在跟一张照片聊天。

“为什么你不下来呢？不然你会掉下来的哦。我会保证你的安全。”

艾莉又说了十五分钟左右，把能想到的一切都说完了，然后，她就没话可说了。那个女孩一直没有回应，也一直一动不动。老实说，连她还在呼吸的迹象都没有。

艾莉走回了厄尔、花生和卡尔中间。

“我们要怎么把她弄下来，头儿?”厄尔问道，看上去很着急。他脸色苍白，汗湿的前额上皱纹密布。他紧张地抚平他那几乎掉光了的头发，让他那红褐的秃顶又变得醒目起来——没人知道他像这个样子已经有多少年了。

艾莉不知道该怎么做。在警局里她有各种手册和参考书籍，为通过警长考试她记住了大部分内容。书上有关于谋杀、伤害、抢劫和绑架等的篇章，但却没有一个该死的段落来论述如何把一个沉默的孩子和她那咆哮的狼崽从一棵长在大街上的树上弄下来。“有人看见她爬上去么？”她开口问道。

“格里姆太太。她说这个孩子肯定是不怀好意的，可能正在打算偷放在那个市场前面的桶里的苹果。当费舍尔医生吼了她后，她就跑到对面街上，跳上了树。”

“跳？”艾莉说，“她可是在二十英尺的高空中，老天！”

“我也不相信，头儿，但有好几个证人都这么说。他们还说她跑得像一阵风一样。格里姆太太在告诉我时还对着她自己画了个十字！”

艾莉开始觉得头痛了。大约晚饭时分，全镇的人都会听说，有一个女孩跑得像一阵风一样，然后跳到一棵枫树最高的树枝上去了。毫无疑问，然后他们会说她的指尖会喷火，她能在树枝上飞来飞去。

“我们需要计划一下。”艾莉说。这句话与其说是在对别人说，不如说是在对她自己说。

“志愿者消防队曾经把斯坎普从半岛路上的那棵花旗松上救下来过。”

“斯坎普是一只猫，厄尔！”花生说着，把手一抱。

“我想我知道的，佩内洛普。我不是说这个方案是针对困在树上的孩子，而是针对狼。”他补充道。

艾莉拍了一下这位警官的胳膊，说：“这是个好主意，厄尔，但她已经吓坏了。如果她看到那红色的云梯在向她靠近，她可能会掉下来。”

花生将她那星光闪耀的、紫色的长指甲扣在牙齿上，一副沉思的样子。最后，她说：“我敢打赌，她饿了！”

“你觉得每个人都饿了！”卡尔说。

“我没有！”

“你就是。如果我试着和她说话会怎么样，艾莉？”卡尔说，“我的女儿莎拉和她年纪差不多。”

“不，让我跟她聊聊，”花生说，“毕竟，我是一个母亲！”

“我是一个父亲！”

“你们两个给我闭嘴！”艾莉不耐烦地说，“厄尔，去餐馆给我订一份可口的热饭，还要一些牛奶，或者再来一块芭芭拉的苹果派。”

“你是个天才，艾莉！格里姆夫人认为那个女孩是想偷吃的！”厄尔咧嘴笑嘻嘻地说，“在一个警察节目上我看到过类似今天这样的情况，我想那是……”

“是我提出这个建议的！”花生吹嘘道。

“你总是会提到食物的，”卡尔说，“那可很难让人注意。”

“去把街道清场了，”艾莉在他们吵起来之前介入了，“我要所有人都待在半径两个街区之外。”

厄尔的笑容消失了：“他们不会想走的。”

“我们就是法律，厄尔。赶他们回家！”

厄尔站在旁边盯着她看。他们两个都知道，他并没有什么执法的经验。尽管他已经在这条街上巡逻了几十年，但大多数的时间都是用来喝咖啡和开停车罚款单而已，“也许我应该打电话给米娜，所有人都听她的。”

“你不需要请你的老婆来帮你清场，厄尔！如果有必要，你可以开始开罚单。你知道怎么做的。”

厄尔垂头丧气地弯下了腰，然后往美发店方向去了。当他到达药店门口的时候，一群人立即把他围了起来。过了一会儿，他们便开始大声地抱怨。

花生把双手抱得发出咯咯的响声，“这是自雷蒙德·韦勒驾车撞上西尔玛的房车以来，轰动这个小镇的最大的事情！让他们都错过这件事后，你又不会变成‘受欢迎小姐’！”

艾莉看着她最好的朋友：“他们？”

花生难以置信地鼓圆了眼睛：“你不是也在说我吧？”

“那上面有一个吓坏了的女孩儿，花生！从她的样子看得出来，她有些情况很不对头！娱乐雨谷镇的人——包括你在内，不是我优先考虑的事情！现在，你和卡尔回警局去上网查一下，我不觉得我们能很容易地把那个可怜的小家伙弄下来，给密斯底克的尼克打电话，还有特德，看看今天是否有孩子在公园里失踪了。卡尔，你给梅尔打电话，可能他正在公园门口，准备给游客们开违章罚单，让他开始调查全镇。这孩子不是本地人，但她有可能和镇上的什么人住在一起。”

“就我个人来说，能按命令行事！”卡尔说完，往巡逻车方向去了。

花生没有动。

“去啊！”艾莉再说了一次。

花生夸张地叹了一口气："我在走了。"

一个半小时后，雨谷镇中心的街道安静了。所有的商店门都关了，停车位空空如也，只在艾莉的视野之外有两个警察设置的路障。毫无疑问，花生和卡尔正在依照警察局长艾伦·巴顿的正式命令做事。

"我猜你在想警察局长是个女人有点奇怪。"艾莉说，她尽可能安静地坐在枫树底下那不舒适的铁架木板长椅上。她在这里待了将近一个小时，越来越明显，她不可能将这个孩子劝下来。这一点也不意外。艾莉能安全地以时速一百英里的速度开车，能从五百英尺外射中一只鸟儿，能让一个成人坦白盗窃罪，但她对小孩子的了解还没有一个顶针大。

然而花生和卡尔——他们的确了解小孩子，都认为把她劝下来才是办法。这是"A计划"。他们都认为如果那个女孩愿意自己下来最好。于是艾莉就去劝她下来。

她向下扫了一眼放在树底下的盘子，里面有两只烤得很棒的鸡，周围是苹果片和橙子片，另一个盘子里装着一块新鲜出炉的烤苹果派，几个纸盘子和叉子整齐地叠成一堆，旁边放着一杯热乎乎的牛奶。

这里应该放专为孩子们准备的食物——芝士汉堡、薯条和比萨。为什么她早没想到呢？

尽管如此，这些食物闻起来还是香喷喷的。艾莉的肚子咕咕作响，提醒她晚餐时间已经过了，她还不习惯错过一餐。如果不是当地舞蹈工作室的日常有氧运动课程，从高中时起她肯定就会长胖。上帝知道她那娇小的身材不能长得太胖，尤其在她还没结婚、还在寻找爱情的时候。

她向左稍稍抬头，向上看着。

那女孩带着强烈不安的表情盯回了她，一双眼睛的颜色犹如加勒比海的浅滩，从两条下垂的黑睫毛下看了过来。有那么一瞬间，艾莉想起了在她的第二次蜜月时，她第一次到热带海洋时见过的那群在海浪里玩耍的黑皮肤的小孩子。那些孩子虽然瘦小单薄，但却充满了笑容和笑声。

她瞥了一眼街对面五金店门前巨大的杜鹃花。她知道，在那后面，一个动物控制中心的人的步枪已对准了这个方向，枪里装满了对付小狼崽的镇静剂；在他身后，一个本地野生动物养殖场的工人已经准备好了口套和笼子。

她只能继续劝说。

她叹了口气，"我真的没有打算过当警察，我只是碰巧撞了进来，我的生活就是这样。而我的妹妹，茱莉亚，她可是个有打算的人。当她十岁的时候她就想当一个医生。而我，只是想要她收藏的芭比娃娃。”她伤感地笑了，“二十一岁时，我就结第二次婚了。那场婚姻崩溃后，我搬回来了，和我的爸爸住在一起。我开始喝酒，对于任何可以合法喝酒的女孩……或者男孩来说，那都不是一个好主意。那时我的生活就是喝玛格丽特酒、唱卡拉 OK。我本想组建一支乐队，但是不知怎的，从来也没做成。这就是我的故事。然后，我的乔叔叔是警察局长，他和我做了个交易：如果我去警察学校上学，他就不给我开违章停车罚单。”她耸了耸肩，“我又没有什么更好的事情做，所以就去了。当我回来后，乔叔叔就雇了我。原来我是为这份工作而生的。”她瞥了一眼那个女孩。

没有动。什么动静都没有。

艾莉的肚子大声咕哝了起来。

“哦，见鬼！”她伸手去拿鸡，撕下一条腿。

当她一口咬下去时，她忍不住把眼睛闭了一会儿。她慢慢地咀嚼，慢慢下咽。

树叶沙沙地动，树枝吱嘎作响。

艾莉静了下来。她感到一阵微风穿过公园，拂动着那些正在渐渐干枯的树叶。

女孩把身体向前倾了一下，她那粉红色的舌尖从双唇之间露了出来，艾莉注意到她已经掉了一颗门牙。

“来吧。”她低声说。见女孩没有动，艾莉又尝试着说别的话，希望能和她建立交流。之前讲的那些故事、说的那些话都没有用，或许要更简单的语言才能起作用：“下来，这里，鸡肉，派，晚餐，食物！”

这时，女孩从树枝上像猫一样地落下来，静悄悄地四肢着地趴着不动。小狼崽仍然待在她的怀里。

不可能！在这样强烈的冲击下，这孩子的骨头应该像树枝一样被折断了！

艾莉下意识地紧张了起来。她不是一个喜欢幻想或是会送信的女人，但是现在，坐在这长椅上，盯着这个肮脏、骨瘦如柴还带着一只安静的小白狼崽的孩子，她感到了一种敬畏。

女孩凝视着她，那双漂亮而又神秘可怕的蓝绿色眼睛，似乎可以看穿一切。

艾莉没有动，甚至没有呼吸。

那女孩把下巴歪了一下，嗅了嗅空气，然后慢慢地放开了她抱着的狼。小狼崽紧紧地贴着她。她谨慎地向面前的烤鸡迈了一步。

然后又一步。

再一步。

艾莉尽可能安静地开始呼吸。那女孩像只小野兽一样地移动，一边嗅着、一边感知着。那只小狼崽像是她的影子一样，跟随着她的一举一动。

最终，那女孩停止了跟艾莉的目光交流，往地上的盘子看去。咆哮中，她撕下了一大块鸡肉。

艾莉从没见过这样的事情：女孩和小狼崽，像是同一窝生的兄弟姐妹一样一起觅食！小女孩不停地撕下大块大块的鸡肉，塞进嘴里。

艾莉慢慢地把手伸到背后，摸出了她的网。

上帝保佑，让这个办法成功！她暗自祈祷。因为，她根本就没有什么“B计划”。

艾莉拿出网，以一个完美的“啦啦队长之旋转”，扔向了女孩。网套住女孩和小狼崽，落到了地上。他们意识到自己就要被抓住了，乱作一团。

女孩变得疯狂，她尖叫着发出让人听不懂的声音。可能这就是她的语言，无法破译。她用那肮脏的手指抓着尼龙网倒在地上不停翻滚，试图挣脱，重获自由。然而她越是挣扎，网就收得越紧。

小狼崽在咆哮和怒吼。当红色的飞镖发出嘶嘶的声音插进它体侧时，它发出一声惊叫，然后踉跄几下跌倒了。

女孩大声哀号，那是一种可怕的、充满了悲痛的声音。

“没事的，宝贝！”艾莉说着，最后向他们走过去，“别怕，它没有受伤，我们要把它送到一个舒适安全的地方去。”

女孩拉过小狼崽抱在怀里，用力地拍打抚摩，试图把它弄醒。当她失败后，她再次发出绝望的呼号，痛苦的号啕大哭声划破了寂静，把一群乌鸦惊得飞进了漆黑的夜空。

艾莉踱着寸步绕到那孩子的身后。当她走近后，她嗅到一股难闻的味道。在那飘落到地上的黑色树叶和肥沃的泥土下面，散发着尿液的氨味。

动手，艾莉！她在心里对自己说道。

她用力咽了一下唾沫，滑下她藏在袖子里的注射器，小心翼翼地刺进女孩的臀部开始注射。

那孩子疼得尖叫着扭过来面对着她。

“对不起，”艾莉说，“这只不过是保护羁押，一两分钟后你就会睡着，我不会让任何人伤害你的。”

那女孩向后爬着躲开艾莉的手，失去了平衡，喉咙里又发出一声呼号，然后倒下了。她躺在那里，仍然怀抱着那已经失去知觉的小狼崽。女孩看起来瘦弱得让人难以置信，年龄非常幼小，比艾莉曾见过的任何人都更加无助。

在他向上攀登的最后几分钟里，太平洋的天空慢慢地从原来那闪闪发光的金色变成了现在的灰白，跟那最苍白的三文鱼一样的色调。

他在一个斜坡上停了下来，大口地喘着气，吊在绳子和安全带上晃来晃去地调整着他的视线。

从他所栖身的花岗岩石的表面，到下面那如同水晶一般美丽的蓝色湖面，垂直距离大约有四百英尺。在这里，麦克斯·赛内森可以看到这个无名高山湖泊的全貌。在他周围，是奥林匹克山脉那些参差不齐、雄伟壮丽的山峰。这令人窒息、让人惊叹的美景，让人感觉这里是这个世界上最远离凡尘俗世的地方。就他所知，他是第一个爬上这块危险的突出岩石的人。

这就是他喜欢这项运动的原因。当你凭借一小块金属以及自己的勇气，把自己固定在那高高在上的一小块石头上的时候，这世界完全是属于你一个人的——没有了忧愁，没有了压力，忘记了所有曾经的失去。

你可以感受到的，只有那极致的美，还有孤独和危险。其中，他最喜欢的那一样东西是：危险。

没有什么比迫在眉睫的危险更能让人明白，他还活着。

在呼吸困难、大汗淋漓中，他抚摩着花岗岩，感受着它的脆弱和多变，慢慢一寸一寸地找着路往下爬。

突然，他脚下一滑，整个人开始往下掉去；手上抠着的岩石碎了一块，滑落下来打到了他的脸上。

在那一刹那，他有一种自由的感觉。他的胃猛地收缩在一起，心跳快到了极限！他闪电般地再次伸出手去，摸索到着力点，抓牢了岩石。

他松了口气，大笑起来。他把额头贴在冰凉的石头上，休息了一下，让自己的心跳速度恢复正常。

然后，擦了一把被晒成了古铜色的脸上的汗，继续往下爬。当他快接近地面时，他的动作越来越快，也越来越自信。当他已经快彻底安全，离地还有不到三十英尺高度的时候，他的手机响了。

他到达地面后，从背包里摸出电话翻开。不用看来电号码他就知道，发生了紧急事件。

那个女孩出现的消息，就像一场春雨一般，迅速地洒遍了整个雨谷镇。当晚九点，人群就已开始在医院门口聚集。卡尔正在警局里一个连一个地接着电话。他工作到了这么晚，这会让艾莉吃惊的！按以往的经验，他应该早就跑回家去给老婆孩子做晚饭了。然而现在，正在发生的这个故事可是关于一个会飞的、拥有控制天气的魔力的狼女孩的！每个人都想成为这个故事的一部分。明天早上还会有不少人去奥林匹克野生动物养殖场，每个人都想看看他们抓到的那只小狼崽。

医院里，女孩躺在一张窄床上。几个电极连接在她头上，另外还有两个电极监测着她的心跳。一个皮质的手铐铐着她的左手腕，把她固定在床栏上，尽管她现在处于无意识状态，也肯定不会对自己或他人构成威胁。这是医院近十年来第一次使用手铐，护士们在储藏室里几乎找了一辈子才找到。

艾莉站得离床很远，抱着双手。花生在她旁边，没有说话——这还是第一次。她们两个都觉得让厄尔一个人去对付外面聚集的人群、让卡尔一个人接电话不是太好，但她们也只能委托他们两个。艾莉需要跟医生谈谈，——和花生一起。好吧，花生才不打算错过这出肥皂剧的一丝一毫呢。自从这个女孩出现后，花生只离开过三十分钟——那是回家吃晚饭。她的女儿塔拉正在帮卡尔照看孩子。

现在，麦克斯·赛内森医生正在对这个孩子进行检查。他会时不时地小声嘟囔些什么，除此之外没人说话。

艾莉从没见过他如此严肃。生活在雨谷镇的这六年里，麦克斯颇为收获了一些名声，——这可不仅是因为他的医术。艾莉还记得他刚搬到镇上来的时候，他接手了费舍尔医生的工作，住进了位于小镇边缘上的一座湖畔的房子。全镇的单身女人都蠢蠢欲动，所有二十岁到六十岁之间的女人都被他吸引过去了——包括艾莉在内。她们像一条潺潺流动的小溪似的，源源不断来到他门前，每个人都带着自己做的拿手好菜。

然后耐心地等待着他去选择她们其中一个。

她们等啊等。

这些年来，他跟很多女人约过会，——实际上，他几乎跟镇上所有的女人都交了朋友，但是没有谁真能宣称他是她的。虽然他是一个调情圣手，但他的注意力却分散得很均匀。

甚至艾莉都未能哄到他的爱。他们之间的事情像他和其他女人的一样：来得非常热烈，然而短得一眨眼就不见了。最近，他出现得越来越少，变成了对于一个小镇来说最奇怪的那种动物：独来独往的人。对艾莉来说，这是完全没有道理的。所有的帅哥，都把他们那漂亮的外表给浪费了！

“好了。”他最后说。他伸出一只手到头上去把那铅灰色的头发拉直。

斜靠在墙边休息的艾莉走向他。看见麦克斯蓝色的眼睛后，她才发现他是多么的累。这也难怪，她听说他们几个小时前才在什么崖面上找到他。他从山上直接就到这里来了，甚至没有来得及穿上工作服或是披上白大褂。他穿着一条旧得褪了色的李维斯牛仔裤和一件黑色T恤，他卷曲的灰头发有点湿漉漉、乱糟糟的，然而，那双眼睛还是那么引人注目。当他用他那双带电的蓝色眼睛盯着你的时候，你会觉得这个世界已经没有了别人。即使他现在看起来如此的茫然而疲惫，他仍然是她见过的最帅的男人。

“你能告诉我什么，麦克斯？”

“她有严重的营养不良和脱水的现象。脱水的症状我们可以很快处理好，但营养不良就比较麻烦了。”他抬起孩子那只未被铸住的手，他的手指很轻易地就环绕了这过于瘦弱纤细的小手腕。在他那古铜色的皮肤映衬下，她那肮脏的身体显得尤其污迹斑斑、灰白不堪。

艾莉翻开她的笔记本问道：“是本土美国人吗？”

“我想不是。我很肯定虽然她很脏，但她是白种人。”他放下那女孩的手腕，走到床尾，轻轻地从她的右腿膝盖处把她的腿抬起来，“你看到她脚踝上的那些伤疤了吗？”

艾莉凑近了些。她看到在污垢下，有一层厚厚的褪色了的疤痕：“绳印！”

“几乎可以肯定。”

花生倒抽了一口凉气：“这可怜的小东西被人绑过？”

“我会说，是绑了很长时间！这并不是新的疤痕组织，虽然它周围的伤口是新近才有的。她的X光片显示，她的左前臂也骨折过，愈合得很不好。”

“所以，这不是一个普通的与家人在公园里走散了的孩子。”

“我想是的。”

“有被性侵犯的痕迹吗？”

“不，没有。”

“感谢上帝。”艾莉低语道。

他把头摇了摇："在市中心的时候我见过很多糟糕的情况，艾莉，但我从未见过这么糟糕的。"

"这到底是怎么回事?"她问道。

花生走过来，扶着她的前臂。艾莉心想：她是来安慰我的，还是来让我安慰她？她不知道。

"严重的创伤。"麦克斯最后说，"把她送到州立医院，他们可以做必要的测试。"

艾莉仰起脸看着他："你去过那样的地方吗？在那里你能听到的只有尖叫！你一定有办法的!"

"这不是我的专业领域，艾莉。"

"好了，麦克斯……"

他低头看着那个女孩。艾莉在他的眼里看到了些东西：悲伤，或者是恐惧。麦克斯可是个猜不透的人。他说："我可以做一些检测，比如脑电波、血样等。如果她神志清醒的话，我可以观察她，但是……"

"那个以前的日间托儿所是空着的，"花生说，"你可以透过窗户看着她。"

"对，把她放在那里，麦克斯。她可能会试图逃脱，所以要把门锁上。明天早上，我们肯定会知道更多的情况。梅尔和厄尔正在全镇调查，他们会查出来她是谁；或者她醒来后，她会告诉我们的。"

"如果她'能'说话的话。"麦克斯转向她说，"我们现在是在无尽的深渊里，艾莉，你知道的。或许你该报告你的上司。"

艾莉看着他，"这里是我的地盘，麦克斯。我能处理好一件走失女孩的案子。"

03 chapter 魔法时刻

茱莉亚站在她卧室里的试衣镜前，用挑剔的眼光审视着自己。她身穿一袭炭灰色的套装和一件淡粉色的丝绸衬衫，一头金发在头顶上盘成一个法式的发髻。这是她去见病人时的标准着装。然而，现在她并没剩下多少病人了。在锡尔弗伍德街发生的那场悲剧，至少让她失去了70%的病人。幸运的是，这里仍然有那么多相信她的人，她绝不会让他们失望。

她抓起公文包去了车库，那儿停着她那辆钢蓝色的丰田普锐斯混合动力车。车库门打开，外面空旷的街道露了出来。

在这个温暖的金秋十月的早晨，她的门口再也没有一群一群抽着烟，聊着天，等着她出现的记者了。

她的故事已经过去了。

在经过了一年时间噩梦般的经历后，她终于回到了她原有的生活轨迹上。一个多小时后，她到了比佛利山上她那座漂亮的小办公楼前，她已经租用这座小楼七年多了。

她把车停在车位上，走进小楼，轻轻关上了身后的门。上了二楼，她停在她办公室外面，看着门上的那块纯银铭牌——茱莉亚·盖茨医生。

她按下了通话键。

“盖茨医生办公室，”扬声器里传来一个沙哑的声音，“请问有什么可以帮你的吗？”

“嘿，格温，是我。”

“啊！”

扬声器里传来嗡嗡的声音，然后门咔嗒一声开了一条缝。

茱莉亚做了一个深呼吸，打开了门。办公室里充满了鲜花的味道，那是每个星期一早上都会送来的鲜花。虽然现在没有多少病人了，但她不会削减这送花的订单。否则，那会成为她被打败了的标志。

“你好，医生!”她的接待员格温·康纳利说，“为了昨天的事，祝贺你!”

“谢谢。”她微微一笑，“梅莉莎来了吗?”

“本周，你没有预约。”格温轻轻地说。她棕色的眼睛里流露出一种她自己没有觉察到的同情，“他们全都取消了。”

“全部?连马库斯都取消了?”

“你看过今天的《洛杉矶时报》了吗?”

“没有。怎么了?”

格温从垃圾桶里扯出一张报纸，放到了桌子上。标题是“大错特错”，在那下面是一张茱莉亚的照片。格温说：“在听证会后祖尼加夫妇接受了采访，他们把一切都怪到了你的头上。”

茱莉亚伸手扶着墙才勉强稳住自己。

“我相信他们只是想摆脱诉讼，他们说……你应该保证让他们的女儿不会犯罪。”

“哦。”茱莉亚无力地发出了这个声音。

格温站起来绕过桌子走了过来。她是个小巧玲珑的女人，一直以来她行事严明而饱含关怀地打理着这间办公室，还要照顾自己的家。她张开双臂走上前来：“你帮助了许多人，没人能否认这个事实!”

茱莉亚赶紧避开了她的拥抱。如果她现在被抱住了，她会崩溃的，而且永远都不能恢复。

格温停下了动作，“这不是你的错。”

“谢谢。我想……我会休个假……”她努力微笑着，脸色却变得沉重而木然，“这么多年来，我没去任何地方旅游过。”

“那对你会有好处。”

“是啊。”

“我会取消送鲜花的订单，然后给这座楼的物管打电话，”格温说，“让他们知道你要离开……一阵子。”

“我会取消送鲜花的订单。”茱莉亚在心里把这句话重复了一遍。

这一切，是多么可笑，真是人走茶凉。茱莉亚保持着最后一丝镇定，把格温送向门外说了再见。

当只剩下她一个人在办公室的时候，她跪倒在那昂贵的地毯上，低下了头。

她不知道自己在黑暗中坐了多久，听见的只有自己的呼吸声和心跳声。

最后，她狼狈地站了起来，四处张望，暗暗打算着接下来该怎么做。这样的做法是她那颗顽强的心使然。对专业卓越的追求，让她把朋友、家庭以及兴趣爱好等一切都放到了次要地位。实际上，自从跟菲利普分手以后，她几乎有将近一年没跟人约过会了。她走到电话旁，站在那里盯着快速拨号列表。

菲利普·韦斯托弗医生的快速拨号键仍然是“7”号键。她感到一种急切的需要、一种刻骨的渴望，想听到他那轻快的声音说：没事的，茱莉亚。有五年的时间，他曾是她最好的朋友，也是她的爱人。现在，他成了另一个女人的丈夫。

这就是爱情。靠不住。

叹了口气，她拨了“2”号键。

她的心理医生，哈罗德·柯林斯医生，在铃声响第二次的时候就接起了电话。自从开始实习后，她每个月都会去见他一次，这也是对所有精神科学生的要求。比较起来，他对她来说更像个朋友而不是医生。

“嘿，哈利。”她疲倦地靠在墙上说，“你看了今天早上的报纸了吗?”

他重重地叹了一口气，“茱莉亚，我一直在担心你。”

“我也在担心我自己。”

“你需要开始接受采访，从你的角度说说这个事情。让你来承担此事的全部责任是很荒谬的。我们都认为……”

“这有什么意义？无论如何，人们都是只会相信他们愿意相信的事的。你知道的。”

“有时候，抗争就是意义，茱莉亚!”

“我从来就不擅长那个事情，哈利。”她凝视窗外明亮的蓝天，想着现在该做什么。他们谈了好一会儿，但事实上，茱莉亚根本就没有听进去。治疗病人的工作就是她的全部，她也做得很好，把她所有的一切都投入了进去；然而现在，病人都没有了，她感到空虚。她早该为自己的人生而活，而不是只为了事业而活；如果早那么做了，现在就不会这么孤单了。只是谈论她的空虚，不会起到任何帮助。找哈利，看样子是找错了人，“我得走了，哈利。谢谢你所做的一切。”

“茱莉亚……”

她挂了电话，在办公室里走来走去。当她感到泪水再次盈满眼眶的时候，她把套装脱了下来，换上运动服，然后向隔壁房间的跑步机走去。

她知道，最近她在跑步机上跑得太多了；也知道自已瘦了很多，已经瘦得不能再瘦了。但是她似乎根本停不下来。

在她心爱的办公室里，她摸黑踩到跑步机的垫子上，把跑步机的坡度设置为登山模式。当她在跑步的时候，她几乎忘了痛苦。直到很久以后，她把机器关掉，开车回到她那太安静的家，她才感觉到，这样意味着自己只是在逃避，根本无处可去。

在这午夜时分，医院的大厅终于安静了。这是麦克斯最不喜欢的时间，他宁愿像白天发生紧急情况时那样吵得不可开交。待在这阴暗的安静中，会产生太多的思考。

他在女孩的病历上画下了最后几个标记，然后低头看着她。

她还处于麻醉之中，一动不动地躺着，呼吸得很深沉。她的左手腕上，那棕色皮革材质的手铐看起来沉重又丑陋。

他伸出手去，拿起她的左手，握住。她的手指现在干净了，但仍然沾有血污，布满了一条条的伤疤；对比起他的手掌来，她的手显得又瘦又小。“你是什么人，小家伙?”

他身后的门打开了，又关上了。不用看就知道，那是特鲁迪·海托华，夜班护士。因为他闻到了她特有的香水味——栀子花香。

“她怎么样?”特鲁迪走近了他。她是个高个子漂亮女人，有一双亲切的眼睛和一副嘹亮的嗓音。她声称之所以她有一副大嗓门，是因为她得独自一人抚养三个男孩子。

“不好。”

她大声说道：“可怜的小东西!”

“准备好转移她了吗?”

“托儿所里的一切都准备好了。”她弯下腰，解开了手铐。当她捡起手铐时，麦克斯拍了拍她的手腕。

“就扔在这里。”他说。

“但是……”

“我想，在她的生命里，她已经被锁得够多的了。”

他弯腰轻轻抱起熟睡的孩子，搂在了怀里。

在沉默中，他们沿着灯火通明的走廊走进了托儿所。

在那里，他们把女孩放到了刚搬进去的病床上。最后，他忍住了那句话“睡个好觉，孩子”。

取而代之，他说：“我会在这里和她待一会儿。”

特鲁迪轻轻地拍了拍他的前臂。“我四十分钟后就下班了，”她说，“你想来我家吗？”

他点点头。上帝知道，他确实需要分散一下注意力。今晚，如果他独自一人回家，他会陷入回忆之中无法自拔。

艾莉盯着电脑屏幕，直到那闪烁着的白色屏幕上的字母变得模糊，变成一个个的小黑斑。她的后脑勺开始疼了起来，然后脊椎也疼了起来。再看一篇关于失踪或遭绑架的孩子的报告，她就会忍不住尖叫了。

那儿有成千上万这样的报告。

成千上万。

失踪的女孩们发不出声音来呼救，无法与外界接触。在某些地方幸运地活下来的少数几个，靠的是专业人士找到并拯救了她们。

艾莉闭上了眼睛。她必须要做更多，但是还能做什么呢？她已经做了所有她能想到的事情了。她和镇上的其他两名警官做过了街头调查；他们通知了县警长办公室：他们找到了一名身份不明的孩子；他们还联系了家庭危机网和农村资源网，以及每个州和国家的相关部门。没人知道这个孩子是谁，而越来越明显的是，这是发生在雨谷镇内的案件。艾莉的案件。他们可以要求其他执法机构和社会机构提供帮助，但孩子出现在这个小镇，就注定这是她艾莉的责任。县警长几乎是很明显地想要尽快远离这件事，他的那些“真遗憾这孩子出现在了本县”的话已经向艾莉表明了态度。在明确她的身份以前，没有人会对这个女孩负责。

她推着桌子站了起来，弓着背，揉着她酸疼的脖子。

她跨过那两条睡着的狗，走到阳台，目光越过后院眺望远方。快到黎明了。在这雨林的边缘，世界完全静寂，也充满生机。这里一如既往的潮气逼人。潮湿的风从大海上吹过来，在漫山遍野的树叶上留下露珠。黎明到来时，这些露珠会无声无息地坠落到地面，她的爸爸曾称之为“看不见的雨”。但艾莉总是能听见这“雨”坠落的声音，或许更是为了怀念她的爸爸。

“我多么希望你在这里，爸爸。”她说着，把脚滑进后门边的那双羊毛木屐里，“你和乔叔叔总是知道怎么处理大事情。”

她穿过门廊，走下后院的台阶，然后沿着开满粉红色和紫色小花的小路向河边走去。从黑草丛里升腾起来的雾气缠绕在她脚边。

当她到了她私人领地的最边缘，站在她父亲最喜欢的那个福尔河边的钓鱼点时，她才意识到自己为什么会来这儿。

穿过那片沼泽地，他的房子就在河的另一边。从这个距离看起来，他的房子不比一个工具棚大多少，但她很清楚那房子实际有多大。

还是个孩子的时候，她每天都会走过这片沼泽地，到那个院子里去玩。

有那么一阵子，她几乎开始往那边走了——她想再往他的窗口扔石头，叫他出来。他会出来倾听她的诉说，并能懂得她的害怕。他总是能懂她。

但那样的日子已经过去二十多年了。莉莎当然不会希望在黎明时分被打到她卧室窗户的石头的声音吵醒，尽管卡尔还是会起来和她在外面坐一会儿(因为艾莉现在不光是他的朋友，还是他的上司)，但他也不会真正用心去听她说什么。现在，他有他自己的生活了，他有自己的老婆孩子了。尽管大家都知道莉莎配不上他，但他爱他的家人。

艾莉还是孤身一人。她转身走回了家。一声疲惫的叹息后，她又在桌前坐了下来，继续查阅失踪儿童报告。答案必须在这里。必须。

在睡着之前，这是她最后一个念头。

一声汽车喇叭声传来，她被惊醒过来，赫然发现自己竟是在电脑旁睡着了。

“见鬼!”

她跌跌撞撞地向前门跑去。

花生站在院子里，和正开着车准备离开的丈夫挥手告别。

艾莉低头看了一下她的手表，现在是早上七点五十五分。“见鬼！你来这儿到底是要干吗?”艾莉说，她的声音听上去就好像是她一天抽了一包烟。

“我听到你告诉过麦克斯，八点钟你们在医院碰头，你要迟到了!”

“这是我们的事，我没有请你来!”

“我觉得这是你的疏忽。现在，你给我快点!”

艾莉从口袋里摸出车钥匙扔给花生，然后回到屋里。现在没时间洗澡了，也没理由换衣服了——她还穿着警服。因此她刷了牙，卸了昨晚的妆，然后涂上了几层新的。她从厨房里拿出一包猪排——那里总共有两包，难怪她不得不花那么多时间去锻炼。好事成双，但是这对单身女人来说可不是个好事情。她把那包猪排放在冰箱里的纸毛巾上解冻。

当她坐进警车时，时间是八点整。

花生早就打开了音响，放着一张史密斯飞船乐队的 CD。

艾莉一把关掉了音乐，“现在就听这个还太早了点。”

“你整晚没睡?”

“你怎么知道?”

“你脸上有键盘的印子。”

艾莉摸了摸她的脸颊，“糟糕，明显吗?”

“亲爱的，从太空中都可以看见!”花生大笑一下，然后认真问道，“找到什么有用的东西了吗?”

“我整晚都在网上查资料，还给附近五个县的每一个警察分局都打了电话。这个区域内没有任何女孩走失的报告，至少最近没有。如果我们要在全国范围寻找，这就意味着我们要查阅过去几年里全部失踪女孩的档案。”

想到这些事情，她们两个都陷入了沉默。艾莉在试着想点平常的事情来说说，这时她把车开进了医院的停车场，看到了门口聚集的人群。

“见鬼，他们正在把这里变成马戏团!”艾莉把车停在访客区，抓起她的笔记本下了车。花生在一种反常的沉默中跟着她下了车。

人们像鹅群一样形成队列拥向了她。格里姆姐妹们——黛西、玛丽格德和维奥莱特领着队。

三个老太太互相配合着，整整齐齐、一步一步地走了过来。

最年长的黛西老太太第一个开口，像往常一样，她紧紧抓着一个又旧又黑的骨灰盒，那里面装着她那已故丈夫的骨灰，“我们是来听那孩子的消息的。”

“那可怜的孩子是谁?”维奥莱特戴着一副布满划痕的眼镜，眯着眼睛查问。

“她真的能像小鸟一样飞翔?”玛丽格德问道。

“或者像只猫一样地跳?”这个问题是代站在她们后面的某人问的。

艾莉不得不提醒自己，这些人是她的选民，更重要的是，他们是她的朋友和邻居。她回答道：“目前为止我们没有任何答案，等有了的时候我会让你们知道的。现在，我需要你们的帮助。”

“任何帮助都行!”玛丽格德说着从她的紫色塑料手袋里掏出一个绣着灿烂鲜花的笔记本。

维奥莱特递给她姐姐一支有着郁金香花纹的钢笔。

“我们需要孩子的衣服，或许还需要一两个宠物来跟她做伴。”艾莉说。她还没说完，格里姆姐妹们就开始安排了。这三位退休了的老教师把人群聚集起来开始分派任务。

艾莉和花生离开了人群。她们一起走在通往医院那些玻璃门的水泥路上。滑门呼呼地打开了。

“嘿，艾莉！”接待员对走在路上的她们说，“赛内森医生在以前的托儿所里等你们。”

“谢谢。”艾莉说。

她和花生沿着走廊进入电梯，一路无语。在二楼，他们路过了 X 光室然后左拐。

右边最后一间房间曾是医院员工们的一个托儿所。那是多年前设计建造的，那时候这个城市还很富裕。自从斑点猫头鹰和三文鱼减少，开始对原始森林进行保护后，那些账户上的钱变得越来越少，根本无法支撑像托儿所这样的奢侈品。这个房间变得空无一人已经有两年多了。

麦克斯站在走廊上，双臂交叉。日光灯从他的头顶照射下来，让他那晒成古铜色的脸都显得灰暗。自他那次在某个山上从四十英尺高的地方摔下来之后，艾莉还从来没见他这么糟糕过。此外，他还带着两个黑眼圈，嘴唇干裂。

当她们走近时，他抬头挥手，但没有一丝笑容。他往旁边让了一下，给她们留出窗边的位置。

窗后是一个小小的方形房间，墙上涂着红色和黄色的色块，书橱里塞满了各种游戏玩具和图书。一个水槽和柜台占据了房间的一个角落，毫无疑问，那是多年前用来画画和日常清理的。房间正中是几张分别围满了小椅子的小桌子。左墙边放着一张医院的病床，还有几张空着的婴儿床。房间总共有两个窗户，他们面前的这一个，以及对面面向停车场的要小一些的另一个。在他们左边，一道锁着的金属门是唯一的入口。

艾莉走近了点，让她的肩膀挨着他的胳膊，“跟我说说，麦克斯。”

“昨晚结束了检测后，我们给她包上尿布把她放到了床上的被子里。今天早上当她醒来后，她变得疯狂。没有别的词可以形容，就是‘疯狂’。尖叫，大喊，倒在地上打滚。她把灯打坏了，把洗手槽上的镜子也砸碎了。我们打算再给她打一针镇静剂的时候，她重重地一口把卡罗尔·伦塞咬出了血，然后她就躲到了床底下。她已经在那儿待了差不多一个小时了。你找到她的身份信息了吗?”

艾莉摇摇头，然后转向花生，“你去自助餐厅好吗？给她买点儿童食品。”

“对的，买点能让她变胖的食物!”花生夸张地大声叹息，但也忍不住露出了微笑。她非常高兴能参与到这件事中来。

当她走后，麦克斯对艾莉说：“我不知道给你说什么，艾莉。我从没见过这样的情况。”

“告诉我你已经知道的情况。”

“好吧……我想她大约六岁。”

“但她看起来这么小，根本不像个六岁的孩子。”

“营养不良。再加上她没有得到过应有的医疗照顾，她的身体已经伤痕累累。”

“伤痕?”

“大部分都是小伤痕，但是在她的左肩上有一条伤疤看起来要严重些，可能是刀伤。”

“老天!”

“我提取了她嘴里的血液，查了 DNA。就我的立场来说，我们还是应该给她注射镇静剂后给她补水，但是你又想调查……”

“她说话了吗?”

“没有，但她的声带看起来未受过损伤。我想说——当然这只是个猜想，或许从她的身体条件来说她是可以说话的，但她可能不知道怎么说话。”

“她不知道怎么说话？你在说什么?”

“我只知道她尖叫的内容是完全无法让人理解的。我已经写下来做好了记录。她的尖叫声里是没有语言的。她的脑电波检测没有任何异常。她有可能是聋哑病患者，或是智障，抑或是严重发育迟缓、自闭症患者，我不确定。我甚至都不知道我该对她的精神状态做些什么测试。”

“我们该怎么办?”

“找出她是谁。”

“哦，谢谢。我的意思是，现在该做什么?”

麦克斯向端着一盘食物走过来的花生点了点头，“这就是一个好的开始。”

艾莉看了看花生拿来了些什么：一叠煎饼，两个煎蛋，一块草莓奶油松饼，还有一杯牛奶。这让艾莉有饿了的感觉。

麦克斯说：“我会按这个顺序来：爬到床下去，然后把她……”

“放到桌子上就好了。”花生说，“她可能有点古怪，但她也只是个孩子。孩子们会按他们自己安排的时间、以他们自己的方式来做事。见鬼！你不能逼一个两岁的孩子吃饭，他们太小了！”

艾莉看着花生笑了，问道：“还有别的建议吗？”

“别再来陌生人了。她认识你，所以你把食物端进去。跟她说话时温柔点，但不要停留。可能她只想一个人吃饭。”

“谢谢！”艾莉端起托盘，走进了护理中心。门在她身后咔嗒一声关上了。“嘿，小家伙！又是我，希望你不会因为我把你网住了的事情记恨我。”她小心翼翼地往前把托盘放在一张桌子上，移动中她腰带上的钥匙叮当作响，她赶紧用手捂住，“我想你可能饿了。”

女孩在床下发出一声咆哮，吓得艾莉脖子后面的头发都竖起来了。她努力想着要说什么才好，但什么也没想起来。于是她退出房间关上了门，门锁的咔嗒声响亮地回荡在房间里。

回到走廊里后，艾莉站在窗边，挨在麦克斯身旁，“她会吃吗？”

他翻开女孩的病历，拿出钢笔，“我想我们会知道的。”

他们静静地站在那里，透过玻璃看着那显得空荡荡的房间。

几分钟后，一只瘦小的手从床下伸了出来。

花生倒抽了一口凉气，惊叹道：“看哪！”

又过去了很久。

最终，一颗黑脑袋出现了。慢慢地，那孩子四肢着地从她藏身的地方爬了出来。当她望向窗口发现他们都站在外面，她张大了鼻孔。

然后她向那张桌子冲去，站在桌子边弯下腰去，鼻子都快贴着食物了，用力地嗅着。最终，她开始吃了，吃得就像一只小野兽一样，根本不用餐具。她把奶油扔到地上，然后开始吃煎饼和鸡蛋。看起来，她根本不知道那松饼和饮料有什么用。她没管这两样，抓过草莓躲回了她床下的藏身之地。整个过程花了不到一分钟时间。

“以前我还觉得我的孩子们不懂餐桌礼仪……”花生说，“她吃起东西来就像个野生动物似的。”

“我们需要一个专家。”麦克斯轻轻地说道。

“我已经联系了当局。”艾莉回答，“包括州政府、联邦调查局，以及国家失踪及被剥削儿童中心。他们都需要身份信息，或是知道了明确的犯罪行为后才能采取行动。如果她不说话，我不知道怎么找出她的身份信息。”

“我说的不是那种专家。她需要一个心理医生。”

花生大吸了一口气说：“真不敢相信我们居然没有想到这个！她是最好的人选！”

麦克斯皱起了眉头，问道：“谁？”

艾莉看着花生说：“她不会干的。她的病人需要每小时付她两百美元。”

“那是以前，现在她应该没多少病人了！”

“她的确能够胜任此事。”艾莉说。

“你们到底是在说谁啊？”麦克斯问道。

艾莉终于看向了他，说：“茱莉亚·盖茨是我的妹妹。”

“就是那个心理医生……”

“对。就是‘那个’。”她转向花生，“走吧，我会在办公室给她打电话。”

在过去的十二个小时里，茱莉亚做了许多许多的家务。她整理了衣柜，重新摆放了家具，清理了冰箱，还给浴室做了一个深度清洁；她还去苗圃买了些秋天的植物，去家得宝超市买了露台木油和除漆剂。这是一个好机会，来补做所有这些被她延误了的家务，被延误了……十年的家务。

问题是她的手。

当她刚开始做家务的时候，她的状态很好，好得不能再好。她很乐观。然而不幸的是，她的乐观薄得跟鸡蛋壳一样。只要闪过一个念头：现在是乔的治疗时间了，或者更糟——现在是安柏的治疗时间了……她的手就开始颤抖，感觉自己浑身变得冰凉。房间空调的温度设定得再高，也不能让她感到温暖。昨晚深夜，在那最深沉的黑暗时分，她公寓后面的交通已经不再拥挤，传来的嗡嗡声只不过像一只蚊子飞过一样微弱；窗外那无垠的太平洋不停地呼啸着，扑向岸边那金色的沙滩。她甚至在尝试着写一本书。

为什么不写呢？

现在，每个伪名人都是走的这条路。而且她想从她的角度讲讲这个故事，或许她真的需要这么做。她从她那舒适的、超大尺寸的床上溜了下来，穿着羊毛卫衣和一双靴子，走出房间到了她的小露台上。从她家所在的六楼，可以看到午夜那不停荡漾着的蓝色海洋。月光的界线把海面分成了两半，照耀着那泛起的片片浪花。

她在那里坐了好几个小时，伸脚把靴子架在露台栏杆上，膝盖上放着黄色的便签本，手上握着钢笔。到了午夜时分，她的身边扔满了揉成一团一团的黄纸。所有那些纸上写着的都是：对不起。

大约凌晨四点时分，她才沉入了睡眠，被一阵阵的噩梦纠缠。

电话吵醒了她。

茱莉亚听着电话铃响起的声音，就好像这声音是从遥远的地方传来的一样。她眨巴着眼睛，坚定地坐了起来，这才意识到自己是在露台上睡着了。她用一只手抹着脸，从椅子上缓缓站了起来，踩到了那堆纸团上。

她走到电话边停了下来。

电话答录机开始运行，她听见自己的声音轻快地说着："我是茱莉亚·盖茨医生，如果是急诊，请挂了电话后拨 911；如果不是，请留言，我会尽快回复。谢谢，再见!"

然后是一个长音。

茱莉亚紧张了。在过去的几个月里，她的电话大多是记者、受害人的家庭或是些直接骂她的疯子们打来的。

"嘿，茱莉，是我，你姐姐。这很重要。"

茱莉亚接起了电话，"嘿，艾莉。"

然后，一个尴尬的停顿——但是，她们之间不总是这样吗？她们是姐妹，虽然从年龄上来说只相差四岁，但从个性上来说却差了十万八千里。艾莉的一切都是传奇：她的嗓音，她的性格，她的热情。在她那绚烂夺目、公主一般的姐姐面前，茱莉亚总是几乎感觉不到自己的存在。"你还好吗?"艾莉终于问道。

"很好，谢谢。"

"你被解除了指控，那很好。"

"是啊。"

又一个尴尬的停顿，然后茱莉亚说道："谢谢你打来电话，但是……"

"听着，我需要你帮个忙。"

"帮个忙?"

"这里有一个……情况，你真的可以帮到我们。"

"你不必这么做了，艾莉，我没事。"

"做什么?"

"试图拯救我。现在我已经长大了。"

"我从来没有试图拯救你。"

"哦，是吗？当你让托德·艾尔德雷德的弟弟邀请我去舞会的时候怎么说呢？或者当你把你那些好朋友全部请到我十六岁的生日晚会的时候，又怎么说呢？”

“噢！是那些事。那些事情都是妈妈让我干的！”

“你当我不知道吗？在那个晚会上，你的朋友们甚至一个都没有跟我说过话。别误会，我很感激，无论是那时还是现在。但是，这没有必要。我会没事的。”

“你刚才说的是，你‘已经’没事了。”

茱莉亚对她姐姐的洞察力感到惊讶：“不用为我担心，艾莉，真的。”

“作为一个心理医生，你真是个差劲的聆听者。我是在跟你说，我需要你回雨谷镇！特别是，我需要一个儿童心理医生！”

“你已经老糊涂了吗？”

“很好笑。你会飞过来吗？我的意思是立刻！”有一个停顿，从电话另一端传来纸张的沙沙声，“阿拉斯加两小时后有一班飞机，三小时后还有一班。我可以给你订票。”

茱莉亚皱了皱眉，这不像是她们还在上学时那种“超级姐姐拯救失败妹妹”的固有场景：“告诉我发生了什么事？”

“没时间了。我希望你能赶上十点十五分的那趟航班。你愿意相信我吗？”

茱莉亚盯着那巨大的落地窗，试图把她的视线集中到蓝色的太平洋上，但她能看到的只有那乱七八糟散落在露台上的黄色纸球。

“茱莉？你说话呀！”

“好吧！”茱莉亚最后说道。

反正她也没别的更好的事情去做。

04 chapter 魔法时刻

04 chapter

茱莉亚已经很多年没回过雨谷镇了。现在，处于失败的浪潮中，她回来了。

也许，无论如何她都该留在洛杉矶。毕竟，在那里，她已经不再引人注目了；但在这里，她永远是另一个盖茨女孩（你知道的，那个奇怪的人……）。一个在“返校节女王”的阴影中长大的女孩，只有两种选择：消失，或让自己出名。不幸的是，作为一个又高又瘦的稻草人一般的书呆子，在一个充满了爱，热热闹闹、不同凡响的家庭里，这两种选择都无法实现。从很早的时候起，她就是与周围环境格格不入的孩子，即使是身处在喧嚣吵闹的游戏场之中，也不会参加任何一个游戏。每项体育运动，除非无人可选了才会有人选她。高中开舞会的时候，她只会一个人在家读书。她是——或曾经是，一个满是热情洋溢的工人的小镇上那种最古怪的鸟儿：孤独者。

只有她的母亲相信，茱莉亚会有一个更美好的未来。事实上，她会鼓励她的女儿拥有远大的梦想。不幸的是，茱莉亚医学院还没有毕业，她的母亲就去世了。母亲的去世是茱莉亚藏在心中永远的痛，经常如幽灵一般来了又去。离雨谷镇越近，她就越能感觉到那种痛。

她从飞机的小窗口凝视着外面。一切都是灰色的，如同一个画家在那绿色的乡村风景上面描上了一层淡淡的云。这样的灰色让她感到孤独，就如同她也会再次消失在这华盛顿的薄雾中一样。从俄勒冈州北部延伸至贝灵汉的那四座覆盖着皑皑白雪的火山，就像是神话里沉睡着的巨兽的脊背。她听见后面的乘客急促的呼吸声和嘟囔声：“看啊，弗雷德，那里……那是雷尼尔山么?”

突然，她想起了祖尼加夫妇和那些死去的孩子。大错特错。她没有感到吃惊。在过去的一年里，生活中的一切，自己的每一个想法和行为，都让自己走向后悔。

别想那些事情了。

她闭上眼睛专注地呼吸，直到那些情绪消退。当飞机降落时，她又没事了。

她从头顶的行李箱里抓出她的旅行包，排着队下飞机。

当她几乎到达出口的时候，她担心的事情发生了。

一个乘务员认出了她。那样的表情，绝对没错，是认出了她——睁大了的眼睛，慢慢张开的嘴。当茱莉亚走过去后，她听到身后那个女人低声说：“是她！那个医生，就是那个……”

茱莉亚继续快步往前走着，到了廊桥尽头的时候她几乎已经是在跑了。她一眼就看见了站在人群中的艾莉，她穿着蓝色制服，看上去漂亮得让人惊艳。

茱莉亚知道她应该停下来，说声“你好”，并假装一切都很正常。这是明智的选择，最好这样。

但她继续往前走着，跑着。

她跑过拥挤的大厅走廊，跑向女厕所，一头钻了进去，躲进一个小隔间里面，砰地把门关上，然后坐在了马桶上。

冷静，茱莉。深呼吸。

“你在这儿吗，茱莉亚？”艾莉的声音上气不接下气，听起来很恼怒。

茱莉亚颤抖着慢慢呼出一口气。恐慌症发作是不好的，尤其在她姐姐面前发作的话，几乎更让人无法承受。她慢慢站起来，把门打开：“我在这里。”

艾莉把手放在臀部，盯着茱莉亚，用那种警察办案的目光打量着她，然后说道：“我从来没见过谁像你这样在机场跑得这么快！”

“我要上厕所。”

“你该去看泌尿科了。”

“不是这个意思，我……”茱莉亚觉得自己像个白痴，“飞机上有一个乘务员认出了我，她那样看着我，就好像是我杀了那些孩子似的。”她感到自己的脸颊开始发烫，觉得应该说更多东西来解释这一切。但是她的姐姐，对这样的事情是完全无法理解的。艾莉是一个像她们的女祖先那样的女人，是可以在野地里生完孩子就继续干活的那种。她姐姐几乎不知道什么叫作脆弱。

艾莉的脸色柔和起来，“去他们的！你不能让他们影响到你。”

茱莉亚也希望她能这样做，但她总是需要被接受。作为一个心理医生，她知道她需要什么，以及为什么需要。她知道她那些受人欢迎、生活在聚光灯下的家人们为何会让她觉得自己被边缘化、毫不重要，也知道她爸爸那种隐忍深沉的爱为何会让她觉得自己根本就不讨人喜欢。但是，她的专业知识并不会减弱那种需要。她甚至都不知道这些为什么会变得那么重要。她所知道的是，她的专业知识、她帮助人的能力，曾把她内心深处最害怕的地方填满了喜悦。但是现在她又害怕了，“对我来说这并不容易，你不懂的。”

艾莉斜靠在淡绿色的砖墙上，“因为你觉得我只是比蚯蚓聪明一点，或是你觉得我这辈子没有什么值得失去的东西?”

茱莉亚突然希望，要是自己的记忆力能再好一点就好了。想必以前她和艾莉在一起玩的时候，也必定有一起交流小秘密的时刻，而非总是互不关心；也肯定有充满笑声开心地聊天的时刻，而非总是充满着尴尬的停顿。但是这样的事情发生过吗？茱莉亚不记得了。她所记得的只是，自己是那个“聪明”的妹妹，那个“古怪”的家伙，对于娇小的家人们来说她长得太高了，所想要的都是一些没人能够理解的东西。她就像是兰花丛中的一个蘑菇。面对陌生人，她总是能自如地表达；但在面对她姐姐的时候，她总是不能。她叹了口气说道：“我们别吵架了，艾莉。”

“你是对的。来吧!”

茱莉亚还没来得及回答，艾莉就走出了厕所。茱莉亚别无选择，只能跟上。

一台装饰着木纹车门板的丑陋的白色雪佛兰萨博班停在路边，艾莉走到车后把掀背门打开，把她的包扔了进去。然后大步绕过车身，往驾驶座侧走去。

茱莉亚艰难地提着她的行李，放了两次才把她的行李放好。她砰地把后门关好，然后走到副驾驶座侧，爬进去坐好。

艾莉把车从停车位上倒出来，向出口开去。引擎开始轰鸣的时候，车上的音响也响了，一个带着鼻音的家伙在唱着一首关于“小丑的口袋”的歌。

她们两个谁也没有说话。当车窗外的景观从城市的灰色变成了乡村的绿色后，茱莉亚开始觉得自己像是一个为了配合她姐姐而存在的白痴。这是怎么回事呢？即使经过了这么多遥远而分离的年月之后，她们一见面还是立即就回到了童年时候的角色。看一看彼此，又是少女时代的样子了。

她们是家人，有时候会感觉到一种似是而非的血缘关系，她们应该能够相处。除此之外，茱莉亚还是个心理医生、人际关系专家好不好？但在这里，她却变成了一个大孩子们不愿带出去玩的小妹妹！

“你何不告诉我，为什么让我回来?”她终于说道，只是为了寻找共同话题。

“到地方了我再告诉你。我有很多照片和东西要给你看，否则，我怕你不会相信我。”

茱莉亚瞥了她一眼，“所以这只是一个救援任务，其实并没有让我来这里的必要。”

“喔，有必要的。我们有一个需要帮助的小女孩，但是，情况很复杂。”

茱莉亚不知道这是否可信，但她知道艾莉只会按自己的时间、用自己的方式做事。“好吧。那么，你那个朋友佩内洛普怎么样?”她开口问道。

“她很好。但是带着她那几个半大的孩子，快把她弄死了。”说完艾莉猛地战栗了一下，好像是意识到自己不该把“半大的孩子”和“弄死”两个词在同一个句子里说出来。“对不起。”她满怀歉意地说道。

“别担心，艾莉。半大的孩子是很难带，他们多大了?”

“男孩十四岁，还有一个女孩十六岁了。”

“棘手的年龄。”艾莉微笑道，“那个女孩塔拉，总是想在身体上刺洞和文身。把花生的老公都搞疯了。”

“那佩内洛普呢，她如何处理的?”

“处理得很好。好吧……如果不说她长了多少肉的话。去年，她开始不吃任何人类已知的食物。上周她开始抽烟，还说明星们就是这么干的。”

“抽烟，然后呕吐。”茱莉亚说。

艾莉点点头，随即问道：“菲利普怎么样?”

茱莉亚被这个名字带来的阵痛刺激到了。她几乎有一年没有看到过他了，不应该还让人痛啊。她看了一眼她姐姐，心想要是自己能说“他已经不爱我了”就好了，也许艾莉能让她笑对她那颗破碎的心。作为一个心理医生，茱莉亚知道这样是一个好的开始，那种坦白，可能会开启在她生命里大多数时候都关着的那扇门。但她说的却是：“去年我们分手了。我太忙了。我的意思是，那时候我忙得没时间谈恋爱。”

听完这句话，艾莉大笑起来：“忙得没时间谈恋爱，你疯了吗?”

在接下来的两个小时里，她们就陷入那种时而聊些无关紧要的话题、时而意味深长地沉默的状态里了。茱莉亚努力想找到那种能让她们一直聊下去的话题。她们也几乎从未提及她们的父亲，也远离了关于她们妈妈的记忆。

她们到了雨谷镇出口，下了高速。在那条开往童年的长长的、蜿蜒的路上，茱莉亚发现自己紧张起来。在这里，处于这些参天大树之中，她又开始感到自己的渺小和无足轻重。

“我本想卖了这块地，搬到离镇子近一点的地方。但每次我准备把它挂出去的时候，我就发现又有一处需要先修理。”艾莉在往镇外开的路上说，“我不需要心理医生来告诉我说，是因为我害怕离开它。”

“这只是个房子，艾莉。”

“我想这就是我们两个不一样的地方，茱莉。对你来说，那只是三间卧室，两个浴室，一个厨房、餐厅、起居室；对我来说，那是我曾经最美好的童年，那是我抓蜻蜓装在玻璃罐子里的地方，是我让我的妹妹用鲜花来给我编头发的地方。”她的语调降低了点，意味深长地看了茱莉亚一眼，然后转上了她们的私人车道，“那里还是我们的父母在一起，相亲相爱了接近三十年的地方。”

茱莉亚不打算反驳，尽管她们都知道这只是一个编造的谎言。“所以别叫着卖掉它呀，承认那就是你想待着的地方，再把这些美好的回忆传承给你自己的孩子。”

“正如你可能已经注意到了的，我没有孩子。但是多谢你指出这一点。”艾莉驶进了院子，然后一个急刹车，“我们到了。”

显然，茱莉亚又说错话了。“你不需要一个丈夫，你知道的，尤其是不需要你以前的那种。”她说，“你可以自己要个孩子。”

艾莉转过头去看着她：“在大城市里可能是这样，但不是在这里，不是我。我什么都想要，丈夫，孩子，金毛猎犬!”她笑了，“实际上，我已经有狗了。而且，如果你不再提我的丈夫的话，我会很感激的。”

茱莉亚需要换话题了——又需要换了——“杰克和埃尔伍德怎么样了?还会直接往女人的裤裆里钻吗?”

“他们是公的，不是吗?”艾莉笑了。她的姐姐依然是那么漂亮，这让茱莉亚受到了冲击。虽然艾莉已经三十九岁了，她的眼睛周围还是没有纹路，嘴巴周围也没有皱纹。她那双鲜亮的绿眼睛闪闪发光，皮肤如同牛奶一样纯净，颧骨轮廓分明，嘴唇饱满性感。甚至她那土气的、没什么层次的发型，也无法削弱她的美貌。她体态玲珑曲线诱人，面带微笑宛若明灯。难怪所有人都喜欢她。

“来吧。”艾莉下了车，砰地关上了身后的门。

茱莉亚想着下车，却坐在了那里，透过那肮脏的挡风玻璃看着这座她在里面长大的房子。傍晚的阳光给树的边缘镶上一道金边，所有东西都显露出一种金黄的色泽，给人一种不可思议的柔软感觉。

这是她第二次回来；她妈妈的葬礼时她是第一次回来，那次她也只在这里待了她必须要待够的时间，要继续医学院的学业是一个很好的借口。她说她得回去考试，没有人怀疑她。回想起来，茱莉亚那时应该留下。那个时候或许可以建立一个她们姐妹之间沟通的桥梁，让她们有共通之处。然而，事实却完全相反。在摩肩接踵的人群中，她们两个越走越远。平常的时候，整个雨谷镇就没人知道该跟茱莉亚说什么；她妈妈去世的时候，所有人就更加困惑该怎么跟她说话了。他们反复说着她的妈妈对于她对茱莉亚的成功教育是多么的骄傲，当他们说到第三次的时候，茱莉亚忍不住哭了。看着艾莉从她的朋友们那里得到了多少安慰，这对茱莉亚来说没什么帮助；茱莉亚整夜都独自站在那里，希望她父亲能注意到她并把她叫过去。当然，她失望了。作为一个新近丧妻、悲伤而低落的人，他是当晚被关注的焦点。每个人都去抱着他，亲吻他的脸颊，跟他说布伦达是去了一个更美好的地方。好像只有茱莉亚知道事实是什么样似的——他们都在说谎。当她父亲终于陷于崩溃痛哭失声的时候，除了茱莉亚外，所有人都冲过去安慰他。当她还是个孩子的时候，她就看到了任何人都没看到的——尤其是艾莉没有看到的事实：正是她父亲的自私碾碎了他妻子的心，正如他早已碾碎了她小女儿的心一样。也只有艾莉，才能在她父亲那极度自私自利的光辉中蓬勃成长起来。

茱莉亚把手伸向门把手，用力扭开，走下了车。一切东西都是它们在十月时该有的模样。枫叶正从天空中飘落下来，奏起了它们秋天的歌；她熟悉它们所奏的这首歌，如同她熟悉附近那条小河奔流的呢喃。在这落叶声、树枝的噼啪声和风的低语声中，她听到了妈妈的声音。她轻轻地喃喃说道："嘿，妈妈。"她似乎在渴望着妈妈的回答，但只有河水的喋喋不休和微风拂过树叶的声音传来。

她跟着艾莉穿过沼泽，向房子走去。

在灿烂的阳光下，这座老房子看起来好像是用银子铸成的一样。那灰色的墙上闪耀着一百种神秘的颜色，墙上有些修补上去的白色装饰，门框和窗框也是白色的，房车般大小的一片杜鹃花点缀在院子里。

艾莉打开门，把茱莉亚领了进去。

所有的东西看起来都和原来一样。起居室里仍然是那些光滑的浅米色家具，上面有粉红色的玫瑰花和淡淡的绿叶图案。到处都是老旧的松木家具：一个衣橱，里面估计仍然塞满了奶奶惠特克的花边桌垫和亚麻桌布；一张餐桌，上面有盖茨家族和惠特克家族三代人留下的历史性划痕；一个书柜，上面放着陶瓷花瓶，里面插着满是灰尘的丝质假花。法式门旁是一个河石壁炉。透过那银色的玻璃门，可以看见一条丝带般朦胧的河流在阳光下闪闪发光。艾莉没有改变过任何东西。这并不令人惊讶，在雨谷镇，人们只会要他们所“拥有”的东西。一旦他们“拥有”了什么东西，他们就爱上了这些东西，会让它们永远都保留着它本来的样子。

艾莉关上了门。当她刚说道“打起你的精神来”的时候，从楼梯下面传来了那两只成年金毛猎犬雷鸣般的狂吠声。在下面那光滑的木地板上，它们一起向旁边一滑，找到立足点站了起来。它们越过房间，像是橄榄球队的前锋一样撞向了茱莉亚。

“杰克、埃尔伍德，趴下！”艾莉用她最严厉的警察嗓音喊道。

那两只狗完全不听。

茱莉亚拼命把它们推到一旁，转身闪开。那两条狗这才把注意力转向了艾莉，那个深爱着它们的主人。

茱莉亚看着他们三个在地上打着滚，恳求道：“让它们在外面睡好不好！”

艾莉坐了起来，大笑着拨开眼睛上的头发，那两只狗舔着她的脸，“好吧，让它们在外面睡。”

茱莉亚听后刚松了口气，她姐姐又说：“不！不过我不会让它们进你的房间。”

“我想，它们会一直这么乖吧？”

“对。”艾莉让狗狗们坐下，大概命令了十二遍后，它们照做了；但一旦艾莉的目光移向别处，它们就开始趴在地上向门边匍匐前进。

“来吧！”艾莉说着，领路走向楼梯。

茱莉亚拖着行李走上那狭窄、吱吱作响的楼梯。到了楼梯顶部，她转向右边，跟着她姐姐穿过走廊，走进了她们童年时代的卧室。

两张单人床，裹着粉红色的薄纱。两张白色描金的法国地方特色书桌，一张淡绿色的豆袋椅。白色搁板上放着一排洞穴巨人和芭比娃娃玩偶，许多蓝色、黄色的《少女妙探》的玩偶，让她想起了那些打着电筒看书的夜晚。墙上钉着一张褪了色满是灰尘的哈里森·福特扮演印第安纳·琼斯的电影海报。

在她的床上睡着两只猫，像法式辫子一样缠绕在一起。

“来见见洛奇和阿德里安娜。”艾莉说着穿过房间抓起了那两只像是没长骨头的猫。那两只猫懒洋洋地挂在她的怀里打着哈欠。她把它们扔到走廊上，说：“去妈妈的房间。”然后转向了茱莉亚，“床单是干净的，在你的浴室里有毛巾；热水仍然需要等很久才有，你洗澡前别冲厕所。”艾莉走近了点说，“谢谢你，茱莉，我真的很感激你能来。我知道最近你的情况……不太好，然后……好了，谢谢！”

茱莉亚看着她的姐姐。如果她是另一种女人，或者如果她们是另外一种姐妹，她可能会承认：我其实也没地方可去了。然而，她说：“没什么。”然后把行李扔进了房间，问道：“现在告诉我，为什么让我回来？”

“到楼下来，我需要边喝啤酒边讲这个故事。”艾莉开始往楼梯走去，然后转身对茱莉亚说道：“你也会需要的。”

茱莉亚坐在她母亲最喜欢的椅子上，听着她姐姐的话，怀疑越来越多——“所以她像猫一样在树枝间跳跃？算了吧，艾莉。你陷入一些乡村的神话传说里了。听起来像是你找到了一个患有孤独症的孩子，她只是简单地从家里走失了，然后迷了路。”

“麦克斯说的和我一样。”艾莉喝着啤酒说。现在她们已经在客厅待了大半个小时。咖啡桌上遍布着文件：照片，指纹表和失踪孩子报告。

“麦克斯是谁？”

“他接任了费舍尔医生的工作。”

“他可能是昏了头。你们应该给华盛顿大学打电话，他们有大把的自闭症专家。”

“是啊，生活在雨谷镇的就没有一个是聪明人！”艾莉提高了声调说，“你根本就没有听我在说什么！”

茱莉亚下意识地缓和了一下她的评论：“对不起。那么，除了那肮脏的头发和惊人的爬树技巧之外，肯定还有更多的情况。告诉我。”

“她不会说话。我想，麦克斯也这么想，那可能是她不知道怎么说话！”

“对自闭症患者来说这也没什么不寻常，他们似乎在一个不同的世界，通常，这些孩子……”

“你没见过她，茱莉。当她看着我的时候，我浑身起鸡皮疙瘩！我从来没在一个孩子身上看到过那种……可怕！”

“她看着你？”

“更像是盯着，我想她是在试着和我交流什么东西。”

“她跟你做了一个直接的、有意向的目光接触?”

“拜托！我刚刚就是这么说的!”

这肯定没有，或者可能是艾莉搞错了。自闭症患者很少跟人做有意向的目光接触。

“她的身体习惯呢？手的动作、走路的方式等等那些?”

“她在那棵树上坐了好几个小时，甚至连眼睫毛都没怎么动，像爬行动物一样寂静。后来当她跳下来后，她以闪电般的速度动着。黛西·格里姆宣称她跑得像一阵风。她很奇怪地嗅一切东西，像只狗一样!”

茱莉亚不禁产生了好奇：“她完全没有声音吗？也许她是哑巴，或是聋子。这也可以解释她为什么会走失，或许她根本听不见有人在叫她。”

“她不是哑巴，她会尖叫和咆哮。哦，对了，当她觉得我们要杀了她的狼的时候，她开始号叫!”

“狼?”

“我忘了说这个吗？她身边有一只狼崽，现在它在野生动物养殖场。罗伊德说它成天坐在大门边没日没夜地嚎叫。”

茱莉亚往后一靠，双臂交叉。够了够了，这完全是个诡计，又是一个她姐姐准备拯救可怜的小茱莉亚的错误企图。“这是你编的。”她断定道。

“我希望这是我编的。但不幸的是，这都是真的。”

茱莉亚皱起了眉头，问道：“她真的有只小狼崽?”

“对。你准备好听奇怪的事情了吗?”

“还有更多?”

“她身上有很多疤痕。”

“什么样的疤痕?”

“刀伤。可能有的是……鞭痕。她的脚踝处，还有被绳子捆过的伤痕。”

茱莉亚松开了她交叉的双臂，身体前倾，“你最好别耍我，这可是个大事情!”

“我知道。”

茱莉亚的脑子里运转着非常多的可能性：自闭症，精神或发育迟缓，早发性精神分裂症，这些都是简单纯粹的答案。但是这里可能有些更黑暗的东西，更加独特和危险的东西。有可能是这个孩子逃离了些什么可怕的挟持者，选择性缄默症是受过那种创伤的正常反应。无论是哪种情况，这个孩子都需要帮助。而且并不是任何一个心理医生都能做这类诊断和治疗。茱莉亚是西海岸地区少数几个被认证可从事这类工作的人之一。

“她真的触动了我，茱莉。我害怕当那些当局的大人物介入的时候，我们会失去她。他们会把她扔在什么国家机构的仓库里，直到我们找到她的父母。这样我可无法忍受。这个孩子的事情是如此的……残缺和悲伤，我不知道是否有人曾经为她而战。有你在，当我们在查案的时候，我们就有一个充分的照顾治疗她的理由。没有人可以否认你的资质!”

听到艾莉所说的话，茱莉亚心想：问题来了，必须说明一下。

她轻声说道：“你看了新闻了吗，艾莉？我很难被任何人看重了，你说的那些国家大人物可能不会对我太满意。”

艾莉看着她。像往常一样，在艾莉的眼睛里显然有一种隐隐的担忧。茱莉亚知道，她的姐姐是那种很罕见的人：她很容易就会做出决定，然后为了她的信仰会跟随她的决定战斗到底！实际上，这是她们两姐妹为数不多的共同点之一。“我什么时候在乎过别人想什么？我们想救那个女孩，而你是我们中的一员!”艾莉非常肯定地说。

“谢谢，艾莉!”她的声音比她预想的还要平静——没有通常那么确定。她希望她能告诉艾莉，这对她意味着什么。

艾莉点点头，“我只希望你有你所想的那么厉害。”

“我有!”

“非常好。现在你去洗澡，放好你的行李。我跟麦克斯说过四点钟前我们要在医院碰头。”

三十分钟后，茱莉亚洗了澡，化了妆，穿着一条相当破旧的喇叭腿牛仔裤和一件浅绿色羊绒衫。她在打算见到那个所谓的“飞狼女孩”的时候不要太激动，但她不能很好地做到像平常一样镇定。她觉得自己已经在外漂泊了这么久，现在即使是这样随便瞟一眼自己以前的生活，都足以令自己激动不已。

她从冰箱里拿出一罐可乐，坐在客厅里。瞥见角落里那蒙满灰尘的钢琴，她心中泛起的回忆让她措手不及。她仿佛看见她妈妈坐在黑色的长椅上，抽着弗吉尼亚·斯利姆薄荷香烟，弹奏着一支喧闹的、那个旧时代的摇滚曲，有一群朋友聚集在钢琴边，一起唱着歌。

“来吧，姑娘们，”妈妈边说边对他们挥舞着手臂，“跟着唱!”

茱莉亚站起来，转身背对着钢琴。她不愿意去想妈妈，至少现在不要。但是，在这里，在这座房子里，不知何故时间像是被拆开了一样。如果茱莉亚在这里待得太久，她会再次变成一个发型糟糕、戴着厚厚眼镜的、笨拙的书呆子。

艾莉下了楼，穿着她蓝黑色的制服，衣领上的那三颗金星闪闪发光。即使穿着笨重的套装，她看上去依然娇小又美丽。“你准备好了？”她问道。

茱莉亚点点头，抓着她的包。这几英里路途，她们是在一种令人惊讶的友好谈话中度过的。茱莉亚注意到了小镇的变化：红绿灯，新的桥梁，关闭了的汉堡店；艾莉则指出有多少东西一直是这个样子。

最后，她们拐了个弯，县医院出现在眼前。这座朴素的水泥建筑坐落在一个中等规模的石子停车场后面。一辆救护车停在紧急入口的左边。在它背后的那一坡宏伟的常青树的映衬下，这座两层建筑的小楼显得异常矮小。就在这时，路灯亮了；每隔几秒钟，一束光就会穿过停车场，照亮那些像雾一样迷蒙的小雨丝。空气闻起来甜美而清新，湿湿的，带着刚刚修剪过的草坪的清香。

车一停下，茱莉亚就下来了。走得离门口越近，她就越感到自信。

她和艾莉肩并肩地走进双开门，走过了跟她们挥手的接待员。从她面前经过的护士和护工们穿着似乎曾是亮橙色的三文鱼色调的制服，她们的胶鞋底在铺着油布的地面上发出吱吱的声音。

在一个关着的门前，艾莉停了下来。她抚平衣服，把她的头发别到耳朵后面，然后飞快地在一个手持小化妆镜里检查了一下妆容。

茱莉亚皱眉道：“这是干吗？要拍照吗？”

“你会知道的。”艾莉敲了敲门。

一个声音说道：“进来。”

艾莉打开门。她们走进一间小小的、狭窄的办公室，带着一个可以看到大片杜鹃花的落地窗。

他站在房间的角落里，像是无风天里的一棵小草似的，身穿一条褪色的李维斯牛仔裤和一件黑色粗线针织毛衣。他的头发是钢铁般的灰色。毫无差别，就是一个完美的灰色版本的理查·基尔。他有一张那种长期待在阳光和风里的男人所具有的粗糙、古铜色的脸庞，但是引起茱莉亚注意的是他那双眼睛，它们是灼热而激烈的蓝色。

他是茱莉亚所见过的最帅的男人。

“你一定是盖茨医生。”他说着向她走来。

“请叫我茱莉亚。”

他对她展示出的微笑真是耀眼夺目，“除非你先叫我麦克斯。”

她立即就看出了他是哪种人：一个花花公子。就像菲利普一样，一个把性欲当外套一样穿在身上的男人。洛杉矶到处都是像他这样的男人。在若干场合，她都曾落入他们的圈套。当然，那是她年轻的时候。她毫不惊讶地发现，他有一只耳朵打了耳洞。她给了他一个专业的微笑：“请告诉我关于你的病人的情况吧，我了解到那个女孩是……什么，自闭症？”

他英俊的脸上闪过一丝惊讶，他伸手去拿放在他桌子上的一个文件夹，同时说道：“诊断是你的工作，青少年的心思不是我的专长。”

“那么你的专长是什么？”

“开处方——如果我非得说一个的话。我上的是教会学校。”又是那种微笑，“因此，我的字写得很好。”

她扫了一眼挂在他墙上的镜框里的证书，希望看见一些不知名的、见不得人的学校发的学位。然而相反，他有一个斯坦福大学的本科学位，一个加州大学的医学学位。她皱了皱眉。

这家伙到底待在这里干什么呢？

他在逃避！一定是这样！雨谷镇上的新人基本上可以分为两种：在逃避某些东西的人，和在逃避一切的人。她禁不住想知道他是属于哪个类别的。

她猛一抬头，发现他正在仔细研究她。“跟我来。”他说着牵起了她的胳膊。

茱莉亚跟着他沿着宽阔的白色走廊往前走，艾莉在他的另一面。在几个弯道之后，他们来到一个上面有大图片、表示出那是个托儿所的窗口。在那里，他们停了下来。麦克斯站得靠茱莉亚那么近，他们几乎挨在了一起。她向旁边跨了一步，让他们之间留了点空间。

玻璃后面的房间是一间看起来很平常的游戏室，小桌子，小椅子，墙上的书架上放满了游戏玩具和书籍，一个洗手槽和操作台的区域，一排空荡荡的婴儿床和一张单人床。“她在哪里？”她问道。

麦克斯点点头，“注意看。”

寂静中，他们在等着什么。最后，一个护士走过他们身边，进入游戏室。她把一盘食物放在桌子上，然后离开了。

茱莉亚正想问一个问题，这时她看见床下有什么东西动了一下。

她倾身向前。她的呼吸在玻璃上结了一层雾，她不耐烦地把那层雾抹去，小心翼翼地把手缩了回来。

从床下伸出几只手指，然后，一只手。过了很久之后，一个小孩从床底下爬了出来。她穿着一件对她来说太大了的褪色病号服。

那孩子——女孩，一头乱糟糟的黑头发，被晒得黝黑的皮肤。即使在这个距离上，那些密密麻麻分布在她胳膊上和腿上的银色伤疤也清晰可见。她的身体完全弓着，好像四肢着地会让她更舒服似的。每爬一下，她就会停下来一动不动，然后飞快地悄悄竖起脑袋四处张望。她嗅了嗅空气，似乎嗅到了食物的味道。一到桌子旁，她就像一个野生动物一样趴到了食物上。就算是在吃东西的时候，她也毫不放松，仍然不停地四处扫视着房间、嗅着空气里的味道。

茱莉亚觉得脊梁上升起一股寒意。她俯下身子悄悄打开公文包，拿出记事本和笔，一边观察那女孩一边开始做笔记："我们现在知道她的哪些情况了?"

"什么都不知道。"艾莉回答道，"她才来镇上一天，黛西·格里姆觉得她是来寻找食物的。"

"从哪个方向来的?"

回答她的是麦克斯："从森林里来的。"

森林里。茱莉亚想起了奥林匹克国家森林公园。那里覆盖着成千上万亩黑暗的苔藓，很多地方仍然无人涉足。那儿是神话和传说存在的领域，异象和奇迹的所在地，传说中的野人的领地。

"我们认为，她已经在那里迷失了好些日子了。"艾莉说。

茱莉亚没有回应。她知道那孩子肯定不只在这国家森林公园里迷失了一两天。"她说过话吗?"她问道。

麦克斯摇摇头："没有。我想她也听不懂我们说的话。她所有的时间都待在床底下。当她还处于昏迷时，我们给她洗了澡包上了尿布，但我们还没能再次接近她给她换尿布。她根本没有想过要上厕所。"

"好吧，"茱莉亚感到肾上腺素一阵飙升，"让我们来看看怎么办，好吗?"她转向她的姐姐，"去自助餐厅给我弄点巧克力和福奇糖，还有，一块苹果派和一个巧克力蛋糕。"

"还要别的吗?"

"玩具娃娃，要很多。最好是衣服可以穿上和脱下的那种，但不要芭比娃娃，可爱的娃娃。还要一个毛茸茸的动物玩具。你说她和一只狼崽在一起，对吧？给我一个毛绒狼玩具。”

“明白了，我马上就回来！”艾莉转身匆匆离开。

她又对麦克斯说：“告诉我关于她脚踝上那些勒痕的事情。”

“我想……”他的话被医院对讲系统里的传呼声音打断了，那是让他去急诊室的传呼。

他把文件递给了她，匆匆说道：“都在这里，茱莉亚，这些看起来可不是什么好事情。等一下如果你想和我讨论……”

“目前要这些病历就够了，谢谢你。”她迅速打开文件开始阅读，根本就没有注意到麦克斯是什么时候离开的。

整个第一页都是伤疤的目录，记录着那孩子身上大量的伤疤，包括在她左肩上的那条看起来像是刀伤的、愈合得很不好的伤疤。

麦克斯是对的。无论在这孩子身上发生过什么事情，绝对不会是好事情。

05 chapter 魔法时刻

艾莉离开医院时发现外面聚集着一群人，这并不让她觉得奇怪。

他们站在那里形成队列，就像是从遥远年代穿越而来的队伍似的。格里姆姐妹们站在队伍前面，形成一个不规则的三角形。跟往常一样，黛西是头。今天，她穿着一件带花卉图案的家居服，里面是一件厚厚的毛衣。连衣裙的蕾丝花边垂到膝盖上面一英寸处，一双绿色的橡胶靴向上穿到膝盖下面一英寸处。她那鸽子灰颜色的头发在脑后扎成一个发髻，因为扎得太紧，让她的眼睛都有了一点轻微的斜视。那无时无刻不戴在身上的雏菊项链和耳环，映衬着她那苍白而布满皱纹的脸。

“巴顿警长。”黛西说着，像女王一般地走了过来——或者说是，一个穿着橡胶靴、抱着她那死去的丈夫的骨灰瓮的女人能走得有多么像个女王，她就有多么像地走了过来。她穿的那件灰白笨重的美国本土风情毛衣，至少大了两个尺寸。“我们听说你到这里来了。”

“奈德看见你从高速路上下来，他给桑迪打了电话；桑迪看见你上了海湾公路。”维奥莱特每说一个字就点一下头，好像是在用这个动作打标点符号一样。

“这是怎么回事，警长？”在人群的后面有人喊道。

艾莉敢肯定那是本地的记者莫特·埃尔兹克，他已经把这件事情，写到今天早上的报纸上去了。

“嘘，莫特！”黛西用她以前当校长时的那种语调严厉地说道，“我们已经按照你下的命令发动了全镇，警长。人们都很积极，现在我们有很多游戏玩具、书和衣服，甚至还有一台滑板车。那个可怜的孩子也不会要求什么。我能把那些东西拿到她的病房里去吗？她在哪儿，那可怜的小东西？”

玛丽格德上前来，降低声音说：“在精神病区吗？”她瞥了一眼周围的人群，他们都点着头。“在急诊室，他们会做精神鉴定的。”

“那只狼怎么样了？”又是莫特。他正在试图挤过人群走过来。

突然间每个人都开始说话了。黛西没有阻止他们，艾莉也没有。他们很快就会自己安静下来的。毕竟，现在已经快到酒吧的减价时段了。

他们会看看时间，嘟囔着一个接一个地回到他们的车上去。黛西·格里姆会带领他们走的。因为每天当酒吧的减价时段到来的时候，她都会出现在大脚怪酒吧，旁边的凳子上放着她那个华丽的黄铜骨灰瓮。她最喜欢喝那时候的半价掺威士忌的啤酒。她自豪地说，她从未喝过两杯以上。当然，也从未少过两杯。

“她是谁？”莫特恼怒地大声问道。

这让所有人都闭上了嘴巴。

“那是最重要的问题，莫特。花生正在警局用尽一切办法查着这个。”

“你看了我今天的文章了吗？就在头版。”

“我还没有看报纸呢，莫特。对不起，你的标题是什么？”

“《真人版‘狼孩莫格利’》！”他得意地膨胀了起来，“我喜欢引用经典。因为这篇文章，《国家询问报》还给我打电话了呢！”

艾莉吃了一惊。她还没有从这个哗众取宠的角度想过这件事。飞狼女孩降临雨林小镇，这将不只是个本地的新闻，会引起广泛关注的。

而且现在，茱莉亚也卷进来了。

“老天！”艾莉心中暗自叹息。

“你有让那些可能知道她的身份信息的人联系我们吗？”她问道。

莫特像是被蜇了一下似的说：“当然！我很专业，你知道的！我想采访她。”

“我们谁不想？现在我请来了一个心理医生和她在一起。如果我有任何新的消息，我会告诉你的。关于你已经知道了的那些消息……”

“是茱莉亚！”维奥莱特把双手拍在一起叫道。

“当然！”玛丽格德插嘴，“奈德还在想那个金发女人是谁呢！”

“我真不敢相信，这么明显的事情我都没想到！你去机场把她接来的！”黛西说。

“要像狗一样灵敏！”玛丽格德说着用鼻子一嗅。真可谓一日为高中英语老师，终生是高中英语老师。

莫特立即跳得像是个见到了加勒比海盗的孩子，“我想采访你的妹妹！”

“我还不确定是否联系过茱莉亚·盖茨来处理这件事情，她也没在这里。”艾莉盯着莫特说，“明白了吗？我不想在报纸上看见她的名字！”

“如果你答应给我独家……”

“闭嘴！”

“但是……”

黛西打了一下他的后脑袋，“莫特·埃尔兹克，难道你不觉得你在违抗艾莉了吗？你妈妈要是知道你有这样的想法，会从坟墓里爬起来的；你敢这样，我发誓我也会给你爸爸打电话的！”

“别把这事情搞砸了，莫特。”艾莉又加了句，“求你了！”因为他们两个都知道，他可以照他想的做。但是他们之间有几十年的交情了，在这样的时刻，他们两个更像是高中时代的“报纸怪人”和“返校节皇后”，而不是记者和警长。在这样一个小镇上，社会形态就像是混凝土一样：早已成型，又十分坚硬。

“好吧。”他发着牢骚回答道。

艾莉笑道：“很好！”

黛西说：“我们拿这些送来的东西怎么办呢，警长？”

“谢谢你，黛西。你们可以把所有东西都放在我的车库里。一定要登记好所有捐助者的名字，我想跟他们说声谢谢！”

玛丽格德拍拍她的塑料笔记本，说道：“已经做好记录了！”

艾莉点点头，“很好。我知道我可以指望你们！现在，我最好是去工作了，我们需要追查身份信息。谢谢你们所有人的帮助！闯入了我们这个小镇，对那个孩子来说，是件幸运的事情！”

“我们会照顾她的！”有人说。

艾莉向停车场走去。她能听见身后那些人议论纷纷的嗡嗡声，每走一步，她听到的声音就小一些。今晚，在大脚怪酒吧和倒酒之家酒吧这两个地方，人们对这件事情的传言和议论，会比买过的奥林匹亚啤酒的罐数还要多。主题将是茱莉亚和狼女孩，两个话题将会比例相当。艾莉早该预料到的。

在一个崇尚整齐划一的小镇上，茱莉亚总是显得与众不同。一个安静的、腼腆的女孩，不知何故出生在了一个错误的家庭；然后，难以想象的是，后来她被证明简直就是个天才。小镇上的人们不知道是什么让她出现在这里的，他们的确不知道现在还能跟她说什么了。

艾莉爬进她妈妈的那辆老萨博班——知情人都知道这车叫“玛吉”，开车回了警局。整个车程，她在心里暗暗增加了很多事情到待处理事项列表里。今天，她会找到那个女孩的身份。必须找到。无论是茱莉亚让她开口了，还是有人读到了报纸传来消息，或者是艾莉会在那些悬案的档案里找到答案、成为英雄；当然，最后那个找到答案的方式，对她来说是最好的。

她把车停在她的车位上，走进了警局。

维戈·莫特森站在她的办公室里。当然，不是真的维戈·莫特森。那是从一张《指环王》的海报上剪下来的、一块硬纸板的“维戈·莫特森”。一个用白色绘画纸做的对话框贴在他的嘴唇旁边，上面写着：忘记亚玟吧，我想要的是你。

艾莉爆发出一阵大笑。

花生转过角走进办公室，拿着两杯咖啡。

“你怎么知道我今天需要这个?”艾莉说。

花生递给她一杯咖啡，“我很会猜。”

“还有阿拉贡呢?他躲在哪里?”

“在玫瑰剧场的放映室。奈德把他借给我的。”

“这么说，我还得还给他?”

花生露齿一笑，“明天，或者后天，我告诉奈德还需要一段时间。看起来你的卧室里是多么需要一个男人。奈德说，有个纸板，总比什么都没有要好。”

艾莉禁不住笑了，“谢谢，花生!”然后她想起了她的待处理事项列表，微笑很快又消失了。“好了，我想我们最好开始工作了。”

花生冲到她凌乱的办公桌边，从一片混乱中抽出一张纸来，说道：“目前为止，我们所知道的是这些。”她戴上那副在好市多超市买的、镶水钻的眼镜后接着说道，“失踪儿童中心正在他们的数据库里搜索，他们第一轮筛选出了超过一万名有可能与此相符的案例，正在努力缩小搜索范围。如果知道她的确切年龄，会有帮助。”

艾莉慢慢坐了下来。她的英雄之梦，就像一个旧气球般嘶嘶地泄了气。“一万多名失踪女孩!我的天，花生，处理完所有这些信息，得花我们几十年的时间!”

“你先听听这个，艾莉!全国每年有八十万起失踪儿童案。也就是说每天大约有两千起!据统计，有50%是被她们认识的人绑架的白人女孩。确定了她是白人吗?”

“确定。”突然间，艾莉感到不知所措，问花生：“联邦调查局给我们回复了吗？”

“他们还在等着我们提供被绑架的证据，或者一个确切的身份证明。她可能只是个从密斯底克或者福克斯走失的孩子。事实上，我们还没有证据能证明这是一个罪案。他们建议我们重新搜索全镇。然后，社会福利服务部在向我们施压，让我们给她找一个临时收养人。我们需要开始着手这件事了，她不可能永远待在医院里。”

“你给劳拉恢复中心打电话了吗？”

“我还给《全美通缉令》节目组打了电话，还有司法部长。到了明天，这个女孩会上新闻头条的。”花生焦虑地皱起了眉头，“要想把茱莉亚藏起来，可不容易。”

这个故事将会掀起一场媒体宣传的飓风，这一点毋庸置疑。而且，茱莉亚·盖茨医生会再次处于风暴的中心。

“对，”艾莉说，“的确不容易。”

女孩像一棵幼小的蕨类植物一样，蜷缩在黑暗中。这个地方对她来说，太亮了，也太白了。地板又冷又硬，有时会让她颤抖，让她想回到她的洞穴里去。当她睡着的时候，陌生人们给她换了衣服。现在，她的味道闻起来就像是鲜花和雨水。她怀念她自己的味道。

她想闭上眼睛睡觉，但这里的气味闻起来都不对头。大部分的时间，她都觉得鼻子很痒，喉咙里干得咽东西都疼。她怀念她的那条河，还有离她洞穴不远处陡峭的悬崖上，那不停坠落的瀑布的轰鸣。她能听见那个“太阳颜色”头发的女人——她的呼吸，她的声音。那声音像是雷暴一样，无穷无尽，令人胆战心惊。这只能让她赶快溜开，躲到这个地方的尽头。如果她是头狼，她就能挖个洞钻出去，消失。这样的想法让她感到悲伤。她在想着“她”，甚至是“他”，还有狼。

没有了他们，她有一种失落的感觉。眼前这个地方，她根本待不下去。这个四四方方的地方，让她闻不出来接下来的天气会是什么样，脸上也感觉不到太阳的热量；这里没有任何绿色的、活着的东西，空气里的气味很难闻。

她不该逃走的。“他”总是告诉她，他们的森林后面又寒冷、又危险，她必须躲起来的原因是，在这个世界上的那些人——陌生人们，伤害起小女孩来，比“他”所做过的一切还要糟糕。

她应该听“他”的话的；但是她是那么的害怕，而且已经害怕了那么久。

现在，她会被伤害得比那张网还要厉害。

他们正在等着，她一出来，他们就会伤害她；但她会小到让他们看不见，就像一只消失在叶子上的绿甲虫一样。

在被装饰得气氛欢快的活动室里，茱莉亚坐在一张让人不舒服的塑料椅子上，盯着大腿上的笔记本。前一个小时，她不停地对那个藏在床下的女孩说着话，但她没有得到任何回应。她的笔记本上仍然满是没有答案的问题。

牙齿——牙科处理？

耳聋？

粪便——任何食物的迹象？

会上厕所吗？

伤疤——年龄

种族

在她做实习医生才几年的时候，所有人都知道了，在治疗精神创伤和患抑郁症的小孩方面，茱莉亚有那种真正的天赋。即使是她那些最优秀的老师和同事，都会来向她征求建议。她似乎天生就懂得，现在孩子们身上的那些异乎寻常的精神压力。通常，他们总是待在市区那些充满黑暗的小巷子里，出卖他们瘦弱的身体，来换取食物和毒品。她知道那些被压榨剥削的、被虐待的或是酗酒的孩子是什么样子，她也知道分崩离析、所有成员彷徨无依的家庭是什么样。最重要的是，她记得作为一个局外人是什么感觉。虽然她已长大，进入了正常成年人的行列，但那些痛苦的童年记忆依旧在那里。孩子们会对她敞开心扉，相信她，愿意对她倾诉，愿意接受她的帮助。

虽然她的专业不包括自闭症、脑损伤康复或智力障碍等，但她当然也能治疗这样的病人。她知道自闭症如何运作、有什么样的反应。

她也知道，在没有学手语前，耳聋的儿童行为会有多么离谱。令人震惊的是，在这个国家还有很多地方，比如一些边远落后地区的居民点，那些聋哑儿童长大后，仍然没有任何与人交流的能力。

但这些东西似乎与本案无关。那孩子的脑部扫描，没有显示出任何病变和异常。茱莉亚有点不确定，当然，这也得她彻底检查了那女孩之后才能知道；但是，看起来那些一般性的答案，对这孩子来说都不对。藏在床底下的那个女孩，可能是个在某一天远足的时候失踪了的、完全正常的孩子，只是现在害怕得不敢说话了。

一个和狼一起生活的、完全正常的女孩。

——会对着月亮号叫。

——而且看起来不知道厕所是干什么的。

茱莉亚皱着眉头放下了笔，她已经沉默了太久。最大的希望，是与这个孩子建立起交流，这意味着沟通。“我想，我写不出来理解你的方法，是吗?”她用温柔抚慰的声调说道。

“那可太糟糕了，因为我喜欢写作。可能你喜欢画画，大部分你这个年龄的女孩都喜欢。我不知道你的确切年龄，赛内森医生认为你大约六岁，我会说，你还要小一点。但是我还没有真正好好看过你一眼，是吗？我三十五岁，我告诉过你吗？我相信这个年龄对你来说太老了。坦白说，从去年开始，我自己也开始觉得自己老了。”

在接下来的两个小时里，茱莉亚说了些跟什么都不相干的东西。她告诉那女孩，他们在哪里，以及为什么会在这里——因为所有人都想帮她。不管她说什么或怎么说，都没起到任何作用。每句话里的潜台词都是：亲爱的，快出来，这是个安全的地方。但是她始终没有回应，手指头都没有从床底下露出来一个。她正要开始谈论“这个世界有时会让人觉得多么孤独”时，一阵敲门声打断了她。

床底下传来一阵窸窸窣窣的声音。

女孩听到敲门声了?

“我马上回来。”茱莉亚用一种很平常的、就像是在说“哦，有人在我的门外”的腔调说着，走到门边把门打开。

赛内森医生把头往右边一歪，那里站着两个穿白衣服的男护工，每个人拿着一个巨大的盒子。“这里是食物和玩具。”

“谢谢。”

“还没有回应?”

“没有，而且这样下去，我们不可能对她做出诊断。我需要研究她，研究她的行为、反应和动作等。那该死的床，让这一切都变得不可能。”

“你们想让我们把这些东西放在哪儿?”其中一个护工问。

“我会把那些毛绒玩具拿进去，其他玩具先放起来，她现在还不会去玩那样的玩具。食物可以放在桌子上。还有，安静点！她已经很害怕了，我不想把她吓得更厉害。”她又对麦克斯说：“这个镇上，那个跟我的车差不多大的图书馆，还在吗?”

“它是很小，”他承认，“但自从有了互联网，你就可以查到一切资料。去年这个图书馆联网了，”他迷人地笑了起来，“当时，还举行了一场游行庆典。”

在这一刻，她有一种和他聊到一起去了的感觉。他们两个都是局外人，一起嘲笑着这个小镇的风俗习惯。当茱莉亚意识到这是他在逗她笑时，她赶紧收起了那种感觉。“这里总是这样。”她开始说着些别的东西——她甚至都不知道是什么东西、在什么时候冲击了她。

把那架床搬开。这么明显的事情，她怎么会搞忘了?

她转过身去关上了门，意识到这一点的时候晚了一点，她应该在一见到麦克斯的时候就把门关上。糟糕。哦，好吧。她向离她最近的一个正在往托盘里装食物的护工走去，然后说道：“请把那张床搬出来，但是把床垫留下。”

“啊?”

“我们不是搬家具的，小姐!”另一个护工说。

“是医生，”她纠正道，“你是在跟我说，因为你们两个没那么强壮，所以不帮我吗?”

“我们当然是够强壮的!”那个高点的护理工赶忙说着放下那盒毛绒玩具。

“很好。那么，还有什么问题?”

“来吧，弗雷多。我们来抬床吧，否则，这个医生还会想要一台冰箱的。”

“谢谢你们。在那下面有个孩子，尽量不要吓到她。”

其中一个人转向了她，问道：“你为什么不让她出来?”

“请把床搬走就行了，谢谢。小心点，把床垫留在那个角落里。”

他们把床从地上抬了起来，把床垫放在了她指定的地方，然后退出了房间。门在他们身后咔嚓一声关上了，但茱莉亚没注意这些。她的眼里，只有她的病人。

那女孩蹲着，张开嘴开始尖叫。

来吧，茱莉亚想，让我听见你的叫声!

然而，那孩子爬回了墙边，一动不动，没有了声音。她进入了完全的沉默状态。

这让茱莉亚想起一条融入了环境的变色龙。但是这个可怜的孩子无法变色，无法消失。在灰色带斑点的油毡地板和白色的墙的映衬下，她完全太显眼了。她是那么的寂静，看起来就像是用苍白的木头雕刻出来的一样；她唯一的生命迹象是她的鼻孔，张开着，好像要把一切气味都嗅进去。

这是第一次，茱莉亚注意到了这个孩子的美。虽然这孩子瘦得可怜，但她仍然长得俊秀可人。她凝视着茱莉亚附近，但不怎么看她，就好像是有什么危险的动物就在茱莉亚的旁边，她需要盯着警戒。她的表情既平淡、又不可思议地让人着迷，好像什么都没有，又好像什么都有了。她的口型完全没有任何曲线变化，看不出任何不悦或好奇的迹象；她的眼睛——那双令人惊羡的蓝绿色眼睛，充满了紧张和戒备。

那双眼中没有恐惧，这让茱莉亚感到惊讶，也许她是看到了恐惧的另一面。发生了什么事情，让这孩子身上的恐惧已经成了永远的常态，都已经固化成了警惕？

“你几乎已经在看着我了。”她尽量用一种谈话式的语气说着。眼神接触很重要。按常规，自闭症患者不会跟人做眼神接触，直到或除非他们经过了大量治疗。她在便签本上写下：哑巴？她姐姐说那女孩会发出很多种声音，但茱莉亚本人还没有听见过。此外，她姐姐还曾表明，那女孩有惊人的跳跃和爬树的能力。“我想你是被吓到了，昨天以来在你身上发生的事情都很可怕，谁都会被吓哭的。”她继续说道。

根本没有反应。

接下来的十二小时，茱莉亚静静地坐在椅子上，说着话做着笔记。她观察着她能看到的关于那女孩的一切，然而说实话，并没有多少东西可观察。在最初的那几个小时里，那孩子几乎完全一动不动。午夜左右的时候，她睡着了，仍然蹲靠在墙上。当她终于跌倒在地板上后，茱莉亚谨慎地走向她，轻轻把她抱起来放到床垫上。

整夜，茱莉亚都在观察着女孩睡觉，发现她似乎随时都处于噩梦之中。不知什么时候，茱莉亚也睡着了。但在第二天早上七点不到的时候，她又醒了过来，继续观察。她打了个电话回家，告诉艾莉她可能会整天待在医院，然后又继续回去工作。

当女孩终于醒来的时候，茱莉亚已经做好了准备。带着轻松的笑容，她又开始说话了。她确保女孩能从她的声音里面听出接纳和关心，这样的话，即使她听不懂她说的话，也能明白她的意思。茱莉亚一个小时又一个小时地说着，早餐和午餐的时间都过了，她都没吃一点儿东西。到了下午晚些时候，有两件事情倒是做成了：茱莉亚筋疲力尽了，那女孩多半是饿了。

茱莉亚非常缓慢地走到昨天放进来的那个盒子旁。她非常小心地让自己不做出任何显得突然的动作。她平稳地反复说着抚慰性的话，好像那孩子的沉默是世界上最自然的事情似的。“我们现在来看看这些东西怎么样呀？看看你会不会喜欢什么东西。”她把盒子打开了。一个灰色毛绒小狼，躺在一堆别的毛绒玩具和叠好的衣服上。她把它捡起来，然后走向旁边的盒子，仍然微笑着，开始打开盒子。“雨谷镇的人们给你带来了这个东西，因为他们都很担心你。我敢肯定，你的父母也很担心。可能你是走丢了，但那不是你的错，你知道的。没人会生你的气的。”

她瞥了一眼那女孩，现在她坐在了床垫上，一动不动盯着茱莉亚的身旁。

窗口！茱莉亚意识到了。那女孩从未把她的目光从窗口移开过！虽然玻璃不够大，并没有展现出多少外面的世界，但可以看见一小片蓝色的天空，和一棵冷杉绿色的枝尖。“你想知道怎么样才能从这里出去，不是吗？我很想帮你回家，你喜欢吗？”

没有任何反应，甚至对“家”这个字眼也没有。

茱莉亚从架子上抓起一本大书，把它扔到地板上。书在地板上撞得“嘭”的一声。

女孩一阵畏缩，睁大了眼睛。她飞快地扫了一眼茱莉亚，然后急忙跑到了墙角。

“所以你是能听见的！知道这个真是太好了。现在我需要知道，你是不是能理解我的意思。你刚才听见的，是我说的话，还是响声，小女孩？”她小心翼翼地走向那孩子。在这过程中她一直盯着那孩子的眼睛，希望能够看到一个接受她走近的眼神，但是没有。当茱莉亚距她大约八英尺远的时候，女孩的鼻孔张大了。她开始使劲呼吸，从她的嘴唇间漏出一丝微小的啜泣声。她黝黑的手指头紧紧地绞在一起紧绷着，那么用力，手指头都快变白了。

茱莉亚停了下来，柔声说道：“现在已经够近了，是吗？我吓到你了，实际上这很好。你对这个陌生的环境做出的反应很正常。”她非常缓慢地弯下腰，把毛绒动物玩具扔向了女孩，落到了她的右边。“有时候，一个柔软的玩具，会让我们感觉好点。当我还是个小女孩的时候，我有一个粉色的泰迪熊，名字叫叮当，无论去哪儿，我都带着她。”她回到桌子旁把盒子放在地上，然后坐下。

刚过一会儿，有人敲门。一听见敲门声，女孩往角落里缩得更紧，蹲在地上，让她自己显得尽可能的小。

“这只是你的晚餐来了。我知道现在早了点，但是你肯定饿了。我不会让你独自吃饭的，你最好现在就明白这一点。”她打开门，谢过了护士送来食物，然后回到桌旁。

门又咔嚓一声关上了，剩下茱莉亚和孩子单独在一起。

茱莉亚在打开食物的时候，仍然保持平稳地说着话——没有什么过于私人或激烈的语言，只是说着话。她说的每一个字，都像是未被打开过的邀请函般，被退了回来。最后，她把盒子推到一边。现在，桌子上放着一排适合儿童的食物：奶酪通心粉装在一个盒子里，正是孩子们喜欢的那种方式；糖衣甜甜圈，巧克力蛋糕，带番茄酱的鸡柳，牛奶，带水果块的果冻，奶酪比萨，还有一个配着炸薯条的热狗。诱人的香气充满了小房间。“我不知道你喜欢什么，所以，我差不多把一切都买回来了。”

茱莉亚伸手从红塑料盘里拿起一个甜甜圈，“我都不记得上次我吃糖衣甜甜圈是什么时候了。它们对你没什么好处，但是，哦……天哪，真好吃！”她咬了一口，美妙的味道在她嘴里爆开。她细细品味着每一次咀嚼，然后直直地看着那女孩，说道：“我很抱歉。你饿不饿？或许你也想咬一口。”

当她说到“饿”这个字的时候，女孩退缩了一下。有那么一会儿，她的眼神掠过了房间，看着桌子上剩下的食物。

“你听懂了那个字？”茱莉亚微微向前倾身说，“你懂‘饿’是什么意思吗？”

女孩看了她一下子，虽然只持续了一瞬间，但茱莉亚从头顶到脚指头都感受到了一种冲击的力量。

她懂！

茱莉亚敢拿她的学位来打赌！

非常缓慢地，茱莉亚又拿起了第二个甜甜圈。她把它放到一个红色的塑料盘里，然后站了起来。她走到比上次离女孩更近的地方——这次她们之间大概有六英尺的距离。孩子再次喷着鼻息、呜咽着试图后退，但是她已经贴着墙了无法退得更远。

茱莉亚把盘子放在地板上，轻轻一推。盘子滑过地面，到了一个近得她可以嗅到甜甜圈的香甜味道、但她又必须向前动一动才能拿到的位置。

茱莉亚回到她的座位上。“去吧，”她说，“你饿了，那是食物。”

这一次，女孩直接看向了她。茱莉亚感受到了那双蓝绿色眼睛里强烈的渴望。她写下了：食物。

“没有人会伤害你。”茱莉亚说。

女孩眨了一下眼。那是对“伤害”这个词语的反应吗？她写了下来。

几分钟过去了，她们谁也没有把目光移开。最后茱莉亚瞥了一眼门边的窗口，长得“比上帝还帅”的那个医生站在那里，看着她们。

茱莉亚把目光移开的那一瞬间，女孩冲向食物，抓起来回到她的位置上，像个觅食返巢的小野兽一样。

而且她吃东西的样子——

女孩把大半个甜甜圈都塞进了嘴里，开始大声咀嚼。

茱莉亚看得出来她尝到了那美味：女孩的眼睛都瞪大了。

“没人能抗拒得了美味的甜甜圈。你该尝尝我妈妈做的巧克力蛋糕，非常好吃。”——然而再也尝不到了，茱莉亚想到这里，微微有一点失语。奇怪的是，她发誓这孩子也注意到了，尽管她说不出为什么她会这么认为。“你最好再吃一些蛋白质，孩子。糖吃得太多不好。”她拿出一个热狗，涂上了番茄酱和芥末，然后放到了比之前离桌子要近两英尺的地上。

女孩看着原来装甜甜圈的那个空盘子。很明显，她察觉到了差异。她似乎正在观测这增加的距离，计算着增加的风险。

“你可以信任我。”茱莉亚温柔地说。

没有回应。

“我不会伤害你。”

女孩慢慢抬起了下巴，一双蓝绿色的眼睛死死地盯着茱莉亚。

“你懂我的意思，是吗？可能不全懂，但是也够了。英语是你的母语吗？你是这附近的人吗？”

女孩瞥向了地上的热狗。

“尼亚湾，乔伊斯，西昆，福克斯，萨福，皮西特，拉布席，密斯底克。”茱莉亚密切关注她是否做出反应。但任何一个本地城镇名都没激起回应。“许多家庭都会去森林里徒步远行，特别是沿着福尔河。”

女孩对那个词眨了一下眼睛吗？她又说了一次：“福尔河。”

什么反应也没有。

“森林，树木，丛林深处。”

女孩敏锐地看了上来。

茱莉亚从座位上站起来，慢慢地走向女孩。当她走近到几乎可以触摸到女孩的时候，她蹲了下来让她和孩子的眼睛在一个水平线。她把手伸到背后，到处摸寻那个装热狗的盘子。摸到后，她抓住盘子边缘把那碟食物拿到了前面。“你是在从林里迷路了吗，亲爱的？那可真可怕，处在那样的黑暗中、那样的声音里。你是从爸爸和妈妈身边走散的吗？如果是这样，我可以帮助你，我可以帮你回到属于你的地方去。”

女孩的鼻孔张大了，但这是因为她说的那些话，还是因为热狗的香味？茱莉亚不确定。有那么一刻，或许是在她说“回家”或是“帮助”的时候，在那双年轻的眼睛里闪过了一丝害怕的光芒。

“你不敢相信我，也许你的妈妈和爸爸告诉过你，不要和陌生人说话。通常来说，那是个好建议；但是，现在你有麻烦了，亲爱的。只有你跟我说话，我才能帮到你。不然我怎么能送你回家？你可以信任我，我不会伤害你，”她再说了一次，“不会伤害。”

这时，女孩慢慢向前。她的目光没有波动，也没有降低。她直直地盯着茱莉亚，然后以笨拙的蹲姿急促向前。

“不会伤害。”当女孩接近时茱莉亚再次说。

孩子开始急促地呼吸，鼻孔用力地呼气，额头上的汗水闪闪发光。她闻起来有一股隐约的尿味，因为他们之前无法给她换尿布。病号服松松垮垮地挂在她那瘦小的身体上，她的脚指头和手指的指甲很长，仍然还有些脏。她伸手去拿热狗，抓在了手里。

她把热狗放到鼻子下，皱着眉头闻着。

“这是个热狗，”茱莉亚说，“你的父母在野营时肯定也带着的。你们的旅行去了哪里，你还记得吗？你知道你所在的镇的名字吗？密斯底克？福克斯？乔伊斯？皮西特？你的爸爸说的是你们在哪里？也许我可以去找他。”

女孩袭击了她。事情发生得太快了，茱莉亚来不及反应。一秒钟前她还坐在那里，温柔地说着话；下一秒，她感到自己在向后倒下，头撞在了地板上。女孩跳到茱莉亚胸膛上，抓着她的脸，尖叫着些听不懂的话。

麦克斯一瞬间就到了，把女孩从茱莉亚身上拉开。

晕眩中，茱莉亚试着坐起来，却无法集中精力。当她恢复正常后，看到麦克斯正在给孩子注射镇静剂。

“不要！”茱莉亚喊着，试着站起来。她的视线模糊了，差点摔跤。

麦克斯回到她身边，稳住她，说道：“没事了。”

茱莉亚猛地把他推开，跪在了地上，“我不敢相信，你给她打了镇静剂！

见鬼！现在，她再也不会相信我了！”

“她可能会伤害你。”他用一种理直气壮的气愤腔调说。

“她整个人有——四十五磅重？”

她的脸颊受伤了，后脑勺也是。她不敢相信，这么快的攻击是怎么来的。她颤抖地呼出一口气，扫视着房间四周。女孩躺在后墙边的床垫上，睡着了。即使在沉睡中，她也蜷缩成紧紧的一团，仿佛整个世界都会伤害她似的。见鬼！“她会睡多久？”

“几个小时吧。我想当我进来的时候，她正在找武器；如果她找到了，她可能就真的会伤害你了。”

茱莉亚骨碌碌地转着眼睛。毫无疑问，他是那种生活中从来没有接触过任何形式的暴力的人。

然后他看着她。有那么一瞬间，她以为自己见到了一个知道痛苦是什么的男人。

“我不是第一次被病人袭击，我想这也不会是最后一次，这就是我工作的一部分。下一次，在没有问我之前，不要给她打镇静剂，好吗？”

“一定。”

她皱了一下眉，这个动作让她觉得疼，“问题是：我说了什么？”

“你的意思是？”

“你看到了的，她开始很好。我想也许是她听懂了几个词语，然后才冲上来攻击我，我一定是恰好说错了些什么。今晚我会去听我的录音，可能那会给我一个线索。”她又看了看那女孩，“可怜的宝贝。”

“我们应该帮你清理一下，你脸上的这些抓痕很深，谁知道她的指甲里有多少细菌呢。”

茱莉亚几乎不想同意他这个说法。

当他们走在走廊里的时候，她才意识到她的头伤得有多严重，严重到让她感到恶心、站不稳。她要集中注意力，才能让自己平稳地向前走，“我从没见过谁的动作这么快，她就像只猫一样。”

“黛西·格里姆发誓，她是‘飞’上希尔斯酋长公园的那棵枫树的！”

“黛西仍然随身带着弗雷德的骨灰？”

“是的。”

“我还在七年级的时候，弗雷德就死了。我还需要多说吗？”

麦克斯带她进了一间空着的检查室，命令道：“坐下。”

“让我猜猜：你家里养狗吧？”

他笑了，“你就坐下吧。我需要看看你的伤口。”

她虚弱得没力气跟他吵了，就坐在了桌子一头，垫在她屁股下的纸沙沙作响。除了他们的呼吸声外，这是房间里唯一的声音。

他对她的脸的触碰，显得出奇地温柔。她原来还有点不确定地想，他会不会是个笨手笨脚的人。但不管怎么说，这应该是护士的工作。

当他往她的伤口上涂消毒剂的时候，她疼得缩了一下。

“对不起。”

“这不是你的错。”他离得太近了。她闭上了眼睛。

她感觉到了他的呼吸，一股很微小的气息，还带着口香糖的味道。

她睁开眼睛。他正看着她，轻轻地向她的伤口上吹着气。她的心跳停顿了一下。“谢谢。”她说着向后猛地一缩，挤出一丝微笑。看在上帝的分上，茱莉亚。在长得帅的男人身边，她总是感到不舒服，她的心理医生曾经将此归咎于她的父亲。然而像麦克斯这样的男人，他们的专长就是让女孩的心跳加快。

“抱歉。”可他看起来完全没有一点歉意，“我只是想帮一下你。”

“谢谢，我没事了。”

他把东西都收了起来，放进了头顶的柜子里。当他再转身面对她的时候，他在他们之间保持了一定的距离，“今天剩下的时间你该休息了，让艾莉观察你，脑震荡……”

“我知道它的危险性，麦克斯，还有症状是什么样的。我确定，我没有脑震荡。但我会小心的。”

“如果你躺下，过一会儿就没事了。”

她注意到了当他说“躺下”的时候脸上的那种微笑，这并不让她感到惊讶。毫无疑问，他是那种在任何对话里都可以找到性暗示的男人。“那个小女孩还在指望我，麦克斯。我要去警局，然后去图书馆，但我会放松点的。”

“为什么我觉得，你不知道怎么放松呢？”

她皱起了眉头。这的确让她有点吃惊，她还没有把他归类为那种真正懂得女人的人。爱女人吗？对。使用她们？当然。但是懂她们吗？不。菲利普就从来没有多少这方面的觉察力。“我有那么‘透明’吗？”她问道。

“就跟玻璃一样透明。你要怎么去警局？”

“我会给艾莉打电话，她会……”

“我可以载你一程。”

她从桌子上滑了下来。这次当她站起来时，她感到自己站得稳当些了。当她正要说不必了的时候，她一眼瞥到了镜子里的自己：

“啊!”她走近了点儿。四条红肿的、渗着血的深深抓痕挂在她的整张左脸上。皮肤都肿了起来，而且看起来，明天早上她醒来后，会有黑眼圈。“她还真把我伤得够呛。”

他递给她一管抗生素软膏，“拿着……”

“我知道。谢谢。”她从他手上接了过来塞在口袋里。

“来吧，我送你去警局。”

没有争辩，她就跟着他的步伐走在了身旁。

但没离得太近。

06 chapter 魔法时刻

06 chapter

“你确定，就这么做的?”几分钟内，花生至少问了十次了。

“你看我像黛安·索耶[1]吗?”艾莉急剧回应道。这是每当她感到紧张、变得暴躁的时候就会做出的第一反应。她需要把所有事情都做好，否则就会变得看起来像个白痴。如果说有一件事是艾莉憎恨的，那就是让自己看起来或者感觉起来很愚蠢。毕竟，这是她上大学的时候会退学的原因。退出总比失败好。

“艾莉？你崩溃了吗?”

“我没事。”

警察局已经转化成一个临时新闻发布室。他们已经把他们的桌子推到了房间的边沿。

十把椅子放在房间正中，五个一排地分成了两组；一个从扶轮社[2]俱乐部的仓库里拖来的讲台，放在这两组椅子前面。

卡尔站在他的桌子旁，接听着电话；花生站在走廊上，检视着这里的布置。出于某种奇怪的原因，她确信自己懂得怎么来安排这些事情——好像是真的一样。

艾莉至少还有一点点和媒体打交道的经验。当她还是个新人的时候，她的叔叔乔举行过一次记者招待会。当时她的前男友埃尔文发誓他看到了大脚怪，一些本地的报纸和一家小报就来了；然后埃尔文也来了，喝得烂醉如泥

---

① 黛安·索耶：演员，主持人，1945 年 12 月 22 日出生，是“美国梦”的一个典型，因为她由乡下女孩子逐渐发迹，后来成为美国 ABC 电视台的当家女主播。

② 扶轮社：扶轮社是一个全世界事业及专门职业人士的组织，以增进职业交流及提供社会服务为宗旨；它提供慈善服务，鼓励崇高的职业道德，并致力于世界亲善及和平。每个扶轮社都是独立运作的社团，通常会以所在地的城市或地区名称作为社名。

地来了……

艾莉又检查了一遍椅子。每一张金属椅子上，都放着一张小石头压着的传单。当她正在重读她准备的声明的时候，厄尔走进了警局。他穿着一套整齐的警服，为数不多的几根头发也被发胶抹得服服帖帖，看起来似乎高了一些。

他的鞋里面放了增高垫！

——意识到这一点，让艾莉微笑起来，倒不是说她会取笑他多少。她自己也已经化上了一个漂亮而朝气蓬勃的妆。这是她第一次上电视，她希望自己看起来很漂亮。“嘿，厄尔，准备好应对喧闹了吗？”

他点点头。他的喉结在他瘦削的喉咙里上下动着，“米娜给我熨了制服。她说男人上电视，裤子上要有熨出来的褶子。”

“你娶了一个好女人，厄尔。”

“对，她是个好女人。”

艾莉继续看她的声明。她仔细看着每一个词语，尽力把所有的台词都记住。记者们络绎不绝地走进来、坐下，她都几乎没抬过头。还不到六点，所有的椅子都坐满了。摄影师和摄像师们站在那两排椅子后面。

“到时间了，”花生说着向她走来，“而且你的牙齿上有口红印。”

很好。艾莉把牙齿擦了，俯身向前拍着麦克风。麦克风砰砰响着，发出刺耳的声音，在房间里回荡。有几个人捂住了耳朵。

“抱歉。”她稳住了一点神，“感谢大家的到来。正如你们大多数人都知道的一样，我们需要你们的帮助。一个小女孩来到了雨谷镇，我们不知道她是谁，或她从哪里来。据我们的估计，她的年龄介于五岁到七岁之间。在你们的座位上有一张素描，她有黑色的头发和蓝绿色的眼睛。现在还没有牙科记录，但她的牙齿看起来没有接受过填料或是别的治疗。她已经自然脱落了一些乳牙，这样的乳牙缺失符合我们对她年龄的推断。我们已经征询了所有我们可联系到的州和地方机构，以及失踪儿童中心，但是目前为止，还不能明确她的身份。我希望你们所有人，都把这条消息放在头版发布出去。一定会有人知道她是谁。”

“一张画像？那是什么破玩意儿？”有人说。

“我们正在着手拍照片，但目前为止，能用到的只有这个。”艾莉回答道。

《雨谷公报》的莫特站了起来，“她怎么会连她的名字都不告诉你呢？”

“她还没有说过话。”艾莉回答。

“她会说话吗？”

“我们还没有一个明确的答案。不过，根据初步迹象，我们相信她没有生理上的缺陷导致不能说话。”

一个戴着《西雅图时报》棒球帽的男人站了起来，“所以她是故意不说话？”

“我们还不知道。”

“她受伤了，或是生病了吗？”

“还是疯了？”

艾莉正在构想着她的回答的时候，厄尔走向麦克风说：“我们已经有了一个著名的心理……”

艾莉重重地踢了他一脚。“我们最好的医生正在照顾她，”她说，“这就是所有我们目前掌握的消息。我们也希望有人能来到这里，帮我们回答这些棘手的问题。”

“我听说有一只小狼崽和她在一起。”这声音来自人群后面的女人。

“还有，她是从四十英尺高空中的一根树枝上跳下来的。”有人补充道。

艾莉叹了口气，回答道：“我们不要被小镇的谣言冲昏了头脑，重点是确认这孩子的身份。”

“你没给够让我们得以继续的信息。”有人说。

艾莉已经说了她必须说的一切，但问题还是在不停地问。就她个人来说，还能接受点的是莫特问的：“你能确定她是人类吗？”

从此，所有人问的问题就每况愈下，一发不可收拾。

“你很幸运，今天早上当我准备离开的时候，天在下雨。否则，我就已经骑上我的摩托车走了。”麦克斯说着，为茱莉亚打开了他的卡车乘客座侧的门。

“让我猜猜，”在他发动引擎的时候她说，“是哈雷摩托。”

“你怎么知道？”

“你耳朵上有耳洞。我是个心理医生，还记得吗？我们会注意到小细节。”

他把车驶出了停车场，“哦。你喜欢摩托车吗？”

“每小时跑七十英里的那种？不喜欢。”

“太快了，太自由了，是吗？”

她盯着窗外往后跑着的树，希望他能慢下来，“太多的器官捐赠者了。”

沉默中，他们经过了几个街区。最后麦克斯说："所以，你已经对她做出什么明确的结论了吗？"

这是那种医疗人员总是会向心理医生问的问题。他们不懂得一个准确的诊断会花去多长的时间，但是她也很赞赏他们的话题回到了专业上。她不喜欢他看她的那种方式，那让她依稀感到一种脆弱。"我可以告诉你，我认为不是'什么'。排除法总是一个开始的好方法。我不觉得她是聋子，至少不是全聋；我也不觉得她是深度智障，虽然这只是直觉；自闭症，现在当然是个最好的猜测，但如果是自闭症，她也是高功能型的自闭症患者。"

"你的语气，听起来也不怎么相信这个诊断。"

"我需要更多的时间来做测试。当她看着我时……"她的声音弱了下来。没有更多的信息，她不愿推测太多。这已经有些像她最近那些问题的延续了。这还是她生命中第一次，怕弄错了。

"什么？"

"她看了我。这才是重点。不是看着我的附近或眼光越过了我，或是看着我的旁边，而是看着我！有时她似乎听懂了些词语。'伤害'、'食物'和'饥饿'，这几个词语我发誓她听懂了。"

"你想是一个词语激起了她的反应？"

"我不知道。老实说，我不记得我跟她说过什么了。"

"她会说话吗？"

"目前为止，只是发出一些声音，这是最纯粹的情感表达方式。我可以告诉你：选择性缄默症，是一种常见的对童年创伤的反应。"

"在她的生命中，的确有一些严重的创伤。"

"对。"

这些话的重量，使他们之间的气氛突然显得沉重而悲伤。

"绑架。"麦克斯轻声说。

就是这个词，已经在茱莉亚的脑子里一整天了，它是藏在所有这些问题背后的黑影。

"这也正是我所担心的。这女孩身体上的疤痕，跟她情感上受到的创伤比起来，可能根本就不算什么。"

"所以她很幸运，你在这里。"

"实际上，我才是幸运的那个人。"这一刻已经跑偏了，茱莉亚希望他们回到话题上来。她不知道为什么自己会透露这么私人的东西，并且是向这个她几乎不认识的男人。谢天谢地，他没有回应。

他左拐到杜鹃花街，发现被路障拦住了。“奇怪，很可能是又爆了根主水管。”他掉头沿着奔流街开了一个街区，然后把车停下，“我走路送你过去。”

“这可没有必要。”

“我不介意。”

茉莉亚不想在这件事上费太多口舌，于是点点头。

他们沿着宁静的、绿树成荫的街道向警局走去。“这里真漂亮，”她说，“我都忘了，尤其是在秋天的时候。”她正要对那些鲜艳的树叶做出评论的时候，他们拐过了街角，看到了设置路障的原因。

街上堵满了新闻车，好几十辆。

“停下！”她飞快地说道，意识到已经有点晚了。她该大声对麦克斯叫出这句话。她转身转得太快，跟麦克斯撞了个满怀；他伸手抱着她，把她稳住了。如果记者们现在看到了她，还有她那张支离破碎的脸，恐怕他们就得忙上一整天了。尤其是，当他们发现还是她自己的病人弄伤了她的话。

“警察局就在那里，前门……”

“我知道那该死的前门在哪里。我需要离开这里，赶快！”

他看着那些新闻车，想着这之间有些什么关联；再看看她的时候，才反应过来：她是“那个”医生。

“让我走开。”她挣脱了他的胳膊。

他指着街对面，“那里是路德会教堂。进去吧，我会让艾莉过来。”

“谢谢。”她才走了一两步，他又在喊她的名字。

她转过身对着他，“什么事？”

他朝她走了一步，但什么也没说。

“尽管说出你在想什么，麦克斯，全部说出来。每个人都有该死的意见，我已经习惯了！”

“你要我陪着你吗？”

茉莉亚深深地吸了一口气，然后看向他。她突然想起来，自己已经太久都是独自一人了。“不用了……不过谢谢！”她走开了，没再看他一眼。

麦克斯走上水泥台阶，朝开着的前门走去。警察局内一片喧嚣混乱。当他走进大厅的时候，记者们就像一群觅食的鱼一样，把头转向了他；当他们意识到他只是个无名小卒后，又转开了头。

，他站在门边，等着新闻发布会结束。虽然他努力不去想关于茱莉亚的事情，但他控制得不是太好。

在她看到新闻车的那一刻，他看见她绿色的眼睛里闪过了那样一些情绪：恐惧，希望和失望。当她意识到她需要躲避媒体的时候，他看到那个能完全控制自己的医生崩溃了。她的脆弱只持续了一个心跳那么长的时间，或许更短；但他看见了，而且他懂了，记住了。当媒体把他们的闪光灯对准你的时候，你会完全无处藏身，他们可以把你的骨头都点燃。

他挤过逐渐减少的人群。

艾莉站在讲台上，左右站着厄尔和花生。

他把她拉到一旁，急切地说："你妹妹在路德会教堂等你。"

艾莉倒抽一口凉气，"她在这里？"

"是的。"

"遭了！"

麦克斯有点惊讶于自己的一股怒气，"给你个提示：下次你再召集媒体的时候，给茱莉亚发出一个恰当的警告！"

"我没想到……"

"我知道！"

"这关你什么事？"

他几乎不知道怎么回答，"反正，下次小心点。"

她还没来得及说什么，他就走开了。

门外，他在市政厅的水泥台阶上停了下来。在他周围，记者们围在一块儿聊天，收拾着他们的装备，一面美国国旗在头顶迎风飘扬。

街对面，那座白色石头的教堂，矮矮地蜷缩在一棵巨大冷杉树的树荫下。仔细一看，他看见了一个女人在窗边的轮廓。

茱莉亚。

若是在以前的话，他会穿过街道，走到她身边去帮她。

但是现在，他却走回到他的卡车边，爬进去，准备回家。

当他沿着湖滨大道往前开的时候，他身后的太阳开始慢慢向湖面落了下去。在破旧的邮箱里，他取出了一叠跟平常一样的垃圾邮件和账单；然后转到他的车道上——一条坑坑洼洼的石子路，这条路弯弯曲曲延伸着通过了一个几乎无法进入的森林。这是一片他曾祖父在一百年前曾打算于此定居的土地。当年，他曾祖父带着"建设一个世界一流的渔场和猎场"的宏伟理想来到这里；但在这片潮湿、绿色的黑暗森林里只待了一年，老人就改变了主意。他清理出了他所拥有的那一百英亩土地中的两英亩，这就是他在此得到的一切。他搬到蒙大拿州，建起了自己的垂钓小屋；随着时间的推移，他忘记了这些斯皮里特湖边森林里的野地。随着遗嘱的宣读，这些土地被上一代的长子传到下一代的长子手里，直到最后传到了麦克斯手里。他们整个家族都在预期，他会像他们的先辈一样对待这块土地：什么也不做。他们每代人都计算过这块土地的价值，每个人都吃惊于它是那么的不值钱。所以他们一直在交税，却忽略了自己对这块地的所有权。

如果生活像他原本预期的那样展开，毫无疑问，麦克斯也会这么做。

他把车停进了车库，旁边是那台哈雷摩托“胖男孩”——这是他最喜欢的玩具。然后，走进了房子。

他打开了灯的开关。

房子里空空荡荡的。

偌大的房间里，几乎没有几件家具：一个巨大的红木餐桌，一把椅子，那里可能有一天会是餐厅；壁炉前有一张深红色的皮沙发；一个华丽的河石壁炉占据了整面东墙，壁炉台上空空的，毫无装饰。

麦克斯把大衣扔在沙发上，然后伸手到沙发垫子下去摸遥控器。

片刻，一个定制的柜子从地板下升了起来，然后一个电视机出现了。他按着遥控板把电视打开。屏幕上是什么根本无所谓，他所想要的只是那噪音。他讨厌一栋安静的房子。

他走上楼，很快地洗了个澡，换了衣服。

他在潮湿的镜子前面刮胡子的时候，又想起了她。

“你耳朵上有耳洞。”他想起了她说的这句话。

他慢慢放下剃刀，盯着他耳朵上的小圆点。它几乎看不见了，他已经有七年多没戴过耳环了。

但她看见了它，而且通过看见它，推断出了这个人曾经的模样。

“你都没有向我发出警告，就决定召开新闻发布会？”茱莉亚忍不住向她姐姐大喊大叫，“你就在我的喉咙上绑上黄丝带，把我丢去喂狼吧。”

“我怎么知道你会过来？昨晚你没有回家，你却觉得我应该围绕你的行动路线做计划。我是谁啊？伟大的占卜师康纳克吗？”

茱莉亚坐回汽车座椅，把双手一抱。在这突然的沉默中，雨点啪哒啪哒地打在警车的挡风玻璃上。

“也许媒体应该知道你在这里，我会告诉他们，我们是多么相信……”

“你觉得把我的脸暴露在媒体的相机前会是个好事情？现在？我的病人刚打了我，想想看，那是一个孩子！这可无法证明，我是多么有能力！”

“那不是你的错。”

“我懂啊，”茱莉亚气冲冲地说，“但是请相信我，他们是不会懂的！”

这跟她在过去三十分钟里，告诉了自己很多次的东西一样。那一刻，当她看到那些记者的时候，她也在考虑，作为本案的医生向媒体暴露自己。但还为时尚早，他们已经不再信任她。她需要把事情做对，否则，他们会毁掉她——再次毁掉她。

她必须让那个女孩说话。要尽快。

很明显，过不了几天，这件事就会变成备受关注的大事。新闻报道将会无处不在，人们会纷纷猜测狼女孩的身份。那些报道肯定会说，她之所以没能说出让人能听懂的话，是因为脑损伤或不愿意说话，是因为恐惧或创伤。任何东西，也无法像一个“谜”那么能抓住公众注意力；为挖出这个“谜”，媒体将无所不用其极。迟早，茱莉亚将会成为那些报道的一部分。

艾莉把车停在图书馆前。这个图书馆由一个旧的动物标本商店改建而成，掩映于一片高大的道格拉斯冷杉林旁。夜幕即将降临，通往门口的石子路已经有点看不清。“晚上我会送所有人回家，”艾莉说着伸手到她胸前的口袋里去摸钥匙，“按你的要求行事。还有，茱莉……对不起！”

“谢谢。”茱莉亚听出了自己声音中的颤抖，流露出了太多的激动。艾莉也听见了。

如果说她们两姐妹之间有什么不同，现在这一刻就是：本来茱莉亚该向她姐姐求助，然后说她害怕再次面对媒体；相反，她却清了一下喉咙说：“我需要一个私人的地方来治疗那孩子。”

“只要我们找到一个临时收养人，我们就能把她送过去。我们正在找……”

“我来收养她。给社会福利服务部打电话，我的条件，通过批准应该没有任何问题。今天晚上，我就会把那些申请表格填好。”

“你确定？”

“我确定。每星期一个小时，我帮不了她；甚至每天一个小时，我也帮不了她。她会成为我一段时间的全职工作对象。你要从警方层面开始替我准备那些申请表格。”

“好。”

车灯出现在她们后面，照亮了驾驶室。过了一会儿，有人砰砰地在敲车窗，那声音就像打枪一样。

茱莉亚打开车门。

佩内洛普站在乘客座的门旁，在雨中高兴地挥着手。她后面是一辆破旧的皮卡车。茱莉亚刚下车，她就已经在说了：“听说你需要借用老贝莎一阵子。它是我丈夫的爸爸用来运干草的货车，当他们以前住在摩西湖的时候。钥匙就在里面。”

“谢谢你，佩内洛普。”

“叫我花生。见鬼！别跟我这么生分，我跟艾莉是最好的朋友，我们都是一伙的！”

茱莉亚突然想起在妈妈的葬礼上见过佩内洛普。她像是一个女管家一样，照管着一切，照顾着所有人。有一次，当艾莉开始哭的时候，佩内洛普赶忙把她弄出了房间。之后，茱莉亚看见在父母亲的床头，佩内洛普坐在艾莉身边，摇晃着抽泣的艾莉，就像在安慰一个孩子一般。

在过去的一年里，茱莉亚要是有一个这样的朋友就好了，“谢谢，花生。”

艾莉也下了警车，绕到她们站着的地方来了。她那双警用黑色高跟鞋，踩在石子路上吱嘎作响。当她们站在那儿时，云散开了，露出了看起来湿漉漉的月亮。“上车去，花生。我把她送到门口。”

花生像是一个参加姐妹会的女孩一样，把手指搭起来挥了一下，弯腰钻进了警车，砰地关上了车门。

茱莉亚和艾莉沿着碎石路走向图书馆。当她们走近入口时，看见月光洒在那封住前窗的“阅读带来乐趣！”的海报上。

艾莉开了锁，把门打开，倾身向前去开灯。然后她看向茱莉亚，问道：“你真的能帮到这个女孩吗？”

茱莉亚的怒气和残留在她心里的恐惧逐渐消失了，她们回到正轨上，谈起了重要的事情：关于那女孩的事情。“当然可以。关于她的身份，有什么进展了吗？”

“没有。我们已经把她的身高、体重，眼睛和头发的颜色等输入了系统，所以我们正在缩小可能范围。我们还对她腿上和肩膀上的伤疤拍了照，做了记录。她左后肩上有一个非常特别的胎记，那是我们唯一知道的她身上一直都存在着的识别标记。联邦调查局建议我把这一点作为秘密保守起来，以防引来怪人和疯子。麦克斯把她的衣服送到了实验室，去化验里面的纤维，但我确信这件衣服是自制的，所以我们找不到生产这件衣服的厂家。或许DNA的结果会有帮助，但是可能性极小。她的指纹与任何失踪孩子的指纹记录都不匹配。当然，这没什么不寻常。通常父母们不会记录他们孩子的指纹。我们有她的血液样本，所以如果有人来认领她的话，我们可以做一个DNA鉴定。”艾莉叹了口气，“换句话说，我们希望的是，她母亲能读到明天的报纸，自己到这里来。或者是，你能够让这孩子告诉我们她的名字。”

“如果是她自己的妈妈把她绑起来，然后让她去死呢?”

艾莉的眼光很稳定。很明显，她也在想着同样的事情。她们两个都知道，绝大多数的儿童绑架案，都是家庭成员干的。像伊丽莎白·斯玛特那样被外人绑架禁锢的案件，十分罕见。“所以，你最好让她说出真相。”她轻轻地说，“这是我们能帮到她的唯一办法。”

“这压力可不小。”

“对我们两个都是，相信我。到这个星期之前为止，我做过的最严厉的执法工作，只不过是在周末的晚上去倒酒之家酒吧，把那些人的车钥匙收走。”

“我想，我们得一步一步来。第一步，我需要一个地方来治疗她。”

“我在安排。”

“好。”茱莉亚微笑着说，“不用等我了，我会晚一点回家。”她跨过门槛，站在那耐磨的棕色地毯上。

艾莉拍了拍她的肩膀，“茱莉?”

茱莉亚转身，她姐姐的脸半明半暗，“什么?”

“我相信你能做到，你知道的。”

茱莉亚感到一阵惊喜，这句话对她的意义很重要。她不敢保证自己的声音听起来没什么不正常，所以她没说谢谢。相反，她点点头，转身走进了灯火通明的图书馆。她听到身后艾莉一声沉重的叹息，她说：“而且我也相信你，妹子。我知道你能找到这孩子的家人。”然后门重重地关上了。

茱莉亚战栗了一下。从来没有什么，能让她回到这样的情绪中来。她看到的姐姐总是坚不可摧的，即使还是个孩子的时候，艾莉都是很肯定自己的。她从来不需要像茱莉亚所需要的那种认可，艾莉总是觉得这世界是爱她的，这世界也的确是爱她的。看到了一眼她姐姐内心的真实，让人有种不可名状的不安。在什么地方，有个容易受伤的弱点——一种隐藏在那“女王一般美丽的坚强女孩”的外表下的脆弱。所以，毕竟，她们还是有些别的共同点的。

茱莉亚绕过一片桌子，来到那排电脑前，总共有五台电脑，——这比她原来预期的多了四台。在那布满了书套和本地活动宣传传单的软木公告栏下面，每台电脑都放在一张独立的桌子上。

她从公文包里掏出一个黄色的便签本和一支黑色的钢笔，本子的大小正适合书写法律文件。然后，在公文包的内口袋里找着她的手持录音机。找出来后，她换上新电池，打开说道："1 号病例文件，患者姓名未知。"

按下停止按钮，她在坚硬的木椅子上坐下来，凑近了屏幕。电脑在嗞嗞声中启动了，屏幕亮了。很快，她就上网查着资料、做着笔记了。她在写的同时，也会对着录音机说话：

"1 号病例，病人：女性儿童；年龄：未知，根据外貌特征，年龄介于 5—7 岁；姓名：未知；

"该儿童的行为显示出其具有语言障碍，或不具备语言能力；生理评估为严重脱水和营养不良；身体上广泛分布的伤痕和被绳子捆过的痕迹，显示其在过去经受过严重的创伤。社会化障碍以及其年龄阶段应有的交互能力障碍，表现得很明显。该孩子在数小时内的表现完全寂静，后来的时段表现出高度的激动和愤怒。此外，她很害怕具有金属光泽的物品和亮色的塑料制品。

"初步诊断：自闭症。"

她皱着眉头，按键把录音机关掉。她感觉这不对。她在谷歌上搜索了自闭症及其症状，浏览着通常与自闭症相关联的行为列表。

——语言发育迟缓

——有的没能学会使用语言

——被触碰时会不高兴

——不能或不愿意进行眼神交流

——忽视环境

——表现为耳聋，由于忽视自己周围的声音和世界

——重复性的生理行为，常见的如拍手、动脚趾

——严重的脾气失控

——不能理解的乱语

——可能开发出奇特的才能，常常在数学、音乐或绘画领域

——未能建立与年龄段相当的同伴关系

列表的内容还有很多。按照美国精神疾病诊断手册的标准，展现出一定数量的这些症状的孩子，可以大致被诊断为自闭症。不幸的是，从这孩子的身上，她还没有观察到足够多的答案，不足以回答这些关于行为方式的问题。比如：那个女孩喜欢被触摸吗？她能表现出相应的情绪吗？对这些问题，茱莉亚没有具体的答案。

但她有一种本能的反应。

那女孩会说话，至少会一些，而且至少她能够听懂和理解一定数量的话。奇怪的是，茱莉亚认为这女孩的反应是正常的，不正常的是她周围的世界！

没有必要对她进行那些相关的诊断，比如阿斯博格综合征、拉特综合征、儿童崩解症或待分类的广泛性发展障碍等。她完全没有足够的信息。她在本子上写道：明天，研究她的社交互动能力、行为模式（如果有）、运动技能。

她把钢笔合上，轻轻拍在了桌子上。

她觉得自己忽略了些什么东西。她又回到电脑前开始搜索，但不知道自己在找什么。

接下来的两个小时，她坐在那里，做着她能找到的任何与儿童行为和心理障碍有关的笔记，但也没能发现任何惊喜。最后，在十一点左右的时候，她在谷歌上搜索了“失踪孩子”，搜索结果把她引向了许多电视电影和有关绑架案的网站，那是她姐姐的工作范畴。她加上了关键词“森林”，搜索看看有多少类似的，孩子在森林、国家公园里失踪或被遗弃的案例。

“野孩子”出来了。这是一个自她的大学时代以来，就没有再在任何出版物上见过的词语。下面是句子片段：

……在丛林深处，可能会发现被狼或熊养大的、丢失或遗弃的孩子……

她移动鼠标，然后点击，文本出现在屏幕上：

野孩子是失踪、被遗弃或其他原因被遗忘的孩子，
他们在完全与世隔绝的环境中生存。
虽然，在传说中孩子们被狼或熊养大的这种想法是很普遍的，
但很少有科学记录的案例。
一些比较有名的这样的孩子包括：
——三个匈牙利熊男孩（17 世纪）

——奥拉尼恩堡的女孩（1717）

——皮特，野孩子（1726）

——卡斯帕·郝舍

——艾维登的维克多

——印度的卡玛拉和阿玛拉

——精灵

第二近的案例列举到了20世纪90年代，有一个叫作奥克夏纳·马拉耶尔的乌克兰孩子。据说被狗一直养到了八岁；她未能掌握普通的社交技能，现在她已经二十三岁了，生活在一个精神病人之家。据报道，2004年在西伯利亚的丛林深处发现了一个被野狗养大的七岁男孩，目前为止，他还没有学会说话。

茱莉亚皱着眉头按下了打印键。

那女孩绝对不可能真的是个野孩子……

但那个狼崽子，她吃东西的样子……茱莉亚陷入了深深的思考当中。

如果她真的不是个野孩子——

这孩子可能是茱莉亚曾治疗过的被伤害得最严重的孩子，如果没有广泛的帮助，这个可怜的女孩在这人类社会中，也会像她在森林里一样失踪和被遗忘。

茱莉亚俯身把那一叠纸从打印机上拿起来，最上面是她打印的最后一页，一张黑白照片上的小女孩盯着她。那孩子的样子看起来很惊恐，又很奇怪地让人难以忘怀。照片下面的文字写道：

精灵。在经过十二年可怕的虐待和与世隔绝后，她成为媒体关注的焦点。在加利福尼亚郊区长大的现代版野孩子，被从这场噩梦中拯救出来后，很短的一段时间里，她被带进了光明里。直到像她之前所有的野孩子一样，她被医生们和科学家们遗忘后，又跌进了她那黑暗的命运，生活在一个精神病人机构。

茱莉亚无法想象，哪种医生才能将一个受创伤的孩子，作为自己职业发展的垫脚石。但她知道，那种人迟早会来这里找那女孩。如果实情有可能像茱莉亚想的那么糟糕，它将成为头条新闻。

“我不会再让任何人伤害你，”茱莉亚向在医院里睡着的小女孩说道，“我发誓！”

07 chapter 魔法时刻

到了晚上八点钟的时候，电话终于不再响了。已经接到了数十个与新闻发布会相关的事实核查电话、传真，以及那些来过这里的记者或是懒得来这里但收到了这个故事的风声的记者的询问。当然，还有本地的人们，直到晚饭时分，他们都在源源不断地抵达，然后乞求一些关于这“雨谷镇最意外的客人”的小道消息。

“暴风雨前的宁静。”花生说。

艾莉抬头看了看她桌上的那堆文件，正好看见她的朋友点燃了一支香烟。

“我问过你了，你哼了一声。”艾莉还没来得及开口，花生就说了。

艾莉懒得和她吵架，“什么暴风雨?”

“现在是暴风雨之前的宁静；到了明天，所有的恶魔就都会跑出来了！我经常看法制频道，我知道的。今天，这里来了几家本地的电视台和报纸，‘一个会飞的狼女孩’的标题会改变一切，全国的记者们都会想来报道这个故事。”她摇摇头，咳嗽着吐出烟雾，“那可怜的孩子，我们要怎么保护她?”

“我正在努力。”

“我们要怎样才能相信那些来认领她的人呢?”

这正是困扰着艾莉的问题，是让她产生不安的根源。“这是从最开始就一直困扰着我的问题，花生。我不想把她交给正在伤害她的那个人，但我没有足够的证据。‘直觉’在我们今天的法律体系里，还远远不足以成为证据。实际上，我还希望会有一个被绑架的报告，是不是很悲哀？我很乐意，把一个真正是从家里被偷走的小女孩送回去。这样的话，可能会有一个犯罪嫌疑人，我也可以做血样比对。如果事情没那么简单……”她耸耸肩，“我就会需要上级的协助了。”

“如果没有确定是一个罪案的话，他们会像小偷远离人群一般地待在一旁，他们会要你去搞定所有困难的事。州政府可能会插手，但仅限于收容她。他们的做法，我们已经很清楚了。”

这样的担忧，以及对结局的思考，已经在艾莉的脑海里盘旋一整晚了，但她也没能比最初的时候考虑得更清楚。“只能看茱莉亚的了，我觉得。如果她能从那女孩身上把事情弄明白，我们就有一个出发点了。”

“你的意思是，如果那女孩能说话的话。”

“那是茱莉亚方面的问题，只有她才能帮到那女孩。现在，我们的工作是帮她找一个工作的地方。”艾莉把她的钢笔拍在了桌子上。

花生又开始咳嗽。

“别抽了，花生。你是我见过的最不会抽烟的人。”

“但我这个星期的确减了一磅。我回去后只吃卷心菜汤，或者胡萝卜条。”花生把烟灭了，“嘿！老锯木厂怎么样？没有人会去那里找她。”

“太冷了，太无法防守了。一些狡猾的小报摄影师找得到进去的路。去那里有四条路，至少有六道门需要守卫。而且，那是公共财产。”

“县医院?”

“太多员工了，迟早会有人出卖这个故事。”艾莉眉头紧锁，“我们需要的是一个秘密地点，一个所有人的盲区。”

“在雨谷镇找这样的地方？你在开玩笑吧！这个镇是为八卦而活的，每个人都想跟媒体对话。”

当然，花生说得没错。这非常明显，她不知道为什么自己会忽略这一点。这得像高中时候集体逃课日那次、全班的人一起偷走了考勤表一样。艾莉已经计划好了整件事：“给黛西·格里姆打电话。”

“你在开玩笑吗?”花生看了看钟，“现在她肯定正在看电视真人秀《单身汉》。”

“我不管。给她打电话，我希望大家，是镇上的每一个人，早上六点的时候，到公理会教堂来开会。”

“一个全镇的会议？关于什么?”

“这是最高机密。”

“一个秘密的全镇会议，而且在黎明，多么激动人心!”花生从她那裹着卷的褐色头发里扯出一支钢笔，“会议的议程是什么?”

“当然是飞狼女孩。如果这个镇子想要八卦，我们就给他们点谈资!”

“噢……咦，这会很有趣!”

接下来的一个小时，艾莉做着计划，花生则在给她的朋友邻居们打电话。十点钟的时候，她们做完了事情。

艾莉低头看着她拟定的合同——真是完美。

我________同意将所有任何关于狼女孩的信息作为完全机密的信息来保守秘密。我发誓我不会把我在十月份全镇会议上获悉的消息告诉任何人。我会为雨谷镇而战。

________（签名处）

“在法庭上，这是不会被采纳的。”花生说着向她走过来。

“你是谁呀？律师佩里·梅森吗？”

“我看过电视剧《波士顿法律》和《法律与秩序》。”

艾莉瞪圆了眼睛，说道：“这不需要有法律约束力，只需要看起来像是有就行了。镇上的人们最喜欢的是什么？”

“游行庆祝？”

艾莉不得不承认那一点，“好吧。第二喜欢的。”

“买一送二？”

“是八卦，”意识到花生可以一直猜到天亮后，她揭晓了答案，“还有秘密。”她站起来伸手去拿她的大衣，“唯一的问题，是茱莉亚。”

“为什么是她？”

“她不会喜欢这个全镇大会的想法的。”

“为什么不会？”

“你应该还记得，以前她在镇上的时候是什么样，没有人知道该如何与她相处。无论去哪儿，她都只会看她的书，除了我们的妈妈以外，她没跟任何人说过话。”

“那是很久以前的事了。现在，她不会在意人们怎么看她了，她已经是个医生了好不好！”

“她会在意的。”艾莉叹息着说，“她总是在意。”

他身处于一片绿色的阴影之中。头顶上，树叶在无形的风中沙沙作响。

乌云遮住了银色的月亮，只能看见一点微微的光亮。或许，这只是种记忆。

那女孩蹲在树枝上，看着他。她是那么安静，他都不知道自己是怎么看见她的。

“嘿”，他轻轻说着，伸出手去。

她无声地落到了树叶覆盖着的地上，四肢着地地跑开了。

他在一个山洞里发现了她。她在跳着，跑着，流着血，非常害怕。他觉得他听见了她在喊救命，然后就不见了。在她的位置，出现了一个小男孩，金色的头发。他伸出手来，哭着……

麦克斯突然惊醒了，一时之间，不知道自己身在何处。他看到周围那淡粉色的墙壁和花边，架子上有一组精灵和巫师的玻璃雕像收藏；旁边的桌子上，有一个装满丝质玫瑰的花瓶，还有两个空酒杯。

特鲁迪。

她躺在他身边，睡着了。在月光下，她裸露的后背看起来几乎是纯白色的，他忍不住伸出手去。在他的抚摩中，她翻过身来向他微笑。“你要走啦?”她小声说，嗓音嘶哑而低沉。

他点点头。

她用手肘撑着坐了起来，粉色的毛毯上露出了她高高耸起的裸胸。“什么事，麦克斯？整晚你都是……心不在焉的。”

“那个女孩。”他简短地回答。

她伸出手来，用她的长指甲抚摩着他颧骨的轮廓，“我也这么想。我知道受伤的孩子，对你的影响会有多大。”

“我选择的这份工作真见鬼，是吗?”

“有时候，一个人在乎的东西不要太多。”在摇曳的光线里，他觉得她可能看起来很悲伤，但他不能确定。“你可以跟我说，你知道的。”她对他说道。

“我们之间聊得并不太多，这才是我们一直可以相处得这么好的原因。”

“我们可以相处，是因为我不想陷入爱情。”

他大笑起来，“难道我想吗?”

她会意地笑了一下，“再见，麦克斯。”

他吻了一下她的肩膀，然后弯腰穿衣服。他穿好衣服，凑近她低声说了声“再见”，就离开了。

几分钟后，他骑着摩托车沿着那漆黑、空旷而深远的公路疾驰而去。当他快转上旧公路的时候，他才想起让他离开特鲁迪的房子的首要原因——他做的那个梦。

他的病人。

他想着那个可怜的女孩，独自一人待在房间里。

小孩子都怕黑。

他改变了方向，加大油门。到了医院，他把车停在了佩内洛普·纳特那台破旧的红色皮卡旁边，然后走了进去。

走廊里空荡荡、静悄悄的，只有少数几个夜班护士在值班。以往的噪音都没有了，没有什么能掩盖他的脚步发出的节拍声。他停在护士站，检查着他的病人的病情进展。

“嘿，医生。”当班的护士说，她听起来很累，和他一样累。

麦克斯靠在柜台上，笑了，“好了，珍妮特，我跟你说过多少次叫我‘麦克斯’了？”

她咯咯笑着红了脸，“太多次了。”

麦克斯拍了拍她丰满的手。几年前当他第一次见到珍妮特时，他看见的只有她那塔米·法耶式的假睫毛和玛姬·辛普森式的发型。现在，当她微笑时，他看见了她那种大部分人都不具备的善良。“我会保持期望的。”他说道。

在她少女般的笑声中，他回头往重症监护室走去。当他在走廊上正要转弯的时候，注意到他的左边传来一丝亮光。

那是从托儿所传来的。他走过去，透过窗户查看，想着他会看见那女孩蜷缩在地上的床垫上睡觉。

相反，他却看见茱莉亚在那里，坐在一张小椅子上，旁边是一张儿童尺寸的小桌子。她的膝盖上有一个打开了的笔记本，在桌子上她的手肘附近，有一个录音机。虽然他只能看到她的轮廓，也能看出她显得完全冷静。甚至是，平静。

另一方面，那女孩显得很激动。她在房间里冲过来冲过去，重复地做着奇怪的手势。然后，突然间，她停了下来，转身对着茱莉亚。

茱莉亚说了些什么。隔着玻璃麦克斯听不清，那些话音很低沉。

那女孩流下了鼻涕，然后摇着头。当她开始抓着自己的脸、刨着肉时，茱莉亚冲向她，把她抱在怀里。

女孩像猫一样挣扎，但茱莉亚没有放开她。她们往旁边一绊，摔倒在床垫上。

茱莉亚紧紧抱着女孩，不管飞来的鼻涕，也不理会她摇着的头。然后，茱莉亚做了一件麦克斯没有想到的事。她开始唱歌。他能够感觉到声音的节奏，感受到那种声音融入彼此的方式。

他走到门边，静静地打开，只开了一条小缝。

女孩立即看向他，安静下来。她恐惧地哼了一下鼻子。

茱莉亚唱道：……像时间一样古老的歌……歌词……歌谣一样古老……

他站在那里，被她的声音迷住了。

茱莉亚继续抱着女孩，抚摩着她的头发，不停地唱着，甚至都没有往门的方向看过一眼。

慢慢地，时间一分一秒过去。唱完《美女与野兽》后又开始唱别的歌了。先是“我是洋葱丁里的一朵孤独的小矮牵牛花”，然后就是“在彩虹之上”，接着又是“波夫这只神奇龙”。

渐渐地，女孩的眼睫毛颤动着，闭上了眼睛，然后又睁开了。

可怜的小家伙，正在努力让自己保持清醒，不要睡着。

茱莉亚仍然在唱着。

最后，女孩把大拇指放进嘴里，开始吸吮；然后，睡着了。

茱莉亚非常轻柔地把她放到了床上，用毯子把她盖好，然后走回桌边，整理她的笔记。

麦克斯知道他现在该回去了，要在她注意到他之前离开。但他动不了。她的嗓音迷住了他，她的头发和皮肤上，那一丝苍白的月光也迷住了他。

“我想，这意味着你喜欢偷看。”她看都没看他一眼就说道。

他发誓，她从没朝门边看过一眼，但她知道他在那里。

他走进房间，揶揄道：“你没错过多少，是吗？”

她把所有文件都装进了公文包，抬起了头。在昏暗的灯光下，她的皮肤显得苍白，脸颊上的抓痕又黑又红肿，额头上有一道黄色的瘀伤。但是抓住他的眼球的，是她那双眼睛。“我错过很多回。”她说。

她的声音是那么温柔，这让他愣了一下才反应过来她在说什么。

我错过很多回。

她说的是关于她的病人的事，就是在锡尔弗伍德街杀了那些孩子、然后自杀的那个。他知道那种内疚，“看起来，你像是需要喝杯咖啡。”

“咖啡？现在是早上九点钟吗？不用了，但是谢谢你。”她侧身从他身边走过，然后带他走出托儿所，关上了他身后的门。

“派怎么样？”当她沿着走廊走着的时候，他说，“在一天中的任何时间，派都会是个好东西。”

她停下脚步转过身来问道：“派？”

他走向她，忍不住笑了，“我知道我能引诱你。”

听完这句话，她大笑起来，虽然是一个疲倦的、听起来不太饱满的笑声，也让他笑得更灿烂了。“是派引诱了我。”她纠正道。

他把她带到自助餐厅，打开了灯。在这个寂静的夜晚时分，这个地方空空如也，架子上和柜子上光秃秃的。“请坐。”麦克斯悠闲地绕过三明治柜台，走到厨房；在那里，他找到了两片黑莓派。他在上面覆了一层香草冰激凌。然后，他做了两杯香草茶，端着托盘走进餐厅，放在了茱莉亚面前的桌子上。

“甘菊茶，能帮助你的睡眠，”他说着坐在她对面卡位里，“还有黑莓派，本地人最喜欢的。”他递给她一把叉子。

她盯着他，微皱了一下眉头。“谢谢。”她停顿了一下后说道。

“不客气。”

“那么，赛内森医生，”在另一个长长的沉默之后她说，“你有在凌晨的时候，引诱同事到餐厅去吃派的习惯吗？”

他笑了，“好吧，如果你说的同事指的是医生，这儿并没有多少。老实说，我很久很久没带老费舍尔医生去吃过派了。”

“那么，护士呢？”

他听出她声音里讽刺的意味，抬起了头。她的目光正越过米色瓷茶杯盯着他，审视着他。“听起来，好像你是在问我的爱情生活。”他微笑着，“是吗，茱莉亚？”

“爱情生活？”在“爱情”这个词上她略微加重了点语气，“你有吗？我会很吃惊的。”

他皱起了眉头，“你肯定以为你了解我。”

她咬了一口派，边吃边说：“这么说吧，我了解你这种类型的人。”

“不，我们别说这个。你肯定是把我当成别人了，那个人不是我。你才刚认识我，茱莉亚。”

“说得对。何不跟我说说你呢，怎么样？你结婚了吗？”

“第一个问题就这么有趣。没有。你呢？”

“没有。”

“曾经结过婚吗？”

“没有。”

“曾经有过亲密关系?”

她的眼光向下瞥了一下，老实作答：“有过。”——这是他想知道的一切，有人曾让她心碎，而且他敢打赌，这是才发生不久的。“你呢？你曾经结过婚吗?”她反问道。

“有一次。很久以前。”

这似乎让她有点吃惊，“有孩子吗?”

“没有。”

她目光锐利地看着他，就好像她从他的声音里听出了些什么似的。他们都在凝视着彼此。最后，她笑了：“所以，我猜你可以跟任何你愿意的人一起吃派。”

“我可以。”

“多半，你已经跟镇里的每一个女人都一起吃过派了。”

“你对我的期望太高了点。已婚的女人们，都会自己做派。”

“那么，和我的姐姐呢?”

他的笑容渐渐消失了。突然间，调情似乎也并不是那么轻松了。“和她什么?”他故作不解地问道。

“你有……和她一起吃过派吗?”

“一个绅士，是不会随便回答这样私密的问题的。”

“所以，你是个绅士?”

“当然了。”在他们谈话的过程中，他开始变得不舒服，“你的脸感觉如何？那道瘀青变得越来越丑了。”

“我们心理医生，总是时不时地会受到攻击。这是职业风险。”

“你无法非常了解，一个人将会干些什么，是吗?”

他们的目光相遇了。茱莉亚坚定地说：“去了解，是我的工作。尽管现在全世界都知道，我错过了一些重要的东西。”

他没有什么可说了。他给不了真正的安慰，所以他保持沉默。

“没有说辞了吗，赛内森医生？不做‘上帝不会给你超出你的承受能力的东西’的演讲了?”

“请叫我麦克斯。”他看向她，“有时候，上帝会直接把你打垮!”

过了好一会儿，她说：“他是怎么把你打垮的，麦克斯?”

他从卡座上起身，站在她身旁，有些勉强地解释道：“虽然我很乐意继续聊天，但我必须早上七点上班，所以……”

茱莉亚把那些盘子放在托盘上，从卡座上站起来。

麦克斯把托盘放进厨房，然后，他们肩并肩走过安静空旷的走廊，到了外面的停车场。

“我开那辆红色的卡车。”她说着在她的包里找钥匙。

麦克斯替她打开了门。

她抬头看着他：“谢谢。”

“不客气。”

她停顿了一下，然后说：“不要再请我吃派了，就这样。好吗?”

他皱起眉头，说：“但是……”

“再次感谢。”她上了车，用力把门关上，开走了。

08 chapter
魔法时刻

08 chapter

茱莉亚拒绝去想关于麦克斯的事。现在，她的内心已经足够丰富，不需要跟小镇帅哥一起纠缠。那么，如果是他对她感兴趣了呢？麦克斯绝对是个花花公子，茱莉亚对那种游戏没有兴趣；或者说，是对玩那种游戏的人没兴趣。这是菲利普带给她的一个教训。

她开车拐到奥林匹克路。这是镇子里最古老的地方，20 世纪 30 年代，工厂工人们便在此处兴家立业。

开车从这里经过，就像是在回到过去。她在一个“T”字路口处停下来，顺着车灯照射的方向，看见了那个店铺。

木材店。在这午夜时分，她看不清那挂在窗口的橙色横幅上是什么内容。不过，她心里知道那上面的字是：这个社区是由木材业支撑起来的。从斑点猫头鹰成群的年代起，与之同样的标语，就被挂满了全镇。

这家店原来是本镇的中心。夏天的时候，凌晨三点，它就会开门。那时，男人们会跟他们的父辈一样，已经在那儿焦急地等待着开始他们新的一天了。

她缓缓将脚离开了油门，滑行着穿过一片雾霾。以前，她经常坐在她爸爸停在这家店外的皮卡车里等他。

她爸爸曾是一名切割工。一名切割工，相对于一名普通的伐木工来说，就如同一名胸外科医生相对于一名普通医生——都是百里挑一的精英。他会很早就进入森林，比他的伙伴们要早很多。独自一人，总是独自一人。他的朋友们——其他的切割工，死去得如此频繁，频繁得让人不再感到惊奇。但他喜欢在脚踝上绑着靴刺，抓着一根绳子，攀爬到两百英尺高的树上去。当然，这是个冒险家的工作。每天都与死亡擦肩，也能赚到与风险程度相当的钱。

他们都知道，只是时间问题，这份工作迟早会要了他们的命。

她把油门踩得太猛了，这辆旧卡车向前蹒跚着猛冲了一下，熄火了。茱莉亚重新把它启动起来，推进一档，然后向那条旧公路开去。

难怪她在医院待到这么晚。她告诉过自己，是因为那个女孩，因为要做很多的工作；但这只是部分原因。她在拖延时间，不想太早回到那个有太多回忆的房子里去。

她把卡车停下，走了进去。那些塞满了整个房子的家具，它们的轮廓和阴影，所有的这一切，她都熟悉。艾莉为茱莉亚把楼梯的灯开着，以前妈妈也一直是这么做的。看见那柔软金色的光线，洒在破旧的橡木楼梯上的景象，茱莉亚的心中充满了渴望。她的妈妈，总是会在楼上等着她。在这座房子里，茱莉亚上床睡觉时，总会得到一个晚安的吻。无论妈妈和爸爸吵架吵得有多厉害，茱莉亚总是能得到她妈妈的吻。茱莉亚十三岁的时候，第一次透过面纱看到了实情，至少她现在是这样认为的。那一天当她了解真相后，她再也不相信他们的家是幸福的了。那天晚上她妈妈来了，眼睛旦布满血丝，满脸泪痕。茱莉亚还只问了几个问题，她妈妈就开始说了。

“是你的爸爸，”她低声说，“我不该告诉你的，但是……”

接下来的那几句话，就像是瞄准了的炮弹一样，把茱莉亚对这个家、对这个世界的信念摧毁得一干二净。最糟糕的是，妈妈从来没有把这些事情告诉过艾莉。

茱莉亚走上楼梯。在二楼她少女时代的卧室附带的小浴室里，她刷了牙、洗了脸，钻进她从比佛利山带来的丝质睡衣里，然后，向她以前的房间走去。

枕头上有一张字条，上面是艾莉那轮廓突出的字体，写着：早上六点在公理会教堂开会，讨论女孩的处所问题；五点四十五分做好出发准备。

很好，她姐姐正在为这件事努力。

茱莉亚又熬了一个小时的夜，填写完所有的文件，那是申请成为孩子的临时收养人所需的。然后爬上床，关了灯。她几乎立刻就睡着了。

四点钟的时候，她惊醒了。

片刻之间，她不知道自己身在何处。然后，看到她白色桌子上的芭蕾舞音乐盒后，她才反应过来。她还记得她的梦，她又是一个小女孩了——是那个女孩，大汤姆·盖茨的那个稻草人般瘦弱、不会社交的女儿。

她把被子扔开，跌跌撞撞地从床上爬起来。几分钟后，她穿着慢跑运动服出去了，沿着老公路，跑过了国家森林公园的入口。

五点十五分的时候，她回到家里，大口喘着气，又感觉到她是成年的自己了。

黎明前灰白的光线，跟这片雨林气候森林里的一切东西一样潮湿，手电筒光束一般地照耀着，穿过那片沿河生长着的铁杉树林。

她没打算过去，她不想去；但在她反应过来之前，她已经穿过院子走向了河边。

退后，退远点！别挡我的道！你在旁边鬼鬼祟祟的，我很难专心钓鱼！——茱莉亚耳边回响起父亲呵斥她的声音。

难怪茱莉亚要离开这里，待得远远的——回忆无处不在，就像那些似乎随时都在土地和雨水中汲取营养的树一样。

她转身回到屋里。

茱莉亚和艾莉是最先到达的。她们把车停在教堂前门附近的一个车位上，下了车。

艾莉开始说什么，但话音被车轮碾在碎石上吱嘎吱嘎的声音掩盖了。一排汽车蛇行驶进停车场，一个挨一个整整齐齐地停了下来。车门打开，人们拥了出来，立刻都开始说话了。他们的嗓音响亮又粗哑，一声还比一声高。每个人都希望自己的观点被人听见。厄尔和米娜是最先下车的人——厄尔穿着全套警服，他老婆却穿着一身毛茸茸的粉红色运动服，她的头发用卷发器烫得立了起来，上面包着一条鲜艳的围巾。

艾莉抓着茱莉亚的胳膊，赶紧把她带进了教堂，门在她们身后咣的一声关上了。

茱莉亚不禁感到一阵紧张。这是个显著的弱点，让她觉得很恼火。以前那些糟糕的小事情，不应该再影响到她，的确不会——如果她是带着成功，而不是带着羞愧回来的话。“我不在乎他们怎么想了，我真的不在乎了，所以为什么……”她有些语无伦次地说道。

“我不明白，为什么你要去理会这一切，何必在乎他们喜不喜欢你?”

“像你这样的女孩不会明白的。”茱莉亚说。这是事实，艾莉总是受欢迎的。她不知道有的伤害就像是一旦骨折，只要一变天，一辈子都会觉得痛。

门砰地被打开，然后人们冲进教堂，在一排排的橡木长椅上坐好。他们的声音交织在一起变得更大，听起来就像是一台正在高速碎冰的榨汁机。麦克斯是最后一个到达的，他坐在后排的座位上。

艾莉走上讲坛。她一直等到六点十分，然后示意花生关好门并锁上。又花了五分钟，她才让人群安静下来。

“谢谢大家的光临，”她终于说道，“我知道现在很早，我很感激你们的合作。”

“这次会议是关于什么事情的，艾莉？”大厅后部有人问道，“我们四十分钟后就要上班了。”

“闭嘴，道格！”别的人叫道，“让她说。”

“你闭嘴，艾尔。这是关于飞狼女孩的，是吗，艾莉？”

艾莉伸手示意安静，人们安静了下来，“这是关于最近到来的女孩的。”

人群再次爆发，各种问题投向了讲坛。

“她真的能飞？”

“她在哪里？”

“狼在哪里？”

茱莉亚对她姐姐的耐心感到惊奇——她没有翻白眼，没有冷笑，没有把拳头砸在桌子上。她简单地回答：“狼在奥林匹克野生动物养殖场，跟罗伊德在一起。它被照顾得很好。”

“我听说，那女孩用她的脚吃饭！”有人叫道。

“而且只吃生肉！”

艾莉深呼吸了一下，这是她要冒火了的第一个迹象，“听着，我们大家聚在一起的时间已经没有多久了，我们的重点是：我们要去保护这个孩子吗？”

人群中响起了一阵响亮的“是”。

“好。”她转向花生，“拿出合同。”面向人群，她说：“我要开始念出你们的名字，请回答我，让我知道你在这里。”

艾莉从赫布·亚当斯开始，按字母顺序念着名字。人们一个接一个地回应，直到她念到了“莫特·埃尔兹克”。

没有回答。

“他不在这儿！”厄尔大叫。

“好吧，”艾莉说，“我们别向莫特提及这次会议，或是那个女孩；我们不跟任何没有参加这次会议的人提及。同意吗？”

“同意！”他们齐声答道。

“但，是什么我们不跟他们说，艾莉？”

“对！快点！三十分钟后，还有人要租我的船呢！”

“还有磨坊就要开门了！”

艾莉伸手示意安静，“很好。现在大家都知道了，我的妹妹，茱莉亚，已经回家来帮忙了。她所需要的，是平和与安静，还有一个远离媒体的工作地点。”

黛西·格里姆站了起来，她穿着一条满嵌着雏菊花纹的牛仔背带裤；脸颊上扑满了粉，上面涂满了在药店买的化妆品，是那么的明亮，估计在黑暗中都会发光。她对着艾莉大声说道：“你的妹妹能帮到这个可怜的女孩？我的意思是……当加利福尼亚的事情发生了以后，我只是在想……”

人群变得寂静，他们等着。

“坐下，黛西，”艾莉严厉地说，“计划是这样的，我们来玩一种新的‘藏核桃’游戏。你们、我们，所有人都会跟媒体说这个事。当被问起的时候，我们会秘密地私下告诉他们，女孩待在哪里。你可以告诉他们任何你想说的地方——我的家除外，那里是女孩真正会待着的地方。他们不会非法入侵警察局长的地盘，而且，即使他们侵入了，杰克和埃尔伍德也会给我们发出警告。”

“我们要向媒体撒谎?”维奥莱特战战兢兢地说。

“对。希望在我们知道女孩的名字之前，能把他们所有人都送去追野鹅。还有一件事：任何人不准提茱莉亚！任何人!”

“撒谎!”玛丽格德说着，颤抖得像一只兴奋的小狗，双手不停地鼓着掌，“这会很好玩的!”

“记住，”艾莉说，“直到你们听到我其他的命令前，我们也要对莫特撒谎。任何在这栋楼之外的人，都不会知道真相!”

维奥莱特爆发出一阵大笑，“你可以指望我们，艾莉！那些记者会往远远的北方去找那女孩，就像要远到加拿大去一样。还有，我不知道你们其他人，反正我们从来没有听说过茱莉亚·盖茨医生。我相信，我听说那个可怜的孩子是在看威尔比医生。”

09 chapter 魔法时刻

09 chapter

艾莉还在停车的时候，茱莉亚就向医院跑去。当她快到托儿所时，在那个转角拐弯的时候，和一个男人撞了个满怀。

他跌跌撞撞地退后和她分开，唾沫飞溅地说道："走路的时候小心点！我是……"

茱莉亚弯腰捡起他掉在地上的黑色帆布袋，"对不起，我有点赶时间，你没事吧?"她低头看着他说道。

他从她手里把包夺走，然后抬头看了看。

她皱起了眉头：他理着平头，铁锈一般的红色头发，戴着一副可乐瓶底似的眼镜，看起来很眼熟。"我认识你吗?"她问道。

"不。对不起。"他咕哝着，一面低头看着自己的脚。再没有多话，他就沿着走廊跑开了。

她叹了口气。近来，这样干的人很多。自从锡尔弗伍德街的悲剧发生，媒体对她进行了疯狂的报道后，没有人清楚该怎么对待她了。

她捡起公文包，沿着走廊向托儿所走去。

几分钟后，花生、麦克斯和艾莉都到了。

他们站在托儿所的窗外，向里看着。房间里充满了阴影。在夜间灯照耀着的上方，各种各样的排风口发出一团团的光亮，就像是一个个长在那里的蘑菇；他们开着的唯一一盏吊顶灯，洒下了一层淡金色的薄光。

女孩躺在地上，胳膊抱着小腿，蜷作一团。在她旁边是空着的床垫，她用不惯的毛毯在上面堆成一堆。从这个距离，在不是很好的光线下看起来，她似乎睡着了。

"她知道我们在看着她。"花生说。

艾莉说："我觉得她是睡着了。"

“她显得太安静了点，”茱莉亚说，“花生是对的。”

花生发出啧啧的声音说道：“可怜的小东西。我们要怎样转移她，才能不吓到她？”

“再用网吗？”艾莉说，但从语气都知道，她并不赞成这样。

“我觉得我无法说服她离开这里。”茱莉亚说，“如果她拒绝，她可能会伤害自己。先不说这会毁掉我已建立起来的一些信任，如果她把这事怪到我头上的话，这会让我们的治疗倒退。”

“她记得是我把她网住的，”艾莉说，“从她看我的样子，我就知道。”

花生点头表示同意：“就像你是汉尼拔·莱克特一样，我已经注意到了。”

“谢谢，花生。”艾莉说。

“我们可以在她的苹果汁中放镇静剂，”麦克斯说着转向茱莉亚，“你能让她喝下去吗？”

“我想可以。”

“好，”他说，“让我们试试这个办法。如果不行，我们再执行B计划。”

“B计划是干吗？”花生睁大眼睛问道。

“打针。”

三十分钟后，茱莉亚走进托儿所，一进去就打开了灯。虽然她的“队员们”已经从窗边走开了，但她知道他们站在阴影里面，透过玻璃看着她。

女孩没有动过一根手指，或是眨一下眼睛。她只是躺在那里，蜷缩得像只蜗牛，把她的腿紧紧抱在胸前。

“我知道你醒了。”茱莉亚聊天般地说道。她把托盘放在了桌子上，托盘上有一个装满了炒鸡蛋和面包的盘子，一个装着苹果汁的绿色塑料奶瓶。

她在儿童座椅上坐下来，吃了一口面包，“嗯……嗯，真好吃，但这让我有点口渴了。”她假装吸着喝了一口。

什么都没有。没有反应。

茱莉亚在那里坐了将近三十分钟，假装吃着喝着，向没有回应的孩子大声说着话，每一秒钟都费尽心神。他们需要在媒体到这里来找女孩之前，尽快把她转移。

最后，她扶着桌子把自己往后一推，椅子脚在油毡地板上划出尖厉的声音。

茱莉亚还不知道发生了什么事，整个场面就乱成了一团。女孩开始尖叫，她跳起来开始抓自己的脸，鼻子吹得呼呼作响。

“没事的，”茱莉亚平和地说，“你不高兴，被吓到了。你知道那个词语吗？你被吓到了，就是这样。是那个响亮的、难听的噪音把你吓到了，就是这样。你没事呀，看现在一切多安静呀！”茱莉亚向女孩走去。女孩站在墙角里，用自己的额头重重地撞着墙。

咚！咚！咚！

每一次撞击，都让茱莉亚感到一阵战栗，“你不高兴，被吓到了。没事的，那个噪音也吓到我了。”茱莉亚很慢地伸出手去，扶在孩子瘦弱的肩膀上。“嘘……”她说。

女孩变得完全静寂。茱莉亚能够感觉到，女孩的肩膀和背上那正在收紧的张力。“你现在没事了，没事了。没有伤害，没有伤害。”她把手放在女孩的另一个肩膀上，轻轻地把她转了过来。

女孩用她那蓝绿色的眼睛谨慎地盯着她。女孩的额头上已经形成了一块紫色的瘀青，脸颊上的抓痕在流血。在这么近的距离下，那浓烈的尿味几乎让人无法忍受。

“没有伤害。”茱莉亚又说了一遍，想着女孩会挣脱她跑开。

但她就站在那里，像是被汽车的两个大灯照射定住了的小鹿一样，呼吸得太快了，浑身发抖。她在估量着形势，考虑着自己应对的选择。

“你在揣摩我，”茱莉亚吃惊地说，“就像我在揣摩你一样。我是茱莉亚。”她拍了一下自己的胸脯，“茱莉亚！”

女孩毫无兴趣地瞥开，她身体的颤抖减轻了，呼吸缓和了。

“没有伤害，”书莉亚说，“食物，饿了？”

女孩看向了桌子，茱莉亚想：这就对了！你知道我在说什么！总之，你懂我的意思！

“吃！”她说，然后放开手退到一边。

女孩悄悄侧身从她身边走过，动作非常谨慎，眼光从未离开茱莉亚的脸。当她们之间有了一个安全距离后，女孩扑向了食物。她把所有的食物一扫而光，包括苹果汁。

之后，茱莉亚等待着。

一大早从镇上去丛林边缘的行程，有一种梦一般朦胧的感觉。

从医院到旧公路的行程中，没有人说话。对麦克斯来说，是这次秘密救援的什么东西让他们不能奢于交谈。他猜他的同伴们也是一样，虽然他们告诉自己，这次转移是为了让女孩得到最好的照顾——他们也的确这样认为。但仍然有一种挥之不去的担心，在他心里不停地蔓延。至少，在医院里她是安全的。门是锁起来的，窗户很厚，她无法打破。在这里，在这紧挨着大树的最后一段山谷里，外面的世界太近了。他们都知道，那些森林会吸引着她，会让她想逃出去。

他坐在警车的后座上，右边坐着茱莉亚。女孩躺在他们之间，头枕在茱莉亚的腿上，赤裸的双脚放在他的腿上。前座上，艾莉和花生默默地坐着。除了他们的呼吸声和轮胎碾在厚厚的碎石上的嘎吱声，唯一的声音来自于收音机。收音机的音量已经被关得很小，几乎很难听见，但时不时地，麦克斯会听到一两句，并辨识出那是哪首歌。现在放的是“撞击实验假人”乐队的《超人》。

他低头看着膝盖上的那个女孩，她单薄得让人难以置信。她的脸颊上有今天的抓痕，即使在微光中，也可以看见她那些旧有的银色疤痕。这表明她以前经常伤害自己，或者被人伤害。额头上的瘀伤现在肿成了紫色。但令他的胃一阵缩紧的，是她脚踝上的疤痕，那些勒痕。

“我们到了。”艾莉在前排说，她把车停在那座老房子的斜棚下。倾斜的屋顶上，覆盖着一片绿色的苔藓。

麦克斯将熟睡的孩子抱入怀中，她的胳膊弯着绕在他脖子上，面目全非的脸贴着他的胸膛。她黑色的头发在他的胳膊上从一旁垂下，几乎到了他的大腿。

他知道得很清楚该怎么抱她。这是怎么回事？即使过了这么多年，感觉起来仍然像是呼吸一样自然。

艾莉赶紧走上前去，把外面的灯打开。

麦克斯抱着孩子向房子走去。茱莉亚跟着他的步伐，走在旁边。

“你仍然是安全的。”她对女孩说，“我们现在出来了，在我父母的房子里，这里很安全，我保证。”

从森林深处的什么地方，传来一声狼嗥。

麦克斯停下了，茱莉亚同样停下了。

花生画了个十字，“我对此感到很不舒服。”

“在这里，我从来没听到过狼叫。”艾莉说，“那不会是她的狼，它远在西昆镇。”

女孩呻吟着。

狼又嗥叫了一声，一种起伏绵延的、悲歌般的声音。

茱莉亚抚着他的肩膀说："来吧，麦克斯，我们把她带进去！"

在他们穿过房子、走上楼梯和进入卧室的过程中，没有一个人说话。麦克斯把孩子放在床上，用毯子盖了起来。

花生紧张地在窗前瞅着，好像狼就在这外面，在院子里踱着步，正在找地方进来。"她会试图逃跑，这是她的丛林。"

他们所有人都在想同样的问题。不知何故——听起来像是不可能的一样，比起属于这里，这孩子更像是属于那外面的丛林。

"这里就是我们能马上找到的、需要的地方，"茱莉亚说，"窗户上有钢筋——这些钢筋可不细，所以她能看见外面，但无法从窗口逃出去；还有，门可以反锁。我们需要用胶带缠住一切有金属光泽的东西，水龙头、冲厕所的把手和抽屉的拉手等一切东西，除了门把手。"

"为什么？"花生问。

"我想，她会害怕闪光的金属。"茱莉亚心烦意乱地回答，"还有，我们需要尽可能隐蔽地安装一个摄像头，我需要记录她的情况。"

"我记得你说过不能拍照片！"艾莉皱眉道。

"那是对小报说的。可这是给我用的，我需要每天二十四小时不间断地观察她。我们还需要食物。还要很多高大的室内盆栽，我想把房间的某个角落变成森林！"

"《野兽家园》。"花生说。

茱莉亚点点头，然后走到床边，坐在女孩旁边。

麦克斯跟她过去，跪在床边检查了女孩的脉搏和呼吸。"正常的。"他跪坐在地上说。

"要是她的思维和她的心，像生命体征一样容易读出就好了。"茱莉亚说。

"那你就会失业了。"

茱莉亚笑了起来，这让他有点意外。

他们面面相觑。他慢慢地站了起来。

床头灯明灭不定，一会儿开一会儿关，闪烁着电火花。女孩在床上发出一声哀鸣，声音很绝望。

"这儿正在发生什么奇怪的事情！"花生向后退着说道。

"别这样，"茱莉亚平静地说，"她只是个刚从地狱里走了一遭的孩子。"

花生陷入了沉默。

“我们得到镇上去了，到木材店去找物资。”艾莉说。

麦克斯点点头，“在我上班之前，我有时间把那些钢筋装起来。”

“好的，谢谢。”茉莉亚说。他们走了以后，她一个人留下待在床边，“你在这里会很安全的，小家伙。我保证!”

茉莉亚一遍又一遍地说着，声音一直如同抚摩一般地温柔，但自始至终，有一件事情她知道得很清楚。

——女孩根本不知道，安全意味着什么。

那些难闻的气味，还有那白晃晃、嘶嘶叫着刺痛她眼睛的光都没有了。女孩慢慢睁开眼睛，害怕着自己将会看到的任何东西。已经发生太多的变化了，她就好像是掉进了离她家不远的黑水里，那个森林深处的水塘里，“他”说，那是外面的世界开始的地方。

这个洞穴不一样。一切东西都是雪一样的颜色，和她夏初的时候捡到的浆果一样的颜色。外面是早晨，房间里的灯是“太阳颜色”的。她准备起床，可是无法动弹。什么东西把她抑制住了。她慌了，踢着打着想要挣脱。

但她没被绑着。

她爬下床，嗅着这个陌生地方的气味。木头。花。当然，还有更多的气味她并不认识。

什么地方在滴着水，听起来像是夏天的雨从树叶上落到坚硬的地上的声音。还有一个叮叮咚咚的声音。这个洞穴的入口就像上一个一样，是一层厚厚的棕色屏障，上面那个棕色的球非常奇特，它是这道屏障魔力的源泉，她不敢碰。那些陌生人会知道她已经睁开了眼睛，他们又会带着他们的网和锋利的尖头来找她。只有太阳睡觉的时候，在黑暗中，她才可以安全地离他们远远的。

一阵微风拂过她的脸，吹起了她的头发。风里面是那属于她的地方的味道。她环顾着四周。

在那儿，那个吹着风的方框。这不像之前那一个，那是个骗子一样的方框，把她和外界隔离，她无法通过那个方框接触到外面。

她紧紧抱着肚子向前。

香甜的空气从方框里透了进来。她小心地把手伸进方框的开口里，她一点一点地慢慢伸着手，做好了一旦有被刺痛的感觉，就马上缩回来的准备。

但没有什么阻碍她的东西。最后，她的整个手臂都伸出去了，伸到了她的世界里，那里的空气好像都是雨滴构成的。

她闭上眼睛。自从被他们困住后，她第一次觉得能够呼吸。她发出一声长长的、绝望的哀号。

那声音意味着“来找我”，但她叫到一半的时候，就停下了。她离她的洞穴太远了，没人能听见她。

这就是为什么“他”总是让她待在那里的原因。“他”知道在她的世界之外是什么样子。

外面的世界里，全是会伤害女孩的陌生人。

而且，现在她是孤身一人。

多年前，艾莉曾经和他当时的男朋友斯科特·劳克一起，去汽车影院看过一场叫作《蚂蚁》的电影。也许是跟斯沃一起，现在她不能完全肯定了。她的确记得的，是琼·柯林斯被一群小汽车般大小的蚂蚁围着的场景。当然，比较起看电影来，艾莉更感兴趣的是跟斯科特卿卿我我。但现在，她又想起了那些那么久之前的电影的画面——当她站在餐厅外的走廊里，喝着咖啡，看着警局里一片混乱的时候。

简直是人山人海。从她所在的大厅尽头望过去，看不到一点地面或是一丁点儿墙。在警局外面，直到街区尽头，一样是这么多人挤在一起。

今天早上，各种各样的报道引爆了这个故事。

《没有来处的女孩》

《我是谁?》

《记得我吗?》

对艾莉来说还比较喜欢的，是来自《雨谷公报》的莫特的标题：“在无声的雨谷大地上飞行”。他的第一段文字描述了女孩惊人的跳跃能力，自然也说到了她的狼伙伴。他对她的描述是唯一准确的报道，他让人觉得她疯狂、野蛮，又令人心碎地可怜。

早上八点钟打来了第一个电话；从那一刻起，卡尔没有过片刻的安宁。大约一点钟的时候，第一台全国新闻转播车就开进了镇里；不到两个小时，街上就挤满了转播车和记者，他们要求再召开一次新闻发布会。从记者到为人父母的人，从疯子到心理学家，所有人都想得到第一手的独家新闻。

“目前为止，什么好消息也没有，”花生说着从餐厅走出来，“没人知道她是谁。”

艾莉看着人群，喝着咖啡。

卡尔在桌边抬头望去，看见了她们两个。他戴着头戴式耳机、接着电话的同时，也在回答面前那一群记者的问题。

艾莉对他微微笑了一下。

他用唇语说着“帮帮我”。

“卡尔快扛不住了。”花生说。

“我很难责备他。他从来没把这份工作当成真正的工作。”

“谁把它当成真正的工作了？”花生大笑着说。

“那就是我！”艾莉看了花生一眼说，“祝我好运吧。”然后，她游回了那片吵闹叫嚷的记者海洋里。她在他们中间把双手举到空中，过了好一会儿，记者们才安静下来。终于，她引起了他们的注意。

“从现在开始，我们警局的所有人不会再做任何解释，公开的或者不公开的，都不会做了。四点钟的时候，我们会召开一次新闻发布会，那时候，我们会回答所有的问题。”

混乱立即爆发了。

“但我们需要照片！”

“这些手绘的画像都是垃圾……”

“画像是卖不出去的……”

艾莉被激怒了，她摇着头说：“我不知道我的妹妹怎样……”

“好了！”花生挤进人群，用她那高亢的嗓音叫道，这嗓音是她把她女儿塔拉养到十三岁的过程中练出来的，“你们已经听见警长说的了。所有戴记者证的都出去，立刻！”

花生把他们赶了出去，用力把门关上。

艾莉还没来得及转身走向她的桌子，就看见了莫特·埃尔兹克，他站在角落里，挤在两个绿色的金属文件柜之间。他穿着棕色粗条灯芯绒裤子和海军蓝高尔夫球衫，脸色苍白，满头大汗；他的红色平头头发太长了，就像是一个带流苏的蓬巴杜发型；一双眼睛在厚厚的眼镜后面，显得非常巨大而水汪汪的。当他发现艾莉在看着他时，只好向前走来。每走一步，他那双灰白色的网球鞋就吱一声。“你……你得给我独家报道，艾莉。这是我的好机会，我可以得到《奥林匹亚人报》或者《埃弗雷特先锋报》的工作。”

“就凭一个‘真人版狼孩莫格利’的标题吗？我很怀疑。”

他脸红了，“一个大学退学的学生懂得什么叫经典吗？我知道茱莉亚在这件事里帮忙。”

“那是你以为的。你敢印出来，我就把你埋了！”

他灰色的眉毛愁成了一团，脸也更红了，“给我独家报道，艾莉，你欠我的。否则……”

“否则怎么样？”她向他走近了点。

“没什么。”

“敢提到我妹妹，我会让你被炒掉！”

他向后退着说：“你觉得你很了不起，但是你不可能随时都那么得意。我给过你机会了，你记好了。”

说完，他从她身边闪开，跑出了警局。

“上帝保佑，让我们扛过这一劫。”卡尔说道。他走进餐厅，拿着三瓶啤酒回来了。

“你不能在这里喝酒，卡尔。”艾莉疲倦地说。

“你杀了我吧！”他说，“而且，我已经在尽可能礼貌地说出我的意思了。如果我原来知道这是一个这么费劲儿的工作，我就不会让你招聘过来了。我已经整整一个星期没法安静地看漫画书了。”他递给她一瓶科罗娜啤酒。

“不，谢谢。”当他给花生递啤酒的时候，她说道。她走进厨房，然后拿着一个大杯子回来了。

艾莉看着她。

“卷心菜汤。”花生耸着肩说。

卡尔坐在办公桌旁，晃着脚喝着啤酒。他的喉结在他喉咙里上下滑动，就像一块被吞下去的鱼骨头一样。他的黑头发反射出一波一波的蓝光。“这对你很好，花生。我还担心接下来你会尝试去吃海洛因呢。”

花生大笑道：“老实说，吸烟这个办法真是烂透了。本吉甚至连一个晚安的吻都不愿给我了。”

“你们两个总是很亲热的嘛。”卡尔说。

艾莉听见卡尔的声音里有种生硬的东西，这让她有点迷惑。她看着他。有那么一刻，她看见了他以前的那个样子：一个笨拙的孩子，带着一种对小孩来说太尖锐了的特质，他的眼神总是躲躲藏藏地闪烁着，充满了戒心。

他把啤酒放下，叹了口气。她才注意到，他看起来是多么的累。他那总是浮着一丝很轻快的微笑的嘴，现在成了一条细细的灰线。

艾莉禁不住为他感到遗憾，她知道问题在哪里。卡尔在这里为她全职工作了两年半，在此之前，他一直在家带孩子。他的老婆莉莎是一家纽约公司的销售代表，在外面的时间比在家的时间还多。孩子们都上学后，卡尔做了这份调度的工作，来打发他每天的空余时间。大多数情况下，他成天都在看漫画书，在他的速写本上画着漫画。他是一个很好的调度员，一直以来，曾发生过的最紧急的情况是一只猫被困在了树上。过去的这几天，似乎已经摧毁了他。她意识到自己是多么想念他的微笑，“我跟你说，卡尔。我会处理新闻发布会的，你回家去吧。”

他可怜巴巴地看起来又燃起了点希望，但他仍然说：“你需要有人来接紧急电话啊。”

“把那些电话转接到自动应答。如果有重要的事情，他们会用无线电通知我的。除非是 911 紧急电话。”

“你确定？我可以在艾米莉的足球赛结束后回来。”

“那太好了。”

“谢谢，艾莉。”最后他咧着嘴笑了，这让他看起来又像是十七岁了，“很抱歉，今天早上我对你竖了中指。”

“没事的，卡尔。有时候，一个人必须强调一下他的观点。”这是当她的父亲把拳头砸在餐桌上时经常说的话。

卡尔从鹿角钩上取下他的警用雨衣，离开了警局。

艾莉回到她的办公桌旁坐了下来。留给她的，是至少两英寸厚的一叠传真。每张纸都代表着一个失踪的孩子，一个悲伤的家庭。她仔细阅读着这些传真，高度注意着类似和不同的地方。一旦新闻发布会结束后，她就要开始给各种各样的机构和长官们回电话。毫无疑问，她会打一整晚电话。

“你又在从这么渺茫的资料里找信息了。”花生喝着汤说。

“还有点希望。”

花生放下她的大杯子，安慰道：“你会搞定的，你知道的。你是个好警察。”

艾莉希望自己能完全同意这句话。如果不是在今天的话，她会的。但现在，她情不自禁地瞥了一眼他们收集的那一小沓女孩身份的“证据”。有四张照片：一张脸部照片，一张近景轮廓照片，两张身体照片。每一张照片上的女孩都是那么镇静，看起来像是死了一样。如果媒体拿到这些照片，会大做文章的。在这叠 8×10 英寸大小的照片下面，是一个女孩身上的伤疤、具有辨别性的痣的列表；当然，包括她后肩上的胎记。在列表附带的照片上，那个胎记看起来非常像一只蜻蜓。记录中还包括 X 光片，麦克斯估计她的右臂曾在她还很小的时候骨折过，他觉得那是在没有专业的医学治疗情况下自然愈合的。每一处损伤、疤痕和胎记，都用示意图注明了在她身体上的具体位置。他们做了血样检测，她是 AB 血型；还做了指纹记录、拍了牙科 X 光片；她的血样已经被送去做 DNA 鉴定，但报告还没有回来。她的衣服也被送去做分析了。

现在，他们除了等待，已经没什么可做了。还有就是，祈祷有人前来认出这个女孩。

"我不知道，花生。这个问题很难。"

"你能胜任的。"

艾莉对她的朋友笑了笑，"在我工作中所做过的所有决定里，你知道哪一个是最好的么?"

"那个'把醉鬼送回家'的程序?"

"接近了。是雇用了你，佩内洛普·纳特!"

花生粲然一笑，"每个明星，都需要一个助手。"

艾莉笑着回到工作中，通览着她桌上的那堆文件。

一会儿后，有人敲门。花生抬头问道："谁会敲警察局的门?"

艾莉耸耸肩。"不是记者的话，请进。"她大声说。

慢慢地，门开了。一对夫妇站在门口的台阶上，凝视着里面。"你是巴顿警长吗?"男人问道。

他们不是记者，这是肯定的。那个男人很高，头发花白，骨瘦如柴。他穿着一件淡灰色的羊绒毛衣，黑色裤子上有刀一般锋利的褶子，还有一双大城市风格的鞋子。那个女人……他老婆吗?从头到脚一身黑，黑色连裙大衣、黑色长袜、黑色高跟鞋。她的一头金发上戴着昂贵的三件套发饰，从她苍白的脸上向后绾着一个法式发髻。

艾莉站了起来，"请进。"

男人扶着女人的手肘，把她引到艾莉的桌旁，"巴顿警长，我是艾萨克·斯坦博士，这是我的妻子芭芭拉。"

艾莉跟他们两人握了手，注意到他们的手都很冷，"很高兴认识你们。"

一股风吹在开着的门上，把门重重地撞到墙上。

“抱歉，”艾莉走过去关门，“我能帮到你们什么吗？”

斯坦博士看着她说：“我是为我的女儿露丝来这里的。我们的女儿。”他看着他的妻子纠正道，“她在 1996 年失踪，这里有很多我们这样的家长。”

艾莉向外面瞥了一眼，记者们仍然聚集在街上，彼此交谈着，等待着新闻发布会的召开。但是另外一群人引起了她的注意。

父母们。

那里恐怕有两百名父母们。

“求求你们了，”一个站在台阶上的男人说，“你们把我们跟媒体一起赶了出来，但是我们需要跟你们谈谈。我们有些人是从很远的地方来的。”

“我当然会跟你们谈的，”艾莉说，“但是一次只能跟一个人谈。跟你们的人都说一下，如果有需要，我们会一直在这里的。”

当这个信息被传下去后，艾莉听见几个女人开始了轻轻地啜泣。

她尽可能轻地关上了门。她稳了一下神，回到她的办公桌边坐在了座位上。“请坐，”她指着桌前的两把椅子，向他们示意道。

“佩内洛普，”她说，“你也可以去接待一下家长们。要记下名字、联系电话以及他们带来的所有信息。”

“明白，警长！”花生立即向门边走去。

“现在，”艾莉向前倾身说道，“告诉我关于你女儿的情况。”

显而易见，女人立即就陷入了悲痛之中。

斯坦博士首先开口：“有一天我们的露丝去上学，但没有到学校。学校离我们家有两个街区。我给这里一个警察打过电话，他以前是我们的朋友，他告诉我，你们找到的这个女孩不可能是我的……我们的……露丝。我告诉他，我们是相信奇迹的人，所以我们到这里来见你。”他把手伸进口袋，拿出一张小小的、破破烂烂的照片，照片上是一个沙棕色鬈发的漂亮小女孩，拿着一个亮粉色的《恐龙战队》午餐盒，右下角的日期是 1996 年 9 月 7 日。

现在，露丝至少十三岁了，或者十四岁。

艾莉做了个深呼吸。她突然想到外面那些充满着希望的父母们，他们所有人都在等待着奇迹的发生。这将是艾莉生命中最长的一天。她已经想哭了。

她拿起照片，摸了摸。当她再次抬起头时，斯坦太太已经在哭了，“露丝的血型是？”

“O 型。”斯坦太太说着擦干眼泪，等着她的回答。

“我很遗憾，”艾莉说，“非常非常遗憾。”

花生穿过房间打开了门，另一对夫妇走了进来，他们胸前紧握着一张彩色照片。

上帝啊——艾莉祈祷着，只把眼睛闭上了一小会儿、一个瞬间——让我强大到能承担此事吧。

然后斯坦太太开始说话了。“马，”她用低沉的嗓音说道，“她喜欢马，我们的露丝。我们想着她还没有到上骑马课的年龄，总是跟她说明年……明年……”

斯坦博士扶着他妻子的胳膊。“然后就……这样了。”他从艾莉手中拿过照片，盯着照片看着，泪水在眼中闪闪发光。最后他抬起头问道：“你有孩子吗，巴顿警长?”

“没有。”

艾莉以为他会接着说些什么，但他只是保持着沉默，帮他的妻子站了起来，“耽误你的时间了，谢谢你，警长。”

“我很遗憾。”她再次说道。

“谢谢。”他说。这一刻，艾莉能够看见他是多么的脆弱，他是多么努力才能让自己保持镇定。他扶着妻子的手臂，把她引向门边。他们离开了。

过了一会儿，一个男人走了进来，他穿着一件破旧的、打着补丁、褪了色的工作服和一件法兰绒衬衫，一顶橙色的“斯蒂尔电锯”棒球帽遮住了上面的眼睛，灰色的络腮胡子覆盖了下半张脸。他的胸前紧紧抱着一张照片，照片上是一个金发啦啦队长，艾莉从她那个角度都可以看见。

“巴顿警长?”他用一种充满希望的声音说。

“是我，”她回答道，“来，请坐……”

10 chapter 魔法时刻

昨晚，茱莉亚把她少女时代的卧室改造成了一个她和病人共用的安全区。那两张单人床仍然在左墙边，但现在它们的下面已经被塞满，无法成为藏身之处了。在窗户旁边的角落里，她放了将近一打高高的盆栽植物，创建了一个迷你的小森林。房间正中摆着一张长长的胶木桌，作为书桌和学习的地方；旁边放着两把椅子。然而现在，她意识到她忽略了些什么：一张舒适的椅子。

过去的六个小时里，这孩子站在铁栏杆前打开窗户，把手臂伸到外面去。无论晴雨，她都把手放在外面。接近中午的时候，一只知更鸟落在窗台上，待在那里。现在，在刚刚下了一个小时的雨后的灰白的阳光里，一只鲜艳的蝴蝶降落在她伸出的手上，在那儿振翅摆动了一会儿，然后飞走了。

如果不是自己白纸黑字写下来了的话，茱莉亚都不会相信她看见的这一切。毕竟现在是秋天了，这个季节很少见到蝴蝶——甚至在炎热的夏天，也很少见到它们降落到一个小女孩的手上，哪怕是一瞬间。

但她已经把它写下来了，记录进了永久性的文件里面，所以现在她相信了。在其他古怪的事情中，还有一个情况需要考虑。

那就是女孩的寂静。她已经数小时没有动过了。

她站着的脚没换过一只，伸出去的手也没换过一只，头都没有转过一下。这不只是说她没有显眼的重复性或是强迫性的动作，她完全就像只蜥蜴一样一动不动。今天早上，来了个社会福利工作者，她是来进行家庭调查，以判定茱莉亚作为临时收养人的适合度的。虽然茱莉亚还在试图掩盖，对方仍然震惊于女孩的这种状况。这个女人担心地瞥了女孩最后一眼，合上笔记本悄悄问茱莉亚："你确定吗？"

"我确定。"茱莉亚说道。她的确确定，帮助这孩子，已经成为她的某种追求。

昨晚，把卧室布置好以后，她坐在餐桌旁熬夜到了很晚，读着她能找到的少数几个记录在案的真正的野孩子的一切，做着笔记。这些记录既极具吸引力，也让人感到撕心裂肺的悲伤。

这些案例都遵循着一个类似的模式，无论是那些三百年前被发现在巴伐利亚茂密的森林中的，还是20世纪被发现在非洲的荒野上的。所有的野孩子，都是在黑暗的森林深处被发现的，常常是被猎人发现的。他们三分之一以上跑的时候都四肢着地，很少有能够说话的。其中几个，包括1726年的“野男孩”彼得、法国所谓的“野人女孩”梅米，以及最著名的1797年的“艾维登野男孩”维克多，都成为当时在媒体上轰动一时的人物。科学家、医生和语言学家都蜂拥到他们身边，每个人都希望他们的“野孩子”能够回答那些最根源的人类本性问题。国王们和公主们把他们当作怪物带出去展示，供人取乐。最近的一个案例，是那个叫作“精灵”的女孩，但她不是在野外长大的，她是受到了系统性的可怕虐待，以致永远没学会说话、走路和玩耍，那是另一个被媒体关注过的案例。

这些记录在案的案例，大多有两个共同点。首先，孩子们都拥有能够说话的身体机能，但都未能获得多大程度的实际语言能力；其次，几乎所有这些之前的野孩子们，都处于孤独和被遗忘中，在精神病院度过余生。只有两个案例，梅米和一个1991年被发现生活在猴群里的乌干达男孩，曾真正学会了说话和在人类社会里生活；但梅米仍然在孤独和被遗忘中，身无分文地死了。她从未告诉过人们，在她年轻的时候发生了什么，她是如何结束在黑暗森林里的日子的。

一个接一个的，科学家们和医生们，被这些孩子们的出现带来的挑战吸引而来。所谓的专家们想知道和理解——当然，是“拯救”——一个完全与其他人不同的人类，一个可以被看作是更纯净的人——比任何一个一千年后出生的人都要更原封未动。一个未被社会化的人，未被人类的教导侵蚀的人。他们一个个地在自己的探索中失败。为什么？因为，他们对他们的病人关心得太少了。

茱莉亚不会犯这个错误。

她不会像她之前的那些医生一样，吸着病人的血来推动自己的事业，然后搬走，留下他们那沉默、心碎的病人，被锁住铁窗里面，比他们在丛林里的时候更加困惑和孤独。

“这就是你心里在担忧的吧，是吗，小家伙？”她说着再次抬头看。当茱莉亚正看着的时候，另一只鸟儿落在了窗台上女孩伸出的手旁。小鸟儿竖起头，唱起一支婉转的歌。

女孩把鸟儿的歌声模仿得惟妙惟肖。

鸟儿像是在听她唱似的，然后又唱了起来。

女孩又开始和声。

茱莉亚瞥了一眼装在角落里的摄像机，红灯亮了，这个奇异的“对话”正在被记录着。

“你在和它交流吗？”茱莉亚问道，在她的记录上做了个记号。她知道，这听起来会很荒谬，但她看见了。女孩和那只鸟儿，看起来懂得彼此的意思。最起码，这孩子是一个成功的模仿者！

还有，如果她是独自或处于一群动物中在这丛林里长大，她必定无法在人类和动物之间做出区别——对于我们的文明世界来说已是常理的那种区别。

“我在想，你知道人和动物之间的区别吗？”她把她的钢笔拍在了纸垫上。鸟儿轻轻地扑棱一下飞走了，

又只剩下茱莉亚和女孩了。她伸手到那作为她的临时办公桌的餐桌侧面去拿书，那里有四本书：《秘密花园》《安徒生童话》《爱丽丝梦游仙境》，还有《绒毛兔传奇》。在一个没有小孩子的家里，这些是架子上仅有的儿童读物。昨晚深夜，当女孩睡着后，茱莉亚给她换了尿布，然后在房子里寻找一切可能会帮助她和女孩建立交流的东西。她找到了蜡笔和画纸，一对穿着跳迪斯科的衣服的旧芭比娃娃，还有这些书。

她打开了最上面那本《秘密花园》，开始大声朗读：“玛丽·伦诺克斯被送到米瑟斯韦特庄园她舅舅那里，每个人都说没见过这么别扭的小孩……”

接下来的一个小时里，茱莉亚大声阅读着这些孩子们喜欢的故事，集中精力让她的声音既充满温柔、又有唱歌般的节奏感。她心里当然明白，女孩听不懂大多数她念的这些东西，因而也不知道她讲的是什么故事；但是她知道，就像所有还在学说话的小孩一样，女孩喜欢听她读书的声音。

读完一章后，茱莉亚轻轻地合上了书。“我要去休息一小会儿了，我会马上回来，回来。”她重复了一下“回来”——有可能女孩懂得这个词语的意思。

她慢慢站起来，伸展了一下身体。长时间地坐在这把椅子上，蜷缩在她少女时代床头的这个临时办公桌前，让她的脖子僵硬痉挛了。她拿起她的钢笔——毕竟，这可能成为女孩的武器，朝着当她和艾莉还是孩子的时候为她

们修建的小浴室走去。小浴室的门在她们卧室的梳妆台旁边。

茱莉亚走进了浴室，为了隐私起见她虚掩了一下门。她不想让自己的声音消失，于是一边往下拉着裤子坐在马桶上，一边说着："我要上厕所了，亲爱的。我会马上回来。我也想知道玛丽发生了什么事情，你觉得她真的听到了哭声吗？你会哭吗？你知道什么……"

女孩走到浴室门口站着，把门推开，当门砰地撞到墙上后她畏缩了一下。接着她拍打着自己的脸颊、摇着头，用力地用鼻子吹着气，鼻涕流了下来。

"你不高兴了，"茱莉亚用安慰的声调说，"不高兴了，你要生气了。你喜欢这个故事吗？"

听到茱莉亚的声音后，女孩安静了下来。她紧张地看着门口，侧着身子躲着。

"从现在起，我们就让门开着吧，但是我要尿尿。你知道那个词语吗？尿尿？"

或许女孩对这个词语有一丝丝的认知，听到后有了一点点的退缩。或许没有。

女孩只是站在那里，盯着茱莉亚。

"我需要隐私，你应该……噢，算了。"社交礼节在这里不起作用。茱莉亚开始尿了。

女孩皱着眉头，走近了一步。她像一只蓝松鸦一样竖着头，好像是为了从一个更好的角度去看东西似的。

"我正在撒尿。"茱莉亚直接说道。她伸手去拿厕纸。

女孩目不转睛地盯着她，注意力完全集中。她再一次完全进入了寂静状态。

茱莉亚尿完后站在那儿冲厕所。

一听见这噪音，女孩就尖叫着飞快地往后退，由于退得太快把自己绊倒在地。她躺在地板上开始号叫。

"没事的，"茱莉亚说，"没有伤害，没有伤害，我保证。"她一次又一次地冲着厕所，直到女孩终于坐了起来。然后茱莉亚洗了手，慢慢地走向女孩，柔声问道："你想让我继续读书吗？"她跪了下来，她们的视线到了同一个水平线，离得很近。她能够看见孩子那双引人注目的、宝石般颜色的眼睛，虹膜是淡淡的琥珀色，又浓又黑的睫毛慢慢合上又打开。

"书。"茱莉亚又说了一次，指着桌子上的那本小说。

女孩走向桌子，坐在了桌旁的地板上。

茱莉亚深深吸了一口气，除此之外没做更多的反应。她走到离她最近的那把椅子旁坐了下来，“我想艾莉和我该把以前妈妈喜欢的那把椅子搬进来，你觉得呢？”

女孩向她稍稍移近了一点，盘腿坐在地板上，抬头看着茱莉亚。

这个时候，虽然食物残渣敷得满脸都是，头发也乱糟糟的，女孩看起来跟那些待在教室里听着老师讲故事的幼稚园小朋友没什么两样。

“我敢打赌，你在等着我开始。”

跟以往一样，唯一的回答是沉默，那双神秘的蓝绿色眼睛盯着她。这次，也许女孩有了一丝期待，甚至是渴望。若是普通的孩子，恐怕已经用专横的语气说“给我读”了；女孩只是等着。

茱莉亚继续开始读着故事。读啊读，她读了关于玛丽、德肯和科林与属于玛丽去世的妈妈的秘密花园的故事。她一章接一章地读着，一直读到夜幕降临，从窗外洒进了一条条粉色和紫色的光带。她正要读到最后一章时，门口响起了敲门声，狗儿们叫了起来。

一听见这声音，女孩飞快地跑向她盆栽植物背后的“避难所”，藏在了树叶后面。

门慢慢地打开了，门后的金毛猎犬们疯了似的要冲进来。“趴下！杰克，埃尔伍德！你们两个怎么回事？”艾莉边说边从它们身边溜过去，用力把门关上。走廊里，两只狗恨恨地吠叫着，嚓嚓地刨着门。

“你得把那些狗训练一下了。”茱莉亚说着合上了她的书。

艾莉把端着的一盘食物放下了，“以前我以为已经把它们的蛋蛋割了，它们会变得驯服些。看起来没那么好的运气，得全部阉割了才行。”她在地板上的床垫边蹲了下来，坐在床垫的圆角上说道：“女孩怎么样？我看她还认为我是雷切特护士①。”

“她已经好些了，我想。她似乎喜欢听人阅读。”

“她有试着逃跑吗？”

“没有。她不会走近门边，她害怕门把手。任何闪亮的金属，都会让她躲得远远的。”

艾莉俯身向前，把她的双肘顺着放在大腿上。她长长地叹了一口气，就

---

① 雷切特护士：电影《飞越疯人院》中的角色。

像一个正在泄气的轮胎："我希望我可以告诉你，我这方面也取得了进展。"

"你有进展啊，这个故事上了头条，有人会来认领她的。"

"已经有人来认领了。今天我在办公室里接待了七十六个人，他们所有人都是在过去这几年里丢了女儿的。他们的故事……他们的照片……太可怕了。"

"作为这种悲剧的见证人，是非常痛苦的。"

"整天都在听悲伤的故事，你是怎么做到的？"

其实茱莉亚的工作从来没那个样子过。"只有结局不美满的时候，一个故事才是悲伤的。估计我总是相信，会有美满结局的。"她安慰艾莉道。

"真没想到，你还是个浪漫主义者！"

茱莉亚笑了，"算不上。好了，新闻发布会怎么样？"

"又臭又长，全是些愚蠢的问题。国家网络也一样糟糕。我还从记者们身上发现了这一点：如果一个问题荒谬到让你无法回答的话，他们就会再问一遍。最有意思的是《国家询问报》的人问的问题，他们希望她有翅膀，而不是胳膊。哦，还有《星报》，想知道她是不是跟狼群生活在一起。"

幸好这是一份小报，没人会太相信这个故事。

"关于身份的呢？"

"还没有消息。但通过 X 光片、胎记、疤痕，和她的年龄范围，我们正在缩小可能范围。哦，你的申请通过了社会福利服务部的批准，你是她正式的临时收养人了。"

女孩从她躲着的地方爬了出来。她停顿了一下，张大鼻孔嗅着空气，然后贴着地面跑着穿过了房间。茱莉亚从未见过一个孩子移动得这么快，她一下子消失在浴室。

艾莉吹了一下口哨，"所以，这就是黛西说这女孩跑得像一阵风的意思。"

茱莉亚慢慢朝厕所走去，艾莉跟着她。

女孩坐在马桶上，身上的大号纸尿裤脱到了脚踝上。

"天哪！"艾莉低声说，"你教过她吗？"

茱莉亚自己都不敢相信，"今天我在上厕所的时候，她撞见了。冲马桶的声音把她吓得要死，我敢发誓，她之前从来没见过马桶。"

"你觉得她是自己学会的？就这样看见你上过一次？"

茱莉亚没有回答。任何噪音都可能毁了这一刻。她慢慢地走进浴室，拿起一些厕纸，给女孩演示了一下拿厕纸来做什么，然后递给了她。那孩子皱着眉头，把这些卷起来的纸巾盯了很久，最后，她接过去，然后用了。结束后，她滑下马桶，拉上她的作为内裤的纸尿裤，按了一下缠着白胶布的冲厕手柄。听到冲厕所的噪音后，她尖叫着跑开，从茱莉亚和艾莉的腿中间钻了过去。

“哇哦!”艾莉说。

她们两个都盯着藏到盆栽植物“森林”里去了的女孩。

在安静的房间里，女孩的呼吸声很大，很快。

“这整件事情，已经变得越来越奇怪了。”艾莉说。

茱莉亚可不这么觉得。

“好了，”最后艾莉说，“我得回办公室了，不知道得在那里待多久。”她从裤子后边的口袋里掏出一张纸递给茱莉亚，“这是花生和卡尔家的号码，如果你需要再去图书馆，他们会在这房子里和女孩待在一起。”

“谢谢。”

茱莉亚跟艾莉走到门口，让她出去后再把门关上。她已经意识到不需要把门锁上了，女孩怕门把手，这孩子绝对不会打开一扇关着的门。

她又做了一些笔记，然后把纸和笔拿开。

“现在是晚餐时间。”

女孩仍然躲在那些植物里，看着她。

“食物。”她拍了一下艾莉留下的托盘。

这次，女孩动了。她悄悄从绿叶的覆盖中爬到桌子旁，开始以她以往那样的方式“袭击”食物。

茱莉亚抓住她的手腕，制止道：“不!”

她们的目光冲撞在一起。

“你那么聪明，不应该这样，不是吗?”茱莉亚站了起来，仍然抓着那纤细的手腕，绕着站在了女孩的旁边。“坐下。”她拉出一张椅子，拍了拍座位，“坐下。”

接下来的三十分钟里，她们站在那里，陷入了只有一个词语“配音”的“战斗”里——坐下。

开始时，女孩怒吼着，哼哼着鼻子，摇着头，试图挣脱。

茱莉亚只是简单地抓住她，摇着头说：“坐下。”

当这些表演不起作用后，女孩便沉默了。她完全寂静地站着，怒目圆睁，盯着茱莉亚。

“坐下。”茱莉亚再次拍着椅子说。

女孩大大地叹了一口气，然后坐下了。

茱莉亚立即放开了她，“好孩子！”然后她绕到桌子的另一边，坐在她的位子上。

女孩抓起了食物，吃得好像那是刚打到的猎物一般。

“你是在餐桌上，”茱莉亚说，“这是一个开始。明天给你洗过澡后，我们再来说礼仪的事情。”她伸手拿起她的笔记本放在膝盖上。孩子在吃东西的时候，她翻阅着那些笔记。或许这里面会有答案，但她很怀疑。这是一个问题很多的案例。

当天下午她写的一段引起了她的注意：

一个完美的模仿。这孩子能一声一声地重复鸟鸣，看起来她和那只鸟甚至是在交流，虽然那是不可能的。

“这就是答案吗，小家伙？你看见我使用了马桶，然后直接模仿了我吗？那是一个你在野外生存需要学会的技能吗？”茱莉亚自言自语道。随即，她写下：

在没有人存在，或者是没有社会存在时，我们怎样学习？通过尝试与失败？通过模仿其他物种？或许，她学会了通过观察快速学习。

茱莉亚从本子上抬起了钢笔，感觉这最多是半个答案。一个在野外长大的孩子，生活在狼群或其他动物群中间，应该已经学会了用尿标记领地，她应该不会知道使用马桶的关键在哪里。

除非她以前见过，不过是很久以前见过；或者是，她把茱莉亚当作了新的种群领袖，想要归属！“你是谁，小家伙？你从哪里来？”茱莉亚如在呓语般，轻声问道。

一如既往，没有回答。

当女孩在吃东西的时候，茱莉亚溜出房间走下了楼梯。

房子很安静。

她在停车棚里找到了她想要的东西。两个大纸箱子，一个装满了衣服，另一个装着各种各样的书和玩具。

茱莉亚彻底翻找了一遍，把那些最好的、最有用的东西集中在一个盒子里，然后扛上楼梯，砰的一声放在了地上。

女孩马上警觉地抬起了头。

看了一眼女孩的样子，茱莉亚几乎笑了起来。原来装在盘子里的食物，几乎全敷在了她的脸上和穿着的病号服上。奶油和水果沙拉酱沾满她的鼻子和脸颊，在下巴上画出了一道白胡子。

“你看起来，像是个迷你版的圣诞老人！”茱莉亚笑着说。然后她弯腰打开盒子，最上面放着三样东西：一条美丽的白色带有粉红色蝴蝶结的蕾丝花边连衣裙、一个裹着尿布的娃娃，和一套色彩鲜艳的塑料积木。

她后退着说：“玩具。你知道这个词语吗？”

没有反应。

“玩，有趣，打扮。”

女孩目不转睛地盯着她。

茱莉亚弯下腰拿起那条连衣裙，旧棉布摸起来很柔软。

女孩瞪大了眼睛，从喉咙深处发出一声低沉的咆哮。她从椅子上起身，绕过桌子跑过来一把从茱莉亚手中拽走了裙子，动作之快、之安静，几乎令人不敢相信。她紧紧把裙子抱在胸前，回到盆栽植物后面的藏身之处蹲了下来。

“好了，好了，好了，”茱莉亚说，“我知道有人喜欢漂亮东西了。”

女孩开始发出哼哼的声音，她的手指碰到了一个小小的粉红色缎带蝴蝶结，开始抚摩。

“如果你想穿漂亮的衣服，你得先洗干净。”

茱莉亚走进浴室放好洗澡水，然后坐在了浴缸的边缘。“我像你这么大的时候可喜欢洗澡了，我妈妈常常会在水里加薰衣草精油，闻起来真香。哦，看啊！这里还有一小瓶留在了柜子里，我会给你加一点。”

当她再次转身的时候，女孩已经在那里了，站在门内，向里面看着。

茱莉亚伸出一只手。“没有伤害，”她温柔地说，“没有伤害。来吧。”

没有回应。

“洗干净的感觉真好。”茱莉亚将她的另一只手从水中划过，“舒服。来吧！”

女孩向前的步伐小到几乎没有，但她的确在动了。她的目光在粘满胶带的水龙头和茱莉亚的手之间反复移动。

“你以前见过自来水吗？”茱莉亚让水顺着她的手指流下，“水，……水！”

女孩已经走到了浴缸的边缘，她正带着一种既害怕又迷恋的复杂情绪，盯着这些水。

茱莉亚弯腰非常缓慢地脱掉了女孩的衣服，她完全没有表示反对。这么容易就顺从了？茱莉亚很吃惊。这是什么意思，会有什么情况吗？她把那件病号服拿走，挂在了毛巾架上，然后抓着女孩纤细的手腕轻轻地把她向浴缸方向推。“摸一下水，试试看。”她给她示范了怎么摸，希望她会模仿她的动作。

过了很长时间，但女孩终于把她的手浸入水中了。

女孩的眼睛瞪大了。她发出了一个声音，半是叹息、半是咆哮。

茱莉亚把自己脱得只剩胸罩和内裤，然后坐进了浴缸。“你明白了吗？”她微笑着说，“这就是我想让你做的。”当女孩走得更近些了的时候，茱莉亚从浴缸里出来坐到了凉爽的陶瓷边缘上，“轮到你了，去吧！”

女孩谨慎地翻过了浴缸的陶瓷边缘，蹲下身子把自己泡在了水中。在进入水中的那一刻，她发出了一个声音，几乎像是一个惬意的哼哼。然后她望向茱莉亚，开始探索着，拍打着水面、踢着脚，四面溅起了水花。她舔着瓷砖，摸着瓷砖缝，嗅着水龙头，她还用双手捧起水来喝（这是一个后来才打破的习惯，当然，是很久以后）。

最后，茱莉亚伸手拿起盘子里那块薰衣草香皂，递向女孩；女孩闻了一下，然后尝试吃它。

茱莉亚忍不住大笑。“不要。恶心！”她做了个鬼脸，“恶心！”

那孩子皱起眉头，试图抓住香皂。

茱莉亚把两只手放在一起搓了搓，搓出了肥皂泡，“好了，现在我要开始给你洗澡了。干净，肥皂。”她非常缓慢地伸出手去，把女孩的手拿到她的手里，然后开始洗。

女孩看着她，像是一个魔法师学徒在学新戏法似的那么专注。随着茱莉亚对她双手不停地清洗，女孩慢慢开始放松。她很顺从地让茱莉亚把她在浴缸里转了个身，开始洗头发；当茱莉亚按摩她的头皮的时候，她开始发出哼哼的声音。

过了一会儿，茱莉亚才意识到这是一首歌里的曲调。

《一闪一闪小星星》。

茱莉亚直起身来。在今天这些所有意想不到的转折里，这一个是最重要的！“有人对你唱过这首歌，小家伙。那是谁呢？”她在心里暗自问道。

女孩一直闭着眼睛，哼着歌。

茱莉亚用洗发水把女孩长长的黑发冲洗干净，发现她的头发非常浓密而卷曲，发丝缠绕在她的手指上就像藤蔓一样。她也注意到女孩那瘦小的背上布满了纵横交错的疤痕，在她肩膀附近的那一条尤其难看。

你去过哪儿？茱莉亚心里想着。

这首歌是一个机会，了解到一部分女孩真正的过去的机会，这是他们从女孩身上见到的第一个机会。问得再多，好像也不会得到答案。茱莉亚需要的，是比那些更为本源的东西。

她决定跟着女孩的哼哼一起唱，“我多想知道你是什么。”

女孩溅起了水花转过身来直到面对着茱莉亚，她蓝绿色的眼睛睁得那么大——对她小小尖尖的脸来说，它们看起来似乎太大了。

茱莉亚唱完那首歌，伸出一只手放在自己胸口说：“茱莉亚，茱……莉……亚，就是我。”然后她握住女孩的手问道，“你是谁？”

女孩热烈的注视，就是她的回答。

叹了口气，茱莉亚站起来伸手去拿毛巾，“来吧。”

她惊愕地发现，女孩站起来走出了浴缸。

“你能理解我说的吗？或者是因为我站起来了你才站起来？”茱莉亚注意到自己声音里的期待成分——对于一个需要保持专业和超然的心理医生来说，这期待太多了点。女孩总是让她无法捉摸。“你知道怎么说话吗？讲话？词语？”她再次摸着胸口说，“茱莉亚，茱……莉……亚。”然后她摸着女孩的胸口，“谁？名字？我需要给你叫个名字。”

除了盯着茱莉亚之外，什么反应也没有。

茱莉亚把女孩擦干，然后给她穿上衣服，“我又在给你穿纸尿裤了。为安全起见，转过身去，我会把你的头发扎个辫子，那是我妈妈总会对我做的事情。但我会更温柔，我保证，以前妈妈总是那么大力地扯得我都要哭，我姐姐总是说这就是我的眼睛向上斜的原因。好了，完成了！”她不小心撞到了门，门重重地关上了，孩子正好出现在门背后的方形镜子里。

女孩大声喘着气，听起来就好像她刚刚被海水冲上岸一样。她向镜子伸出手去，想要摸摸房间里的另一个小女孩。

“以前你看见过你自己吗？”茱莉亚问道。

这一切都不合理。那些碎片信息根本毫无关联。那只狼，她的饮食习惯，那首歌，她学会用马桶，这些只是组成谜图边缘的小块碎片，但谜图的中央是什么样，关键点在哪里，仍然不知道。肯定，她至少看见过自己水中的倒影。

“那是你，亲爱的，是你，看那美丽的蓝绿色眼睛，长长的黑头发，你穿这件裙子真漂亮！”

女孩打了她的影子，指节打到坚硬的玻璃上，她疼得大叫一声。

茱莉亚到她旁边跪了下来，现在她们两个都在镜子里出现了，肩并着肩，脸隔得很近。女孩美得让人透不过气来，她让茱莉亚想起了年轻时候的伊丽莎白·泰勒。“看见了吗？那是我，茱莉亚，和你。”她耐心地向女孩解释道。

茱莉亚发现女孩渐渐明白了，女孩非常缓慢地摸了摸自己的胸口，嘴里发出了惊叹的声音：她镜子里的影子，做着同样的动作。

“你说了些什么吗？你的名字吗？”

女孩伸出了舌头。接下来的四十分钟里，那孩子一直在镜子前面玩。茱莉亚因此有了足够长的时间去拿她的笔记本和数码相机。当她回到浴室时，女孩正在和她镜子里的影子一起拍着双手上下跳动。

茱莉亚拍了几张女孩的脸的特写镜头照片，然后把相机拿开。茱莉亚在手中的笔记本上写道：自我的发现。然后记录下了每一刻。

这样持续了好几个小时，女孩久久盯着镜子里的自己，直到夜幕降临，天空露出点点繁星。

最后，茱莉亚再也写不下去了，她的手都开始痉挛了。“好了，来吧。到睡觉时间了。”她走出了浴室。女孩没有跟着出来，茱莉亚又拿起一本书。她们已经读完了《秘密花园》，所以她选择了《爱丽丝梦游仙境》。

“很合适，不是吗？”她对自己说。她说这句话的时候是一个人在房间里，开始大声读的时候同样是她一个人——“爱丽丝开始厌倦和姐姐一起坐在河岸上了，无事可做。她偷偷看了一两次姐姐正在读的那本书，书里并没有图画或者对话；她想：‘既没有图画，也没有对话，这样的书还有什么用呢？’”

浴室里，女孩停止了跳动。

茱莉亚笑了，然后继续读。当女孩从浴室出来时，她刚刚讲到了白兔。穿着漂亮的扎着粉丝带的白色蕾丝连衣裙，柔顺的头发梳成了辫子，她看起来跟普通小女孩一模一样，只在眼睛里有一丝野性的迹象。她的那双眼睛，对她的脸来说太大了一点，而对她的年龄来说又太严肃了一点，正死死盯着在非常平静地读着故事的茱莉亚。

女孩来到她身旁，挨得很近。

茱莉亚盯着她，“你好，小家伙。我读书的时候你喜欢吗？”

女孩的手重重地打在了书上。

茱莉亚被这意外的动作吓了一跳，都没来得及做出回应。这是第一次女孩真正在试图沟通，而且是强有力地想做那样的沟通。

女孩又使劲拍了一下书，看着茱莉亚，然后，她摸了摸自己的胸口。

这是茱莉亚对女孩表明自己的名字的时候，所做出的动作。

“爱丽丝？”她轻轻说道，一种惊奇的感觉充满了全身，“你的名字是爱丽丝？”

女孩又拍了一下书。见茱莉亚没有回应，女孩再拍了一下书。茱莉亚合上了书。这本破旧的老版书封面上，画着一个漂亮的金发爱丽丝，和一个巨大的衣着鲜艳的红桃皇后。她摸着图片上的女孩。“爱丽丝，”她说，然后把手放到身边这个有血有肉的女孩身上，“是你吗？爱丽丝？”

女孩哼哼着打开了书，拍着书页。

那是她们之前读到的地方，就是那一页。

真是不可思议！

茱莉亚不知道，女孩的这种反应来自于她读到的名字，还是读过的内容，但这都无所谓了。不管是什么原因，小女孩终于走进了这个世界。茱莉亚几乎要高声地笑出来，现在她的感觉就是那么的好！

女孩又打了一下这本书。

“好吧，我会继续读。但从现在开始，你就是爱丽丝。那么，爱丽丝，上床去！在你躺到被子下面的时候，我就给你读这个故事！”

整整一个小时后，女孩睡着了，茱莉亚合上了书。

她俯身亲吻了那香喷喷的粉红小脸蛋，“晚安，小爱丽丝。在仙境里好好地睡吧！”

II chapter 魔法时刻

从下午开始，艾莉就一个人待在警察局里，翻阅着她的笔记。

那些悲伤的父母们，都在指望着她帮他们找回失踪的孩子。

她生怕会让他们全都失望。正是这种害怕，驱使着她坐在位子上，睁着疲惫不堪的双眼，集中精神翻阅桌子上的这堆报告。

但她的确看得太久了。她再也不能保持冷静，无法多做一点关于血型、牙科记录和失踪日期的笔记了。闭上眼睛，她看到的全都是破碎的家庭以及那些每年仍然为他们失踪的孩子挂上圣诞袜的人们。

“我从外面就能听见你在哭。”

她急促地呼吸着，敏锐地抬头看去，“我没有哭，我只是戳到自己的眼睛了。你到这里来干什么呢?”

卡尔站在那里微微笑着，双手深深地插在口袋里。他穿着一件“黑暗骑士”的 T 恤和牛仔裤，看起来更像是一个还在上高中的孩子，而不是一个已婚且已经是三个孩子的父亲的成年人。

他拉过一把椅子，坐在她的旁边，问道：“你还好吗?”

她擦了擦眼睛。她对他做出的微笑完全是个假象，他们两个都明白。“我无法胜任此事，卡尔。”艾莉沮丧地说。

他摇摇头，一绺乌黑发亮的头发落到他的眼前。

她不假思索地就给他拨开了，“我该怎么做?”

他被她拨得猛地回过神来，然后尴尬地笑了笑，“你会像你一贯那样去做，艾莉。”

“我一贯是怎么做的?”

“无论付出多少代价，你都会找到那个女孩的家人。”

“难怪我会把你留在身边。”这次，她的笑容看起来像是真的了。

他站了起来，“来吧，我请你去喝杯啤酒。”

“莉莎和孩子们怎么样？”

“塔拉在照顾她们。”他伸手拿过他的雨衣，穿了起来。

“我不需要喝啤酒，卡尔，真的。另外，我该回家了。你不需要……”

“再也没有人保护你了，这可不好。”

“我知道，但是……”

“让我来吧。”

他那种简单直接的说话方式牵动了她的心。他是对的。的确，已经很久没有人照顾过她了。“走吧。”她抓起她的黑色皮夹克，跟他走出了警局。

街道又变得安静而空旷了。

一轮满月挂在夜空，照亮着夜雨后湿漉漉的街道。它散发出一种奇异的色彩，给树木和道路染上一层银色的光辉。

在她开车回家的路上，艾莉尽力不去想这件事。相反，她把注意力集中到道路的黑暗和从她身后射来的令人舒服的车头灯光线上。说实话，有人送她回家的感觉真好。

她把车开进了她的院子，停好。在她熄火前，收音机里传来一首歌：《乘着喷气飞机离开》。

她陷入了回忆之中——妈妈和爸爸用钢琴和小提琴演奏这首歌，让他们的女儿们跟着一起唱。爸爸会说：“我的艾莉，有着一副天使般的嗓音。”

她看见迷你版的自己从她爸爸身边羞怯地起身，跑向那临时的舞台。再过一会儿，当山米·巴顿为她奏起那首歌的时候，她便会坠入爱河。那段爱就像是溺水了一样，她好不容易才浮出水面，活了下来。

“你以前很喜欢这首歌。”卡尔站在她的车门边，透过开着的窗户看着她说。

“那是以前，”艾莉答道，努力不去回忆这些事情。“现在，这只会让我想起我的第二任丈夫，只有他是坐灰狗巴士离开的。只有在离开的确很渣的人的时候，你才会想到要坐巴士离开。”说着，她下了车。

“他是个白痴。”

“我想，你是在说每一个我爱过的人，有一大堆这样的人。”

“但从来没有一个对的人。”他盯着她平静地说。

“谢谢你的真知灼见，夏洛克。我还没注意到呢。”

“今晚，有人在顾影自怜哦。”

艾莉硬撑着笑了一下，“我不会让这样的状态持续的。谢谢你当我的出气筒。”

他伸出一只胳膊绕在她的肩膀上，把她紧紧搂了过来，“来吧，头儿。请我喝杯啤酒。”

他们穿过松软的草坪，登上门廊的台阶。进去后，艾莉惊讶地发现，她妹妹已经起来工作了。

茱莉亚正坐在厨房的餐桌前，周围到处散落着文件。“嗨。”她抬头打招呼道。

“茱莉亚？”卡尔惊讶地问道，脸上泛起了微笑。

茱莉亚盯着他，慢慢站了起来，“卡尔？卡尔·华莱士？真的是你吗？”

他张开了双臂，“就是我。”

茱莉亚跑向他，让他抱住了她。他们两个都笑得很灿烂。后来卡尔松开她，盯着她说道：“我告诉过你，你会变漂亮的！”

“还有，你现在给我的拥抱，仍然是我遇到过的男人里面最好的。”茱莉亚大笑着说。

艾莉皱了皱眉。他们是在互相调情吗？就在一刹那，她又想起以前那些聚会的时光了。当艾莉站在舞台中央唱着她的心声的时候，茱莉亚总是和卡尔坐在楼梯上的阴影里面听着。

茱莉亚向后退了点，盯着他说：“你看起来像一个摇滚明星。”

“像个吸毒的，他们总是这样说像我这样瘦的人。”他把头发从他眼前拨开，“很高兴再见到你，茱莉。真抱歉是在这样糟糕的情况下再见。顺便说一句，你姐姐都快要崩溃了。”

“会有这么一天的，”艾莉说着打开了一罐啤酒，她解开她的枪带和对讲机，放在了柜子上，“要来一个么？”

“不，谢谢。”茱莉亚说。

茱莉亚向桌子走去，看来她从那堆混乱的文件里找到了她想要的东西，“来，艾莉，这些是我要给你的。”

当艾莉看清了是些什么后，她放下了啤酒：“哇噢！是她吗？”

“是的，”茱莉亚笑得像一个骄傲的家长一般，“还有，我叫她爱丽丝。从《爱丽丝梦游仙境》来的，她对这个故事有反应。”

艾莉目不转睛地盯着手中的照片。那是一个漂亮得让人惊奇的黑发女孩，穿着一袭白色网眼的裙子。“你是怎么做到的？”她问道。

“让她安静地站着，是最困难的。”茱莉亚脸上的笑容扩大了，“我们度过了美好的一天，明天我会告诉你一切。现在，我要赶时间了。你能帮我看着她吗？”

“看孩子？我？”

卡尔咕噜噜转了一下眼睛，“看孩子而已，艾莉，不是要你做脑外科手术。”

“比较起让我看着狼女孩，我宁愿把你的脑袋打开再缝上。我没开玩笑。”她看着她的妹妹，“你要去哪里？”

“回图书馆去，我得做出她的健康饮食计划。”

“去找麦克斯，”卡尔说，“那家伙有很详细的记录，他能回答你的问题。”

茱莉亚笑道：“他那样的浪子，会在周末之夜上班？我想不会吧。”

“别担心，茱莉，”艾莉说，“你不是他喜欢的类型。”

茱莉亚脸上的笑容消失了。“我不是这个意思，但是，谢谢你的提醒。”她伸手拿起钱包向门口走去，“还有，谢谢你帮我看孩子，艾莉。很高兴再见到你，卡尔。”

“你是个笨蛋吗？”茱莉亚走后，卡尔对艾莉说。

“我相信把你的警长叫笨蛋，会违反某种法律。”

“没有那样的法律，倒是有一条禁止我的警长变成笨蛋的法律。你看到了当你说你妹妹不是麦克斯喜欢的类型的时候，她脸上的表情了吗？你伤害了她的感情！”

“得了吧，卡尔。我看过她前男友的照片，那位世界闻名的科学家先生，可没有一点像麦克斯。”

卡尔叹了口气站了起来，“你永远搞不懂。”

“搞不懂什么？”

他低头看了她很久很久，久到她都开始怀疑他到底看见了什么。最后，他摇摇头说：“我要离开这里了，明天上班见。”

“别生气。”

他在门口停了下来，转身对着她。“生气？”他的声音沉了下去，“我没有生气，艾莉。但是，你怎么能知道呢？你真正懂得的唯一情绪，只有你自己的情绪。”

然后，他就走了。

艾莉喝光了那罐啤酒，又打开了一罐。当她喝光第二罐的时候，她已经忘了卡尔那一出了。他们在一起的时候总是会有很多争吵。重要的是，到了第二天他们又会和好如初。卡尔会对她微笑，就像这些事情从未发生过一样。他们之间一直是这样的。

最后，她走上楼梯，在她们以前的房间门口停了下来。她转开门锁，走了进去。

女孩正在安静地睡觉。尽管她现在看起来，和别的孩子没什么两样，但她仍然蜷缩得很紧，就好像是在一个残酷的世界里保护着自己一样。

“你是谁，小家伙?”艾莉低语道，再次感受到了那份责任的分量，“我会帮你找到家人，我发誓，我会的。”

四十年前，当玫瑰剧院建成的时候，它位于小镇遥远的边缘。到了现在，它已经算是在镇中心了。如今，老街坊们仍然称那附近为“远东”，是因为那时，杜鹃花街看起来离它还有好几英里远。在那周边，都是小小的两层楼房，是木料丰产的年代里工人们居住的房子。街对面是图书馆，沿着那条路走一两个街区，就是那家新五金店。女孩现身的那个希尔斯酋长公园，就在它的斜对角。

麦克斯每周五晚上都会去看电影，独自一人。起初，还会有人谈论他这个奇怪的习惯；也有女人会碰巧出现，坐在他旁边。随着时间的推移，这个习惯变成了常规，而雨谷镇的人们最喜欢不过的事情，就是常规了。

他向剧场老板挥手，剧场老板正站在小小的特价柜台后面，仔细整理着一盒盒糖果。他没有停下来聊天，因为他知道聊天的内容，将不可避免地绕回到剧场老板的肩周炎上。

“嗨，医生！你觉得这电影怎么样?”

麦克斯转向他的左边，发现厄尔和他的妻子米娜在他身边。他们也会每周五晚上都来看电影，两人像是热恋的青少年般，依偎在座位上。

“嗨，厄尔，米娜，很高兴看到你们。”

“这是部很棒的电影。”厄尔说。

“你喜欢任何电影，”米娜对她的丈夫说，“尤其是浪漫爱情的电影。”

他们开始一起往剧场外走去。“你们搜索得怎么样了?”麦克斯问厄尔。

“这肯定没那么容易。电话铃响得要跳起来，各种线索像春天的霍河发洪水一般涌来。外面有那么多失踪的女孩，这真令人心碎。但我们会发现她是谁的，头儿已经下了决心。”

“艾伦·巴顿可真有女人味。”米娜对麦克斯说。

他忍不住笑了。米娜总会抓住一切机会提起艾莉。似乎整个镇上的人，都在期望着他俩坠入爱河。他们曾在一起的那段很短的时间里，小镇上的八卦警报进入了四级战备状态。像米娜这样的骨灰级浪漫主义者，当然觉得会有续集。“对，她的确是，米娜。”麦克斯附和道。

他们到了剧场外面，站在从马路边的人行道到剧场门口的那条宽阔的水泥路上。在这个令人意外的晴朗的夜晚，其他观众们正在彼此交谈着，往他们的汽车走去。

人群慢慢地散去了。有那么几个时刻，人们一小堆一小堆地聚集在人行道上和街道上，邻里们在这个美丽的夜晚互相攀谈着，他们的声音从安静而清新的空气中传来。厄尔和米娜是第一批离开的。

车一辆接一辆地开走了，街道上变得空空如也，只剩一台老旧的白色萨博班和一台哈雷了。

麦克斯在向他的摩托车走到一半路程的时候，街对面的一道身影抓住了他的眼球：一个女人正在离开图书馆，手上抱满了书。街灯发出的光打在她身上，不知怎的，让她看起来有点不真实，就像身处黑夜中的一个天使。

茱莉亚。

他向前几步，走到了附近的一盏路灯光线里面。

街对面，茱莉亚打开了那台萨博班乘客座的门，把书扔到了座位上。她正要转到司机座侧的时候，他叫了一下她的名字。

她停了下来，从街对面看了过来。他们的目光在空中相遇。

他穿过街道。“嗨，茱莉亚，”他说着向她走了过去，“你加班到这么晚了。”

她笑了，听上去有点紧张，“他们经常说我有强迫症。”

“你的病人怎么样了？”

“实际上我也想和你谈谈她，晚点吧，在医院谈。”

“现在就谈，如何？我们可以去我家。”

茱莉亚看起来有点迷惑，“啊？我觉得不……”

“现在是最好的时候。”

“现在也的确有人帮我看着她。”

“那就这么定了，跟我来。”她还没来得及说不，他就向他的摩托车走去并骑了上去。他发动引擎，透过后视镜看着她。

她咬着嘴唇，看着他的哈雷摩托，最终上了她自己的车。

道路两旁立着黑树林，树冠伸到了星光灿烂的夜空中。在月光的照耀下，沥青路变成了一条泛着银光的丝带，在两旁的树帘中蜿蜒前行。岔路口，一块破旧的棕黄色木头指示牌，指出了通往灵湖的路。

茱莉亚已经很多年没有走过这条路了。即使是现在，经过了从她高中时代以来这二十年的发展，这里仍然是郊区。当地人称之为“终点”，不仅是因为这儿的地理位置，还因为这里与世隔绝。

这个雨林的一角雄伟壮观，有着惊人的美。但她很难把这样一个地方，和眼前这个浪子联系起来。在她眼里，他绝对是个属于大城市的人。他到这一片绿色的黑暗之中来干吗？

当她转上碎石路后，眼前的景观变了。树木遮住了珍珠般的月光，任何光线也无法刺破这漆黑的夜。一直笼罩在湖面上的雾，给这片森林带来一种神秘莫测、不属于这个世界的感觉。

她突然想起来了，她是跟着一个她几乎不认识的男人走进了丛林深处。而且没人知道她在哪儿。

你是个白痴。

他是个医生。

那个连环杀人犯泰德·邦迪，还是个法律系学生呢。

——她的内心有两种声音在剧烈交战。

她伸手到钱包里拿出了手机。很好，有信号。她拨了艾莉的号码，给她的语音信箱留言：“嗨，艾莉。我在赛内森医生家，谈关于那女孩的事情。”她瞟了一眼她的手表，“我会在午夜时分回家。”

她挂掉了电话，自嘲道：“至少，他们会知道从哪里开始找我的尸体。”

这并不好笑。

事实上，她也并不是很确定她为什么会跟着他。她并没有真的做好会诊的准备，而且，如果非得要研究她的做法的话，看起来就像是疯了似的。

不幸的是，在这过去的一年里，她损失的不仅仅是名声。在这过程之中，她已经丧失了自信。她需要听到别人对她的肯定。

这就是她会在这里的真正原因。他是她在雨谷镇唯一的同行，而且，他曾检查过爱丽丝的身体。

她讨厌发现自己的弱点，但她也不会否认这明显的事实。

前面，麦克斯已经转下了主路，这是一条最近才铺上碎石的路，她跟着他开了过去。这条单车道的路向左拐了个急弯，突然止于一个四面环树的牧场边。

麦克斯把车骑进车库，消失了。

茱莉亚把车停在了车库边。深深吸了一口气后，她抓起公文包下了车。

这个地方的美丽把她震撼到了。她在一片广阔的、三面环绕着巨大的常青树的草地中央，草地的另一面是灵湖。薄雾像一口烧开的锅里的蒸汽一般，从湖面氤氲升腾而来，给一切蒙上了一层梦幻得犹如童话的轻纱。近处，一只猫头鹰咕咕叫着，她被那声音吓了一跳。

“那是臭名昭著的猫头鹰。”麦克斯说着来到她旁边。

她走向一旁，说道：“伐木工的天敌。”

“也是环境保护狂们的斗士。来吧。”

他带着她经过车库，向房子走去。当她走近后，发现了这个地方工匠式风格的美——厚雪松木的墙板壁，纯手工的屋檐，一个巨大的环绕式门廊，甚至连椅子看起来都完全是用纯杉木手工制作的。这是那种你在雨谷镇看不到的房子。昂贵的手工制作，同时又很朴素。这是那种类似于豪华度假酒店阿斯潘或杰克逊·霍尔的地方。

他打开前门，请她先进去。首先，她闻到的是一股浓郁的宾州杨梅的香气，在某个地方他点着一支散发出这香味的蜡烛；性感的音乐从扬声器里飘扬而来。毫无疑问，他这个地方随时准备着迎接女客人的到来。

茱莉亚紧紧抱着她的公文包，走进了房子。

一个华丽的河石壁炉占据了左面的墙，透过跟墙一样高的落地窗，可以看见门廊外的湖。房子向外开着两道法式门。厨房很小，但结构完美；每个柜子上都闪烁着烛光。饭厅很大，透过两旁的窗户可以俯瞰湖面；一个巨大的支架式活动面板餐桌，占据了大部分的空间。奇怪的是，餐桌边只有一把椅子。客厅里有一张深红色的皮革沙发，没有椅子；还有一台屏幕巨大的等离子电视。壁炉前那又宽又厚的木地板上，铺着厚厚的驼羊毛地毯。

后门边还有一大堆绳子和滑轮；在这一堆混乱旁边，还有一根冰锥和一个背包。

“攀岩装备，”她说道，真是废话。“有人喜欢挑战危险，我明白了。男人需要处于极端的境地，才能感到自己是在活着。”

“别对我做精神分析，茱莉亚。要喝一杯吗?”他转过身离开她走进厨房，边打开冰箱门边说道，“任何你想喝的东西，我都有。”

“来一杯白葡萄酒，有吗？”

过了一会儿，他拿着两个杯子回来了：一杯白葡萄酒，一杯加冰苏格兰威士忌。

她接过他递来的酒，坐在了离他较近的沙发一端，“谢谢。”

他笑了，“你不要像是被吓到了，茱莉亚。我不会攻击你的。”

有那么一刻，她被他那低沉而温柔的嗓音和蓝色的眼睛迷住了。这只是一个小火花，几乎不算什么，但这让她很生气。她需要扳回局面，“让我再猜一猜，赛内森医生。如果我到车库去，我会发现一台保时捷或者克尔维特跑车？”

“不会。抱歉，让你失望了。”

“在楼上，我会发现一张超大的床，铺着昂贵的丝绸床单，或者是人造毛皮被单；床头柜里，还有整整一抽屉让女人更舒服的带螺纹的安全套。”

他的额头上布满了皱纹。很明显，她以为他是在玩弄她。“让女人快乐，对我来说一直是件重要的事情。”他开口说道。

“我相信是的。只要她的快乐，不需要你付出任何真实情感的部分，或是任何承诺。相信我，麦克斯，我以前认识过像你这样的人。对某些女人来说，就像是彼得·潘综合征①一样吸引人，但对我来说，那已经失去了它的魅力。”

“他是谁？”

“谁？”

“那个如此严重地伤害了你的人。”

茱莉亚吃惊于他对这个问题蕴含着的洞悉，而尤其让她吃惊的是，这带给她的感觉，就好像他懂她似的。

但他不是真的懂，他只是在钓鱼，抛下了只有他那种男人才能掌控的渔线而已。他的天赋就是他那副真诚而又有深度的外表。因为某种奇怪的原因，现在当她看着他时，她从他的目光中看到一种孤独，一种让她想要回答他的

---

① 彼得·潘综合征：成年人面对社会的激烈竞争和残酷倾轧，越来越多的人喜欢“装嫩”，行事带有孩子气，渴望回归到孩子的世界。但这种心态如果发展到极端，就会沉溺于自己的幻想，拒绝长大。这种心理的极端形式被称为“彼得·潘综合征”，被定性为一种心理疾病。

理解。

如果那样，她就会被迷住。

“我们可以回到正题上来么?”她不知道，他有没有听出她声音中的颤抖。

“噢，工作。告诉我关于那女孩的情况。”他离她比较近地坐了下来，但不是太近。

“我现在叫她爱丽丝，出自于《爱丽丝梦游仙境》，她对那个故事有反应。”

“看起来是个不错的选择。”

他等着她说下去。

突然，她多么希望她没有来这里。他可能是个花花公子和花痴，但他也是一位同事，因此，他可以一句话就毁了她。

“茱莉亚?”

她放慢语速，问道：“当你第一次检查她时，你看到了些什么能够表明她的日常饮食习惯的特征吗?”

“你的意思是，除了脱水和营养不良之外?”

“对。”

“没有确切的依据，但我有一些想法。我觉得是一些鱼、肉和水果。我猜，她从来都没有吃过乳制品和谷物。”

茱莉亚看着他，“换句话说，她那种饮食习惯，源自于脱离人世生活了很长时间。”

“也许吧。你觉得她在野外生活了多久?”

问题来了。这个问题的答案既有可能重新成就她，也有可能彻底击垮她。

“你会觉得我疯了。”在经过了一个太长的沉默后，她说。

“我还以为，你们心理医生不会使用那个字眼呢。”

“不说了。”

“在我这儿，你是安全的。”

听完这句话，她笑了起来，“那可不一定。”

“说吧，茱莉亚。”他啜着酒说道，杯子里的冰块咯咯直响。

“好吧。”她开始从容易理解的部分讲起，“我肯定她不是聋子，而且我强烈地质疑她患有自闭症的想法。奇怪的是，我觉得她可能是一个完全正常的孩子，她现在的状况，是对无能为力的外在环境和对她不友好的处境的一种反应。我相信她懂得一些语言，虽然我还不知道她会不会说，是她自己选择不说或是从来没被人教过。不管怎样，她还没有进入青春期，所以，从理论上讲，至少她不是因为年龄太大了而无法学会。”

“还有呢?”他又倒了一杯。

她也要了一杯。她更多的是在大口吞咽。她的脆弱感是如此强烈，现在她能感到自己的脸颊开始发烫了。要么深入研究，要么逃之夭夭，现在也没有别的事情可做了。

“你读过那些关于野孩子的报道吗?”

“你的意思是，像那个法国野孩子的报道? 跟法国导演特吕弗拍的那部电影相关的那样的?”

“是的。”

“得了吧……”

“请听我说，麦克斯。”

他靠回垫子，抱住手臂盯着她，“告诉我。”

她开始从她的公文包里往外拿东西，文件、书、笔记本，她把这些东西都放在他们之间的坐垫上。麦克斯每查看一篇文章，她就概述一下她的想法。她告诉他那些和野性明确相关的特征：明显的自我感缺乏，躲躲闪闪的，饮食习惯，号叫。然后，她指出了那些奇怪的部分：随时发出的哼哼声，学鸟叫的声音，对上厕所的方式一学就会。她提出所有这一切后，就坐了回去，等待着他给出意见。

“所以，你的意思是，在她生命中大部分的时间，她并不是生活在丛林里的?”

“是的。”

“那么，那只和她在一起的狼……算什么呢? 她的兄弟?”

她赶紧去翻她的文件，“你先别管这个，我应该知道的……”

他大笑着抓住了她的手，“冷静点，我不是在取笑你，但你得承认，你的理论是不对的。”

“但你想想看，把我们的证据和已知的行为模式联系起来。”

“都是传闻，茱莉亚。那些被狼和熊养大的孩子……”

“或许她曾被劫持为人质了一段时间，然后被放掉，让她自生自灭。她绝对曾经和什么人生活在一起过。”

“那么为什么她不会说话?”

“我认为她是选择性地不说话。至少有这个原因。换句话说，她能说话，她只是选择了不说。”

“如果那是对的，即使是部分对，又有什么样的医生才能让她回到这个世界!”

茱莉亚从他的声音里听出了疑问，她并不觉得惊奇。现在，全世界都认为她是不够格的，为什么他会有什么不同呢？让她吃惊的是，她感到这是多么伤人，“我是个好医生。至少，我曾经是。”她伸手去拿她的文件，把它们装进她的公文包里。

他凑近了些，扶着她的手腕说：“我相信你，你知道的。如果你觉得有用的话。”

她看向了他，尽管她马上就知道了看向他是个错误的行为。现在他离她如此之近，她可以看见在他的发际线处，有一个锯齿形的伤疤，在他的喉结下面也有一个。烛光让他的脸变得很温柔，她能看见那反射在他那双海蓝色的眼睛里的小火苗。“谢谢。这的确有用。”她有些嘲讽地说道。

后来，当她回到车上一个人开车回家的时候，她回想了一下，不知道为什么她会对他透露这么多。

唯一的答案是，她对自己的信心的缺乏。

“我相信你。”——这句话对她而言更像个讽刺。

而更具有讽刺意味的是，在那个放着舒缓的音乐的房间里，顺着楼梯上去毫无疑问会有一张巨大的床。他的这句话，的确诱惑到了她。

12 chapter 魔法时刻

12 chapter

艾莉正在喝着她那已经变热了的啤酒，钻研着成堆的警方报告，这时，她听见茱莉亚回来了。

艾莉抬头道："嗨。"

茱莉亚关上了身后的门，"嗨。"把公文包扔到餐桌上后，她走向冰箱，给自己拿了罐啤酒。"杰克和埃尔伍德去哪儿了？"她随口问道。

"看吧？当它们不往你裤裆里钻的时候，你又开始怀念它们了。它们露宿在你的卧室外边。它们几乎从不离开那里了。我想是因为那女孩，它们为她而疯狂。"艾莉笑了，"所以，你是去见麦克斯了？"

茱莉亚在沙发上坐了下来，"我已经不觉得奇怪，你会把他的名字和'往你裤裆里钻'在一句话里说出来了。说吧，他有什么特别的？"

艾莉一屁股坐在了她旁边，"镇上的每个单身女人，都会问这个问题。"

"我打赌，他跟她们每个人都睡过。"

"不完全是。"

茱莉亚皱了皱眉，"但他看起来像是……"

"我知道，他会疯狂地跟女人调情，但那就是他一贯的作风。别误会，他的确跟镇上的许多女人都上过床，但他从未跟任何人生活在一起过。至少，时间都不长。"

"那么你呢？"

艾莉大笑了起来，"他刚搬来的时候，我就把他扑倒了。这就是我的方式，你知道的。没那么细腻，也不会等待。如果有长得好看的男人来到这个小镇，我就会扑过去。"她喝完啤酒，放下瓶子，"我们有过一段美好时光。大口喝着龙舌兰酒，在倒酒之家酒吧里跳舞，在洗手间旁拥吻……到我带他回家的时候，我们都已经浑身火热了。我们做爱做得……老实说，我不记得这个了。我所记得的是，我在告诉他爱上一个人是多么容易。”

“第一次约会就这样了?”

“你知道我的，我总是马上就会爱上一个人，而且，男人们通常都很喜欢。但麦克斯不，他就像是拼命一般，急匆匆地离开了。从此以后，他就躲着我，好像我得了传染病似的。”艾莉斜着眼睛瞟了一下茱莉亚，以为在那双和她自己的一样的绿眼睛里，她会看到谴责。茱莉亚无法理解，为何要向错误的人投怀送抱；也不会理解那种感觉：对爱情的饥渴，会让你伸手去抓住任何一个男人，一个对你含着情意微笑着的男人。因此，艾莉在她妹妹眼睛里看到的东西让她惊讶。突然间，茱莉亚看起来……很脆弱，就像是她们谈到了爱情，让她感到难过。“你还好吗?”艾莉关切地问道。

“很好。”

但是从茱莉亚脸上的表情，艾莉能发现她在撒谎。破天荒第一次，她懂了：她的妹妹，也曾被爱伤透了心。可能没有像艾莉这么频繁——或者是这么公开，但是，茱莉亚的确受过伤害。

“你和他之间发生了什么事情……和菲利普?你们在一起很长时间了，我还在想，你们会结婚的呢。”

“以前我也那么想。和他在一起，我爱得太投入了，以至于忽略了那些迹象。直到太晚我才发现，我们在一起的最后一年里，他大部分时间都在外面鬼混。现在，他和一个牙医结婚了，住在帕萨迪纳。上次我听说，他现在同样背着他的太太鬼混。我还是个心理医生呢，是吧?我连自己交往中的问题都没发现。”

“听起来，他真是个混蛋。”

“如果他真是个混蛋，会让人觉得好受些。”

“对不起。”艾莉第一次觉得，好像她是能懂她妹妹的。茱莉亚可能是个天才；但要说到爱情的话，她的这份天才，也不会让她得到更多的保护。每颗心都会碎。

“你最好离麦克斯远一点，你知道的。”

茱莉亚叹了口气，“相信我，我知道的。那样一个家伙……”

“对。他会伤像你这样的女人的心的。”

“像我们这样的女人。”茱莉亚轻轻说道。

她也感觉到了，她们心里有了一种新的相通。“对，”艾莉赞同道，“像我们这样的女人。”

第二天早上，艾莉刚把车停在“老根据地”咖啡店门口，她的对讲机就响了。老旧的黑色扬声器里传来一阵静电干扰的噼啪声，接着是卡尔的声音：“头儿，你在吗？快出来。”

“头儿？”上一次他这样叫自己是什么时候的事？她回答道：“我在呢。”

“到这里来，艾莉，快过来。”

“莎莉正在给我做摩卡呢，我会……”

“立刻，艾莉！快过来！”

艾莉瞟了一眼咖啡店窗口里的那个女人，喊道：“抱歉，莎莉。有紧急状况。”然后，她把车开上了路，加大油门奔去。过了两个街区后，她转上了盖茨大道，几乎撞上了一辆新闻车。

沿着街边——甚至是街道中间，停着许多新闻车。白色的卫星天线直指着灰色的天空，记者们撑着黑伞，沿着人行道挤得一团团的。她下车还没走几步，记者们就向她猛扑了过来。

“……对报道做些评论……”

“……没人告诉我们在什么地方……”

“……准确的位置……”

她挤过人群，把警局的门拉开。溜进去后，她狠狠地摔上了身后的门，然后斜靠在上面，骂道：“见鬼！”

“你还没看到什么呢，”卡尔说，“我八点钟来上班的时候，就发现他们扎营在那里了。现在，他们在等着你九点钟发布新消息。”

“什么九点钟发布新消息？”

“为了让他们离开这里，我跟他们说的。他们在这里对我叫着，我根本无法接听电话。”

花生拿着一个一加仑的油漆桶那么大小的塑料杯子，走到了角落里。她又开始喝葡萄柚果汁了。她的胳膊下面夹着一圈报纸。“你最好先坐下。”她说。

艾莉立即望向卡尔。

他点点头，用口型说：听她的。

艾莉走到她的桌子旁坐下，然后看着她的朋友们。她知道，他们要说的，不会是什么好消息。

花生把报纸扔在了桌子上。报纸的整个上半部分都是一个女孩的照片，她的眼睛看起来充满了野性和疯狂，她的头发一团漆黑，里面充斥着树叶。她看起来很僵硬，疯疯癫癫的，也很肮脏，就像是从电影《疯狂的麦克斯之勇破雷电堡》里走出来的小孩一样。署名是：莫特·埃尔兹克。

艾莉感觉好像被人一拳重击在肚子上一样。这就是他在要求采访的时候说的“否则”的真正意思所在。“见鬼！”她不由自主地又骂了一声。

“好消息是，他没有提到茱莉亚。”卡尔说，“没有得到官方的证实，他不敢。”

艾莉浏览了一下那篇文章——

野人女孩走出了森林，进入了现代文明世界，她唯一的伙伴是一只狼。她在树枝间跳跃，对着月亮号叫。

……

“他们在开始认为这是个骗局了。”卡尔悄悄说道。

艾莉的愤怒变成了恐惧。如果媒体认定了这是个骗局，他们会撤出雨谷镇的。没有公众的媒体宣传，女孩的家人可能永远也不会到这里来。她把手伸进她的帆布书包，拿出了茱莉亚拍的照片，“把这个传播出去。”

花生拿过照片惊叹道：“哇噢！你妹妹真是个创造奇迹的人！”

“我们叫她爱丽丝，”艾莉说，“把这个也记录下来。或许有个名字，会让她看起来更真实一点。”

女孩慢慢醒了过来。这个地方很安静，也很安全，虽然她听不见河水的歌谣和树叶的呢喃，太阳也躲着她，但这里的空气又明又亮，她不害怕。

一时之间，她无法相信这个事实。她理了一下思绪，仔细感受了一下自己的想法。

是真的，她不害怕了。她不记得以前有没有过这种感觉，通常，她想到的第一件事就是：躲起来。一直以来，她都在试图让自己看起来尽可能的小。

在这里，她也可以呼吸；在这个陌生的、四四方方的世界里，光线来自于一个神奇的触碰，地面又硬又平，她可以呼吸。这空气里没有“他”那难闻的气味，她喜欢这里的空气。如果狼和她在一起的话，她会永远待在这个四四方方的地方，把那个会旋转着水花的地方标记为她的领地，睡在让她去睡的那个地方，那里很柔软，还有阵阵花香。

“我看到你已经醒了，小家伙。”

是那个有“太阳颜色”头发的“她”在说话。她在吃饭的那个地方，手中又拿着一根细棒，那个会在它身后留下蓝色记号的工具。

女孩起身走进那个清洗的地方，那里的那个魔法池子现在空荡荡的。她拉下裤子，坐在了那个冰凉的圆圈上。她尿完尿后，打了一下那个白色的东西。

另一个房间里，“她”站在那里。她微笑着把她的两只手拍在一起，发出的声音就像是猎人的枪声一般。

女孩喜欢那种微笑，那让她感觉到安全。

随着一阵乱哄哄的“禁止发出”的声音，女孩知道：开始了。

她弯腰驼背地慢慢移动着，整个人都绷紧了。她知道像这样的时刻会有多危险，尤其是当她放下了防备的时候。她应该一直保持机警的，但那微笑、那空气，还有那睡觉的地方的柔软，让她忘记了山洞，忘记了“他”。

她坐在了“太阳头发”想让她坐着的地方。我要乖一点，她想。她抬起头，努力露出一副快乐的面容。

“太阳头发”给她拿来了吃的东西。

女孩记得规则是什么，也知道不服从会有什么代价。那是从“他”曾给她带来的那么多次教训里学来的。她等待着“太阳头发”微笑和点头，并说点什么。当这些事情完成后，女孩吃了那甜甜的、黏糊糊的食物。当她吃完后，“太阳头发”收拾了餐桌。女孩等着。

最后，“太阳头发”坐在了女孩对面。她摸着自己的胸口，说着她说了一遍又一遍的同样的东西。“朱而亚。”又摸了摸女孩，“阿丽丝，阿丽丝。”

女孩想要乖一点，想待在这个地方，和这个会微笑的“她”待在一起。她也知道，现在“太阳头发”对她有一些新的期望了，但她完全不知道该怎么做。看起来，“太阳头发”好像是想让女孩发出那种不好的声音，但这不可能是真的。她的心跳得好快，都让她感到恶心和头晕了。

最后，“太阳头发”把她的手缩了回去。她把手伸到她旁边那个四四方方的洞里，开始把东西往桌子上放。

女孩着了迷。她从来没有见过这些东西。她想摸摸这些东西，尝一尝、闻一闻这些东西。

“太阳头发”拿出一支有尖头的小棍子，把它的一头接触到那本画着线条的书上。在她接触到的地方后面，一切都变成了红色：“色……彩色……书。”

女孩发出了一个惊叹的声音。

“太阳头发”抬起头来，现在她在和女孩说话了。在那些乱哄哄的声音之中，她开始听到一个重复的声音：“阿丽丝，来玩。”

玩——

女孩皱着眉，努力去理解。她几乎能懂得这些声音了。

但是“太阳头发”不停地说话，不断地把东西从那个神秘的地方拿出来，直到女孩都不记得她想要记住的是什么了。每一样新东西都吸引住了她，都让她想要伸出手去。

然后，当女孩几乎已经准备好开始行动，去摸一摸那根红色的尖头小棍的时候，“太阳头发”把“那个东西”拿了出来。

女孩尖叫着迅速向后躲开，但她又被她坐着的椅子挡住了。她跌倒了，撞到了头，又尖叫了起来。然后，她手脚并用地向那堆植物堆砌出的安全地带爬去。

她就知道她不应该放下防备的。那为什么她在这里又能呼吸呢？这是个小把戏，一个骗局！

“太阳头发”对她皱起了眉头，发出一阵让人不舒服的噪音。女孩完全辨认不出任何声音。她的心跳得那么快，听起来就像是部落里的人沿着河边捕鱼的时候敲响的鼓点。

现在，她们之间几乎已经没有距离了。

“太阳头发”又把“那个东西”拿了出来。

女孩再次开始尖叫，并抓着自己的头发，鼻子里发出哼哼的声音。“他”在这里，“他”知道她喜欢“太阳头发”，“他”就会伤害她。所有她能想到的是，她最能明白的那个声音。

“不！！！”

爱丽丝拉扯着她的头发，鼻子哼哼着，摇着头。她的喉咙里发出一阵低沉而嘶哑的咆哮。

茱莉亚看见了她真实的情感表达。这就是爱丽丝的内心世界，那是一个黑暗而可怕的地方。

茱莉亚把门打开，做出把手上的“那个东西（捕梦网）”扔到走廊里的动作，然后把门关上了。“好啦，”她用安慰的声调说着，慢慢走了过来。她不想再吓到爱丽丝了。“对不起，亲爱的，真的很抱歉。”她跪在了爱丽丝面前，这样她们就几乎眼睛对着眼睛了。

现在的爱丽丝站得纹丝不动，害怕地瞪大了眼睛。

“你是在害怕，”茱莉亚说，“你觉得你有麻烦了，是吗?”她慢慢地伸出手去，触摸到了爱丽丝的手腕。这次接触非常短暂，又如同耳边低语一般的轻柔。“没事的，爱丽丝，你不用那么害怕。”

刚碰到她，爱丽丝就发出哽咽而绝望的叫声，跌跌撞撞地往后缩。她躲到了植物后面，轻轻地发出绝望的低号。

这孩子不知道怎样才能让自己平复下来。在她的生命中充满了心碎的时刻，而这次，又增加了一次。

“嗯……”，茱莉亚说着，动作很大地环视着房间四周，“现在我们该干什么呢?”过了一会儿，她拿起那本破旧不堪的《爱丽丝梦游仙境》，“这本小爱丽丝，我们读到哪里了呢?”

她走回床上坐了下来，把书在膝盖上摊开，抬起了头。

一张细小而热烈的脸从两片绿叶之间露出眼睛，目不转睛地盯着她看。

“来吧，”茱莉亚温柔地说道，“不会有伤害。”

爱丽丝可怜地吱了一声，发出一种类似于啜泣的声音。

这个声音牵动着茱莉亚的心。这样的呜咽，一听起来就让人觉得好像太成熟了点，也让人觉得这是更小的孩子才会发出的声音。这是常年生活在恐惧中所形成的一种本能的反应。“来吧，”她又拍着床说，“没有伤害。”

爱丽丝仍然没有离开她的安全地带。

茱莉亚开始读道：“‘你应该为自己感到羞愧，’爱丽丝说，‘像你这么大的一个女孩子，（她可以这么说）还会这样地哭呢！马上停下来，我告诉你！但她照样不停地哭着，流水一般地流出大片大片的眼泪，直到她们周围形成了一个大池子。’”

一个在地上拖着脚走路的声音，从房间对面传了过来。

茱莉亚自顾自地笑了，继续读着。

这是个骗局——女孩知道这个。她知道的。

然而……

那声音听起来是那么舒缓。

她在“森林”里坐了那么长时间，她的腿已经开始疼了。虽然一动不动一直是她待着的方式，但在这个明亮的地方，如果她可以的话，她更愿意动一动。

别那样做。她想着，把重心从一只脚换到另一只脚上。

这是个骗局——当女孩靠近了一些后，她的意愿加剧促使着自己接近。

“到这里来，阿丽丝。”

从“太阳头发”发出的那一堆杂乱的声音中，女孩又听到了这些特别的声音。她隐隐约约地想了起来，这是一句话。

骗局——当然，她别无选择，只能服从。迟早——也许会很快，“太阳头发”就会厌倦了等待，她的这场游戏将会变得不再有趣，然后，女孩就会有麻烦了。

慢慢地，她从她躲着的地方挪开了脚步。似乎她的每一步，都在地面上落脚落得太重了点，在那光滑的洞穴壁上响起了回音。她的心跳得咚咚直响，她都害怕她的心会从胸口跳出来，掉到地板上。

她低头看着她的手和脚。在这个古怪的、总是明亮着的地方，地面是由带着泥土颜色的坚硬长方块组成的，没有树叶或松针可以软化她的脚步。每走一步，她都会觉得疼。但是，不会有接下来将要发生的事情那么疼。

她已经不乖了。

尖叫是非常不乖的。她知道这个。

外面是陌生人和坏人，大的响动会引来他们。

安静点，你这该死的！她知道。当她靠近床边的时候，她把上身弯到了双膝之间，以手抱头，让自己看起来尽可能的虚弱。这是她从狼身上学到的。

“阿丽丝？”

女孩一阵畏缩，闭上了眼睛。别用棍子打我，她一边许着愿，一边不由自主地发出呜咽的哀叫声。

起初，接触得那么轻柔，她都没感觉到。

啜泣声哽咽在她的喉咙中，她抬起了头。

“太阳头发”现在离得很近了，正在冲她微笑着。她在说话——她一直这样，她在用她那阳光般的嗓音说着话，听起来就像夏末的河水声一样，柔软而舒缓。她的眼睛睁得大大的，如同新叶一般碧绿。她的脸上没有怒气。

她正在捋着女孩的头发，温柔地抚摩着她。

“没事的……没事……不会有伤害……”

女孩向前倾了一下身，但只有一点点。她想让“太阳头发”继续抚摩她，那感觉真好。

“到这里来，阿丽丝。”

“太阳头发”拍了拍她旁边那柔软的地方。

女孩一下子就跳到了床上，蜷缩在她的旁边。这是她长久以来，感到最安全的时刻。

当“太阳头发”又开始说话的时候，女孩闭上眼睛听着。

茱莉亚静静地坐着，尽管她的脑子正在以光速转动。

她这么害怕捕梦网，是为什么？

爱丽丝明白“到这里来”是什么意思吗？

或者，是她对拍床做出的反应？

无论是什么原因，她这样的反应已经是一种交流方式了……除非，爱丽丝只是凭自己的意愿跳到了床上。

茱莉亚手指痒痒地，想做些笔记，但现在不是时候。相反，她把注意力转移回那本书上，开始接着读了起来。

当她读完一章后，茱莉亚感到床上有动静。她暂停了阅读，向下扫了一眼爱丽丝，发现她已经变换了个位置。现在，这孩子像一只蜷缩着的猫一样，倚着茱莉亚，她的额头几乎要碰到茱莉亚的大腿了。

“你根本不知道在这个世界上，安全是什么感觉，是吧？”茱莉亚说着把书放下了一会儿。她的喉咙缩紧了；花了几秒钟，她才压制住自己的情感，然后说道：“如果你愿意，我可以帮到你。这是一个好的开始，你待在我身边。信任就是一切。”

就在茱莉亚说出这句话的一瞬间，她就想起了上次她说这句话是什么时候。那是在上一个冬天，在南加州一个阴冷的日子里。在她的办公室里，她坐在那把两千美元的皮椅上，听着另一个女孩说着话，做着笔记。安柏·祖尼加坐在茱莉亚对面的沙发上，浑身穿着黑色衣服，正在努力不让自己哭出来。

“信任就是一切，”当时，茱莉亚说道，“你可以告诉我你现在是什么感觉。”

茱莉亚闭上了眼睛。这个记忆，可以带来真正的、生理上的疼痛。那次会面，仅仅发生在安柏产生暴行的两天之前。为什么茱莉亚没有……

停下！

她拒绝继续自己对那些事情的思考，那只会把她带入黑暗和绝望。如果她又去了那里，她可能就再也回不来了，但是，爱丽丝需要她。也许比之前的任何人都更加需要她。“就像我说的……”她继续说道。

爱丽丝碰了碰她。开始还没什么，就像蝴蝶翅膀扫过一般，充满着试探。茉莉亚看到了这动作，但几乎没感觉到啥。

“那太好了，亲爱的，”她低声说，“到这个世界来。你心里很孤单，是吗？你害怕吗？”

除了手之外，爱丽丝其他身体部位都没有动。非常缓慢地，她伸出手以一种笨拙的、甚至是痉挛的动作，摩挲着茉莉亚的大腿。

“有时候，碰一碰其他人是会让人觉得害怕的。”茉莉亚说着，不知道女孩是否能理解一些她所说的，“尤其是，当我们曾受过伤害，我们就会害怕接触别人。”

那个摩挲慢慢舒展开来，变成了一种温柔的抚摩。爱丽丝从喉咙里发出了一个低沉的声音，一种惬意的咕噜声。她慢慢地抬起下巴，看着茉莉亚。那双美得惊人的蓝绿色眼睛里，充满了担心和害怕。

“没有伤害。”茉莉亚用极富感染力的声音说道。她感到自己的情感已经被引发得太多了，这是很危险的。要成为一个好的心理医生，就要像四十岁的人读小说一般淡定。你需要长篇大论地说话，或让一切变得模糊。她一遍又一遍地抚摩着爱丽丝那柔软的黑头发。“没有伤害。”

这花了很长时间，但最终，爱丽丝停止了颤抖。这个早晨剩余的时间里，茉莉亚一会儿读着书，一会儿又跟女孩说着话。她们停顿了一下，到桌边吃了午饭；刚一结束，爱丽丝就回到床上，用她摊开的手掌打着那本书。

茉莉亚清理了一下盘子，然后回到床上，继续阅读。两点钟的时候，爱丽丝紧挨在茉莉亚旁边蜷缩着，睡着了。

茉莉亚小心地起身，站在那里，盯着这个陌生的、安静的，被她称之为“爱丽丝”的女孩。

在过去的这两天里，她们取得了非常多的突破。但是，也许藏在“捕梦网”身后的，是超越一切的可能。

爱丽丝曾对这件小饰品有如此激烈的反应，它必定具有十分重要的意义。

茉莉亚现在需要找到的，是一个既能解除茉莉亚对“捕梦网”的恐惧、又能破解这个谜的办法。如果找不到，就会让爱丽丝非常害怕，并再次受到伤害。这是目前茉莉亚手上最好的武器，这是唯一引起过爱丽丝强烈情绪反应的物品。她别无选择，只能使用这个武器。

“你会哭吗，爱丽丝？你会笑吗？你陷在了你自己里面，你知道吗？为什么呢?”茱莉亚退了回去。她拿出她的笔记本，把从早餐过后发生的一切都记录了下来。然后，她看了一下她写下来的这些文字：对“捕梦网”产生了强烈的反应。产生了极端的愤怒和（或）恐惧。同往常一样，她的情绪完全是直接的内在表达。就好像她不知道怎么对别人表达她的情感似的。或许是因为选择性缄默症，或许是被训练成这样。是否有人或什么东西，教过她，让她一直这样保持沉默呢？她是否曾经因为说出自己的想法，或者就只是因为说了话而被虐待呢？她是否已经习惯于将抓刨和扯头发作为她仅有的情绪表现？这是否是群居动物在无人注目的情况下的情绪表达？这是否是野性、与世隔绝或被虐待的表征？

某些意识在挑逗着她，在她心中的某个角落跳舞，进出得太快，让她无法看清。

她放下了笔，又站了起来。她扫了一眼摄像机，知道它还在记录着。今晚，茱莉亚可以再研究这个“捕梦网事件”的录像。也许，她错过了些什么。

她再次检查了一下爱丽丝，确定她睡着了，然后离开了房间。外面走廊里，两条狗蜷缩在一起，睡着了。茱莉亚从它们身上跨了过去，捡回了“捕梦网”。

这是一个制作低劣的小饰物，是那种在当地纪念品商店出售的东西。它的大小不及一个茶碟，有用非常细小的树枝构成的圆形边框——这不具备任何危险性。几个廉价的蓝色珠子在丝线织成的小网中闪闪发亮。她觉得这样的东西，往往应该附着一个标签，来说明它们对当地的原住民部落有多么重要。

但这和爱丽丝有什么关联？她是本土美国人吗？那是谜图的一个组成部分吗？或者，完全不是“捕梦网”这个东西吓到了她，而是它的某部分？比如上面的珠子、树枝，或者是丝线？

丝线。有点像绳子。

被捆绑的痕迹。

或许这就是关联。丝线激起了爱丽丝被捆绑的记忆。

这个答案无法被确认，除非爱丽丝自己来揭示。

在普通的治疗中，由于通常的时间和经济情况的限制，需要花几个月才能让一个孩子来正视这样的恐惧——或者要数年时间。

但是，这可远远不是一个普通案例。爱丽丝在她那孤独而封闭的世界里待得越久，她就越难摆脱出来。因此，留给茱莉亚的时间已经不多了。她需要迫使两个爱丽丝面对面，一决胜负：在丛林里失踪了的那个孩子，和已经回到了这个世界的那个女孩。这两部分，需要整合成一个独立完整的人格特质；否则，爱丽丝的将来就会充满危机。

极端的时刻，需要使用极端的方法。

现在，只有一个方法。这个方法并不美好。

她下楼给她姐姐打了电话。十五分钟后，艾莉和花生穿过前门，走了进来。

“嘿！”花生春风满面地和她打着招呼，她那涂着粉色星条旗图案的指甲闪闪发光。

茱莉亚伸手从口袋里拿出了“捕梦网”，“你们谁认识这个吗？”

“当然，这是‘捕梦网’，”花生一边说着，一边从包里拿出满满一口袋胡萝卜条，“我儿子以前就有一个，挂在他的床头。我想他是有一次去尼亚湾野外郊游的时候买的。那是美国原住民的传统工艺品。意思是它们可以保护睡觉的孩子不做噩梦。那些噩梦会被那个小网拦住，但是好梦可以从中间那个小洞里无声无息地溜进去。”她露齿一笑，“探索频道，美国本土历史周。”

“为什么问这个？”艾莉问茱莉亚。

“爱丽丝对这玩意儿有严重的情绪反应，哼鼻子，抓扯自己，尖叫。看起来像是把她的魂都吓掉了。”

艾莉伸手拿起“捕梦网”，审视着，“你觉得这玩意儿会让她做噩梦？”

“不，我想还有更特别的原因。也许，她曾在一个挂着这玩意儿的房间里受到伤害，或是被一个制作这玩意儿的人伤害过，又或者是那上面的丝线，让她想起了那些用来捆住她脚踝的绳子。我也不确定。但一定是有关这玩意儿的什么东西，激起了她的反应。”

“我去查查看，”艾莉说，“线索的确是少之又少，我会派厄尔去原住民居留地，也许我们会走运的。”

“是该走点运了，”茱莉亚赞同道，一边从沙发上拿起了她的包，“我在哪里可以找到出售这些东西的地方？”

“思温家的杂货店，”花生答道，“他们有本土纪念品陈列区。”

“很好。我会尽快回来。”

“你最好戴个口罩。”花生喃喃地说。她和艾莉交换了一下担忧的眼神。

茱莉亚皱起眉头，问道：“发生什么事了？”

“你还记得莫特·埃尔兹克吧？”艾莉问。

这是一个充满了八卦的小镇，她应该知道的。“不记得了。”茱莉亚瞄了一眼她的手表。她希望当爱丽丝从午睡中醒过来的时候，她已经把“捕梦网”买回来了。“现在我真的没时间谈这个了，我不知道爱丽丝还会睡多久。”她边说边朝着门口走去。

“他在《雨谷公报》上，刊登了一张爱丽丝的照片。”

“标题上称她为‘小狼女’。”花生一边大声咀嚼着一边说道。

茱莉亚停了下来。猛然间，她回忆起了高中时候的莫特，还有那天晚上在医院的情景。他在走廊里撞到了她。对了！他背着的那个口袋，是用来装摄影器材的。那就是为什么他没有参加教堂里举行的会议的原因，他利用那段时间溜进了医院。她慢慢地转过身，问道：“有提到我吗？”

两个女人一起摇头。“全镇都在保护你，”艾莉补充道，“他知道你在这里，但是没人会跟他确定你正在帮助爱丽丝。”

“我知道会有泄漏，总会有的。但没关系，如果……”

花生和艾莉又交换了一次担忧的眼神。

“什么？还有情况？”茱莉亚追问道。

“有些记者已经在离开这里了，他们认为，这整件事就是个骗局。”

茱莉亚低声咒骂了一下。这是一个他们承受不起的状况。如果媒体现在撤退出去，他们可能就永远无法发现爱丽丝是谁了。“那些新照片，我的意思是我拍的那些，可能会起作用。也要发布一些信息，一些科学性的信息。让穿着制服的人到摄像机前面，谈谈关于搜查的事情，多用些有关失踪儿童的统计数字，让每句话听起来都很官方、很正式。那样的话，会给我们争取点时间。”

“你得让她开口讲话，茱莉。”

“别开玩笑了。”在以前，她的话会足以说服媒体。但现在，她的话已毫无意义。

“你想让我去给你把‘捕梦网’弄来吗？”花生轻轻说道。

茱莉亚讨厌屈服于压力，但她别无选择。她不能让莫特拍到她的照片。她把她的包扔回到沙发上，沮丧地说：“谢谢，花生。我很感激。”

13 chapter 魔法时刻

13 chapter

一小时后，艾莉和花生回到巡逻警车上，向镇上开去。

“我们需要让她说话。”艾莉平静地说。无论他们收集了多少证据，事实真相仍然归结于此。

“茱莉亚已经在尽力了，但是……”

“是得需要一定时间，我知道。但如果莫特的照片把一切都毁了呢？如果主流媒体认为，我们只是想把我们的小镇炒作出名的乡巴佬，那就完了。”

“别没事找事，艾莉。我的本吉说……”

车上的对讲机响了起来：“艾莉，你在吗？”

“我不会回答，”艾莉说，“你又不会有什么好消息。”

“那可是个责任重大的选择。有可能是州际公路上发生了十车连环相撞事故，或者是有人质被挟持的状况哦。”

又一个静电干扰的噼啪声。“头儿？茱莉亚说你在车里。如果你不回答，我会告诉大家你在八年级的时候给瑞克·斯宾菲尔德写过情书。结束。”

艾莉按下了通话键，“别逼我把你烫着鬈发的照片传出去，卡尔。”

“你在啊，谢天谢地，艾莉。现在你得到这里来。结束。”

“发生什么事了？”

“怪物们降临了，我对天发誓。”

艾莉低声咒骂了一声。她在加大油门的同时，拉响了警笛。几分钟后，她就把车开进了停车场，下了车。

到处都是记者，虽然没昨天那么多。一群新闻车堵住了警局门前的街道，一列队伍从前门蜿蜒排到了人行道上。这些人不是以前出现过的那种，不是从其他分局来的警察、私人侦探、记者或来找孩子的父母们。这个队伍，看上去就像是去参加“洛基恐怖万圣节”的观众。

她与他们擦身而过，无视他们叫嚣的声音，走进了警局。卡尔茫然而困惑地待在他的桌子旁。

厄尔坐在另一个通信值班台边。当艾莉进来后，他疲倦地笑着说："我刚刚收到一份声明，从一个来自雷巴星球的人那里收到的。"

艾莉皱眉问道："什么？"

"那是个来找那女孩的人。一个人——不，一个大使，来自雷巴星球。他戴着锡箔纸做的帽子，嘴唇是黑色的。"

艾莉在她的桌前坐下，叹了口气，"让他们进来，厄尔。一次一个。"

"你要跟他们谈吗？"卡尔问道。

"他们是疯子，可这不意味着，他们就什么都不会知道。"

厄尔走过去打开了门。他放进来的那个女人穿着一条飘逸的紫色裙子、牛仔靴，戴着一个蓝色的山羊皮头箍，手上拿着一个棒球大小的水晶球。

又是一个巫师。

艾莉笑了笑，伸手拿出钢笔。

接下来的两个小时里，她和厄尔、花生听着一个又一个的怪人给他们讲爱丽丝到底是谁。她最喜欢的答案是：她是重生的"安娜斯塔西娅[①]"。

当最后一个人讲完他的故事离开后，艾莉向后靠在椅子上，叹了口气，"这些人是从哪里冒出来的？"

卡尔回答道："莫特的照片。他的照片让这整件事看起来难以置信。尤其是，当他使用了那些'飞行'和'小狼女'的字眼之后。他的报道里暗示她只吃活着的昆虫，还有，会用她的脚来做手语。我听说 CNN 已经撤出镇上了。"

"这可非常不好。"花生一边说着，一边去拿她的葡萄柚果汁。

卡尔从桌子上跳下来。他的网球鞋在硬木地板上发出一声闷响。"让她出来，"他平静地说，"这是我们唯一的选择。"

艾莉不用问就知道，卡尔是什么意思。她自己也有过同样的想法。

"茱莉亚？"花生尖声尖气地说，"但是，记者们只会关心在锡尔弗伍德街发生过的事情。"

"他们会把她钉在十字架上的，"艾莉说着抬头看向卡尔，"一个名誉扫地

① 安娜斯塔西娅：《安娜斯塔西娅》是美国 20 世纪福克斯电影公司于 1997 年出品的奇幻动画电影。安娜斯塔西娅是沙皇最小的女儿，曾与家人失散。

的医生来治疗小狼女。”

“我们还有什么选择?”

“我不知道……”艾莉说，“今天，当她听说了莫特的照片的时候，我从来没见她那么脆弱过。”

“为了爱丽丝，她会做到的。”卡尔说。

当茱莉亚还在试图制定“捕梦网应用计划”的时候，艾莉闯进了房间。每走一步，她腰上的钥匙和手铐就摇晃一下，发出刺耳的声音。她身后的两条狗号叫着，嚓嚓地抓门，她把它们关在门外后，狗儿们还在不停吠着。

爱丽丝跑到植物后面，躲在了那里。

艾莉赶紧握住她的钥匙和手铐，让它们不再发出声音。“我需要和你谈谈。”她对茱莉亚说道。

茱莉亚忍住翻白眼的冲动，艾莉把她们这非常温存的时光打破了，“好吧。”

艾莉在那里又站了一会儿，说道:“我在厨房等你。”然后离开了卧室。

茱莉亚把她的纸、笔和笔记本藏了起来，“我马上回来，爱丽丝。”

爱丽丝一直躲在她的避难所里，但当茱莉亚伸手去开门的时候，她开始抽泣了。

“你难过了，”茱莉亚温柔地说，“你感到害怕，怕我不回来了，但我会回来的。”茱莉亚没有别的可说，唯一能做的，就是让爱丽丝相信她会回来。心理学基要的真理之一就是，有时候你必须离开需要你的病人。

她溜出房间，关上了身后的门。

隔着门都可以听见，爱丽丝那低沉可怜的号叫。狗儿们在走廊里，屁股坐在地上，随着爱丽丝一起号叫。

她走下楼梯，发现艾莉在外面的门廊上。这并未让她感到奇怪。一直以来，她们这一家人的习惯都是，重要的事务或是庆典，都会在露天里举行。无论雨晴。

艾莉坐在她爸爸最喜欢的那把椅子上。她当然会坐在那把椅子上，艾莉总是从她爸爸那里得到力量，就像茱莉亚总是从她妈妈那里得到希望一样。艾莉对那把椅子的选择，意味着她心里有一件大事。

茱莉亚坐进了摇椅里。院子里吹起了一阵微风，吹得干枯的落叶翻滚着越过了草地。福尔河潺潺的歌声充斥在空中。她看着她的姐姐，“我得尽快回到她身边去。有什么事？”

艾莉看起来脸色苍白，甚至在微微发抖。

看到她那强大的姐姐一副被打败了的样子，茱莉亚心里有点发慌。她倾身向前，问道：“怎么回事，艾莉？”

“记者们正在离开，他们认为关于野孩子的这整个事情，就是个骗局。到了明天，《雨谷公报》，或许还有《奥林比安报》，将是仅剩的会继续报道这件事的报纸。”

茱莉亚马上就知道这个谈话是关于什么，以及为什么艾莉看起来会这么紧张了。

“我们需要你向媒体发言。”艾莉轻轻地说着，仿佛她声音里面的温柔，可以除去她将要说出的话里面的那些让人不安的成分。

“你知道你是在叫我干什么吗？”

“我们还有什么选择呢？如果这件事不再受人关注，我们可能永远不会知道她是谁。你也知道，等待着被遗弃的孩子的，将会是些什么。国家将会收容她，然后，不再理会她。”

“我能让她开口说话。”

“我知道。但是，如果她不知道自己叫什么名字呢？我们需要她的家人前来认领。”

茱莉亚无法否认。尽管这个抉择会让人很痛苦，但能得到的好处也是很明确的。那就是茱莉亚和爱丽丝能获得最大的帮助。“我想，要有点进展了再告诉他们。一个成功，可以平衡以前的失败，那时候他们就不会……”

“什么？”

“相信我吧！”茱莉亚内心喊道。但她说出来的话却是：“没什么。”茱莉亚看向了别处。她把目光投向了银色的河流，河面的影像就像一束阳光映在绿色的草地上似的。这样明亮的景象，让她回想起了照相机闪光灯的闪烁，以及那些接二连三可怕的问题。当媒体报道铺天盖地的时候，没有什么可以保护到你，事实的真相尤其无力。茱莉亚的形象已经受损了，他们不会再听取她发表的任何意见。但是，他们会把她放在头版。“我想，我也不会被毁得更厉害了。”最后，她说道。带着微微的颤抖，她希望她姐姐没有注意到。

但是艾莉把一切都看在了眼里——她一直能明察秋毫。而在成为警察后，她这种天生的观察技能只会得到加强。“我会一直和你待在一起，就在你身边。”

“谢谢。”茱莉亚告诉自己，这或许会有些不一样，当相机转动的时候，不会再那样充满着该死的孤独感。“今晚，安排一个新闻发布会吧。就……七点钟吧。”

“你会跟他们说什么?”

“我会告诉他们，关于爱丽丝，我所能做到的事情。我会向他们展示照片，揭示一些有趣的行为观察。然后，就让他们来问吧。”

“我很抱歉。”艾莉说。

茱莉亚努力笑了笑，“以前，我都挺过来了；这次，我想我也能挺过来，为了爱丽丝。”

茱莉亚能听见警察局那沸沸扬扬的喧闹声。许多记者、摄影师和摄像师待在外面，安装着他们的设备，检查着声像效果。

她和艾莉、卡尔及花生被塞进了员工餐厅，就像被塞进塑料包的热狗一样。

“你会没事的。”艾莉至少在十分钟内说了十次；每次她这么说的时候，卡尔都会表示赞同。

“我在担心爱丽丝。”茱莉亚说。

“米娜就坐在她的门外，如果爱丽丝有动静的话，她会打电话的。”艾莉说，“你会没事的。”

“他们会质疑我的适合度。”

花生说：“他们会说你是个庸医。”

艾莉倒抽一口凉气，惊叫道：“花生!”

花生对茱莉亚咧嘴一笑，“我对我的孩子使用过这样的方法：逆向心理法。现在，记者们说的话，听起来就会顺耳些了。”

“难怪你的孩子们，会不停在身上穿孔。”卡尔评论道。

花生对他竖起了中指：“至少，我不会在参加聚会的时候，穿着一身‘角色扮演’的衣服。”

“我已经二十年没穿过‘角色扮演’的衣服了。”

厄尔出现在门口。他浑身上下，从他那褪了色的红色秃头，到擦得铮亮的正装皮鞋，看上去都在闪闪发光。他制服上的折痕，如同激光一样犀利。“他们在等着你了，茱莉亚。”他的脸红了，又结结巴巴补充道，“我的意思是，盖茨医生。”

他们一个接一个地离开了餐厅，五个人聚集在了走廊里。

“我会先出去介绍你。”艾莉说。

茱莉亚点点头。为了爱丽丝，她想。

艾莉沿着走廊走了下去，转过了角。

为了爱丽丝。她再次给自己打气。

然后，厄尔来到她旁边，扶着她的胳膊。

她跟着他穿过走廊，拐过墙角，走进了像她以前生活中那样的闪光灯里。

人群变得疯狂，扔手榴弹一般地把问题扔了过来。

“安……静！”艾莉伸出她的双手大喊道。

人群逐渐平息。

茱莉亚感到他们的眼光都投向了她。现在，房间里的每个人都在评判着她，寻找着她在判断力和专业技能两方面的不足之处。她察觉到自己的呼吸变得急促起来。她的目光扫视着房间，寻找着友好的面孔。

在后排，在记者和摄影师的后面，站着本地的人们。格里姆姐妹们（还有那以骨灰形态存在着的、可怜的弗雷德），芭芭拉·库雷克，萝莉·福尔曼和她朝气蓬勃的孩子们；还有几个她高中时候的老师。

还有麦克斯。他对她点点头，竖起了大拇指。这让她有点吃惊，但那种支持的举动，平复了她的紧张。在洛杉矶，面对媒体的时候，她能感觉到的，完全只有孤独。

“各位都知道，我是茱莉亚·盖茨医生。我被叫到雨谷镇来，治疗一位非常特殊的病人，我们叫她爱丽丝。我知道，你们之中有许多人，会希望把焦点放在我的过去上。但是，我请求你们，去关注需要重视的问题。这个孩子没有名字，独自一人活在这世上。我们需要你们的帮助，来找到她的家人。”她举起一张照片，“这就是我们叫作‘爱丽丝’的那个女孩。你们可以看到，她有黑色的头发和蓝绿色的眼睛……”

“盖茨医生，你会对那些死在锡尔弗伍德街的孩子们的父母说些什么？”

一旦她被打断后，整个场面就变得乱作一团。各种各样的问题，像飞溅着的弹片一样扑向她。

“你是怎样在这样的罪恶中生活的……”

“你知道安柏买了一把枪吗……”

“你听过《死亡的丧钟》那首歌吗……”

“……玩过《世界末日之穴》游戏吗？”

“你测试过她对百忧解[①]是否有过敏反应吗？”

茱莉亚再也发不出声音了，眼泪在她的眼眶里打转，但还没掉下来。当这一切结束，记者们都离开去赶稿子的时候，她感到筋疲力尽了。她一个人站在讲台上，等着有人走过来。房间里陷入了寂静。

最后，艾莉向她走来。“天哪，茱莉，这真糟糕！”看起来，她所受到的震撼，几乎跟茱莉亚感受到的相当，“我很抱歉，我不知道会……”

“在此之前，你不可能知道会搞成这样。”

“我能帮你做些什么吗？”

茱莉亚点头道：“帮我看着爱丽丝，可以吗？我需要一个人待一会儿。”

艾莉点点头。

茱莉亚尽力不去同花生和卡尔发生眼神接触。他们站在桌子旁，手牵着手，两个人都脸色苍白。花生那鲜艳的粉色脸颊上，挂满了泪水。

茱莉亚走下台阶，走进那弥漫着薰衣草香味的寒冷的夜。在人行道上，她毫无意识地转向了左边。

“茱莉亚。”

他的声音就像夏天的暴风雨似的，一闪即逝。

她转过身来。

他站在街道的阴影里，在一块巨大的常青树树荫下，几乎看不见人。“我在沃茨急诊室上班的时候买了摩托车。有时候，一个人需要放空一下他的头脑；骑在车上，以七十五英里每小时的速度跑一下，可以做得到。”

她应该走开，甚至应该放声大笑，但她做不到。在整个雨谷镇，他可能是唯一一个真正懂得她现在的感受的人。她也说不出来自己是怎么知道的，这毫无来由，但她就是坚定地这么认为，“我觉得四十英里每小时的速度就可以了，我的头要小一些。”

他微笑着递给她一个头盔。

她戴上头盔，爬上摩托车，坐在他后面，伸手抱住了他。

他们沿着阴冷的街道飞驰而去，经过了那一串停着的新闻车，和那个停满了校车的停车场。当他们转上公路后，风拽动着她的衣袖，撕扯着她的长发。穿过黑夜，沿着狭窄崎岖的公路，他们不停飞驰。她紧紧地抱着他。

当他转下公路，走上去他家的那条碎石路的时候，她并不在乎。在她的

① 百忧解：即盐酸氟西汀，属口服抗抑郁药。

脑海里，她清楚地知道，一旦她爬上了这个男人的摩托车，他们到哪里才会结束。到了明天，她会质疑自己的判断，或是因此而无法判断。但是现在，伸出双手抱着他的感觉，真好。不再孤单的感觉，真好。

他把摩托车停到了车库里。

一言不发地，他们走进了房子。她坐在沙发上，麦克斯给她拿来一杯白葡萄酒，然后在他那富丽堂皇的河石壁炉里生起了火，打开了音响。飘来的音乐，是一首轻柔的爵士乐。

“你不需要这么麻烦，麦克斯。拜托，别开始点蜡烛。”

他在她身旁坐下，“为什么这么说？”

“我不会到楼上去的。”

“我记得，我没有请过你上去啊。”

听到这句话，她不禁笑了起来。靠在柔软的垫子上，她的目光越过酒杯的边缘望着他。在那摇曳的烛光中，他看起来帅气得让人窒息。一个想法掠过她的脑海，引诱着她。为什么不呢？她可以跟他上楼，爬到他的大床上，跟他做爱，度过一段美好的时光，然后她可以忘记。女人们总是在做着那样的事情。

“你在想什么？”

她确定他能读懂她的心思。像他那样的男人，能从一个女人的脸上，读懂每一个渴望的细节。她感到她的脸颊开始发烫，“实际上，我在想着吻你。”

他向她凑近了些，他的气息里，闻起来有淡淡的苏格兰威士忌的味道，“然后呢？”

“正如我姐姐指出的那样，我不是你想要的那种类型的女人。”

他退了回去，“相信我，茱莉亚，你姐姐根本不知道，我想要的女人是哪种类型。”

她听出了他声音中的尖锐，然后，在他的眼睛里，她看到了些让她惊讶的东西。“我看错你了。”她说，更多是在对自己而不是对他说。

“你肯定凭空下了很多结论。”

她微笑起来，“职业病。我会不自觉地认为，我懂得人的心理。”

“所以，你应该是一个恋爱专家，是吧？”

她感伤地笑了，“算不上。”

“让我猜猜：你是个从一而终的女人，一个多愁善感的浪漫主义者。”

“现在，是谁在妄下结论？”

“我错了吗？”

她耸了耸肩，“我不知道我有多么浪漫，但是，我只知道一种去爱的方式。”

“那是怎样的呢?”听他的声音，似乎是懂得了些什么。

“全方位的。”

他整个额头都皱了起来，“那很危险。”

“就拿攀岩来说。当你在攀岩的时候，你在拿你的生命在冒险；而当我在爱的时候，我在拿我的心去冒险。要么没有，要么全部。我敢肯定，你会觉得这听起来很蠢。”

“这听上去不蠢。”他说话的嗓音是如此温柔，让她从头到尾一阵战栗，“你对你的工作有同样的激情，我看得出来。”

“是的，”她说道。同时，她惊讶于他的观察力，“这就是为什么，今天会如此辛苦。”

他们互相对视了很长一段时间。麦克斯似乎在她的眼睛里寻找着什么东西，或是看到了什么他不懂的东西。最后，他说道：“当我在沃茨上班的时候，我们几乎每天晚上都会遇到黑帮火并的伤者。一个又一个流着血、垂死的孩子。开始几个的时候，我会待到下班时间过了很久以后，跟他们的兄弟姐妹们聊聊，试图让他们明白，如果他们不改变的话，他们的生活将会呈现成什么样子。在第一年快结束的时候，我不会再跟他们说那些，也不会整晚待在他们旁边。我无法拯救他们所有人。”

他们的视线胶着在一起。她觉得，她好像正在陷入他眼睛里那无尽的天空里，“在美好的日子里，我懂这个。然而，今天不是个好日子。实际上，今年都不算是个好年。”

“明天会更好。”他向她伸手，把她眼前的一小缕头发拨开。

这时，几乎毫不费力，她就可以吻他，只需要向他稍稍靠近一点点。“你很擅长这个。”她颤抖着说道，一边往后缩去。

“什么?”

“勾引女人。”

“我没有勾引你啊。”

但你就是勾引了。她在心里说道。她放下酒杯站了起来，她需要在他们之间保持点距离，“谢谢你做的这一切，麦克斯。今晚，你真的是救了我。但是，我需要回到爱丽丝身边去了，我不能离开得太久。”

慢慢地，他站了起来，送她到了门边。一言不发地，他带她到了车库。他们上了摩托车，送她回家。

14 chapter 魔法时刻

14 *chapter*

摩托车引擎的咆哮，划过了安静的夜空；巨大的响声，震得附近的树木都咔嚓作响。在洛杉矶，这样的噪音会震响一大片汽车的防盗警报器；而在这里，它只能与黑暗的道路上那无尽的宁静较较劲儿。麦克斯骑行到车道的尽头，减慢车速，然后停下来，回头看了一眼。

树林深处那栋小房子，在深夜里看起来显得更小。在那一片黑暗之中，只看得见几个亮着灯的窗口。

“我只知道一种去爱的方式。要么没有，要么全部。”

为什么这么几个平静的字眼，会让他受到如此强烈的冲击？

他取下头盔，挂在了他后面的座椅靠背上。

空气。自由。这是现在他需要的。可以放空他的头脑，抹掉那一刻的东西。

他加大油门，跑得越来越快，沿着道路疾驰而去。

眼前的一切都变成了一片模糊的影子。他知道自己的速度太快了。这时，路上如果出现一只鹿或麋鹿，一瞬间他就会送命；或是车轮陷入了地上随便哪个凹坑，他就会飞上天。但他不在乎。只有处于这么快的速度的时候，他才能做到，不去想有关她的那些事情。

然而，当他到了自己家门口的路上，速度减下来后，立刻，一切又回来了。

他把车停进车库。走进那黑暗而又安静的房子后，他立即把所有的灯和音响都打开了。

“生活不只是噪音和灯光，麦克斯。”——这是苏珊的声音。虽然她不在这里，她也从来没来过这里。有时候，他还是会用她的眼光来审视着自己的生活。老习惯很难打破。

“餐厅里没有椅子，麦克斯？墙上没有照片。这个地方不能叫作家。”——那个声音继续说道。

他是故意让这些地方空着的。家具对他来说，毫无意义；装饰摆设或舒适与否，同样毫不重要。他需要的是待在那样的一所房子里，那里没有任何会带来家的感觉的东西。在这里，他可以喝他的酒，在大屏幕上看体育节目，在木工房里干活。

“要么没有，要么全部。”——另一个声音又响起。

今晚，他本来就不该去找她的，他早就知道。在新闻发布会结束后，他本想尽快离开，打算骑上他的摩托回家。但他却在外面等着，像一个被爱情冲昏了头脑的毛孩子似的，在黑暗里游荡。

麻烦的是，他懂得她的感受，懂得待在那耀眼的聚光灯下有多艰难。当他看见待在那些麦克风后面、那么努力地让自己变坚强的她的时候，他做了一个危险的改变。他注意到了她颤抖的下嘴唇，苍白如纸的脸，饱含泪水的双眼。他脑子里冒出来的第一个想法是，他想吻掉她的眼泪。

除了从岩壁上踩空了脚，或是跳伞的时候在拉开伞绳之前自由落体得太久之外，这是最近这七年来，他第一次感到真正的害怕。在过去的这些年里，他对这种感觉的追寻积累，只是为了再现他的某种情感。他会认为——实际上他坚信，他再也感觉不到什么了，除非他的生命受到了威胁。这就是驱使着他去攀登岩壁和那些嶙峋突兀的山脉的原因。他需要再次去感受，即使那种感觉只能持续一会儿。

现在，他又能感觉到些什么了——只需要看着茱莉亚那双悲伤的眼睛。

茱莉亚进了屋。

艾莉坐在客厅里的沙发上，狗儿们趴在她的膝盖上。“你总算回来了。”她说，嗓音里面有些烦躁。

“我没有离开多久呀。”

“我在担心你，这个新闻发布会太残酷了。”

茱莉亚坐在那又软又厚的垫子上，把脚放到了咖啡桌上。她感觉到艾莉在凝视着自己的脸，但她不去接触她的眼神，“是啊。”

她们沉默了好半晌。茱莉亚知道，她的姐姐正在努力想着接下来该说什么。

“别费心思了，”茱莉亚说，“我必须再一次自己扛过去。至少，这次我有爱丽丝。”

“还有我。”

茱莉亚听出了她姐姐的声音里有种受伤的感觉。“对，还有你。”然后，茱莉亚感到自己的胸膛里有了种放松的感觉。

“那么，今晚你去哪里了呢?”

茱莉亚感到自己的脸开始发热，她低头看着狗说：“麦克斯家。”

艾莉直起身来，“真的吗？麦克斯从来没带女人回家过!”

“我想，他是在替我感到难过。”

艾莉现在开始皱着眉盯着她了，“你有没有……”

“没有，”茱莉亚赶紧说道，她甚至都不想听到那些话被说出来，“当然没有。”

“你对他要小心点，”艾莉最后说，“我不是开玩笑的，茱莉。我也不是在嫉妒。尽量小心点。”

茱莉亚被这关心感动了。“我会的。”她站了起来，“我已经累得要崩溃了。谢谢你等着我回来。”

“谢谢你，为了我们把自己推到了火坑里。”

茱莉亚向楼梯走去。她正伸手去抓扶手的时候，艾莉叫住了她。茱莉亚停下来转过身问道：“嗯?”

“一切都会好的，你知道的。迟早，一切都会平息。通过你所做的一切，他们就会知道你有多么好了。”

茱莉亚舒了一口气，“这是以前妈妈会对我说的话。”

艾莉笑了。

茱莉亚努力记着这些话，用这些话把自己武装起来。这是她还是个孩子的时候就在干的事情。无论是因为在学校里被冷落或是因为她爸爸的不经心而受到了伤害，她都会到她妈妈那里去哭泣。一切都会好起来的，她妈妈会说，然后从她的脸上擦去泪水，给她一个充斥着洗发香波和烟草味道的拥抱。

她爬上楼梯，进了房间，直接走向窗边的那张单人床。

茱莉亚拉过毯子把孩子盖上，然后慢慢弯下腰，亲了亲她那甜美而柔软的脸颊。

她本想起身的，却跪在了床边没有动。她不由自主地低下了头，闭上眼睛。

请赐我力量。她祈祷着。

她又亲了爱丽丝的脸颊，然后，爬到她自己那狭窄而寂寞的床上，睡着了。

有点不对劲。

女孩一睁开眼睛就感觉到了。她静静地站着，嗅着。她已经懂得了，只要保持安静，很多东西都可以被感觉到。雪的到来，闻起来就像是苹果，会使她的小手指肿起来；觅食的熊发出的声音，就像是在打呼噜一样。只要保持安静，许多时候危险都能被听见。这是一个“她”永远学不到的教训。在这些慵懒的日子里，“她”有时候会在她的睡梦中来访，她想起了“她”是怎样尝试着跟女孩说话：永远是那样的噪音，接着麻烦就来了。

现在，在她的安全地带，躲在小树后面，透过树叶盯着“太阳头发”的“她”，“她”是如此宁静。

女孩做错什么了吗？

在房间对面，“太阳头发”看了过来。她看起来很悲伤，就像是她的眼睛又要开始漏水了。也很疲倦。那是“她”在死前看起来的样子。

“到这里来阿丽丝。”“太阳头发”拍着床。

女孩知道拍着床的那个动作是什么意思，这意味着“太阳头发”将打开那些神奇的图片，不停地说啊说。

女孩喜欢那样——她的嗓音，她让女孩待得那么近的方式，以及蜷缩在她身边的安全感。

“到这里来阿丽丝。”

女孩小心地绕过盆栽，拖着脚步向前，尽量让自己显得又小又安静，以防自己已经干了些什么不乖的事要受到惩罚。她希望“太阳头发”脸上又会有快乐的表情，那让女孩感到安心。她低着头，小心地不做眼神接触。到了“太阳头发”的脚边，她跪了下来。

额头上的抚摩，柔软而温柔。女孩抬起了头。

“这会有点艰难阿丽丝。”她叹了口气，“相信我好吗？”

女孩不知道该怎么做，该如何表示她的顺从。她发出了一个小小的声音。

“我很抱歉。”“太阳头发”伸手到地上的箱子里，拿出了“那个东西”。

一瞬间，女孩呆住了，因为太害怕而一动不动。她扫视着房间四周，等着“他”闯进这个太明亮的地方。她急忙退后。

然后，她尖叫起来。一旦开始了，她就停不下来了。她知道，这是不对的，不乖。发出那么大的噪音，是愚蠢的；现在，“陌生人”会来伤害她了。但她已经不记得那些规则，已经无法思考了。她撞上了一棵小树，小树倒向一旁，撞在地板上发出一声巨响。

她叫得更厉害了，大口喘着气，想要逃出去，但那白色的洞穴壁拦住了她。她用力撞墙，感到后脑勺上传来一阵剧痛。

“太阳头发”在跟她说着话，一连串的声音像贝壳一样美，但她听不见。她的心跳得飞快，而且“那个东西”还在那里，在“太阳头发”的手中。

当“那个东西”靠得更近的时候，女孩开始抓挠自己，鲜血直流。

“太阳头发”到了她身边，紧紧把她抱住，女孩再也无法抓自己了。

“好了好了好了……没有伤害……我知道你被吓到了，没事的没事的……”“太阳头发”的声音终于能被听见了。

女孩的尖叫声消失了。她呼吸得又重又急，努力让自己坚强，但她是那么害怕。

“太阳头发”松开了她。就好像她自己也很害怕似的，这个美丽的女人把“那个东西”慢慢举了起来。

女孩瞪大了眼睛。她心里感到恶心，绝望。房间变得黑暗，一切充满了烟雾和血腥的味道。

“那个东西”赶走了光线。她闭上眼睛，回忆起“他”那黝黑而毛茸茸的手指在捻着丝线、弯着树枝、穿着珠子。她抽噎了起来。

“阿丽丝，阿丽丝。”

脸颊上的抚摩是那么温柔。起初，她还以为这是她想象出来的，是“她”回来了。

“阿丽丝睁开你的眼睛。”

这抚摩感觉真好。她又能呼吸了。她胸膛里的心跳开始慢下来了。

“没事的阿丽丝，睁开你的眼睛。”

在那些错乱的声音中，女孩又开始听到些她熟悉的声音了。那声音拨开了她的记忆，让她的思绪回到了很久以前；当她伸出手去想要抓住的时候，一切又变得模糊了。慢慢地，她睁开了眼睛。

“太阳头发”退后了一点点。“这是一个捕梦网，”她说，这次没有笑，“你认识这个。”

捕梦网。

她感到自己的肚子开始颤抖。

“太阳头发”一下子就把“捕梦网”掰成了两半，然后把上面的丝线扯了下来。丝线上的珠子被扯得飞到空中，掉到了地上。

女孩透不过气了。哦不哦不哦不……这很不好。现在“他”会来了，“他”会伤害她们。

“太阳头发”伸手到箱子里，掏出了另一个。她将之撕成碎片，然后扔掉了。

女孩惊惧地看着。“太阳头发”一个接一个地将之撕碎。她从桌子上拿过什么东西，把它打碎在她面前那堆碎片上。最后，她又笑着递给女孩一个“捕梦网”，“打烂它，没有伤害，没有伤害。”

女孩明白了。“太阳头发”想让她打烂“他”的玩具。

但是，“他”会伤害她的。

“他”不在这里，“他”消失了。这就是“太阳头发”想让她知道的吗？

“来吧阿丽丝。没有伤害。”

她看着“太阳头发”，这个女人那水汪汪的绿眼睛，让她心里的想法动摇了。

她不害怕了。

慢慢地，她颤抖着伸出手去碰了碰“那个东西”。

……它会烧死你的……

但它并没有。拿在手上，感觉它算不了什么，只是一些丝线和树枝。上面没有血迹，没有“他”那双巨大而愤怒的双手的痕迹。

她把它撕成了两半。随着这个动作，她感到在她心里面长出了些新东西。一种低沉的隆隆声，开始的时候深藏于她的腹部，现在到了她的喉咙。她感到她的眼睛开始漏水了，想着这是否意味着她就要“滚开”了。但现在，她不在乎了。打烂“他”的玩具，毁掉它，然后，伸手到箱子里，拿出另一个，继续毁掉。这样的感觉真好。

她把所有的它们全都撕碎了，然后开始破坏箱子。当她在撕扯的时候，她在想着“他”以及“他”伤害她的种种方式，泪水顺着脸往下流，滴落到地板上。

当箱子空了后，她抬起头。世界一片模糊，她满脸都是眼泪；她大口吞咽着空气，就好像她不知道该怎么呼吸似的。

“太阳头发”把女孩拥在怀里，紧紧抱住。

女孩不知道发生了什么。她的身体在发抖。

“没事的没事的，没有伤害，没有伤害。”

女孩感到自己放松了。一种温暖的感觉，绽放在她的胸膛里，然后又扩散开来，沿着她的胳膊，一直蔓延到她的手指上。

“现在你安全了。”

她听见了，也感觉到了。

安全。

茱莉亚暂停了做笔记，读了一下她已经写下来的内容：

她已经在植物后面站了很多天了，一会儿盯着我，一会儿盯着窗外。阳光特别能吸引她的注意，明亮的塑料物体和菜肴也可以。很多东西似乎都会吓到她：大的噪音，打雷，灰色的东西，亮闪闪的金属物品，捕梦网和刀。狗的吠叫声总是能让她跑到门口去。这是她会接近房间的另一面的唯一时刻。她常常会发出号叫来呼应。

现在，她正坐在我的脚边，看着我。这是她新近最喜欢的地方。自从毁掉那些捕梦网后，她已经突破了最初那些天里那种孤独的边界。她从来不会离开我的身边几英寸的范围。她常常会抓着我的腿和脚。累了后，她会蜷缩在我旁边的地板上，把她的脸放在我的脚上休息。

茱莉亚低头看着她身边的女孩，“你在想什么呢，爱丽丝?”

跟以往一样，没有回应。爱丽丝抬头，目不转睛地盯着她看，就好像她正在试着理解。

茱莉亚是那样的专注，过了一阵子，她才反应过来有人正在敲门。“进来。”她心烦意乱地说。

门只打开了一条缝，然后艾莉溜进了房间。在她身后，两条金毛猎犬疯狂地吠叫着、扒拉着、呜咽着。她紧紧地关上了门。

“你得教那些狗懂点礼貌了。”茱莉亚头也不抬地说。她在爱丽丝的图表上做了个标注：轻轻地低号着回应狗的号叫。今天，她曾向门边走去。

“茱莉?”

她听出她姐姐的声音里有点什么，抬起头来问道：“什么事?”

“有些……人来见你。国家护理机构的医生们，一个华盛顿大学的研究员，还有一个来自社会福利服务部的女人。”

茱莉亚早该料到的。媒体曾暗指爱丽丝是“野人”。仅仅这样一个暗示，就足以诱惑到别的医生和研究人员。过去，没有谁敢染指她的病人。但那是过去。现在，她看起来会比较软弱，掠夺者们就会开始围着她了。她慢慢站起来，有条不紊地把她的笔记、图表和钢笔拿开。

整个过程中，爱丽丝都带着担忧的表情注视着她。

“我马上回来，爱丽丝。”她对隐藏在树叶里的女孩说道，然后跟着她姐姐下了楼。

乍一看，客厅里似乎挤满了人。仔细一看，茱莉亚发现只有三个男人和一个女人。他们只是显得占用了很多空间。

“盖茨医生，”离她最近的那个男人走了过来。他又高又瘦，像个稻草人般，鼻子大得可以挂一把伞。“我是西蒙·克里奇，来自国家收容治疗康复中心，这些是我的同事：拜伦·巴雷特和斯坦利·戈德伯格，来自华盛顿大学行为科学实验室。你认识沃顿女士，来自社会福利服务部。”

茱莉亚平静地说：“你们好。”

艾莉走进厨房，站在操作台边。

一片死寂。他们互相盯着，直到艾莉请他们都坐下。

然后，依然是太过安静。

最后，西蒙清了清嗓子，开口道：“传言说，你在照顾的那个女孩是一个野孩子，或者是与之接近的什么东西。我们想看看她。”他瞥了一眼楼梯，眼睛里闪烁着兴奋的光芒。

“不行。”

他似乎对这个回答很吃惊，“你知道我们到这里来的目的是什么。”

茱莉亚能听出他的急切，“何不告诉我呢？”

“你跟她毫无进展。”

“你说的不对。事实上，我们已经取得了巨大的进步。她会吃饭，会自己穿衣服，会使用厕所。她开始用她的方式做交流。我相信……”

“你在文明化她！”那位行为科学家尖锐地说道，透过他那小小的椭圆形眼睛瞪着她。他的上嘴唇上有一溜汗水在闪闪发光。“我们需要研究她，盖茨医生！研究她原本的样子！我们科学家几十年来一直在寻求这样的孩子。如果教会她说话，她可以是一座信息的金矿。想想看，离开彼此，我们是谁？真正的人类本质是什么？语言是一种本能吗？还有，语言和人性直接的联系是什么？是语言让我们去做梦、去思考，或者正好相反？她可以解答所有这些问题。即使是你，也该明白!”

“即使是我？这是什么意思?”她问道，虽然她知道答案。

“锡尔弗伍德。”克里奇医生说。

“你从来没有都失去过一个病人吗?”她尖锐地对他说道。

“我当然有过，我们都有过。但是，你的失败是公众性的。我是顶着很大的压力来接管这个女孩的案例的!”

“除了是她的心理医生外，我还是她的收养人。”茱莉亚说。她以自己全部意志的力量，才忍住了当面指出克里奇医生是个人格低下、行为卑鄙的人的冲动。他当然是想“帮助”爱丽丝，她可以推动他的事业发展。

“克里奇医生认为，未成年的孩子应属于治疗康复中心，”来自社会福利服务部的那个女人说道，“如果你不能向我们保证你会让她开口讲话，并找出她的名字的话，那么……”

“我会让她说话的。”茱莉亚迅速回答。她不想听见她的威胁。

“我们得研究她。”这是那位行为科学家在开口。

“还有，向她学习。”克里奇医生补充道。

茱莉亚站了起来，说道：“你们跟过去那些对待这样的孩子的医生完全一样，你们想利用她，把她当成小白鼠，这样你们就可以发表论文，变得有名。当你们把她吸干后，你们就会继续自己的脚步而忘了她。她会在铁栏杆后面的仓库里长大，被各种药物弄得面目全非。我不会让你们得逞的。她是我收养的孩子，也是我的病人。国家已经授权让我照顾她，这也是我想要做的。”她强做出了一个浅浅的微笑，补充道，“但是谢谢你们的关心。”

有一阵子没人说话。茱莉亚转向那位社会工作者，“别被他们欺骗了，沃顿女士。我才是那个真正关心这个孩子的人。”

沃顿女士紧张地咬着嘴唇，看看那几位医生，又看着茱莉亚道：“让这孩子开口说话，盖茨医生。有很多人对这孩子……感兴趣。有很多压力被施加到我们办公室，要求将她转移到收容治疗康复中心。你的……过去，以及媒体的炒作，不太合我们最高长官的意。没人希望再发生一起……事件。”

艾莉挺身而出，干涉道：“这次会议就此结束，谢谢你们所有人的到来。”她穿过房间，驱赶着人群向门口走去。

医生们在唾沫横飞地争辩着，手舞足蹈地比画着。“但是，她不够好，”他们中有人说道，“盖茨医生不是治疗那孩子的最佳人选。”

艾莉微笑着把他们推出去，在他们身后锁上了门。

当一切又恢复平静后，楼上的狗儿们开始哀鸣。茱莉亚能听见它们在卧室门外踱来踱去。“爱丽丝不高兴了，狗儿们总是会对她的情绪做出反应。我应该回去了。”

艾莉飞快地冲过来，摸着茱莉亚的胳膊说：“你还好吗?”

“很好。我早该想到的，莫特的照片和新闻发布会……我的过去。会有各种各样的医生，想利用爱丽丝来推动他们的职业发展。”说这句话的时候，她的声音终于沙哑了。

“别让他们影响到你，”艾莉说，“你是在帮那个小女孩。”

茱莉亚看着她姐姐，“但是，我帮她帮得足够好吗？会有别人能做得更好吗？我……忽略了些与安柏有关的东西，重要的东西。或许……”

“停下，”艾莉说，“他们就是希望你质疑你自己，失去信心。别让他们赢了。”

茱莉亚叹了口气。她觉得自己好像正在由内而外地融化着，萎缩着，“这不是一场比赛。这是她的生活。如果我不是她最好的选择……”

“回楼上去，茱莉。尽你最大的努力。”艾莉微笑着说，“你听见那个号叫声了吗？那是她，在告诉你她需要你，你!”

“我害怕……”

“我们都在害怕。”

对此，茱莉亚没有答案。又重重地叹息了一声后，她离开客厅，上了楼。走廊里的两只狗已经疯了，呜咽着、号叫着、互相冲撞着。从门外就可以听见，爱丽丝那低沉而又剧烈的号叫声。

茱莉亚停了下来，努力重拾自信。在那个地方，她挤出一丝假笑，甩了甩手，推开狗走过去，走进她以前的卧室。

爱丽丝立刻停止了号叫。她待在她那片假森林里，盯着茱莉亚。

“我需要知道你是否会说话。实际上，现在已经变得越来越绝望了。”让茱莉亚恐惧的是，在她说出那最后一个真情流露的字眼的时候，她的嗓音哽咽了。所有那些她压制着和隐藏着的情绪又升起来了。现在她所能想到的一切，都是关于安柏的失败。

她擦了擦眼睛，虽然并没有眼泪掉下来，“对不起，爱丽丝。这真是糟糕的一天。”

她走到桌子前坐下，这是她工作中的安全港湾。她研究着她的笔记，试图集中精神。

开始的时候，触碰是那么的轻，茱莉亚没有注意到。

她往下一看。

爱丽丝正盯着她，抚摩着她的胳膊，眼睛睁得大大的，但没有哭。

同情！爱丽丝正在表达她的同情！这孩子意识到了茱莉亚的悲伤，并想减轻这悲伤！她用这种她唯一知道的方式，在做交流和回答。

突然，其他都不重要了。

茱莉亚对这个可怜而又奇怪的姑娘一阵感激。她刚刚对自己伸出了手，意味着自己的确让她有了改变。那些丑恶的新闻报道、雄心勃勃的医生或无情的儿童福利系统，都不能把她从茱莉亚手上偷走。她抚摩着爱丽丝那柔软而又伤痕累累的脸，"谢谢你。"

这个抚摩，让爱丽丝退缩了一下，开始拉开距离，好像她想再躲到那些植物中间去。

"留下，"茱莉亚说着，抓住她那瘦弱的手腕，"求你了。"说出这句话时，她的声音哽咽了，带着急剧的绝望。

爱丽丝颤抖着做了一个深呼吸，然后盯着茱莉亚。

"你知道那个词，是吗？留下。我需要你也跟我说点什么，爱丽丝。我得帮助你。"

她们就那样坐了很长时间，互相盯着对方。

"你没有孤独症，是吗？"最后茱莉亚说道，"你担心过我的感觉，现在让我来回报你，怎么样？把你的秘密告诉我，我会在你身边的。"

15 chapter 魔法时刻

15 chapter

接下来的两个星期里，关于名誉扫地的医生和没有名字、不会说话的女孩的故事，成了头条新闻。警察局的电话都被打爆了，各种医生、精神病学家、心理咨询师、怪人和科学家——好像每一个人，都想把爱丽丝从不称职的茱莉亚手上拯救出来。克里奇医生和戈德伯格医生每天都会打电话，社会福利服务部要求每两周提供一次最新情况报告，他们开始建议把爱丽丝送到收容照顾机构——几乎每一个环节都在建议。

茱莉亚每天工作十八个小时。从日出到日落，她都和爱丽丝在一起；当孩子睡着后，她会去图书馆，花更多的时间在电脑上或网上查询。

她做的一切都是为了爱丽丝。在周三和周五，她会像一个上了发条的钟似的跑到警察局，她会在那里主导一个新闻发布会。她站在那个讲台上，离她数英寸远，是那放大她的声音的麦克风。她向记者们报告爱丽丝各个方面的治疗情况，提供所有可以提供的身份标识信息。但他们对这些毫无兴趣。

他们就茱莉亚的过去问着无穷无尽的问题，关于她的遗憾，她的失败，和她失去的病人。他们毫不关心爱丽丝康复路上里程碑式的进展。不过，茱莉亚仍然在尝试着让他们关心——“今天她对我伸出了手”……“她扣好了她的衬衫纽扣”……“她指了一只鸟”……“她会用餐叉了”……

对记者们来说，唯一重要的是，爱丽丝还没说过话。对他们来说，这更能证明茱莉亚不能再被信任，不能再让她去帮助任何一个陷入了困境的孩子。

但过了一段时间后，对茱莉亚的过去炒冷饭的做法，开始失势了。报道从新闻首页上的头条，变成了本地趣闻或生活板块上的一两段。本地的闲谈内容里面，已经没有这个不知名的小女孩了；现在所有人都在谈论的，是圣海伦火山发生的小地震。

在警察局的讲台上，茱莉亚盯着仅有的几个记者。CNN、《今日美国》

《纽约时报》和国家电视台已经不在这里了。剩下的，只有几个当地的报社，而且大多数都来自于像雨谷镇这样的小型社区。他们问的问题仍然尖酸刻薄，但他们问问题的方式已经变得单调乏味了。没人指望能问出什么重要的东西。

"这就是这周的情况。"茱莉亚说道。她发现房间里已经变得很安静。"好消息是，她可以自己穿衣服了。还有，她对所有塑料制品都非常喜欢。对电视，她可看可不看。我想说，是因为画面的切换速度对她来说太快了点。但她可以看烹饪节目看一整天。或许那可以引起她和谁的回忆或者感情的共鸣……"

"得了吧，盖茨医生，"一个待在房间后面的人说道。他瘦得像根竹竿，满头乱发，一口烟牙，"没人在找这个孩子。"

交头接耳的人群里，响起一阵表示赞同的低语声。茱莉亚听见了他们那干巴巴的笑声。

"不是这样的。一个孩子，不会在这个世界凭空出现，又凭空消失。一定有人正在想念着她。"

一个来自 KIRO 电视台的人走了过来，他那双黑眼睛里流露出来的同情，几乎比其他那些记者漠不关心的态度更让人难以忍受，"我不知道关于你的过去哪些是真的、哪些是媒体杜撰的，盖茨医生，但我知道你是个聪明的女人。关于这孩子的有些事情你搞错了，大错特错。我想是她的家人把她扔在丛林里，然后离开了。"

茱莉亚从讲台后面走了出来，走向了他，"你的这个说法没有依据。也极有可能她是在很久以前被绑架的，她的家人已经放弃了她，停止了寻找。"

他的眼光很坚定，"停止了寻找？他们的女儿？"

"如果……"

"祝你好运，真心的。但是 KIRO 要退出跟踪报道了。关于圣海伦火山的风言风语，现在已经成为核心。"他把手伸进他皱巴巴的白衬衫口袋里，拿出一张名片，"我妻子是个医生，我会公正地对待你的。如果你发现了些实质性的东西，给我打电话。"

她低头看着他的名片：约翰·史密斯，电视新闻。茱莉亚知道，KIRO 有一流的科研人员，以及联系一些自己接触不到的人和场所的渠道。"在尝试找出她是谁这件事上，你们做过什么样的努力？"她问道。

"有四位研究人员的全职工作就是干这个，在开头两周的时候。"

茱莉亚点了点头。她一直在担心着这样的事情：他们也找不到结果。

“祝你好运。”

她看着他离开，想着：现在，这最后一个好人也离开了。到了下周三，来听她的最新报告的，就只有一些本地报纸的代表了，他们的发行量比大多数的高中校报发行量还要小；然后，如果她运气还不错的话，还会有一些八卦小报的临时记者。

花生越过房间，穿行在那排金属折叠椅之间，捡起那些他们之前分发下去、又被人丢弃了的新闻稿。她的黑色橡胶鞋底，在地板上发出咚咚的声音。卡尔跟在她后面，抓着那些椅子，把它们叮叮当当地合上。

片刻间，这个讲台就成了唯一的、今天这里开过了新闻发布会的证据。很快，就会没人关注此事了。这种情况带来的压力，早就在茱莉亚心里植根了，就像慢性肺炎一样，塞满了她的肺。

今天，她向媒体报告的事情很重要。就通常的治疗来说，爱丽丝在三周内取得了如此进展，这是成功的。现在，这孩子可以用餐具吃饭，会使用马桶，她甚至到了会对别人表示同情这样的程度。但这些都不能解答关于“她的身份”这个核心问题，既不能让爱丽丝回到她的家人身边、回到她本来的生活中去，也不能保证茱莉亚可以继续帮助她。事实上，随着这孩子保持沉默地一天天过去，茱莉亚感到自己的自信正在慢慢丧失。晚上，当她躺在床上，听着爱丽丝安静地入睡或陷入狂暴的梦魇的时候，茱莉亚会想：我足够优秀吗？

或者更糟：这次，我错过了的是什么？

“你今天做得很好，”花生努力挤出了一丝笑容，说道。每次新闻发布会后，她都会说同样的话。

“谢谢。”这是茱莉亚的标准回答。

“我得回去了。”茱莉亚说着，弯腰去拿她的公文包。

花生点点头，然后对卡尔叫道：“我去送她回家。”

茱莉亚跟着花生走出警局，走到了日落时那暗灰色的光线里。在车上，她们两个都直直地盯着前方。加斯·布鲁克的声音从扬声器里飘了出来，对患难朋友发着牢骚。

“那么……我猜一切不是太顺利，是吧？”在路口，花生用她那涂着黑白交错棋盘格图案的指甲敲着方向盘说道。

“她取得了巨大的进步，但是……”

“她还是没有说话。你确定她会吗？”

这同一系列的问题，无止境地在茱莉亚的心里回荡着。她日日夜夜都在想：她能说吗？她会说吗？什么时候才会说？“我全心地相信，她会的。”茱莉亚慢慢说道。然后，她凄凉地笑了，“然而，我的头脑也开始怀疑了。”

“当我还是个新妈妈的时候，我最讨厌的事情就是换尿布。所以，当我的塔拉到两岁的时候，我开始教她上厕所。我完全按照指导书上的步骤去做，然后，你知道发生什么了吗？塔拉不拉大便了。就那么停了。五天后，我带她去看费舍尔医生。我都担心死了。他检查了我的宝贝女儿后，从他的眼镜上面看着我，她说：‘佩内洛普·纳特，这孩子是想告诉你一件事，她不想做上厕所的训练。’”花生说着便大笑起来，然后打了转弯灯把车开到老公路上，“地球上所有的金属，都没有一个孩子的意愿那么坚硬。我想，当你的爱丽丝准备好的时候，她会说话的。”到地方后，花生把车停在房子前面，鸣了两次喇叭。

艾莉几乎是立刻就从房子里出来了。如此之快，茱莉亚怀疑她一直都在门口等着。

“谢谢你送我，花生。”

“星期三见。”

茱莉亚下了车，用力把门关上。她在院子中间与艾莉碰头了。

“她又在号叫了。”艾莉痛苦地说道。

“她什么时候醒的？”

“五分钟前。她提前了。发布会怎么样？”

“很糟糕。”她说道，尽力让自己听起来承受得住这失败。

“DNA 结果很快就会回来了，或许那会给我们一个答案。如果她是个被绑架的受害人，会有犯罪现场的证据来做比对。”

过去的几天里，她们把这个想法当作救生圈一样抛来抛去，虽然它已经失去了浮力。“我知道。希望系统里有她的资料。”茱莉亚总是这样说。

“但愿。”

她们相互对视着。听这样的话，耳朵都快听起茧子来了。

茱莉亚走进屋，上了楼梯。每走一步，那咆哮的声音听起来就更大些。她知道当她走进房间后，会发现什么。爱丽丝会跪在她的植物后面，低着头，把脸埋在手中，摇着叫着。这是她表达悲伤或害怕的唯一方式。现在她害怕了，是因为她睡得比平时短些，然后独自醒来了。对一个普通的孩子来说，这可能有点让人沮丧；但对爱丽丝来说，这是可怕的。

茱莉亚还在开门的时候就在说话了："现在，这么吵是为什么，爱丽丝？一切都很好，你只是害怕了，这很正常。"

爱丽丝慌慌张张地穿过房间，黑色的头发、黄色的裙子，细长的胳膊和腿。她把自己和茱莉亚贴得那么紧，从手腕到小腿都和茱莉亚挨在一起。

爱丽丝把手伸进茱莉亚的口袋里。

这是她最近养成的习惯。爱丽丝需要总是在茱莉亚旁边，和她连在一起。

她吮着手指，抬头看着茱莉亚，有着一种既让人心疼又让人害怕的脆弱感。

"来吧，爱丽丝。"她说，假装有个小孩像藤壶[①]一般吸附在自己的屁股上，是一种再正常不过的事。她拿出她的工具箱，里面有很多有助于衡量一个孩子的发育程度的玩具。

她在桌子上排列好了铃铛、积木和玩偶。"坐下，爱丽丝。"她说道。她知道当她自己坐下来时，爱丽丝也会坐下来。椅子隔得很近，她们仍然能够连在一起。

她们肩并肩地坐了下来，爱丽丝的小手仍然塞在茱莉亚的口袋里。把工具箱在她们面前展开后，茱莉亚等着爱丽丝会有所行动。

"来吧，"茱莉亚说道，她的声音在绝望的边缘退缩着，"做点什么，跟我说话。我需要你说话，小家伙。我知道你可以的。"

没有回应。只有女孩那呼吸进出轻柔的声音。

绝望牵动着茱莉亚，她的信心已经部分受损了。

"求你了。"她的声音变得很小，已经完全不是作为一个医生该有的声音了。她想到了时间的流逝，媒体兴趣的减弱和警察局里响起得越来越少的电话铃声。"求你了，来吧……"她不断哀求道。

当艾莉和花生到达警局的时候，整栋楼都很安静。卡尔坐在他的桌子旁，头上戴着耳机，画着一些长着翅膀的东西。当她们进来后，他把手上的纸翻面朝下——好像艾莉会有闲心去看他画的那些乱七八糟的玩意儿似的。从六年级开始，他就在干这样的事情了。她所知道的他和她认识的其他男人唯一不一样的地方就是，卡尔从来没有成熟到不再需要干这个。在她粉红色的外

---

① 藤壶：是附着在海边岩石上的一种节肢动物。藤壶不但能附着在礁石上，而且能附着在船体上，其吸附力极强。

出留言栏上，总是会有他留下的涂鸦。

“厄尔登记外出了，”卡尔说着把一缕头发从眼前拨开，“梅尔会再到湖边一趟，去看看那里的孩子们，然后他也就下班了。”

换句话说，雨谷镇的生活已经恢复正常了。电话铃没有响了，她的两个巡警都下班了，除非会有人打电话来。

“还有，DNA 结果回来了，我放在你桌子上了。”

艾莉停了下来。他们所有人都面面相觑。过了一会儿，她到她的桌子边坐了下来。椅子吱吱地抗议着。

她拿起那个看起来很正式的信封，打开了。有一大堆不知所云的科学报告，但这些都不重要。在中间部分有这么一句：没找到匹配案例。

第二页是衣服纤维的实验报告。正如预期的那样，它只揭示了那件衣服是用廉价的白棉制作的，可能来自任何一个纺织厂。布料里没有血液或精液的痕迹，没有 DNA 可提取。

报告的最后一段，概述了若要将从爱丽丝身上采集到的 DNA 同别的样本做比对，所应遵循的程序。

“你看起来不满意。”花生说着打开了一杯减肥巧克力奶昔。

艾莉有一种被打败的感觉。现在怎么办？她做了她所知道的一切；见鬼，她还把她的妹妹推进了狼窝，为了什么？他们也没能比三个星期前更接近于找出女孩的身份，而且社会福利服务部的人还在紧盯着她。

卡尔和花生把椅子拖过房间，坐到她桌子前。

“没有身份信息？”花生问道。

艾莉摇摇头，根本说不出话来。

“你已经尽力了。”卡尔轻轻说道。

“没有人能做得更好了。”花生赞同道。

然后，没人说话了。对这里来说，这样的情况还真是少见。

最后，艾莉把那些文件从桌子上推过来，“把这些结果发送给那些等着的人。我们接到了多少需求？”

“三十三个。或许它们之中的一个可以匹配。”花生充满希望地说道。

艾莉打开她桌子上的抽屉，拿出那堆她从国家失踪儿童中心得到的文件。她把这些文件读过了至少一百次，让它作为她能找到的唯一指引。最后一段的内容早已被她记得烂熟，她不用再读就知道它说的是什么。如果他们所做的这一切都未能找出这个孩子确切的身份信息，那么社会福利机构就会介入。

孩子将最有可能被送到孤儿院，或收容治疗中心，或被领养。

“接下来，我们怎么办？”花生问道。

艾莉叹了口气，“祈祷会找到 DNA 匹配对象。”

他们都知道，这是多么的不可能。这三十三个请求，似乎都没什么特别有希望。它们大部分都是由那些父母、律师和别的辖区的警察提出来的，他们都觉得他们在找的孩子已经死了。他们没人能描述出爱丽丝身上的胎记。

艾莉揉了揉眼睛，“今天晚上，我们先不管了。花生，你可以明天再把这些 DNA 报告发出去。我还得跟社会福利服务部的那位女士开个电话会议，应该很有趣。”

花生站了起来，“我要去‘大保龄’见本吉了，谁跟我一起去？”

“我最喜欢跟穿着合身的涤纶衫的胖子们待在一起了，”卡尔说，“我跟你一起。”

花生怒视着他，“你想让我跟本吉说，你叫他胖子吗？”

卡尔笑了，“他不会觉得有什么意外的，花生。”

“别吵了，你们两个。”艾莉疲倦地说。她最讨厌听到他们两个无缘无故就你一句我一句地争吵，“我要回家了。你也该回家了，卡尔。现在是周末之夜，你的女儿们会想你的。”

“女儿们跟莉莎一起去阿伯丁走亲戚去了，这个周末我是个单身汉。所以，我会去‘大保龄’。”他看着她，“以前，你也喜欢打保龄球。”

艾莉想起了她和卡尔在“大保龄”的餐厅打工的那个夏天。那是在奇妙的童年时代的最后一年，他们青春期那锋利的边缘还没有长出来。那个夏天，他们两个流浪在一起，成了最好的朋友，同病相怜、亲密无间。但接下来的第二个夏天，她就已经酷到不再去“大保龄”了。

“那是很久以前的事了，卡尔。真不敢相信，你还记得。”

“我还记得。”他的声音里有种奇怪的尖锐。他走到门边从挂钩上取下他的外套。

“今晚，是卡拉 OK 之夜！”花生笑着说。

艾莉已经一筹莫展了，花生知道得很清楚。“我想，去喝杯玛格丽特酒也不错。”——总比回家好。她不敢想，该怎么告诉茱莉亚关于 DNA 结果的事情。

巨大的道格拉斯冷杉树那尖锐的枝丫和嶙峋的棱角，在河流大道的两旁，形成了一道无穷无尽的黑色锯齿形边缘。抬头从山缘边树冠的空隙间望去，天空被分成了一小块一小块的。星星布满了天空，微微发亮又如此接近，让人觉得它们的光线肯定可以照耀到这湿漉漉的地上来。但艾莉往下看时，脚下只有黑乎乎的碎石。

她咯咯地笑起来。有那么一会儿，她甚至觉得往下看时看到的是一团黑雾。

“慢点，”卡尔说着来到车旁。他抓着艾莉的胳膊，让她站稳。

她似乎无法停止盯着天空看。她觉得脑袋很重，眼皮也很重，“你看见北斗星了么?”就在左边正对着的方向，在她的房子上方。“我爸爸以前说过，上帝会用它来往我们的烟囱里倒魔法。”她的声音变得嘶哑。这样的回忆让她觉得意外，她还没来得及开始防备，“这就是我不喝酒的原因。”

卡尔伸出一只胳膊抱着她，“我以为你不喝酒，是因为毕业舞会呢，还记得你吐到海莉校长身上了吗?”

“我不想和你做朋友了。”艾莉喃喃地说。她让卡尔把她领进了屋，两条狗用力撞了上来，她几乎又跌倒了。

“杰克！埃尔伍德!”她弯下腰拥抱它们，让它们舔她的脸颊，直到她的脸像游过泳了那么湿。

“你得训练一下这些狗了。”卡尔说着躲开它们向他嗅着的鼻子。

“想训练任何长着鸡巴的东西，都是不可能的。”她咧着嘴笑着对他说，“你以为我从那几段婚姻里什么都没学到吗?”她指着楼梯，命令道：“上楼去，孩子们，我马上就上去。”

又说了十五次后，它们才听了她的。狗一走，卡尔就说：“你最好去睡觉了。”

“我讨厌一个人睡觉。呃，就当我没说过。”她开始从卡尔身边走开，接着她死死地站住了，“你听到了吗？有人在弹钢琴，《三角洲的黎明》。”她开始唱道：“三角洲的黎明，你开着的是什么花?”她跳着舞穿过了房间。

“没人演奏音乐。”卡尔说。他瞥了一眼角落里她妈妈的旧钢琴，上面布满了灰尘。“那是你今晚在卡拉 OK 唱过的歌，其中的一首。”他补充道。

艾莉摇摇晃晃地停了下来。她看着卡尔，“我是个警长。”

“是的。”

“我喝玛格丽特酒喝醉了，还唱了卡拉 OK……在公共场合，还穿着制服!”

卡尔努力忍住笑，说道："想想好的方面吧，你没有跳脱衣舞，也没有酒驾回家。"

她用手蒙住了自己的眼睛，"那就是我好的方面？没有扒光自己，或是没有犯罪。"

"呃……有一次……"

"我绝对不想和你做朋友了。你可以回家了，我再也不想见到你了。"她转身离开他，动作太快失去了平衡，像一棵被砍伐的树一样倒下了，只差一声"木材！"的吆喝了。

"哇噢！你跌得好重……"

她躺在那里呻吟着，抬头看着笑得很开心的卡尔，没好气地说："你是就只站在那里，还是去找点滑轮把我吊起来？"

"我就只站在这里。我们都已经不是朋友了。"

"哦，该死。我们又是朋友了。"她伸出了手。他拉着她的手，扶她站了起来。"好疼……"她拍着裤子上的灰说道。

"看起来的确是。"

卡尔仍然握着她的手。她转向他，说："没事了，大哥。我不会再跌倒了。"

"确定？"

"一半确定。"她边说边挣开了他的手，"谢谢你送我回家。明天早上八点，在警局准时见。会找到一个 DNA 匹配对象的，我浑身的血液都感觉到了。"

"你感觉到的可能是龙舌兰酒。"

"你就喜欢唱反调。晚安。"她摇摇晃晃地向楼梯走去，就在她快要倒的时候抓住了扶手。

卡尔瞬间就到了她身旁。

"嘿。"她皱起眉头，感觉到他扶着自己的胳膊，"我以为你已经走了。"

"我还在这里。"

她看着他。她站在楼梯上而他站在地面上，他们面对面地离得那么近，她都能看出他当天早上刮过胡子。她注意到沿着他的下巴轮廓有些参差不齐的疤痕。这是他十二岁时的那个夏天，他爸爸提着一个破啤酒瓶追他弄的。是艾莉的爸爸带他去的医院。

"你怎么对我这么好，卡尔？高中的时候我对你很糟糕的。"的确如此。

当她的胸部开始发育，以及开始拔眉毛、脸上也开始长青春痘的时候，一切都变了。男孩子们开始注意到她，甚至是橄榄球运动员们。她一眨眼就把卡尔甩在了身后，他也从没让她对此感到有什么不安。

“改不掉的老习惯吧，我想。”

她向后退了一步，让他们之间拉开了点的距离，“你怎么从来不跟我们一起喝酒呢?”

“我喝酒啊。”

“我知道，我是说和我们一起。”

“总得有人开车送你回家吧。”

“但那个人总是你。莉莎不会介意我们让你整晚待在外面吗?”

他紧紧地盯着她，“我告诉过你，这个周末她不在。”

“她总是不在。”

他没有回答。一分钟后，她就忘了他们聊过些什么了。

然后突然间，她又想起了那个女孩，和她的失败，“我找不到她的家人了。我找得到吗?”

“你总是有办法得到你想要的东西，艾莉。对你来说，这从来都不是问题。”

“哦？那么，我的问题是什么呢?”

“你想要的一直是错误的东西。”

“哦，谢谢。”

他似乎对她的反应很失望，好像他想让她说点别的似的。她想不出她是怎么让他失望的，但不知怎的她就是让他失望了。如果她清醒着的话，她可能会知道答案。

“不用谢。你要我明天早上过来接你吗?”

“不需要。我会让茱莉或花生送我的。”

“好吧。再见。”

“再见。”

她看着他走了出去，关上了他身后的大门。

房子再次陷入一片寂静。叹了口气，她摸索着那狭窄而漫长的楼梯，艰难地爬到了二楼。她的本意是向左拐，到以前她父母的卧室——现在她的卧室去；但她的头脑却自动导航，操作她向右拐，走向了她以前的房间。直到她看到两张单人床上都有人时，她才意识到自己拐弯拐错了。

女孩醒了，看着她。在门被打开之前，她是睡着了的，艾莉很肯定这一点。“你好，小家伙，”她小声说道，当她听到女孩那低沉的咆哮回应的时候，退缩了一下。

“我不会伤害你，”她说着向门边退去，“我只是想帮你，我希望……”

她希望什么？她不知道。当她再想了一下这个问题后，她发现这是从以前到现在，她的生活中一直存在着的问题：她从来不知道自己在希望什么，直到为时已晚。

她想承诺他们会找到女孩的家人，但她自己都不相信。再也不相信了。

就像春天里正在解冻的河岸，茱莉亚的自信在持续不断地溃败着。不是说真有什么非常明显的痕迹——地球又没有消失掉一大块，但最终的结果是事物的运行过程会发生改变，会有一个新的方向。茱莉亚发现自己会越来越多地撤退到她的安全地带——她的笔记本上来。在那里，在那些细细的蓝色线条上，她分析了一切。虽然她仍然相信爱丽丝的理解力至少在幼儿级、懂得一些词语的意思，但在让女孩开口说话这方面，她并没有取得实质性的进展。当局正紧盯着她。每一天，克里奇医生都会在电话答录机上留言。那些留言总是同样的内容：“对这个孩子的帮助你做得并不够好，盖茨医生。让我们介入吧。”

当天下午，当她把爱丽丝放下午休的时候，茱莉亚跪在床边，抚摩着女孩柔软乌黑的头发，拍着她的背，想着：我该怎样来帮你呢？

她感到泪水刺痛了她的双眼，不知不觉地，眼泪就流满了她的脸庞。

她不得不去洗手间重新为新闻发布会化妆。她刚刚涂完睫毛膏，一辆车就开到了外面。她在下楼梯下到一半的时候，撞上了正往上走的艾莉。

“你还好吗？”艾莉皱着眉头问道。

“我很好。她睡着了。”

“好吧。花生在车上等着，今天我会留在这里。”

茱莉亚点点头。她抓起公文包上了花生的车。

在大雨中，她们开了一英里半到了镇上。落在挡风玻璃上和车顶上的雨声太大了，她们根本无法谈话。雨落在引擎盖上，就像沸腾了似的。

当花生停好车后，茱莉亚撑开伞跑进了警局。当她挂起她的外套，走向讲台的时候，那样的景象击败了她。

所有的座位都空着，一个人都没来。

卡尔坐在调度台旁，用怜悯的眼光看着她。

她瞥了一眼时钟，新闻发布会在五分钟前就该开始了，“可能……”

门突然开了。花生站在那里，穿着警用雨衣，雨水顺着她的脸滴落，“见鬼，这些人都去哪里了？”

“没有人来。”卡尔说。

花生胖胖的脸沉了下来。她睁圆了眼睛，意会了一下，然后就无可奈何了。她走到卡尔站着的地方，紧缩在他身边。他握住她的手，“真糟糕。”

“非常糟糕。”茱莉亚赞同道。

接下来的三十分钟里，他们在那可怕的寂静中等待着，期待着电话铃声的响起。到了四点四十五分的时候，所有人不得不承认，这事已经结束了。

茱莉亚站起来，“我得回去了，花生。爱丽丝很快就会醒了。”她伸手拿起公文包，跟着花生上了车。

外面，雨已经停了。天空看起来灰白而又布满了乌云，正如茱莉亚的感受。她知道她该和花生稍微聊聊天，至少回答一下她那无止境的问题，但她不愿意。

花生把车开上了主街。她轻快地“啊哈！”了一声，把车停在了“雨滴”餐厅门口斜着的停车位上，“我答应过卡尔会给他带晚餐的。只要一会儿。”茱莉亚还没来得及回答，她就走了。

茱莉亚下了车。她打算给自己买杯咖啡，但是现在她到了这里，似乎动不了了。街对面是希尔斯酋长公园。这是爱丽丝第一次出现的地方。那棵枫树的叶子已经掉光了，光秃秃的树枝伸向昏暗的天空。远处的森林，黑得让人看不清。

“你在那野外待了多久？”她在心里自言自语道。

茱莉亚感到有人在她身边。她收回思绪转过身，想着看到的会是花生的笑脸。

麦克斯站在那里，穿着黑色皮夹克、牛仔裤，还有一件白色的 T 恤。她有一个星期没见过他了。她已经完全是在刻意避免和他见面了。可是现在，他就在这里，看着她，活生生地站在她面前。

“好久不见。”

“我一直很忙。”

“我也是。”

他们站在那里，盯着对方。

“爱丽丝怎么样?”

“她在不断进展。”

“还是不说话?”

她畏缩了一下，“还没有。”

他皱起了眉头。那只持续了一秒钟，或许更短；她在想着，她早就该知道他会是这样的反应的。这时他说：“别灰心，你正在帮她。”

她有点吃惊，这么几个简单的字，对她居然意味着那么多，“你怎么总是知道，我想听到什么样的话呢?”

他笑了，“这是我的超能力。”

他们旁边的时钟叮当叮当地报时了，花生从餐厅走了出来。

“赛内森医生，你好吗?”花生说着，挨着个儿地看着他们，好像觉得自己错过什么重要的情况一样。

“很好，很好。你呢?”

“好。”花生说。

麦克斯盯着茱莉亚。她感到自己打了个冷战；或许，是因为天气寒冷的原因吧。“呃。”她说，努力想接上点有意义的话，但她所能做的就只是盯着他看。

“我该走了。”最后他说道。

后来，当花生和茱莉亚在回家的车上的时候，花生说：“那个赛内森医生的确长得好帅啊。”

“是吗?”茱莉亚盯着窗户外面说，“我没注意。”

花生爆发出一阵大笑。

16 chapter 魔法时刻

16 chapter

艾莉在客厅里，再次阅读着那些失踪儿童报告。这时，茱莉亚回来了。

从她妹妹脸上那失望的表情，她就知道新闻发布会进行得怎么样了。这种时候，艾莉多么希望自己没有那么敏锐的观察力。她看到茱莉亚脸部的轮廓都变了，皮肤苍白，瘦了不少，整个人简直成了个稻草人了。

艾莉感到了一丝内疚。茱莉亚这样神不守舍的状态，都是她的错。如果艾莉的工作做得好一点，关于身份识别的全部负担，就不会落到茱莉亚一个人瘦弱的肩膀上去。令人惊讶的是，即使如此，茱莉亚也从未抱怨过艾莉一次。

当然，最近这些天，她们也没能有多少时间待在一起。自从例行的新闻发布会开始后，茱莉亚就像一台机器似的工作着。每一天，每一个小时，她都待在楼上那间卧室里。

"没有人来。"茱莉亚说着，把她的公文包丢到了沙发上。她的声音中带着一丝丝的颤抖；可能是因为疲惫，也可能是因为挫败。她在妈妈最喜欢的那把摇椅上坐了下来，但她没有放松。她就硬邦邦地坐在那里；这让艾莉想起了一根被修整得过细的灰色白蜡树条，要是再把她弯一下，她就会断成两半。

接下来，又是一阵沉默。能听见的，只有壁炉里的火发出的噼啪声。

艾莉抬头看着楼梯，想着爱丽丝，"现在，我们怎么办?"

茱莉亚低头看着自己的手，在膝盖上蜷缩成一团。她突然虚弱得让人看起来就会伤心，"我取得了显著的进展，但是……"

艾莉等她说下去。那句话只说了一半，剩下的被房间里的沉寂吞没了。"但是什么?"她打破沉寂追问道。

茱莉亚终于抬头看着她，"或许……我不够优秀。"

艾莉看出了她妹妹现在是多么脆弱，她知道她现在该说哪些话——这是一个她极少用到的天赋，“爸爸以前总是跟我说你是多么聪明，你会怎样去用你的光辉去照亮这个世界。我们所有人都看到了。你当然是足够优秀的！”

茱莉亚发出了一个奇怪的声音，几乎是一声冷笑，“爸爸？你一定是在开玩笑。他能想到的只有他自己。”

艾莉被这样的评价惊呆了，她花了一点时间才组织好自己的回答：“爸爸怎么了？他一直对我们有很大的希望。好吧，当我第二次婚姻失败后，他已经放弃了我；但是你，你一直是他骄傲和快乐的源泉！”

“我们说的是大汤姆·盖茨吗？让我们所有人都无法呼吸、把他妻子的性格都压扁了的那个人吗？”

艾莉被这绝对荒谬的话气笑了，“你在开玩笑吧？他爱妈妈！没有她，他都无法呼吸！”

“是她在他旁边无法呼吸。她离开过他一次，有两天时间。你知道那件事吗？在我十四岁的时候。”

艾莉皱眉道：“那次，她不是去了外婆家吗？她很快就回家了啊。”艾莉做了个不耐烦的手势，“关键是，他们两个都相信你，如果让他们看到你在质疑你自己，他们会伤心的。如果你还是以前的你，楼上的女孩需要你的帮助，现在你会怎么做？”

茱莉亚耸耸肩，“我会上去，试一试比较激进的方法，看看来个小小的震撼会不会好点。”

“那就去做啊！”

“但如果这个方法是错的呢？”

“那就再试试别的方法。反正就算你错了，看起来她也不会自杀的。”艾莉意识到自己说的是什么的时候，已经太迟了点。她望向茱莉亚，看见她妹妹那苍白的脸和充满泪水的双眼，终于明白了一切——“就是那件事，对吧？这是在说发生在锡尔弗伍德街的事。我早就该发现的。这些事情……还在让你受伤。”

艾莉无法想象这是多么沉重，她妹妹是怎么忍受过来的。但她还是有一句话可说：“你得再试试。”

“要是我对她的帮助并不足够呢？护理中心的那些医生……”

“都是混蛋。”艾莉俯身向前，盯着她的眼睛说道，“还记得你回家来参加爸爸的葬礼的时候吗？当时你正处于外科手术助理轮换期。了解到如果你搞砸了，就可能会死人的时候，我问过你是怎么忍受下来的。”

“对。”

“我引用一下你说的话：‘那是医生工作的一部分。’你说有时候你在继续，是因为你不得不继续。”

茱莉亚闭上眼睛，叹了口气：“我还记得。”

“好了，现在就是该继续的时候。楼上的那个小女孩，需要你相信你自己。”

茱莉亚抬头瞥了一眼楼梯。过了好一会儿，她说：“如果我们要做点激进的事情，我需要你的帮助。”

“我能做什么？”

茱莉亚很快地皱了一下眉头，但这个表情一闪而过。艾莉想，她该预料到的。然后，茱莉亚站了起来，指示道：“找一个在阴影里的地方，你就静静地坐在那里。”

“然后呢？”

“然后等着。”

当茱莉亚往楼上走的时候，她感到自己的脚步轻快得不可思议。在楼下的这场谈话以前，她还没有意识到，自己已经悄悄放弃了。不是放弃了爱丽丝，这是她永远不会的；是放弃了她自己。越来越多的时候，在那最深沉、最黑暗的夜晚时刻，她都会质疑着自己的能力，不知道自己到底是在帮助爱丽丝还是在伤害她，还会想着安柏和那些受害者们。想得越多，她就越脆弱；越是脆弱，她就想得越多。这是一个会摧毁她的恶性循环。

她挺直了肩膀、扬起了下巴，做出一副胜利者的姿态，投入到了这个不确定的微小希望里。或许我仍然优秀——这种想法给了她力量，推开了她原来那间卧室的门。

爱丽丝躺在床上，蜷缩得像一个小小的肉桂卷。跟往常一样，她睡在被子上面。无论房间里有多冷，她从来没自己把毛毯盖在身上过。

茱莉亚瞥了一眼时钟，时间已经快到六点。爱丽丝随时都可能会从她的午睡中醒来。这孩子就像是个日本人一样，固守着她的作息时间。她每天早上五点半醒来，下午四点半到六点午睡，然后晚上十点四十五分又睡着。茱莉亚都可以以此来对表了。这样固定的时间，给了他们举行新闻发布会的可能。

她关上了身后的门，声音很响。她从壁橱最上面的架子上的储物箱里，拿出她的那些笔记本，浏览着她早上做的笔记。

今天，爱丽丝捡起了咱们的那本《秘密花园》。她非常灵巧地翻着书页。每当她发现一张图画，她就会发出响声，用手掌击打页面，然后抬起头来找我。她似乎想让我随时都看着她。

无论我去哪里，她仍然像是我的影子一般跟着我。她经常把手塞进我的腰带或裤腰里，贴着我，随着我一起移动，她对我会往哪里走的判断能力令人惊讶。

她仍然没对别的人产生什么兴趣。当别人到房间里来的时候，她会冲到她的“丛林”里躲起来。我觉得，她以为我们会看不见她。

她对我的占有欲越来越强，尤其当我们不是单独在一起的时候。这说明她具有与人产生感情和联系的能力。因为不能——或是不愿意用言语表达这种占有欲，当别人跟我说话的时候，她会用她能用到的一切来制造噪音，撞墙、哼鼻子、跺脚或号叫。我希望在不久的将来，她这些交流方式的局限带来的挫折感，会迫使她尝试以语言来表达她的情感。

茱莉亚拿起笔继续写道：

过去一周里，在这新环境中，她已经觉得非常舒服。她仍然会在窗户旁边待很长时间，但只有我和她一起站着的时候才会。我已经注意到，她对世界的好奇心正在增加。她会四面八方地观察物品，会拉开抽屉，打开壁橱。她仍然不会碰任何金属的东西，意外碰到了就会发出尖叫，但她会慢慢走向门边。今天，有两次她把我拖到门边，然后强迫我待在她身旁。她默默待了将近一个小时，盯着从走廊里照过来的灯光。

狗儿们在另一边叫着、抓着，想要进来。爱丽丝开始想知道在这个房间之外是什么样。这是好的迹象，她已经从恐惧变成了好奇。因此，我想现在是时候来扩展一下她的世界了。但我们必须非常小心；我相信森林对她会有强大的吸引力。外面的某个地方，在那墨绿色的森林深处，有着她曾经的家。

茱莉亚听见床上有了动静。爱丽丝起来了，旧木床架吱呀作响。跟以往一样，女孩醒了就径直走进了浴室。她跑得很灵活，几乎无声无息，就踏过地板钻进了那更小的房间里。片刻后，冲马桶的声音响起。接着，爱丽丝跑向茱莉亚，挤到了她身边，把她的小手塞进了茱莉亚的裤子口袋里。

茱莉亚突然为这样的无声时刻感到沉重而不安，显然，爱丽丝对她有着某种期待——尽管她从没说过或做过什么。她知道爱丽丝可以这样站几个小时——仅仅是待在茱莉亚身边，就已经可以让她满足了。

茱莉亚放下笔，然后收拾起她的日记本和笔记本，放到了一个高架子上。爱丽丝无声无息地随她动着，绝不离开一分一毫。

茱莉亚从抽屉柜里拿出一条蓝色背带裤和一件漂亮的粉红色毛衣。"把这些穿上。"她说着把这些衣服递给了爱丽丝，她接了过去。她试了好几次还没有穿上那件毛衣——她仍然分不清领口和袖口。当她变得沮丧、开始喘着粗气哼着鼻子的时候，茱莉亚蹲下来说道：

"你泄气了，这没事的。这里，这儿才是你的脑袋要钻过来的地方。"

爱丽丝立即平静下来，让茱莉亚帮她穿上了毛衣。但她拒绝穿鞋，完全不想穿。最后，茱莉亚只得放弃。

"跟我来吧，"她说，"但是你的脚会冷的。"她伸出了手。

爱丽丝挨到茱莉亚身边，又把手伸进了茱莉亚的口袋。

茱莉亚非常温柔地慢慢将爱丽丝推开，再次伸出手，"拉着我的手，爱丽丝。"她让她的声音柔软得像一块丝绸。

爱丽丝的呼吸变得沉重起来，满脸迷惑的表情。

"没关系的。"

她们两个都静静地站着，就这样站了很长时间。有两次爱丽丝又把手伸向茱莉亚的口袋，都被她很小心地拒绝了。

最后，当茱莉亚正在想着这个计划能否奏效的时候，爱丽丝向她走了一步。

"对了，"茱莉亚说，"拉着我的手。"

爱丽丝哆哆嗦嗦地慢慢伸出手来，这或许是茱莉亚见到过的她最勇敢的时刻。女孩明显是吓坏了，她呼吸困难，浑身颤抖；她的眼睛里充满了恐惧，但她仍然伸出了手。

茱莉亚把那只颤抖着的小手，握在了自己手中。

"没有伤害。"她低头看着爱丽丝说道。

爱丽丝松了一口气。

手牵着手，茱莉亚带她走向门口。

当她们靠近门边的时候，爱丽丝停了下来，发出了一个小小的、带着哭腔的声音——这是她最接近门边的时候。她充满恐惧地盯着那明晃晃、闪着金属光泽的圆形门把手。

“没事的，没有伤害，你很安全。”茱莉亚紧紧拉着爱丽丝的手。她停了一下，让爱丽丝适应了一下当下的情况；当女孩的颤抖平息后，茱莉亚伸出手去开门。

爱丽丝试图退后，茱莉亚紧抓住她的手，温和地说道：“没事的。你害怕了，但不会有伤害的。”她扭转旋钮，把门推开。走廊出现在面前。走廊又长又直，被壁灯照得很明亮，在她们面前没有任何阴影或看不见的地方。两条狗待在那里。爱丽丝一出现，它们立即又叫又跳地向她跑去。

爱丽丝贴紧了茱莉亚。当狗儿们接近了时候，她伸出一只小小的、苍白的手，从喉咙深处发出咯咯的声音。

狗儿们停下了脚步，坐在地上等着。

爱丽丝抬头看着茱莉亚。

茱莉亚不懂她是什么意思。“好的，爱丽丝。”她说，都不知道她同意的是什么，但她从这孩子的眼睛里看到了请求。

爱丽丝慢慢地放开茱莉亚的手，走向了狗。两条狗坐着一动不动。当爱丽丝走到它们身边的时候，就好像是开关被打开了似的，两条狗猛地“活”了过来，开始对爱丽丝又蹭又舔。

爱丽丝和两条狗滚作一团，当它们把鼻子蹭到她的喉咙上的时候，她咯咯地大声笑了起来。

茱莉亚沉浸在爱丽丝这种新的笑容里。

过了很久，爱丽丝终于离开了狗，退回到茱莉亚身边。她又把手塞进了茱莉亚的口袋。“来吧，爱丽丝。”茱莉亚说道。

爱丽丝让茱莉亚牵着她慢慢走进了走廊。到了那里，她变得紧张起来。她回头热切地望着卧室里的植物。当她正准备退后一步的时候，茱莉亚坚定地说：“往这边。”

她带着爱丽丝来到楼梯顶部。在这里，她又停了下来。两条狗跟着她们，静静地走着。

茱莉亚想把爱丽丝抱在怀里带她走到下面去，但她不敢——女孩会用力踢打着挣开，茱莉亚抓不住她。

因此，茱莉亚仍然握着她的小手，往下走了一步。

爱丽丝盯着她看了很久，明显她在揣测着事态的转变。最终，她跟着往下走了一步。她们一步一步地下了楼，走进客厅。当她们到达沙发的时候，天已经完全黑了。

她打开阳台上的门，外面一片黑暗。冬天即将来临，空气中弥漫着腐烂的树叶和被雨水浸泡后的青草的味道，还有沿着房子的灌木丛中仅余的几朵玫瑰的香味。狗儿们已经直接跑到院子里玩了起来。

爱丽丝轻轻地喘息了一声，然后自己一步一步往前走，直到她们来到了门廊上。老雪松地板嘎吱作响表示欢迎，妈妈的摇椅被微风吹拂得来回摇晃。

现在牵着爱丽丝，已经变得很轻松了。茱莉亚牵着她走下台阶，拐过墙角，走到青草依依的院子里。河水的声音很响亮。尽管拂过的微风如同婴儿的呼吸一样轻柔，一瞬间，成千上万的树叶仍然一起窃窃私语着，从空中飘落了下来。

爱丽丝放开了茱莉亚的手，转而抓着她的裤脚，然后蹲了下来。她低下头静静地坐在那里。

开始的时候，她的声音是那么轻柔、那么微弱，茱莉亚还以为是那渐渐变大的风的声音。

接着，爱丽丝抬起脸对着夜空，发出一声高亢的号叫。这声音让空气都产生了波动；这声音又是如此的悲伤和孤独，让人想哭，或者想跟着她一起号叫。这会让人想起所有那些你曾爱过的，所有那些你曾失去的，还有所有那些你完全无从了解的爱。

“继续，爱丽丝。”茱莉亚沙哑着喉咙说道。让自己这么感动，很不专业；但她根本无法抑制自己的情感，“全部喊出来吧。这是你在为自己叫喊，不是吗？”

当那一声号叫消散之后，爱丽丝又陷入了沉默。她跪坐在草地上一动不动，仿佛融入了周围的环境。突然间，她动了。她弯腰向前，从她面前的黑暗里拾起一朵小小的黄色蒲公英。茱莉亚甚至未能看见这朵花。爱丽丝一下子就把蒲公英的茎扯掉，把剩下的根吃掉了。

“这是你熟悉的那个世界，不是吗？”茱莉亚试着让爱丽丝放开她的裤脚，这样这孩子就可以自由地去溜达一下，但爱丽丝不放手。

“我不会丢下你，但是你不知道，是吗？曾经有过人把你丢在这片森林里，是吗？”

爱丽丝仍然保持着沉默。只听见一声乌鸦叫，接着又一声猫头鹰叫。一瞬间，她们房子周围的森林里充满了鸟叫声。黑暗中的树枝嘎吱作响，呜咽呼啸，松针发出沙沙的声音。

爱丽丝模仿着这些声音，每一种声音她都模仿得惟妙惟肖。鸟儿们回应着她。

在黑暗中，茱莉亚盯了好一会儿才发现发生了什么。

院子里充满了鸟儿，它们在她们周围形成了一个大圆圈。

“我的天啊……”这是艾莉从阴影里的什么地方发出的声音。

随着这个声音，鸟儿们扑棱着翅膀赶紧飞走了。

遥远的某个地方，响起了一声狼嚎。

爱丽丝也号叫了一声，做了回答。

茱莉亚从头到尾一阵战栗，突然间浑身冰冷。“别动！”当她听见树叶一阵沙沙作响后，她对艾莉说道。

“但是……”

“也别说话！”

爱丽丝拽住了茱莉亚的手。这是女孩第一次试图牵着茱莉亚走。茱莉亚禁不住笑了开来：“太好了，小家伙。我跟着你走。”

一团乌云离开了月亮，飘过天边。月亮醒来后，立即渲染了草地，点亮了河流。一切都显现出银色的光辉，充满了神奇。

爱丽丝向玫瑰花丛走去。冬天的玫瑰花茎光秃秃的，正需要修剪。爱丽丝松开了茱莉亚的手，带着茱莉亚以前从未见过的从容，走向了玫瑰。她直起腰，抬起下巴。这一次，她没有弯腰驼背，也没有用一只手捂着肚子。月光洒在她的头上，她的头发看起来黑得如同乌鸦的翅膀，又略带蓝色。

整个夜晚沉浸在神奇之中，闪烁着魔法的光辉；星星在天空中眨着眼睛。茱莉亚敢发誓，她听见了大海的声音。她慢慢地后退，让爱丽丝自己去探索这个世界的边界。她感到她姐姐走近了。

艾莉站在了她的旁边，“你怎么知道她不会逃跑呢？”

“我不知道。可是，我在拿她对我的依恋打赌。她对那外面的地方，也会有不好的回忆。”

“你说得太轻描淡写了。”

茱莉亚看着跟灌木丛离得更近了的爱丽丝，想着如果被刺到肉了她会怎么办。她会向自己寻求帮助或安慰吗？她已经完全明白了，她再也不是孤身一人了吗？或者她会觉得被这个奇怪的地方欺骗了，然后跑回她熟悉的那个世界里去吗？

“小心，爱丽丝，”茱莉亚说道，“有刺。”

女孩把手伸向仅余的一朵未开的粉红花蕾，把它从枝头上摘了下来。

茱莉亚惊讶地发现，爱丽丝在温柔地抚摩着那朵玫瑰，然后转身走开了。慢慢地，她朝河边走去。当她到达河边的时候，停了下来。

茱莉亚和艾莉跟着她，都做好了如果她跳下去后去救她的准备。

但爱丽丝继续沿着河边走着，到了一个枯草被压平了的地方。她在那里蹲了下来，低着头，轻轻地号叫。

“她在呼唤她的狼，”茱莉亚平静地说，“在跟它讲她身上发生的事，她很想念它。”

她们屏住呼吸，等着狼的回应；但他们听见的，只有头顶上树木的低语声和河流那沙哑的笑声。

“它在野生动物养殖场，和别的狼在一起。”后来艾莉说道，“太远了，听不见她。”

茱莉亚离开她们站着的地方，走向了爱丽丝。到她身后后，茱莉亚把手放到了她的肩膀上。

爱丽丝转过身，用她那黑暗而深不可测的眼睛看着茱莉亚，她的眼睛里好像在反射着那无尽的夜空。

茱莉亚在潮湿的草地上跪了下来，喃喃说道：“跟我说话，爱丽丝。现在你是什么感觉？你不需要害怕，你在这里很安全。”

这个夜晚充满了噪音。有时候，这噪音大得让女孩感受不到这夜空下的宁静。在以前，对她来说一直都是这样。她必须努力不去听动物、昆虫、风和树叶的声音。她得闭上自己的眼睛，听着自己的心跳，直到能听见的只有自己的心跳。即使在没有月亮的黑夜里，她能看见的也太多了：一只蜘蛛在她脚边的地上爬行，两只乌鸦在那棵紫色的树上看着她，一只飞蛾在沿着河边飞翔。她还听见了，远处一只觅食的猫奔跑的沙沙声。

如果这两个“她”不再那么大声地说话，那么女孩就又喘得过气来了。她感到她的胸口很闷，这让她很害怕。出来后到了这里，到了她的世界的边缘，她应该感到安全。只要她想，现在她就可以逃走。如果她小心地跟着记忆里的那些树走，她就能再次找到她的洞穴。

一直以来，她站在那个骗子方框前面，把她的胳膊伸到有着绿色的味道的空气里去的时候，她就在想象着这样的机会。当“太阳头发”看着别处的时候，女孩就该跑。

但她不想离开。

她低头看着她的脚。它们就像树根一样，被牢固地种在了这里。这里才是她想待着的地方。和“太阳头发”在一起。

“跟我说话阿丽丝。”

“太阳头发”来了，在她面前，对她伸出了一只手。在这轮圆月的月光照耀之下，“太阳头发”浑身都变成了白色。

女孩又害怕又困惑。假如“太阳头发”不想要女孩留下来呢？也许现在就是要让她走了？

她不想回到她那个充满了寒冷、饥饿和黑暗的洞穴里去。或许，“他”在那儿……

“太阳头发”弯下腰来，“你能和我说话吗阿丽丝？”

另一个，那个大大的、吵闹不堪的“黑夜头发”的“她”在阴影里说了什么。那一个身上没有颜色，没有气味。女孩感受不到她是什么感觉，或有什么想法，但她知道肯定是不好的。

有点不对劲。

“离开这里，见鬼，太吓人了。”“黑夜头发”说道。她颤抖着，好像她很冷，这让女孩更困惑了。现在有月亮，而月亮会驱走寒冷。

“你走吧，我留下。”“太阳头发”说完，又看着女孩微笑着说：“我需要你说话阿丽丝。这一切能起到作用吗？”

女孩听到了些什么。它偷偷接近了她，像是一只觅食的狼。她皱着眉，试图理解。

需要。

说话。

“太阳头发”是想让女孩发出那种意味着些什么的声音吗？

不。

这不可能。这是“不乖”的事情。

“太阳头发”的笑容慢慢消失。似乎她眼睛的颜色，都由绿色变成了最苍白的灰色。这是失落的颜色，是水要从眼睛里漏出来的时候的颜色。最后，“太阳头发”发出了一个悲伤而寂寞的声音，然后伸直了腰。

“可能我是对的，艾莉。我帮不了这个小女孩。”

现在看起来“太阳头发”好像离女孩有几英里远，而且越来越远。很快，她们就会相隔很远，然后女孩再也找不到她了。

“我需要你说话小家伙。”“太阳头发”做了个呼吸，“求你了。”

求你了。

女孩依稀记得这个声音。这很特别，像是春天里的第一个花蕾。

“太阳头发”想让女孩发出她被禁止发出的那种声音。

女孩慢慢地站了起来。因为害怕，她觉得有点微微头晕。

现在，“太阳头发”正在走开。

离开。

恐惧把女孩推向前方。她跟了上去，把“太阳头发”的手抓得那么紧，她自己都觉得疼了。

“太阳头发”转向她，跪了下来，“没事的阿丽丝，没事的，我不会离开你。”

离开。在那些混杂的声音之外，女孩听到了这个。这清晰得像是一条河在涨水的声音。

女孩看着“太阳头发”，紧紧抓着她的手，她想把目光移开，或是闭上眼睛，这样如果“太阳头发”要打她的话，她就不会看见是怎么打过来的——但她强迫自己把眼睛睁着。要发出那她被禁止发出的声音，她得用她全部的心，用她心里面的一切去想、去回忆。

“怎么了？你还好吗？”“太阳头发”的声音是那么的柔软，这让女孩感到心里一疼。

她抓着“太阳头发”，抬头看着她那双漂亮的绿眼睛。女孩想要乖一点。她舔了舔嘴唇，然后小声说道：“留下。”

“太阳头发”发出了一个像石头掉进深深的水里的声音，“你说‘留下’了？”

女孩向她送出了那朵特别的玫瑰，“求……”

“太阳头发”的眼睛开始漏水了，但这次，她嘴唇弯曲的方式，让女孩感到心里很温暖。她伸出胳膊抱住女孩，把她拉向身边。

这是一种女孩以前从来不知道的感觉，整个人完全被抱住了。她闭上眼睛，让她的脸埋进“太阳头发”那柔软的脖子里，那里有花香的味道，是那种夜晚时分在偷偷溜来的太阳下面开放的花的味道。

“留下。”她又喃喃说道，微笑了起来。

17 chapter 魔法时刻

17 chapter

艾莉坐在门廊上她爸爸的那把旧椅子里，身上裹着一条厚厚的羊毛毯。在她旁边，放着一杯冒着一阵阵热气的茶。

虽然事情已经过去将近三个小时了，艾莉仍然能听到那悲伤而震撼人心的号叫，就像黑夜里悲伤的音乐一般。

今天发生了太多事情。关键在于，有什么事情发生了改变呢？爱丽丝能说话了！现在他们知道了这些，这可能是一扇他们需要的、开着的门，通过它，他们就能找出她的身份。

但是，由于某些原因，艾莉不觉得会这样。她觉得爱丽丝不属于任何地方，不属于任何人。不知怎的，她总觉得爱丽丝注定被抛入了随波逐流的生涯；就像那些趴在浮冰上的爱斯基摩老女人一样，她们就待在那里，寒冷而孤独，完全无人理会，直到她们放弃生命。

艾莉伸手握住茶杯。热气飘到她脸上，带来了橙子的香味。

她身后的廊门吱吱呀呀地打开了。

茱莉亚坐到了她妈妈的摇椅里。

“她睡着了？”艾莉问道。

“睡得很熟。”

艾莉试图控制住她的那些想法，但它们就像脱缰的野马一样，在她的意识里疯狂地跑着，“她还说了什么没有？”这是个起点。希望那两个词语只是刚开始。

“没有。这可能需要点时间。今晚的事很重要，可以肯定。但你听到了她是怎么说‘求你了’的吗？‘求……’，像个两岁的小孩一样。还有，她没有把这两个词语放在一起作为一个句子说出来。我相信对她来说，那些词语都是独立的单元。”茱莉亚在灿烂地笑着。艾莉都不记得，上次看到她笑得这么灿烂是什么时候了。

“这一切意味着什么?”

茱莉亚思考了一阵才回答:“这是个非常复杂而系统的问题，我还需要大量更多的信息才能得出一个确切的判断。但总而言之，爱丽丝要么是选择性失声——这意味着她因为她所经历的创伤而选择了不说话，要么就是她的发育迟缓延迟了她的语言习得。我相信她的原因是后者。我这么说有很多原因。首先，她似乎懂得一些特定的、简单的词语，但不明白由那些词语组成的句子。其次，今晚她分开使用了那两个词语，这揭示了她的语法水平相当于一个普通两岁大的孩子。想想孩子们是如何学习语言的。首先是简单的词语识别。妈妈、爸爸、球、狗。渐渐地，他们会把两个词连在一起表达更加复杂的想法，然后三个词。一段时间后，他们会学会使用否定句:不玩，不睡;然后开始使用代词。在他们变得更熟练后，他们会把他们的句子组成疑问句。大多数科学家都相信，一个孩子可以学习这些复杂、无声的规则，在青春期前的任何年龄都能习得语言。但在青春期之后，由于某种原因，习得语言就变得非常困难。这就是为什么孩子学习外语比成年人更容易。”

艾莉举起她的手，“慢点说，爱因斯坦。你是在说爱丽丝会说话，但因为她没被教过太多，所以她的语言能力就跟刚学会走路的婴儿一个水准?”

“这是我的猜测。我想在她一岁半到两岁的时候，她是生活在一个有语言的环境里的，甚至可能是一个得到了很好的照顾的环境里。那个时候她和什么人待在一起，学会了几个词语。在那之后，发生了些非常糟糕的事情，她的语言能力的开发被中断了。”

非常糟糕的事情——这话里面透着的沉重仍然挥之不去。“那么小的孩子，不会知道自己叫什么名字的。至少，不会知道自己姓什么。”艾莉难过地说。

“我知道。”

艾莉靠回椅背上，沉重地叹了口气，“看起来，好像没人在找这孩子，茱莉。国家犯罪信息中心有关失踪或被绑架的孩子的记录里，完全没有找到任何一个与她的特征相符的。DNA 检验报告也没给我们带来任何有用的东西，媒体再也不感兴趣了。现在你又在告诉我，即使你能让她变得伶牙俐齿，她也可能不知道她叫什么名字，或者她的父母是谁，她的家在哪个城市。”

“哎呀，艾莉!今晚我的感觉非常好!我们让她走到外面来了，还说了话!”

“抱歉。你对她做的工作非常出色，书莉，真的。但我也有责任，社会福利服务部觉得，我们该把她送到收养中心去了。”

“别这样做，艾莉，求你了。我和她在一起还有机会。这再也不仅仅是为了找到她的家人了，而是为了拯救她，把她带回这个世界来。你让我意识到了这一切，意识到为了爱丽丝，我能把事情做得多好。”

“你说得好像是你需要留下来多久，你就会留下来多久？”

“我为什么不能呢？在洛杉矶，我什么也没有了。当你没有丈夫、孩子或工作的时候，你就能很容易地离开你的生活，只需锁上门就走。”最后她抬起她的眼光，“事实上，我现在需要爱丽丝。我会尽我所能地去帮助她。这样可以了吗？我们可以继续履行临时监护协议吗？”

“当然可以。”艾莉不知道她对这件事有什么想法——她的妹妹整个冬天都会住在这里。现在她懒得去想这些事情。这是她晚上躺在床上、关了灯准备入睡的时候，才需要去想的事情。但她知道，她很高兴有别人来分担这个重担，小爱丽丝那受伤的灵魂的重担。“那些离奇的事……是怎么回事？那些鸟儿？”她好奇地问道。

茱莉亚的目光越过她的茶杯边缘，看着远方月光照耀着的那条河，“我不知道。她曾生活在一个和我们不一样的世界，基本规则都不一样。我在研究那些记录在案的野孩子的时候发现，几个世纪以来的那些案例，大都很清晰地表明，这些孩子都具有浪漫化的特质，被看作人类真实本性的范例。未受污染，也未被开化，他们这样的特质，意味着一个纯粹的人，无法在一个被制定了很多行为准则的世界里生存。”

“你说的这些是什么意思？”

“或许她身上的自然属性比人的属性更为强烈，她比我们更擅长和自然界——环境、气味、植物、动物等——进行交流。”

艾莉仍然不明就里，“对我来说，这看起来更像是魔法，而不是科学。”

“这是另一种解释。”

“那么，现在怎么办？我们要怎么让她开口说话？”

茱莉亚看着她，“她需要知道她在这里很安全。我想，我们需要给她展示家庭是什么。或许她会有点印象，能让她回忆起来。然后我们要用教两岁小孩的那种方式去教她，每次教一个词语。”

那天晚上晚些时候，当艾莉去睡觉后，茱莉亚躺在床上，盯着天花板。

她太兴奋了，根本睡不着。她浑身的血液都在沸腾。

“留下”——那一刻不停地在她脑海里重现，一遍又一遍。她每回忆一遍，就对它意味着的一切感到一阵惊惧。

直到今晚，直到爱丽丝说出了她的第一个字的那一刻，茱莉亚才意识到之前的自己变得多么迷失，垮掉得有多厉害。她对自己的自信的把握，已经变得脆弱而不坚定。但现在，她回来了。她又是以前的那个她了。

而且，她永远不会再放弃。明天早上，她要做的第一件事就是，给那些想要研究爱丽丝的医生和科学家团队打电话，跟他们说“滚开”。然后，她要让社会福利服务部确信，他们对这个小女孩目前的安置情况没什么可担心的。

或许那就是她需要从安柏的悲剧中吸取的教训，她一直想找到的那个被忽略了的迹象。

在她的工作中，总会有失败和让人心碎的损失。但要成为最好的，她必须让自己保持坚定的信念，才能有所作为。

她又很坚强了。那些科学家或所谓的同行打来的电话，或者是媒体的质疑，再也无法毁掉她了。没有人能从她身边抢走爱丽丝。

今晚，她需要找人聊聊，分享一下她的胜利。会明白这些的，只有一个人。

“你疯了，茱莉亚。”另一个自己对她说道。

她扔开被子，下了床。穿着一条破旧的黑色运动裤和一件蓝色 T 恤衫，她吻了爱丽丝那柔软的脸颊，随后离开了房间。

在艾莉的卧室门外，茱莉亚停了一下。门下面没有光透出来，也没有声音从里面传出来。

她不想吵醒她的姐姐。此外，艾莉无法真正理解今晚这些事件的意义。

没让自己想太多，她走了。她上了车，开到了那条老公路上。晚上，这条路上没有别的车，整个世界黑暗又寂静。星星散落在天空，像一幅杰克逊·波拉克[①]的画一般。

刚要到国家公园的入口时，她拐上了一条坑坑洼洼的石子路。在最后一个弯道的地方，她关掉了她的车头灯。在黑暗的掩护下，她开进了他的院子。

① 杰克逊·波洛克：美国画家，抽象表现主义绘画大师，也被公认为是美国现代绘画摆脱欧洲标准，在国际艺坛建立领导地位的第一功臣。其独创使用“滴画法”，即把巨大的画布平铺于地面，用钻有小孔的盒、棒或画笔把颜料滴溅在画布上。

事实上，她不知道为什么她会来这里，把车停在他的房前，这是十几岁的少女在孤独的周六晚上才会干的事情。

不是那样的。或许她不想承认为什么她在这里，但是她明白。

无论她跟自己说得有多么勤，告诉自己“你正在干蠢事、是在飞蛾扑火”，她仍然无法阻止自己。

她从车上下来，听着湖水温柔的拍岸声，穿过了漆黑的院子。

麦克斯听到车开来的声音，强烈地希望那不是发生了紧急医疗情况。这是他这个星期唯一一个空闲的夜晚，他已经喝了两杯苏格兰威士忌了。

他听到门廊上传来了脚步声，然后前门处有人敲门。

“我不在屋里，”他叫道，“在外面的平台上。”

外面的人停了下来，安静了很久。当他准备再叫一声的时候，他听到了脚步声。

那是茱莉亚。茱莉亚一看到他是在浴缸里，就死死地站住了。

一盏橙色的灯照射着那个带顶的平台，她站在了灯的下面。自从那次在餐厅门口见过她后，到现在他还没再见过她。老实说，他经常会想起她。他不禁注意到她的脸色有多苍白，又瘦又憔悴。她那极具魅力的体形，现在看起来瘦削了，下巴比以前尖了。

但吸引到他的是她的那双眼睛，那么紧紧地抓住了他，就像一个孩子被他最喜欢的玩具抓住了似的。对她那张脆弱的脸来说，那双眼睛似乎太大了点。

“你还在用浴缸，医生？很守旧哦。”

“今天我去爬山了，我的背疼死了。进来！”

“我可没带泳衣。”

“没事，我会把灯关掉。”他按下按钮，浴缸变得一片漆黑，“冰箱里有葡萄酒，杯子在水槽上面。”

她在那里站了很长时间，久到他都以为她会拒绝了。最终，她转身走了。他听见了前门打开和关上的声音。过了一会儿她回来了，拿着酒杯，裹着一条毛巾。

“闭上眼睛。”她说。

“我能看见你的胸罩带，茱莉亚。”

“你闭不闭眼睛？”

"我们是什么啊，八年级的学生吗？你打算待会儿玩转瓶子游戏[1]吗？我怀疑……"

她走开了。

"好吧，好吧，"他笑着说，"我的眼睛闭上了。"

他听到她回来了，听到了毛巾落到椅子上那闷闷的撞击声，还有她到浴缸里来时轻轻溅起的水声。水波扩散到他的胸膛上，有那么一瞬间，他还以为是她的抚摩。

他睁开了眼睛。

她贴着她那侧的浴缸坐着，双手放在身体两边。她穿着的白色蕾丝胸罩已经变得透明；水面上，他看到了她胸罩上部那隆起的奶白色胸部，和她的两个勉强遮盖住的乳头黑点。

"你在盯着我。"她喝着酒说道。

"你真漂亮。"他对自己语气的微弱感到意外，也对自己会突然这么想要她感到吃惊。

"恐怕我很难算出，你对那些笨得可以骗进浴缸来的女人，说过多少次这句话了。"

"你笨吗？"

她看着他，"当然。但我不蠢。愚蠢的女人会一丝不挂地进来。"

"实际上，你是第一个进这个浴缸的女人。"

"你的意思是，穿着衣服的。"

他笑了，"你身上那些透明的小布片，也算不上是衣服。但是，我的意思是，无论穿衣服还是没穿衣服的，你都是第一个到这里面来的女人。"

她皱眉道："真的？"

"真的。"

她微微转过身，看着湖面。在那炭笔色调的远方，两只白色的号手天鹅懒洋洋地漂浮在水面上。在月光的照耀下，它们的羽毛像在发光一样。

现在的沉默变得有点尴尬。茱莉亚一定也注意到了，因为她终于转过身来对他说道："跟我说点真的，麦克斯。我对你一无所知。"

"你想知道什么？"

---

① 转瓶子游戏：是一种接吻游戏，这种游戏在美国文化中一直都很盛行。玩游戏时，参与者要转动空瓶子并亲吻瓶子停止后瓶口所指向的那个人。

“你为什么会待在雨谷镇?”

他给了她他那回答所有人的答案，“在洛杉矶的帮派火并太多了。”

“为什么我觉得那只是部分原因?”

“我老是忘了你是个心理医生。”

“而且还很出色。”她微笑道，“凭空下结论这一点不算。那么，告诉我吧。”

他耸了耸肩，“我有一些……个人问题，所以我决定做些改变。我辞了职，搬到了这里。我爱大山。”

“个人问题?”

当然，她会注意到重点。“太对了。”他说。

“有时候，你不得不逃跑。”她轻轻说道。

他点点头，“离开洛杉矶很容易。我的家人们都疯狂得可以去嘉年华上班，每一个都是。我的父母——先跟你说他们的名字叫泰德和格鲁吉亚，现在辞掉了他们在伯克利教书的工作。他们正开着一辆名为狄克西的房车在周游中美洲。上次，我听说他们正在寻找一种灭绝了很久的昆虫。”

茱莉亚微笑着问：“他们是教什么的?”

“分别是教生物学和有机化学的。我的姐姐，安，在泰国做海啸救济；我的哥哥，肯，在荷兰一个有名的智囊团工作，将近十年都没人见过他了。每年，我都会收到一张圣诞贺卡，上面写着：给你和你的家人最好的祝愿，肯尼斯·赛内森博士。”

茱莉亚笑喷了。听到自己喷了后，她笑得更厉害了。麦克斯发现自己也在跟着她一起笑。

“以前，我还觉得我的家人很奇怪呢。”

“胆小鬼。”他咧嘴笑着说。

“他们到你这儿来过吗，当你……陷入麻烦的时候?”

麦克斯的笑容消失了，“你还真懂得赶尽杀绝呢，是吧?”

“职业病。只是……我知道那感觉有多孤独，当我在洛杉矶一团糟的时候。”

“我们不是那种相互之间很亲密的家庭。”

“所以，你那时候也很孤独。”

他放下酒杯，问道：“你为什么来这里，茱莉亚?”

“来雨谷镇？你知道为什么。”

"为什么来我这里?"他用非常温柔的声音说道。

"爱丽丝今晚说话了，她说了'留下'。"

"我知道你会做到的。"

她的脸上充满了笑容，是突然之间充满的，好像她没有想到他会这么说似的。门廊的灯光沐浴在她身上，缠绕在她的头发上，让她的睫毛看起来细长而纤巧，映衬着她的脸颊。她朝他微微移动了一下，水波打在他的胸膛上。"这件事是……数个星期以来，我每天都在等着发生的……"她缓缓说道。

"然后呢?"

"然后当它发生后，我能想到的就是，我想告诉你。"

他根本无法阻止自己——他也没有尝试去阻止自己。他贴到她身边，吻她。这是那种他会忘记为什么的吻。他轻轻呼唤着她的名字，听到自己的声音里有种陌生的感觉。他的右手划过她光滑的裸背，到了她的乳房附近，正当他微微感觉到了她乳房的丰满的时候，她慢慢地退开了。

"我很抱歉，"她面色苍白、浑身颤抖地说道，"我得走了。"

他伸出手，抓住她的胳膊。"我们之间有了点什么。"他说——他还没想好要说什么，这句话就冲口而出。

"是的。"她说，"这就是我要离开的原因。"

他们凝视着彼此。他有种奇怪的感觉：他正在失去什么重要的东西。

最后，她爬出浴缸，走进房子，穿好了她的衣服。再见都没有跟他说一声，她就走了。

他独自一人在那里坐了很长时间，盯着一片虚无。

茱莉亚整个晚上都在梦见麦克斯，她已经深深陷入了那张网。当她醒来后，她愣了一下才反应过来，有人在敲她卧室的门。

听起来就像是一支急行军的军队似的。

茱莉亚从床上坐了起来。门边没有军队。

相反，只有一个小小的、目光坚定的小女孩，站在那关着的门边。

茱莉亚笑了。这才是重要的，昨晚那种性爱边缘的接触不是。"我想说的是，有人又想出去了。"她轻快地说。她看了一眼时钟，现在刚过六点半。她抬腿下床，站了起来。

洗漱完毕后，她回到卧室里，穿上了一条褪色的牛仔裤和一件灰色的旧运动衫。

爱丽丝跺着脚、拍打着门，哼哼地发着牢骚。

茱莉亚不以为意地走向她们的工作台，那上面散布着书、积木和玩偶。她坐到那里，把腿放到了桌子上，“如果女孩想要出去的话，她得说话才行。”

爱丽丝皱着眉头，又打着门。

“这没用的，爱丽丝。你知道，现在我知道你会说话了。”她起身走到窗前，指着那随着黎明的到来刚刚开始变得粉红的院子，一字一顿地说道：“外面。”她说了一遍又一遍，然后去爱丽丝身边握着女孩的手，带她去了浴室。

她指着镜子里的自己，“茱……莉……亚，”她说，“你会说这个吗？茱……莉……亚。”

“她。”爱丽丝小声说道。

听到这个声音，茱莉亚的心里一动——那让她感到一阵温暖，又充满了犹豫。“茱……莉……亚，”她又伸出一只手按在自己胸膛上说道，“茱……莉亚。”

她看出来爱丽丝懂了。爱丽丝的嘴巴形成了“O”形，轻轻发出了一个表示明白了的“哦”声，“书（茱）……莉。”

茱莉亚咧开嘴笑了。这是无氧攀登上了珠穆朗玛峰的人的感觉——那种巨大的胜利带来的头晕目眩。“对，对，茱莉亚。”她又指着爱丽丝在镜子里的影子说，“那个‘亚’的音不好发，是不是？现在，你是谁？”她跟之前拍自己的胸脯一样拍了拍爱丽丝的胸脯。

爱丽丝的眉头皱得更紧了，“女孩？”

“对！对！你是一个女孩。”她又拍了拍爱丽丝的胸脯，问道：“你是谁？茱莉亚——我。你呢？”

“女孩。”她又说道，皱着的眉头变得阴沉。

“你知道你的名字吗，小家伙？”

这次完全没有回答了。爱丽丝又皱着眉头等了很长时间，然后又用她的拳头砰砰地捶门。

茱莉亚看着，忍不住大笑起来，“你可能没有太多词汇，孩子。但你知道你想要的是什么，而且你学得很快。好的，让我们到外面去吧。”

早上那干净清爽、万里无云的天气，到了下午已经慢慢变得黯淡无光了。层层浓厚的乌云簇拥堆积着，看起来就像是天空中堆了一大片钢丝球。在这寒冷的秋日里，把麦克斯吸引到这深山里来的灰蒙蒙的太阳，现在已经几乎完全消失了。之前，还不时会有一道道光线穿过云层，但在过去的一个小时里，这样的黄金时刻也变得很少见了。

很快就会下雨了。

麦克斯知道他得尽快，但是从岩面上爬下来有点费时间。那是他喜欢登山的原因之一：你无法掌控。

他到了一个速降点。在他下面，有一块石头的边缘从悬崖上伸出来，大小跟小孩子的雪橇差不多。

他大汗淋漓，小心翼翼地侧身过去，伸脚试试这块突石是否牢固。很牢固，没有问题。他继续一手一脚、稳稳当当地往左下方爬了下来。就快到底了。对登山者来说，现在是危险的时刻——天快黑的时候。你的思维很容易就会走神，会想着尽快去补给，尽快出去，去见——

茱莉亚。

他甩了甩头，清理了一下自己的思绪。汗水模糊了他的视线。有一阵，那块花岗石看起来好像是一块平板。他擦了擦眼睛，眨眨眼，重新看清了那些岩层、突石和苔藓。

一滴雨重重地打到他的额头上，打得他一缩。片刻间，天空裂开了，雨落了下来。雷声咆哮着越过了崇山峻岭，倾盆大雨捶打在他的身上。

他站在一块突石上停下来往下打量着，现在离地面已经不到四十英尺了。这最后的距离，他不想用绳子速降下去，那会让他费时间来安装设备做准备——现在又处在了一场该死的暴风雨里，风吹乱了树木，抓挠着他的脸。

他慢慢向下，把自己悬挂在那块突石上。

然后，他立刻就知道了，这是个错误。那块石头咔咔响着滑开了，开始转动。碎石和湿泥沙滚落下来，打在他脸上，让他睁不开眼睛。

他要掉下去了。

他本能地往后弹开，尽力躲开他身下那些突出的石头和大卵石。

然后，他就没有了任何悬挂，飘在空中，猛落下去。一块石头砸在他的颧骨上，另一块砸在他的大腿上。那块他之前站着的巨石贴着他的身体落下，和他一起落在了地上。那感觉就像是有人用铲子砸在他的胸膛上。

他头昏眼花地躺在那里，感觉到雨水在打着他的脸，变成一条小溪流进他的喉咙。

最后，他在泥泞的地上扶着石头、匍匐着爬了起来。没有骨折，没有非常严重的伤口。

运气不错。

可问题是，他并没觉得有多幸运。站在那块差点砸死他的巨石旁，抬头看着凸现在那悬崖面上坚硬的岩石，他意识到了些别的东西。

他没有强烈地活着的感觉，不想为自己的胜利放声大笑。

他感到了……愚蠢。

他拾起他的装备，重新打包好他的背包，沿着悠长蜿蜒的小路走到了他停车的地方。

在山上走着的时候，以及开车回家的路上，他尽力让自己的脑子保持一片空白；失败后，他又尽力回想自己的这次侥幸，享受一下这虚惊。两种尝试都失败了。

他满脑子能想到的都是茱莉亚，她在浴缸里的样子，她亲起来的味道，她说“要么没有，要么全部”的时候的声音，还有那句话带给他的感觉。

难怪他今天爬山的时候，找不到以往那种肾上腺素飙升的感觉了。

真正的危险，在另一个方向——

要么没有，要么全部。

18 chapter 魔法时刻

18 *chapter*

自从我带爱丽丝看了一眼外面的世界后，这两周来，她已经变成了另一个孩子。一切事物都会让她着迷。她不停地抓着我的手，把我拉到这里那里去，然后指着一个东西问："什么?"我教给她的每一个词语，她都能牢牢记住，轻松和主动得让我吃惊。我只能假设，她对交流的渴求现在之所以这样坚定，是因为之前这样的渴求曾被人阻挠。她已经进入了这个新的世界，现在，她似乎正在渴望成为这个世界的一部分。

还有，她正在慢慢开始探索自己的情绪。以前，当她还不会用语言表达时，她的愤怒大多是针对自己的。现在，偶尔的时候，她能适当地表达自己的愤怒。昨天，当我告诉她该睡觉的时候，她打了我。她的社会接受性的到来会晚一些。现在，我很高兴看到她生气。

她的个人物品拥有感也在发展中，这是在自我意识的道路上迈出的一步。她在收集所有红色的东西，还有一个专门的地方来放有关"她"的书。

她仍然没有说出自己叫什么名字，也没有接受"爱丽丝"这个名字。这需要做更多的工作。名字是自我意识发展的一部分。

我对她过去的生活状况仍然不是太了解。显然，直到她可以做更充分地沟通以前，对她的记忆我们很难会有发现，但我有耐心。现在，我是她的老师。这是一件可以取得超高回报的事情。

茱莉亚画掉了最后那两个过于情感化的句子，然后放下了笔。

爱丽丝在桌子边，"读"着一本插图版的《棉绒兔》。她一动不动地待了将近一个小时了，看起来已经入了迷。

茱莉亚拿开她的笔记本，走到桌子旁。她在爱丽丝旁边坐了下来。爱丽丝立即用一只手拿起茱莉亚的手，用力捏着，另一只手指着那本书，开始哼哼。

“说话，爱丽丝。”

“读。”

“读什么？”

“需（书）。”

“谁想让我读？”

爱丽丝紧皱着眉头答道：“女孩？”

“爱丽丝。”茱莉亚轻轻说道。前两个星期，她花了许多时间，试图让爱丽丝说出她的真实姓名。然而，随着时间的推移，以及反映女孩先天智力的例证的逐步展示，茱莉亚越来越确定，无论这个女孩到底是谁，她都不记得——或者是从来就不知道——她自己的真实姓名是什么。无论什么时候，茱莉亚一想到这个，都有种被摧毁了的感觉。它意味着，至少在成长期，在大约一岁半到两岁之后，没有人叫过这个孩子名字。

“爱丽丝，”她轻轻地说，“是爱丽丝想让茱莉亚读这本书吗？”

爱丽丝用手掌拍着书，点头微笑着说：“读。女孩。”

“我跟你怎么说来着：如果你玩几分钟积木，我就给你读。好吗？”

爱丽丝做了一个失望的表情。

“我知道了。”茱莉亚微笑着弯腰拿出她那盒积木。她把它们放在桌子上仔细排列。那是些大塑料块，一面是数字，另一面是字母。她经常用这些来教爱丽丝学字母，但今天她会教她学数字——“把上面有数字‘1’的积木拿出来，‘1’。”

爱丽丝立即抓住那个红色的积木，拿向身边。

“很好，女孩。现在是数字‘4’。”

她们一直在那里数数，数了将近一个小时。爱丽丝的进步简直令人惊奇。在不到两个星期内，她已经记得了1到15的所有数字，很少犯错误。

但到了大约三点的时候，她变得暴躁又疲惫。现在是接近午休的时间了。她又打了那本书，“读。”

“好的，好的。”茱莉亚靠过去，把爱丽丝拉到自己的膝盖上，紧紧地抱着她，从她脸上把那如丝般柔滑的黑头发拨开。最后，爱丽丝把大拇指放在嘴里吸吮着，等着。

茱莉亚开始读书。她才刚读完第一段，爱丽丝就紧张地低吼了一声。

片刻之后，有人敲门。

爱丽丝又咆哮起来，然后止住了，好像是想起来了，这是个需要说话的世界似的。

“害怕。”她喃喃说道。

“我知道，亲爱的。”

艾莉打开门，走进房间。

爱丽丝发出一个哽咽着的声音，从茱莉亚的膝盖上滑下来，跑向她那盆栽植物后面的藏身之地。

艾莉叹了口气，“她会不再害怕我吗？”

茱莉亚笑了，“给她点时间。”

艾莉环视了一下房间，“她怎么样？”

“她跟那些正在长大的小孩子一样，正在学着说话、观察人的表情和身体语言，然后把这些结合起来。”

“我该怎么跟她说对不起，让她明白我网住了她是为她好？”

“她还不能理解这样复杂的意思。”

“三十九岁了，我还不能让一个小女孩喜欢我。难怪我生不出孩子来。上帝都知道，我没有做母亲的潜质。”

茱莉亚感到她姐姐的话说得很痛心，“你不是不能生孩子。”

“就算我不是，也没办法了。我的卵子比烧烤架上的鱼还干得快。”

茱莉亚到她姐姐身边轻轻说道：“这大约是第五次，你跟我说你想要孩子了。”

“这种想法，总是会在最奇怪的时候跑出来。”

“梦想就是这样的，你无法让它们一直隐藏。我给你说怎么着，艾莉。你为什么不尝试着和爱丽丝产生沟通呢？我来教你怎么做。”

艾莉可怜地叹了口气，“是啊，对的。我就连让我的狗跟着走都做不到。”

“爱丽丝会给你一个机会，你只需要花点时间陪她。”

“她都无法忍受和我待在同一间屋里。”

“再努力试试。今晚，晚饭后你来给她读一段故事。我会去楼下，让你们两个单独在一起。”

艾莉似乎在考虑这个想法，“她会待在那片假森林里。”

“那就明晚再试。迟早，她都会给你个机会的。”

“你真的这么想？”

“我知道行的。”

艾莉似乎考虑了一下。“好的，我会试一下。”她看着茱莉亚说道，“谢谢。”

茱莉亚点点头。

艾莉开始往外走。在门口，她停下来转过身说道：“我差点忘了我为什么会到这里来了。星期四是感恩节，你会做饭吗？”

“会做沙拉。你呢？”

“只会做与奶酪相关的菜，奶油通心粉稍好点。”

“我们两个真惨。”

“是啊。”

茱莉亚说：“我们可以试试妈妈以前的菜谱，今天我就去订只火鸡，然后买些东西。能有多难呢？”

“就像以前和爸爸妈妈在一起的时候一样，我们可以邀请些人来。”

“卡尔一家吗？”茱莉亚说。

“当然。还有别的你想请的人吗？”

茱莉亚看向了别处，“麦克斯如何？他在这里也没有家人在一起。”

艾莉的眼光变得像一束激光似的。“对，”她慢慢说道，“他是没有。”

“那么……我会给他打电话。”

“你在玩火，小妹妹，很容易被烧着的。”

“只是请他来吃晚餐而已。”

“对，好吧。”

“你看到过妈妈做调味料的时候放了多少黄油吗？这样肯定不对。”

艾莉都懒得回答她妹妹。她正面临着自己的问题——这只火鸡身上的某部分，即那包杂碎，她既不想吃，很显然，也不想煮（她们是见鬼了还是怎么的，怎么会想着去买一只二十磅重的火鸡？这样，她们会直到大斋节都在吃火鸡）。“你觉得那个杂碎包在煮的过程中会自己溶解吗？如果我的胳膊再在这火鸡屁股上伸远点，我就会看见自己的手指了。”她没好气地说道。

茱莉亚皱着眉，低头看着自己手上的活儿，不自信地问：“你有家用电击器么？”

艾莉听完大笑起来。“啊哈！”一分钟后她叫道，找到了杂碎包，然后扯了出来。然后，她在火鸡上涂满了黄油（多得让茱莉亚觉得恐怖），放到了她们的奶奶留下的烤盘上。“你会在火鸡里面放点调味料吗？”她征询着茱莉亚的意见。

“我想，得放点。”

把火鸡放进烤箱后，艾莉环顾着厨房四周，“接下来干什么？”

茱莉亚撩开眼前的头发，叹了口气。现在才早上九点钟，茱莉亚就已经精疲力竭了，“我想，我们可以开始做薇薇安阿姨做过的那道四季豆的菜了。”

“我一直讨厌那道菜。四季豆和蘑菇汤？为什么不做个沙拉就算了？冰箱里有个袋装的。”

“你是个天才。”

“我已经跟你说过很多年了。”

“我要开始做土豆了。”茱莉亚向门廊走去。当她打开门后，冷空气席卷而入，和从壁炉熊熊燃烧的火焰传来的热空气一起，形成了一个完美的温暖与清爽的混合体。她在最上面那一级台阶上坐了下来。一口袋土豆放在她脚边的地板上，还有一个削皮刀。

艾莉倒了两杯含羞草鸡尾酒，跟着她妹妹到了外面门廊上，“给，我想我们需要点酒精。去年在波特兰的一次晚餐聚会上，女主人给大家吃了野生蘑菇，把她所有的客人都毒死了。”

“别担心，我是个医生。”

艾莉大笑着递给她一个杯子，坐了下来。

她们一起盯着后院。

爱丽丝穿着一件漂亮的小礼服和粉色丝袜，坐在一张羊毛毯上。她身边全是鸟儿，主要是乌鸦和知更鸟，正在争先恐后地抢着从她手里吃东西。她旁边有一袋过期了的薯片，让她有了不计其数喂鸟的碎屑。

“你为什么不给她一杯果汁什么的呢？她和她的鸟儿们在一起的时候真平静，这是个和她亲近的好时机。”

“她看起来像希区柯克的电影似的。要是鸟儿们把我的眼睛啄出来了，怎么办？”

茱莉亚大笑，“当你到那里去了后，它们会飞走的。”

“但是……”

茱莉亚碰了一下艾莉的胳膊，“她只是一个从地狱里走了一遭的小女孩，别在她身上加上些其他的想法。”

“她会从我身边跑开。”

“那你就再试一次。”茱莉亚伸手到她的围裙口袋里，掏出一个红色的塑料杯，“给她这个。”

“她仍然迷恋着红色？”

“对。”

“你认为那是什么原因？”

“还不知道。”茱莉亚站了起来，“我去摆桌子，你会没事的。”

“好的。”当艾莉走下台阶、穿过草地的时候，能感觉到茱莉亚注视在她背上的目光。

她背后的纱窗门吱呀着打开，又砰地关上。随着这个声音，鸟儿们呱呱叫着飞走了。一时之间飞起来的鸟儿们太多了，在那灰色的天空中分外醒目。

艾莉踩断了脚下的一根树枝。

爱丽丝跳了起来，转过身来。她仍然蜷缩着。尽管她身后就是敞开着的整个院子，她看起来也像是被逼上了绝路、走投无路似的。女孩害怕得睁圆了眼睛，这让艾莉有种极度不舒服的感觉。

她还不习惯为爱而战，在她的生活中，人们都喜欢她。

“嘿，”艾莉站着一动不动说道，“没有网，不打针。”她摊开双手、掌心向上来证明这一点——在她张开的手里，那个红色的杯子鲜艳夺目。

爱丽丝看见了，皱起了眉头。大约一分钟后，她指了一下，哼了一声。

艾莉感觉到她们之间有一种走向亲近的可能，这种神奇的可能性正在展开。这是有史以来第一次，爱丽丝没有看到她就跑开。“说话，爱丽丝。”茱莉亚总是说着这句话。

由于爱丽丝一直沉默着，艾莉又尝试了另外一种策略：她开始唱歌。开始的时候声音很小，但当爱丽丝皱着的眉头舒展开来，露出了感兴趣的表情后，艾莉提高了一点音量。她一首接一首地唱着小孩子们喜欢的歌，而爱丽丝一直站着一动不动，仿佛可以这样站到永远。当她唱到“一闪一闪小星星”的时候，爱丽丝的行为举止产生了变化，就好像是被催眠了还是什么似的，她的嘴唇开始弯曲，近乎微笑起来。

“星星……”爱丽丝随着歌曲的节奏轻轻哼道。

艾莉用自己的意志力压制住了粲然而笑的冲动。唱完歌后，她弯腰把杯子递给了爱丽丝。

爱丽丝接过杯子，把杯子贴到自己脸颊上，然后满怀期待地看着艾莉。

现在又该怎么办？艾莉的大脑里一片茫然。

“星星。”

“你想让我继续唱歌?”

“星星，请……”

艾莉继续唱那首歌。当她唱到第三遍的时候，爱丽丝小心地走向了她。

小女孩坐在了离艾莉不远的草地上。

艾莉的感觉就像是打出了一个一击全中的保龄球一般，她想欢呼着与人击掌庆祝。然而，她继续唱着歌。

茱莉亚也在什么时候走了过来，加入了她们。在十一月灰白的天空下，她们三个坐在草地上，唱着她们童年的歌谣。屋里的感恩节火鸡，已经烤好了。

麦克斯半小时前就该离开家了。然而，他却给自己倒了杯啤酒、打开了电视。

他在害怕再次见到茱莉亚——“要么没有，要么全部。”

“去她那里，麦克斯。”——他的脑子里响起了苏珊的声音，正在温柔地劝告着他。如果她在这里，在他身边，她就会给他露出一个弯弯的微笑，意味着“我知道你的”的那种笑容。她懂他的寂寞。无论他怎么逃离，都会有某些时刻让他无所遁形——假期。他拿起电话，拨通了一个加州的号码。

电话铃刚响起第一声，苏珊就接了起来，他都想知道她是不是正在等他的电话。

“嘿。”他说。

“嘿，感恩节快乐。”

“你也是。”

他等着她再说点什么。电话线上透着的沉寂，让他回想起了他们曾经可以聊得多么自在。

“今天不怎么顺，是吗?”她温柔的声音里充斥着悲伤。他听到了电话背后她那边有人在说话，是一个男人和一个小孩的声音。

“我被邀请去参加感恩节晚宴。”

“那太好了。你会去吗?”

他听到了她声音里的怀疑。

“我会去。”

“很好。”

他们又聊了几分钟，都是一些无关紧要的小事情。然后，对话又不知不觉地停顿了下来。最后，苏珊说道："我得回去了，我们来了客人。"

"好的。"

"照顾好你自己。"

"你也是，"他说，"替我向你的家人问好。"

"我会的。"她停顿了一下，压低了声音，"让它去吧，麦克斯。已经过去那么久了。"

她把话说得听起来好像很轻松，但他们两个都知道其实没那么容易。

"我不知道怎么才能做到，苏茜。"

"所以，你就继续拿你的生命去冒险？为什么你不试着抓住个真正的机会呢，麦克斯？"她叹了口气，陷入了沉默。

"也许，我会的。"他轻轻说道。

最后，跟往常一样，是麦克斯先挂的电话。

他坐在那里，低头盯着他的手表。时间一分一秒地过去了。

是时候了，他没有理由躲在这里担心，而且，他心里的真实想法是：他想去。他已经有太久没享受过假期了。

如果沿着河边，像只乌鸦那样飞过去的话，他们两所房子之间的距离还不到一英里。然而乌鸦的飞行轨迹，远高过那茂密的树林。在这条老公路上和外面的大河路上，走得就要慢得多。下了一个星期的雨，路上有许多被水淹没着的巨大坑洞。

他在离那所房子很远的地方把车停下，关了灯熄了火。从后座上拿起那个盒子后，他用屁股把车门关上，向房子走去。这是一个漂亮的小农舍，有一个环绕着房子的门廊，坐落在一块缓缓绵延到河边的草地上。房子旁边有一整块地方是一个老旧的玫瑰花园，那些玫瑰根茎茂密。现在已经没有开着的花了，只剩下黑色的刺条和发黑的叶子。一片大树林守护在房子的西边，树冠直指到天鹅绒般柔和的空中。

如果苏珊在这里，她会爱上这所房子的。她会跑着穿过院子，指着那些只有她才能看到的地方：这里会是果园……秋千放在那里……他们曾花了两年时间来寻找他们梦想中的房子。为什么在他们看过的那些房子里，就从来没见到过一个，正是他们苦苦寻觅的那个样子的呢？

他穿过院子，慢慢地走上台阶。当他走近前门后，他听到了音乐声。那是约翰·丹佛的歌声——《高高的落基山》，……回到家乡，那是一个他从未去过的地方。

他能透过前门上那椭圆形的刻花玻璃看见她们。

茱莉亚和艾莉正在一起跳舞，互相用屁股撞击着对方，东倒西歪地大笑着。爱丽丝站在壁炉旁，瞪大双眼，目不转睛地盯着她们，吃着一朵花，不时地，脸上会露出似乎很吃惊的笑容。

他听到身后有一辆车开了过来，熄了火，车门砰砰地开了又关上。碎石路上传来嘎吱嘎吱的脚步声，伴随着孩子们尖声尖气聊天的声音。

“医生！”

这是卡尔在叫他的声音。

他还没来得及转身回答，前门开了，艾莉站在那里，盯着他——以那种警察盯着犯人看的目光。

“我很高兴你能来。”她往后退着说道，让他进来。她穿着一条祖母绿天鹅绒裤子和一件闪闪发光的黑色毛衣，浑身上下都在透露着小镇选美皇后的气息。

他交给她一瓶他带来的酒，“谢谢你们对我的邀请。”

随着他的说话声，他看到茱莉亚抬头看了过来。她在客厅里，跪在爱丽丝旁边。

一看到她，他的心里微微一动。

艾莉抓着他的胳膊，把他拉到茱莉亚面前，“看看谁来了，小妹妹。”然后她就走开了。

他低头盯着茱莉亚，想知道她此刻是否会像他一样呼吸不过来。

她慢慢地站了起来，“感恩节快乐，麦克斯。很高兴你能来。我已经很多年没有真正在家里庆祝过节日了。”

“我也一样。”

他发现她对他的坦白比较认可，这句话以某种方式引起了他们的共鸣。“那么，”他迅速说道，“我们的小野人怎样？”

茱莉亚接过话题，开始滔滔不绝、长篇大论地讲起了她们的治疗情况。在她说着话的时候，她常常面带微笑低头看着爱丽丝。她的爱意是如此明显，这让他也微笑了起来。他感到自己被她的热忱和关爱吸引住了，然后他想起了那句话：要么没有，要么全部。

现在他正在看着的这个人，就是“全部”。

“麦克斯？”她皱着眉头看着他，“我要把你说晕了，是吗？抱歉。有时候我就是不能自制。我不会……”

他摸了一下她的胳膊，马上意识到这是个错误，又猛地缩了回来。但这就像是摸了一下电灯插座似的，已经太晚了。

她抬头盯着他。

他低头盯着她，“我一直在想你。”他忍不住冲口而出说出了这句话。

“是啊，”她说，“我明白你的意思。”

麦克斯不知道接下来该说什么，所以什么也没说。最终，当他们之间的沉默变得有点让人不舒服的时候，他找了点蹩脚的借口，走到了厨房的临时酒吧里。

接下来的一个小时里，他尽力不去看茱莉亚。他跟卡尔、艾莉和卡尔的女儿们一起哈哈大笑，到厨房去帮忙。

在差几分到四点钟的时候，艾莉宣布“不怎么样”的晚餐准备好了。所有人像一群蚂蚁般匆匆围了上去，从洗手间进进出出地去洗手，簇拥到小小的厨房里，去帮忙端着菜。

自始至终，爱丽丝都躲在客厅里的一棵无花果树盆栽后面，而茱莉亚一直跪在她身旁。这孩子明显很害怕。茱莉亚把这一切改变了的时候，所有人简直就是见证了神奇的魔法。大家都在椭圆形的橡木桌子旁坐好后，茱莉亚终于把爱丽丝带到了桌子旁，让她坐到了茱莉亚和卡尔之间的儿童座椅上。

麦克斯坐到了剩下的唯一空位上，在茱莉亚旁边。

艾莉坐在桌子上首，目光越过这片食物的海洋看着大家，发言道：“我很高兴你们大家都来到这里，上次在这个桌子上举行感恩节晚宴，已经是很久以前的事了。现在，我要遵循盖茨家的老传统。请大家手牵着手，好吗?”

麦克斯伸出右手，把阿曼达的手握在他手里。然后伸出左手，摸到了茱莉亚的手。他没有看她。

当他们所有人都牵起手后，艾莉对卡尔笑了笑，“你来为我们开始吧!”

卡尔看起来思考了一会儿，然后微笑着说道：“我很感谢我美丽的女儿们，能回到这座房子里来过感恩节。我敢肯定，此刻莉莎一定非常想念我们大家。没有什么比在假期的时候还得出差更惨了。”

接下来是他的三个女儿：

“我要感谢我的爸爸……”

“……我的小狗……”

“我漂亮的新靴子。”

接下来是艾莉，她皱起了眉头，只持续了一瞬间，但麦克斯注意到了，

“我要感谢我的妹妹回到了家里。”

茱莉亚笑了，“我要感谢这里的小爱丽丝，她给了我很多。”她侧过身去吻了爱丽丝的脸颊。

麦克斯满脑子想的都是茱莉亚的手是多么温暖，握着她的手是多么的踏实。

“麦克斯?”最后艾莉说道。

他们都在看着他，等着他说话。他看着茱莉亚说：“我很感激能来到这里。”

19 chapter 魔法时刻

19 chapter

冬天如同一群贪婪的亲戚似的来到了雨林里，占据了每一寸土地，遮住了阳光。在一年中这个黑暗的季节里，雨也变得认真起来，从令人欣慰的雾变成了连绵不绝的绵绵细雨。

在这黑暗的天气里，爱丽丝“开花”了，除此之外，没有别的词可以形容。在这座越来越让人觉得像家的房子里，她就像一朵娇嫩的兰花绽放在围墙内。她不顾一切而又不知疲倦地追寻着语言。现在，她经常能把两个词语连在一起说，有时候是三个。她知道如何把她的想法和需求，传达给这两个已经成为她世界的一部分的女人。

爱丽丝的变化是引人注目的，但或许茱莉亚的变化更是令人惊奇。艾莉不完全肯定茱莉亚是否真的变了，还是只是自己现在才真正认识到了自己的妹妹。她所能确定的只是，茱莉亚更温柔了，更容易笑了，笑得更多了；她会在晚餐的时候开很过分的玩笑，动不动就和她们一起跳舞；她停止了每天的晨跑，原本过于瘦弱的身体也变得丰腴起来。最重要的是，她重新找回了自信。对爱丽丝所取得的成绩，她非常骄傲。她们两个仍然时时刻刻待在一起——做着手工，一起学着字母和数字，在树林里走得很远地散着步。她们两个是如此的亲密，几乎就是心灵相通。爱丽丝仍然像个影子似的跟着茱莉亚，通常，她会放一只手在茱莉亚的口袋里或是腰带上。但越来越多地，爱丽丝也会冒险去走一小段自己的路。有时候，她也会来到“莱（艾）莉”身边，向她炫耀一些她自己做的或是发现的小饰品。几乎每天晚上，当茱莉亚在做笔记的时候，艾莉都会给她读睡前故事。最近，在讲故事的时候，爱丽丝开始蜷缩着靠着艾莉；有时候在一些非常开心的夜晚，她还会拍着艾莉的腿说：“再读，莱莉，再读！”

这一切都让艾莉开心无比。这就是妈妈和爸爸曾一直梦想着的女儿们的未来，那种如此亲密的感情，最终又回到了大河路上的这座房子里，没有比这更好的了。

这件事让艾莉开心。

但另一件事，就不了。

对艾莉而言，不开心是暗淡而少见的，就像丛林深处的蜘蛛网似的。除非是她自寻烦恼，或者是迷失了道路，否则她是不会不开心的。但她们三个之间新近的这种温柔亲密的关系，有时候会让艾莉想起自己生活中孤独的一面。像她这样一个经常会坠入爱河的女人，没有想到过，自己在接近四十岁了，还会孤身一人。即使她在替茱莉亚感到高兴，但有时候她看着她妹妹和爱丽丝越来越亲密的时候，她也会觉得伤感。无论茱莉亚知道与否，或是承认与否，她都正在变成爱丽丝的母亲。总有一天，她们会离开这座房子，找到自己的家，然后艾莉就会跟过去一样孤单。现在之所以还不是这样，只是因为她和她们一起拥有了一个家。她不想回到她以前的生活中去，那时候她生活的主体，只有工作、朋友和坠入爱河的梦想。她不知道以后如果只有这些，对她来说是否依然足够。现在，她住着的这座房子里，会有一个小孩子玩着游戏，跟着你到处跑，吻你跟你说晚安；如果她又一个人独自生活的话，还会觉得没问题吗？

“你看起来不太好。”卡尔说着从房间对面走了过来。

“是吗？嗯，你看起来很丑。”

卡尔笑了。他摘掉耳机，放下铅笔，走出了他们的办公室。过了一会儿，他端着两杯咖啡回来了。“也许，你需要一点咖啡因。”他把杯子递给了她。

她抬头看着他，想着为什么她找不到像他那么迷人的男人呢？那种信守承诺、抚育着孩子、守护着爱情的男人。唉……可她总是不由自主地被各种各样的“问题男人”迷得神魂颠倒——那种头发留得太长、无法从事固定工作，一瞬间就忘了自己的承诺的男人。

“我需要的，是一种新的生活。”

他从他的桌子旁拉过一张椅子，放到了她旁边，柔声道：“我们已经快到那个年纪了。”

“以前我跟你说这样的事情的时候，你总是说我疯了。”

他向后靠着坐在椅子上，把脚放在她的书桌上。她不禁注意到，他穿着的网球鞋那白色的橡胶鞋底上涂满了紫色的墨水。有人在上面写着他最小的女儿的名字，周围环绕着粉红色的心形和星星图案。

这个小发现让她的心一抽，“看起来是有人想装饰一下她爸爸的鞋。”

“莎拉觉得我的鞋太土了。我真不该给她一套马克笔。”

“有那些女儿你很幸运，卡尔。”她叹了口气，“我一直觉得我得有三个女儿。在我两次结婚后，我都立即停用避孕药，然后开始祈祷。”她努力微笑着说，“结果，最后我得到的都是离婚律师，而不是孩子。”

“你是三十九岁，艾莉，不是四十九岁。你还有机会。”

“感觉上好像是那样，是吧？”

他咕噜噜转了一下眼睛，“啊，我的天啊，艾莉。老是说着同样的话题，你不觉得累么？”

“你什么意思？”她坐直了。听起来他对她很生气。这没什么道理，她可是一直都能依赖卡尔的啊。

“我们都快四十岁了，但你的行为举止就好像你还是当年的‘返校节女王’一样，还在等着橄榄球队长对你一见钟情。这样是不行的。你的那些爱情把你像烂玩具似的撕开，把里面的东西掏出来又一古脑儿塞回去，满是破碎和伤痕。现在不是说爱的激情的时候了，现在是该安定的时候了。信守自己的承诺，努力让爱更加茁壮。你从来没明白过这一点。”

“你是站着说话不腰疼，卡尔。你有一个好妻子，还有一群孩子，她们都爱你。莉莎……”

“离开我了。”

“什么？”

“八月的时候，”他平静地说道，“我们尝试过在一个房子里分居——为了孩子们。但她们都太聪明了，马上就明白了一切。尤其是阿曼达，她就跟茱莉亚在她那个年龄的时候一样。她看到了一切，也不害怕面对那样重大的事情。在情人节那天前，莉莎就已经搬出了我们的卧室；就在新学期开始前，她搬离了这个家。”

“孩子们呢？”艾莉几乎问不出这个问题。

“她们跟我，莉莎的工作太忙了。时不时地，她感到寂寞了，又想起来自己是个当妈妈的了，就会打来电话，或是过来一下。现在，她又处于热恋中了。除了离婚协议之外，我们已经几个星期没有她的消息了。她想让我把房子卖了，把钱分给她。”

“我不敢相信！你从没告诉过我这件事！我们每天都在一起上班，每一天！”

他奇怪地看着她，“你上次问我过得怎么样，是什么时候的事情，艾莉？”

这话让她感到刺痛，“我一直有问你过得怎么样啊。”

“你会给我五秒钟的时间来回答，然后就干更有趣的事情去了。通常，都是关于你自己的生活。”他叹了口气，伸出一只手抓着头发，“我不是在评判你，艾莉，只是想告诉你事实。”

卡尔的眼神里充满了遗憾，也或许是失望。他慢慢站了起来，有些沮丧地说：“算了，我不该说这些。你只是……赶上我心情不好的时候了，我的情绪有点低落。我猜我只是想要一个朋友来跟我说，一切都会好的。”他向门边走去，从衣架上取下他的外套，“明天见。”

她仍然待在那里，站在办公室中间，盯着那关着的门。卡尔的那些话让她深受冲击。

“莉莎离开我了。”

“我不敢相信，你没有告诉我。”

——他们刚才的对话萦绕在她脑中。

她自己的事情已经没什么了。卡尔向她分享了他的痛苦，而且是一个非常严重的痛苦——她太清楚了，但她没有说任何话去安慰他，什么忙也帮不上。

“我只是想要一个朋友来跟我说，一切都会好的。”——卡尔的话又在她耳边响起。

连这个她都没做到。

多年来，人们有少许关于她自私的评论。艾莉总是用一个动人的微笑就把他们打发了。她坚定地认为，这不是真的——这么说的人要么是嫉妒她，要么就不是她的朋友。

“你跟我一样，艾莉，”她爸爸曾有一次对她说过，“是一个舞台中央的演员。如果你再结婚的话，你最好去找那些不介意你总是成为焦点的人。”

当他说这话时，艾莉把这当成了赞美。她喜欢她爸爸觉得她是个明星的想法。

现在，她明白了他的话的另一种含义；一旦她明白后，她就在问自己：这是真的吗？她被那些记忆的时刻，以及各种问题和质疑，轰炸得体无完肤。

两次失败的婚姻。两次都破裂了的原因，她曾以为，都是因为她的丈夫不够爱她。

是因为她想要的或是需要的爱，太多了吗？她回报过同等的爱了吗？答案明显是“没有”。她爱过她的丈夫们，喜欢他们。但是，还没有多到可以让她跟埃尔文去阿拉斯加……或者是用她在警队挣到的钱，来供塞缪在卡车司机学校完成学业。

难怪她的婚姻都失败了。一直以来都是：要么听她的，要么滚蛋；然后一个接一个的，和她结过婚的那些男人，以及她爱过的那些男人，都选择了滚蛋。

这些年来，她都会叫他们失败者。

或许一直以来，她自己才是失败者。

当梅尔来上夜班的时候，艾莉对他点点头，刻意问了一下他的家庭状况，然后跑出去，上了她的车。

从她离开警局后到她把车停到卡尔家门口，花了不到三十分钟。她把车停在了一棵光秃秃的大枫树下。一个漂亮的小鸟笼挂在最下面的树枝上，在秋日的微风中轻轻摆动。卡尔家粗糙的雪松木屋顶上落着些最后的枯黄树叶。

艾莉走到前门，敲了敲门。

卡尔开了门。他那张以前总是充满着微笑的、年轻的脸，现在看起来老了、憔悴了。她不知道他这副模样已经有多久了，她之前总是没注意到。

“我真是个烂人，”她痛苦地说道，“你能原谅我吗？”

他的一个嘴角抽动了一下，微微一笑，“女王也会道歉，还真是少见。”

“我不是女王。”

“对。你是个烂人。”他的微笑舒展开来，眼里弥漫着笑意，“是因为你的美貌。像你这样的女人，习惯了成为众人关注的焦点。”

她向他走过去，“我是个烂人，一个很抱歉的烂人。”

他看着她，“谢谢。”

“会好起来的，卡尔。”她说道，希望说得晚了总比不说好。

“你真这么想吗？”

她觉得自己像是被淹没在了他眼里的悲伤之中一样，手足无措，她几乎都不知道该说什么了。“莉莎是爱你的，”最后她说道，“她会明白这个，然后回到你身边的。”

“我也这么想了很久了，艾莉。花生也一直这么跟我说。但现在，我都不确定那究竟是不是我想要的了。”

艾莉的第一反应是：花生知道这事？但她不会又来纠结这样的事情，现在不是来关注她的自尊是否受到伤害的时候了。她让卡尔坐在沙发上，然后坐到了他旁边，问道："你想要什么？"

"不要总是那么孤单。别误会我，我爱我的女儿们，她们就是我的生命。但是深夜躺在床上的时候，我想要有个人，我能抱着她、她也抱着我。莉莎和我已经好几年都不盖一床被子了。以前我还在想，她如果走了，我还会没那么寂寞；或者至少，不会有什么不一样。但是，的确还是不一样。"他看着她，在那双她如此熟悉的眼睛里，她看到了新的悲伤。"有一个睡在房间另一头的床上的妻子，又怎么会比没有妻子好多少？"他嘲讽地说道。

近年来冬天的寒夜里，艾莉也是在类似于此的孤独中入睡；已经那么多年了，多得艾莉都不想去数了。"我知道的。"她说。

"现在感觉好些了吗？"

她叹了口气。他们的对话又回到了原点，"感谢你的孩子们吧，卡尔。至少她们还一直在爱着你。"

麦克斯六点钟的时候完成了他的工作。六点半的时候，他就会做完记录，然后下班。

当他只差几步就要出门的时候，他收到了传呼：

"赛内森医生，请尽快到二号手术室。"

"糟糕。"

他跑向二号手术室。

在那里，他见到了他的病人克蕾丝特·布雷纳德，她正穿着病号服、躺在床上对着她的丈夫高声尖叫；她的丈夫站在角落里，就像一个迟到的孩子一样，看起来很害怕。克蕾丝特挺着巨大的肚子，她按着肚子，大口大口地喘着气，直到宫缩结束。

特鲁迪在她旁边，握着她的手。麦克斯进来后，她笑了一下。

"好了，克蕾丝特，我想我告诉过你，周五的晚上我不上班的。"他一边说一边戴着手术手套。

克蕾丝特虚弱而疲惫地笑了，"你跟她说啊。"她揉了揉她隆起的肚子。

"你可能现在就明白了，"特鲁迪说，"孩子们从来不会听你的话的。"

又一阵宫缩到来，疼得克蕾丝特尖叫起来。

"她会没事的吗？"她丈夫说着向他们走了一步。

麦克斯走到床尾说："让我们看看情况。"

"她的宫颈已经完全打开了。"特鲁迪说着走到他身旁，在他手指处的手套上涂着润滑剂。

麦克斯的检查没花多长时间。他已经接生过很多婴儿了，他知道这个孩子很快就会生下来。他能感觉到婴儿的头开始在出来了。

“你准备好当妈妈了吗，克蕾丝特?”

又一阵宫缩，又一次尖叫。“准备好了。”她气喘吁吁地答道。

“孩子正在出来。”麦克斯对特鲁迪说道。

“好的，克蕾丝特，你可以开始用力了。”

克蕾丝特哼哼着、喘着粗气尖叫着。她的丈夫冲到她身边，“我在这里，克蕾西。”他抓住了她的手。

孩子的头出来了。

“再用一点力肩膀就出来了，克蕾丝特，然后你就完事了。”麦克斯说道。

他轻轻地把婴儿的头部压低，让上半身露出来，然后放松；婴儿滑了出来，落到了麦克斯手中。

“你生了一个漂亮的小姑娘。”他抬头说道。克雷丝特和她的丈夫都哭了起来。

“你想来剪脐带吗，爸爸?”麦克斯说。这些话无论他说过了多少次，都还会让他感动。

到他们结束的时候，他已经筋疲力尽了。他洗了一个长长的热水澡，穿好衣服走向护士站。

特鲁迪独自一人待在那里。见到他过来了，她从桌子后面绕出来，抬头对他微笑着说：“他们给孩子起名为‘麦克辛’。”

“好乖的孩子。”他说道，然后沉默了。

“你有段时间没去过我家了。”

要想改变这个话题是很容易的，但是他不能这样对待特鲁迪，“我想，我们需要聊聊。”

特鲁迪笑了起来，“你总是说，我们两个都不怎么擅长聊天。”她靠近了些，“让我猜猜：某个医生到本地警察局长的家里去参加了感恩节晚宴。因为我知道你对艾莉不感兴趣，所以一定是她妹妹，茱莉亚。”

他摇摇头，“我甚至都不知道，我跟她到底是怎么回事。我们是……”

“你不必跟我说的，麦克斯。”

“你知道，我不会伤害你的，因为这个世界……”

她碰了他一下，打断了他，“我为你高兴，真的。你已经孤单得太久了。”

“你是个好女人，特鲁迪·海托华。”

“你也是个好男人。现在别像个胆小鬼，请她出去约会。除非我想错了，现在是星期五晚上，我觉得一个医生不应该一个人去看电影。”

他躬身吻了吻她，“再见，特鲁迪。”

“再见，麦克斯。”

他爬进了他的卡车，往剧院开去。本来他没打算去找茱莉亚，但当他到了玉兰街后，他转向了左边而没有向右，然后沿着101号老公路开了过去。

在去她家的整个路途中，他都在骂自己是个疯子。

“要么没有，要么全部。”茱莉亚的话像个魔咒般在他脑海里盘旋。

他已经有过一次“全部”了，那一次几乎要了他的命。

他把车停在她的院子里，然后坐在那儿，透过挡风玻璃盯着房子。最终，他下了车，走到门口，开始敲门。

茱莉亚打开门。即使只是穿着一条褪色的牛仔裤，和一件大了两个码的白色针织衫，她看起来还是很漂亮。“麦克斯。”她说道，显然很吃惊。她慢慢向前，关上身后的门，站在了门口。

“你想去看电影吗？”

“白痴。”他暗暗骂了一声，觉得自己像是一个孤注一掷的少年。

她的回答是一个微笑，开始得很慢，然后就堆满了整张脸，“卡尔和艾莉在玩拼字游戏，所以，是的……我可以去看电影。演的是什么？”

“我不知道。”

她大笑起来，“这正是我最喜欢的。”

电影上映后才知道，是《江湖侠侣》[①]。在漆黑的电影院里，茱莉亚坐在麦克斯旁边，一直看着那对著名的银幕情侣。电影结束后，当她和麦克斯穿过玫瑰剧院那修缮一新的大厅的时候，茱莉亚有种总是在被人盯着的感觉。

“人们在议论我们。”她贴近麦克斯身边说道。

“欢迎来到雨谷镇。”他抓着她的胳膊把她带出剧院，穿过街道走到他停车的地方，“我该带你去吃点派的，但所有店都关门了。”

“你真喜欢吃派。”

他咧嘴笑了，“你还觉得你对我一无所知呢。”

① 《江湖侠侣》：根据海明威的原著小说改编的电影。

她转过身，抬头看着他，没有了笑容，“我知道的不多。”

他低头看着她，她期待他想出一些自作聪明的回答。相反，他吻了她。退回去后，他轻轻说道：“好了，你知道的。”

她没说什么。他打开了车门，然后她上了车。

在回到她家的整个途中，他们都在谈论着些无关紧要的事情。那部电影，今天晚上他接生的孩子，三文鱼数量的衰减和原始森林的减少，他回家过圣诞节的计划，等等。

在她家门口，她任他把她抱在了怀里。她觉得在他怀里的感觉真的很棒，多么舒服啊！这一次，当他低头吻她的时候，她迎了上去；吻完后，他退回去后，她还想要更多。第一次就这样了，她真正感到了害怕，“谢谢你请我看电影，麦克斯。”

他又吻了她，如此轻柔，她都来不及尝到他的味道，就结束了。“晚安，茱莉亚。”

到十二月下旬的时候，即将到来的假期成了每个人心里最重要的事情。扶轮社俱乐部挂起了街灯装饰品，麋鹿俱乐部也装点好了他们的给予树。镇上的每个角落都布置着树堆，本地的童子军们正挨家挨户地卖着包装纸。

今天的黎明，晴朗又明媚，冰蓝色的天空干净通透，万里无云。沿河两岸的地面很温暖，不像空中的空气那么冷清；一层粉红色的雾，从弯曲的海岸线弥漫到丛林的树枝下面，让远处的一切变成了一片未知的模糊。这样的景象，不由得让人觉得，在那一片迷蒙之中，有一个魔法世界；那里生活着在其他地方看不到的仙女、精灵，和一些其他地方没人见过的动物。

一如既往地，茱莉亚成天都待在爱丽丝身边。今天，她们已经在这个院子里待了很久。

茱莉亚正在尝试着，准备带爱丽丝进行下一个大的跨越：到镇上去。

这会很不容易。第一个障碍，就是坐车。

“镇上。”茱莉亚轻轻说着，低头看着爱丽丝，“还记得书上的图片吗？我希望我们去镇上，那里是人们住着的地方。”

爱丽丝瞪大了眼睛。“出去？”她低声说道，嘴角颤抖着。

“我会一直跟你在一起。”

她摇摇头。

茱莉亚小心地挣脱了爱丽丝紧紧抓着的手。非常小心地，她把爱丽丝的双手握在了手中。她想问问这个女孩，她是否信任茱莉亚，但“信任”这个词，对这样一个语言能力极其有限的孩子来说，是个太复杂了的概念。“我知道你很害怕，亲爱的。外面的世界很大，你曾见过最坏的那部分。”她抚摩着爱丽丝那柔软而温暖的脸，非常温柔地说道，“但你的未来不会永远像现在这样，只是躲在这里、跟我和艾莉待在一起。你得到外面的世界里去。”

“留下。”

茱莉亚正准备回答，但她第一个字都还没说出来，就被喇叭声打断了。

爱丽丝的脸上充满了喜悦，“莱莉！”她放开茱莉亚向前门边的窗口跑去。狗儿们急急忙忙不遗余力地跟着她，叫着、欢迎着。埃尔伍德把爱丽丝扑倒在地，爱丽丝倒在地上咯咯笑着，和埃尔伍德纠缠在了一起。杰克上去舔着她的脸，用腿轻轻扒拉着她。

前门打开了。艾莉咧嘴站在那儿笑着，然后把一棵圣诞树拖进了房子。

接下来的一个小时，茱莉亚和艾莉找了个地方，艰难地把这棵树直着立了起来；然后捆住，固定了下来。最后她们完成的时候，两个人都累得大汗淋漓。

“难怪爸爸在装饰圣诞树以前，总是会喝那么多的酒。”艾莉说道，一边往后站着，打量着她们的杰作。

“这还不是绝对的笔直。”茱莉亚指出。

“我们是谁啊？NASA 的工程师？已经够直了！”

那两条狗觉得艾莉终于做完了她的事，从对面跑了过来。

“孩子们！趴下！”艾莉话还没说完，两条狗就撞上她，把她撞飞了。

爱丽丝咯咯地笑起来。刚发出声音，她就赶紧用手捂住了嘴。她看着茱莉亚，用手指着艾莉。

“你的莱莉，需要控制一下她的动物们了。”茱莉亚苦笑着说。

艾莉从狗儿们的纠缠中爬了起来，大笑着把头发从眼前挠开，“的确，在它们还是小狗的时候，我就该训练它们的。”甩开那两条狗后，她向楼梯走去。

“你去哪儿？”茱莉亚在她后面叫道。

“你等着瞧吧！”

几分钟后，艾莉回到楼下。她拿着几个巨大的红色圣诞装饰盒，放在了圣诞树旁边的地板上。

茱莉亚立刻认出了它们，“我们的装饰物？”

“全部在此！”

茱莉亚走过去，打开第一个盒子的盖子，发现里面是一束一束的彩灯；所有的灯泡都是白色的，因为妈妈说过，这是天使和希望的颜色。她和艾莉把那些彩灯缠绕在树上，用她们以前学习过的方法把灯缠绕在树枝上。自从高中之后，这还是她们第一次一起装饰圣诞树。

当所有的灯都缠好了后，艾莉把电线插头插到了墙上的插座里。

爱丽丝倒抽了一口凉气。

“你觉得她以前见过圣诞树吗？”艾莉站在茱莉亚旁边，悄悄问道。

茱莉亚摇摇头。她走到盒子旁，拿起一个闪着光的红苹果吊饰。红苹果连着一根花丝金线，吊在她的手指上。茱莉亚跪在爱丽丝前面，把红苹果递给了她，“挂在树上，爱丽丝，让它变得很漂亮。”

爱丽丝皱着眉头，“素（树）？”

“还记得我们读过的书吗，《格林奇是如何偷走圣诞节的》①？”

“林奇。”她点点头，但她的眉头仍然皱着。

“还记得‘谁是树’的游戏吗？漂亮的树，你说过的。”

“噢！”爱丽丝说着呼出了一口气。她懂了。

茱莉亚点点头。

爱丽丝小心翼翼地捧着那个红苹果吊饰，好像那不是用亮塑料做的，而是用棉花糖做的一样。她慢慢地走着穿过房间，跨过狗儿们，停了下来，盯着树看了很久。最后，她把金线拴到了她可以够到的最高的那根树枝头上。然后，她慢慢地转身，看上去忧心忡忡。

艾莉开始热烈地鼓掌，“完美！”

爱丽丝的脸上绽开了微笑。在这个美丽的时刻，她已经是一个正常的小女孩了。她跑到盒子旁，拿出另一个吊饰，然后小心翼翼地递给艾莉，“莱莉，表（漂）亮。”

艾莉弯下腰，“谁在给我这个漂亮的吊饰？”

“女孩。给。”

艾莉摸了摸爱丽丝的头，把一缕头发拨到了她那粉红色的小耳朵后面，

---

① 《格林奇是如何偷走圣诞节的》：格林奇是苏斯博士所创作的卡通人物。他的心脏只有正常人的四分之一大，他很讨厌呼威尔镇到处洋溢着的节日气氛，所以计划偷走所有的礼物以阻止圣诞节的到来。

“你能说‘爱丽丝’吗？”

她不容置疑地指着那棵树，“挂。”

“你正在培养着一个小独裁者，茉莉。”艾莉说着向圣诞树走去。

“还是一个没有名字的。”茱莉亚平静地说。爱丽丝不会跟她们说出她的真实姓名，也不会接受她们给她起的名字，这让她无可奈何。

爱丽丝跑到盒子旁，拿起了另外一个红色的吊饰。艾莉把吊饰挂好后，爱丽丝雀跃着鼓掌，然后她冲向了茱莉亚，“书……莉。表亮。”

现在的爱丽丝，真是光彩照人；茱莉亚从没见这个女孩笑得这么灿烂过。她蹲下来，把爱丽丝拉到她的怀里，给了她一个拥抱。

爱丽丝偎在她怀里，咯咯笑着说：“生（圣）诞树，好看。”

茱莉亚紧紧抱着她，抱得她们两个都喘不过气来。然后，她们笑着，继续装饰着圣诞树。

“这是咱们有史以来装饰得最漂亮的圣诞树！”艾莉坐在沙发上说道，手里拿着一杯百利甜酒，脚上搭着一块在好市多量贩店买的假貂皮小毯子。

“那是因为，爸爸以前总是会买一棵非常大的圣诞树，把上面一截砍掉后，才放得进房间里来。”

艾莉想起来了，大笑起来。她已经不记得这事了。一棵巨大的圣诞树，塞满了房间的整个角落，但是没有上半截。妈妈失望得皱着眉头，打着爸爸的胳膊。妈妈会说：“你总是不听，汤姆，树的上半截不能被砍掉。我该让你去给我们换一棵。”

但只需要过一会儿，有时候更是只需要一小会儿，他就会让她又笑起来，甚至是大笑起来。他会用他那沙哑的嗓音说道：“好了，好了，布伦。为什么咱们的圣诞树非得和别人的一样呢？我只是想让我们的树有点个性。这个样子，的确很有个性！是吧，孩子们？”

艾莉总是会第一个回答，大叫着赞成，然后跑向她爸爸，让他拥抱她。

这还是第一次，她在回忆起往事的时候，把自己从记忆里抽离出来，从另一个不同的角度来审视。当时，在房间里的另一个小女孩——她从来没有对她父亲大叫过赞成；她自己的意见，也从来没被人关注过。

艾莉端着杯子，看着茱莉亚，“为什么，他每年都会那么做？我的意思是，把树的上半截砍掉。”

茱莉亚笑了，“你知道爸爸的，他从来都是自顾自地。树又不重要，所以，他都没考虑过这个问题。”

“但是，你和妈妈介意。”

“你知道爸爸的。”茱莉亚说。

“我很像他。”艾莉说。她这一生都在为此感到骄傲。

“你一直都像他。人们都很喜欢你，就像他们以前都那么喜欢他一样。”

艾莉喝了一口酒。“卡尔指责了我，说我很自私。”她小声说道。

“是吗？”

“你正确的反应，应该是吃惊，甚至是震惊。你应该这么说：他怎么能这么想呢？”

“哦。”茱莉亚忍着笑答道。

“说说，你心里是怎么想的。”艾莉怒气冲冲地说。

“小时候，我非常喜欢卡尔。在我十一岁的时候，他就是我梦想的一切。但是，他的眼里只有你，到处都跟着你。每一次你溜出去和他在一起的时候，我都很嫉妒。”

“你知道这事？”

“我们住在同一间卧室里，你觉得我是聋子吗？我从来没有说过，并不意味着我就不知道。关键是，我还记得你把他甩了的时候；之后的那一整个夏天，他都会不停过来，往窗子上扔石头，但你从来没理过他。”

“我们之间产生了隔阂。”

茱莉亚看了她一眼，“得了吧。那些橄榄球小子刚看了一眼你那才隆起的胸部，你就跟他们走了，可怜的卡尔就被抛在脑后了。然后，当你当上啦啦队长的时候，好了……”茱莉亚耸耸肩，“你就成了这个小镇的女王，每分每秒都在恋爱。你那个样子确实很像爸爸。你……不怎么在意卡尔了；但不知怎的，你仍然让他像颗卫星似的一直围着你转。这是你和爸爸都具备的那种魔力。人们会忍不住地爱着你们——即使你们有时候，会太专注于自己的生活了。”

“所以，我很自私。这是我婚姻都失败了的原因吗？”

“是吗？”

“这些是你读了十年大学学到的吗？”

茱莉亚大笑起来，“的确是的。这里还有一个问题：你自己的感觉是什么样的？”

艾莉真不知道该如何回答。她只是听说了自己的这个形象而已，但还没有像是镜子里的影像那么直观——那感觉像是一种可能性，一种如果她真的想要去做的话，就能改变自己，或是转变自己的说话方式的可能。她一直以为自己是个懂得关心别人的好人。“对不起。”她轻轻说道。

“为什么？”

“我把你推到媒体的火坑里去了。我所关心的只是……”她本想说“找到爱丽丝的真名”的，但这个漂亮的小谎言憋在了她喉咙里——这只是部分原因，“我不想失败，我几乎没有考虑过你的感受。”

茱莉亚的微笑让她觉得意外，“没关系。”

“如果这么说有用的话，在那之前我真的不知道对你会有那么糟糕。也许如果我早知道的话……”看到茱莉亚盯着她的样子，艾莉笑了起来，“好吧，这么说也不会起到作用。但是，我的确很抱歉。”

“不用，真的。爱丽丝是我的第二次机会。没有她，我不知道我现在会是什么样。”

她们沉默了很久。

“我想收养她。”最后，茱莉亚说道，“爱丽丝需要觉得她有属于自己的地方，还得跟人生活在一起，即使现在她还没有真正明白这一切。还有，我需要她。”

“如果有人冒出来认领她呢？”

茱莉亚轻轻地说道：“那时候，我就需要我的姐姐来帮忙了，是吗？”

艾莉的喉咙哽咽了。这一刻，她立即就意识到了，当她和茱莉亚各行各路的时候，她失去了多少；还有她们又回到了一起，这对她有多么重要。“你可以指望我。”她非常肯定地对她妹妹说道。

“爱丽丝，你没有集中注意力。我们现在是在玩积木。”

小女孩摇着头、仰着下巴在顽固地反抗，“不。挂树。”她从椅子上跳起来，跑到圣诞树旁。每一个装饰物都强烈地吸引着她，但那些红色让她最为着迷。

茱莉亚忍不住笑了。当她们把圣诞树立起来后，她就一直是这个样子。她们不得不到客厅的餐桌上来学习，这样爱丽丝就总能看到那些装饰品。“来吧，爱丽丝。再玩五分钟积木，然后我就会给你一个惊喜。”

爱丽丝扭头向她，“真（惊）喜？”

茱莉亚点头，“玩了积木后。”

爱丽丝长叹了一口气，然后跺着脚回到餐桌旁。她扑通坐在她的椅子上，把两只胳膊抱了起来。

这一次，茱莉亚不得不扭过头去把笑容收起来。无疑，爱丽丝是在学着表达她的情绪。“找出七块积木来。”她命令道。

爱丽丝翻了个白眼，但没有说什么，从手肘旁边的积木堆里挑出了七块，“七。”

“现在，找出四块积木。”

爱丽丝从她刚拿出来的那一堆积木里拿出三块，推回了原来那堆积木里。

茱莉亚皱眉道：“等一下。你刚才是减去积木了吗？”不，这不可能。目前为止，这女孩只能数到二十。加法和减法太复杂了。

爱丽丝茫然地盯着她。

以前在数积木的时候，爱丽丝总是把所有积木推回堆中，然后重新开始，再选择当下被要求的数量，“你是在急着想要得到你的惊喜，还是只是一个侥幸的猜测？”

“真（惊）喜？”

“找出一块积木。”

爱丽丝脸上的笑容消失了，她顺从地从那一小堆中拿出三块，剩下一块。

“你还需要多少块，就有六块了？”

爱丽丝伸出五根手指。

“如果我拿走两块，还会剩下多少？”

爱丽丝弯下两根手指，“三。”

“你在做加法和减法。”她摇着头，表示难以置信，“哇哦！”

“完了？”

茱莉亚不禁想着，爱丽丝的身上一定还有许多她没发现的惊喜。也许到了该给她做个 IQ 测试的时候了。她正准备问爱丽丝另一个问题的时候，电话响了。茱莉亚走进厨房，接起电话，“你好？”

“平安夜快乐。”艾莉说道。

“平安夜快乐。”

“你们会过来吗？”

“希望能来。我会尝试过一两分钟后出发。”

“她会大吵大闹吗？”

“可能会的。”

“我们等着你们。”

“好的。”茱莉亚跟她姐姐说了再见，挂了电话。

然后她走到爱丽丝身边，弯下腰：“茱莉亚永远不会伤害爱丽丝，你知道的，对吗？”

爱丽丝皱起了眉头。

“我想带你去个特别的地方，你会跟我一起去吗？”茱莉亚伸出她的手。

爱丽丝抓住了她的手，但依然皱着眉头。她很困惑；一直以来，困惑都会让她感到害怕。

“首先，你必须穿上靴子和大衣。外面很冷。”

“不。”

茱莉亚叹了口气，让她穿上鞋子——这场斗争永远不会结束。“外面很冷。”她伸出手，去拿她放在门口的一双里面衬着假毛里的橡胶靴子，和一件黑色的羊毛大衣，“来吧，如果你穿上它们，我就给你一个惊喜。”

“不。”

“不要惊喜？哦，好吧，就这样吧。”

“停下！”当茱莉亚走开后，爱丽丝喊道。她皱着眉头，把她的光脚塞到那双靴子里，穿上外套，脚步沉重地走过木地板，“臭鞋子。”

茱莉亚低头对她笑了。对于任何不喜欢的东西，爱丽丝都会用“臭”这个词来形容。“你真是个好姑娘。”她俯下身子，握着爱丽丝的手，“你会跟我走吗？”

爱丽丝慢慢地点了头。

茱莉亚领着女孩出了门，向花生的卡车走去。当她打开车门后，她听见爱丽丝开始发出些声音，那是她以前发出过的那种低沉、沙哑的咆哮声。

“说话，爱丽丝。”

“留下。”她看上去吓坏了。

这种反应，并不让茱莉亚觉得意外，她早预料到了。在她生命中以前的某个时刻，爱丽丝曾被人用车带到什么地方去过。或许那次旅程，就是她那噩梦般的日子的开始。

“我不会伤害你，爱丽丝。而且，我也不会让任何人伤害你。”

在她那张小小的、白白的椭圆形脸上，她的那双黑眼睛是那么的大。她正在非常努力地让自己勇敢起来，“不离开女孩？”

“绝不离开，绝不。”茱莉亚紧紧握着爱丽丝的手，“我们去看艾莉。”

“莱莉？”

茱莉亚点了点头，然后拽着女孩的手，“来吧，爱丽丝。请！”

爱丽丝艰难地吞咽了一下，“好的。”她慢慢地从乘客座侧爬了进去。茱莉亚帮她坐进了儿童安全座椅，这是她们上个星期专门为她订购的。当茱莉亚把安全带扣上后，爱丽丝开始呜咽；当茱莉亚关上车门后，那可怜的呜咽声变成了绝望的号叫。

茱莉亚急忙绕过车头，坐进了驾驶座。这时，爱丽丝已经喘不过气来了，正在试图解开安全带。

“没事的，爱丽丝。你被吓到了，这没关系的。”茱莉亚不停地重复着这句话，直到爱丽丝平静下来听到了她。

“我也系上安全带了，你看？现在我也被绑在里面了。”

爱丽丝呜咽着，拉扯着安全带。

“说话，爱丽丝。”

“放开。求。女孩放开。”

茱莉亚突然间明白了。“白痴。”她想。她应该预见到这样的情况的。她想起了爱丽丝脚踝上那些小小的灰白伤痕，那是被捆绑过的痕迹。“哦，爱丽丝。”她说道，眼中充满了泪水。也许，现在她该放弃了，另外找时间再试。

不。

爱丽丝总有一天会进入这个世界；而在这个世界上，孩子们都是坐在汽车座椅上的。但是，她可以做一个让步。茱莉亚把爱丽丝和她的儿童座椅，一起搬到了这台老式卡车前排的长椅正中，然后握着女孩的手：“这样会好些吗？”

“怕。女孩怕。”

“我知道，宝贝。但我不会松开你的，你很安全，好吗？”

爱丽丝的目光坚定，充满了信任：“好。”

茱莉亚发动了车。

爱丽丝尖叫着，抓紧了茱莉亚的手。

“没事的，亲爱的。”茱莉亚一遍又一遍地说着，直到爱丽丝安静下来。

她们花了近十分钟，才把车开到了车道上。当她们开到公路上后，她的右手已经被爱丽丝攥得几乎没有知觉了。她不顾手上的疼痛，不停地说着安慰的话。

之后，再回过头来看这件事的时候，茱莉亚能精确地指出，是哪个时候爱丽丝产生了改变——走到杜鹃花街和西区大道的拐角处的时候。

准确地说，是走到厄尔和米娜的房子那里的时候。一如既往，这对夫妇已经把他们家的房子装扮得像是要开奥运会似的。房子外面每一处都闪烁着白色的灯光；一个巨大的圣诞老人坐着雪橇，在屋顶上沿着弧线移动着，光彩夺目地展示着红色的、绿色的灯光；前门上是一个闪烁着灯光的绿色圣诞花环；从街上到房门口的路上，放满了闪着绿光的小树。

爱丽丝发出了一个十分高兴的声音。她第一次放开茱莉亚的手，去指着房子，“看！”

把车停在这里，再好不过了；这儿离警察局还有一个街区。茱莉亚把车在路边停了下来，然后绕到爱丽丝那边，打开了门。她还没有完全把爱丽丝解开，女孩就从座位上滑了出来，下了车。

在人行道的边缘，爱丽丝停了下来，盯着房子。那儿，恐怕有一百万盏灯。“表亮。”爱丽丝叹息道。

茱莉亚来到她身边。

爱丽丝立即抓住她的手。

茱莉亚耐心等待着，她知道，爱丽丝有强烈的学习欲望。完全有可能，她们会在这里站上一个小时。

突然，那红色的门打开了。米娜站在那里，穿着长长的黑色天鹅绒裙子和红色针织衫。她拿着一盘小甜饼，慢慢走向她们。

茱莉亚感到了爱丽丝的紧张，安慰道：“没事的，亲爱的。米娜很好的。”

爱丽丝溜到了茱莉亚后面，但没有放开她的手。

“你喜欢小甜饼吗？”米娜走近后说道，“像你这么大的时候，我的玛吉莉最喜欢斯普里兹小甜饼了。”

茱莉亚微微转身低头看着爱丽丝，“她有小甜饼。”

“小甜并（饼）？”

“我自己做的。”米娜说着向茱莉亚眨着眼睛。

爱丽丝小心地从茱莉亚旁边伸出头来，瞪了一下。接着，她闪电般地抓起一块红色的花环小甜饼，然后把一整块塞进了嘴里。在吃到第三块小甜饼的时候，她从茱莉亚的身后移了出来，缩着站在了茱莉亚旁边。

“我还给你带来了这个。”米娜说着，拿出了一个鲜艳的红色塑料小包，“这是玛吉莉的最爱。但当我看到它的时候，我就会想到你。”

爱丽丝的眼睛瞪大了，嘴张圆了。“红色！”她低声说道，双手拿过小包，贴在了自己的脸上。

“你怎么知道她喜欢红色?”茱莉亚问道。

米娜耸耸肩，“我不知道。”

“好吧。代我跟厄尔说圣诞快乐。”

“他还在男子唱诗班练习着呢，还没有回来。但我会转达的。你也圣诞快乐。”

茱莉亚和爱丽丝手牵着手，沿着主街走到尽头，然后转左。在这个阖家团聚的夜晚，街上停满了车，但一个人也没有。市政厅后面的停车场里，只停了三辆车。

茱莉亚领着爱丽丝走上台阶，“我们去找艾莉，然后去市中心。我会让你看到漂亮的灯光。”

爱丽丝正忙着抚摩她的小包，勉强点了点头。

茱莉亚打开门。

警察局里，卡尔和他的三个女儿，花生、本吉和他们两个十几岁的儿子和女儿，还有艾莉，正在震耳欲聋的《铃儿响叮当》乐曲声里跳着舞。梅尔和他的家人们，正在往桌子上摆着吃的东西。

爱丽丝惊呼一声，然后开始号叫。

艾莉跑到音响旁，把它关掉。房间又变得安静了，大家都面面相觑。卡尔第一个动了，他把他的女儿们集合在一起，走向茱莉亚。爱丽丝侧过身去，试图让自己消失。她又开始呜咽，把大拇指塞进了嘴里。

离得很近、但又不是太近的时候，他们停了下来。卡尔单膝跪到了地上，“嘿，爱丽丝，我们是华莱士家的人。我敢打赌你还记得我们，是吗？我是卡尔；还有，这些是我的女儿，阿曼达、艾米莉和莎拉。”

爱丽丝颤抖着，她紧紧抓着茱莉亚的手。

花生催促着她的家人们向前走来。她的丈夫本吉，是一个人高马大、眼神明亮，脸上随时挂着微笑的人。在这个聚会期间，他从来没有放开过他妻子的手。他们那两个十几岁的孩子，明显是在试着装酷；但时不时地，他们还是会像小孩子一样地笑起来。

他们轻轻地做了自我介绍。本吉慢慢跪在爱丽丝面前，祝她圣诞快乐，然后赶着他的孩子们走到圣诞树那边去了。

花生留在了后面。“我不能去那边，”她对茱莉亚说，“那里是蛋奶酒。有些人可以喝一整杯这玩意儿，可我宁愿去打点滴。”她大笑起来。

随着这个声音，爱丽丝也抬起头，微笑了起来。

“你是真的，在她身上创造了奇迹。”花生说着，一边向爱丽丝展示着她红色的长指甲。每一个指甲上，都戴着一个闪闪发光的花环。

“谢谢。”茱莉亚说。

“好了，我得去我的家人那边了。但是，在我走开之前……”她靠近茱莉亚，小声说道，“我有一点八卦要跟你说说。”

茱莉亚大笑道：“我不是听这个的合适人选吧。”

“哦，你是唯一一个合适的。告诉我消息的人，跟联邦调查局的特工一样牛；这个人告诉我某个镇上的医生去约会了，看了电影。有些事不会发生，但这个事情，的的确确发生了。就像是帕里斯·希尔顿搬到一座大房子里去住一样，发生得理所当然。”

“只是看了场电影。”

“是吗？”花生对她眨眨眼，在她胳膊上拍了一下，然后走了。

接下来的十五分钟里，每个人都在庆祝着圣诞节，但就好像是静音开关被谁打开了似的。笑声很小，谈话声更是如此。现在的背景音乐，播放的是文斯·加里波第的三重奏圣诞舞曲，那是《查理·布朗的圣诞节》中的音乐，妈妈的最爱。厄尔和米娜也带着很多吃的东西到场了。

爱丽丝对大家打开礼物的情形入了迷。终于，她从茱莉亚后面出来了，这样她可以看得更清楚。除了艾莉之外，她没和任何人说过话，但她似乎很乐意看着这一切。她敢在比她大几岁的莎拉旁边玩——不是在和她一起玩，但是能和她肩并肩在一块儿。爱丽丝观察着莎拉的每一个动作，并模仿着。到大家都开始离开的时候，爱丽丝已经能独自给芭比娃娃穿衣服、脱衣服了。派对结束后，艾莉、茱莉亚和爱丽丝一起向市中心走去。爱丽丝无法控制地指着各种灯光和装饰，她一直拉着茱莉亚的手，拖着茱莉亚往前走。实际上，这样的情况，已经比茱莉亚预期的好多了。

茱莉亚走在艾莉身旁。爱丽丝在她们前面，跑一下停一下，然后又跑起来。她不停地指着那些灯光，那些装饰。

“她让我想起了你，”茱莉亚对她姐姐说，“以前，你对节日也有这样的热情。”

“你也一样。”

“但我还是要安静些。对一切都是。”

“所以，我是个大嘴巴？”

茱莉亚笑了，“是啊。我是个淑女。”

她们继续走着。

“那个，”最后，茱莉亚尽量显得很随意地说道，“我听说关于麦克斯和我的流言，已经传得沸沸扬扬的了。”

“我一直在等着你说出来呢。你们两个之间，有什么吗?”

“我不知道。”茱莉亚如实回答，“只是……我们之间，是有点什么……”

艾莉转向她，“我不想看到你受伤。”

“是啊，”茱莉亚平静地说，“以前我自己也是这么想的。”

在天主教教会前，爱丽丝停了下来。她指着院子里那布置得灯火通明的场景，“表亮!”

这时，教堂的钟声敲响了。

艾莉看看茱莉亚，“这个集会一个小时前就该结束了的，我亲自给詹姆斯神父打的电话……”

她还没说完这句话，对开的双扇大门砰地被打开了，来自圣·马克教区的人们潮水般涌了出来，一群人急急忙忙、叽叽喳喳地走了出来。到处都充满了人，蜂拥着走下楼梯，向她们的方向走来。

爱丽丝尖叫着，使劲把手挣开，捂住了自己的耳朵。

茱莉亚听到一声尖叫，然后是一个绝望的哀号。她转向爱丽丝，急切地喊道：

“没事的，亲爱的。不要……”

爱丽丝不见了，消失在茫茫的人海之中。

20 chapter 魔法时刻

女孩的周围，全都是陌生人；笑着的、说着话的、唱着歌的陌生人。

她往旁边一个趔趄，几乎摔了一跤。

书莉答应过的，她想。

但这并不让人意外，即使她的胸膛里有一种撕裂的感觉，喉咙也肿了起来。

女孩有什么事情没做对。很不好的事情。一直以来都是这样的，“他”总是这么跟她说。为什么她都忘了呢？更糟的是，她让自己相信了书莉。现在，女孩又害怕了。这次，到处都是人，而不是偶尔出现一个人；当然，这也没什么不一样。有些话，她现在懂了。失去，意味着没有了，就是当你想要有人把你抱住的时候，却无人能来；失去，也意味着孤独，即使你身处人群之中。

她从陌生人的人群中挤了过去。他们中的任何一个，都可能会伤害她。她的心跳得那么重、那么快，让她头晕目眩。他们在向她伸着手，想把她拉回去。

她跑开了，直到那些人的声音听起来陌生而遥远；就像冰雪开始融化时，瀑布轰鸣着落到她心爱的那条河里的声音。

她凝视着这个叫作“镇上”的地方。她的那些树在那里，在一片黑暗之中，直直地刺向灰暗的天空。它们会欢迎她回去的，她知道。她可以沿着河，回到她的洞穴，再住在那里。

寒冷。

饥饿。

孤独。

甚至，连狼都不在她身边了。

在那里，她会太孤单了。

现在，她已经认识了书莉和莱莉，她又怎么能再回到那一无所有的地方去呢？她会怀恋被抱着的感觉，怀恋听那美妙的故事：那只魔法兔想变成真正的兔子。女孩懂这个：想变成真的。

她的胸中又有那种疼痛感了。就像是膨胀起来了一样，她希望自己的骨头不会被胀裂。她的喉咙里有一种奇怪的感觉，被紧紧挤压着似的。一到这个遥远的地方，她就有了这些感觉。她也在想着，自己的眼睛最终是不是会漏出水来。她想要她们在这里，那会减轻她胸口的痛。

然后，她看到了那棵树。

这是她最初到来的时候，藏身的地方。树，一直都可以保护她。她跑向她的树，爬了上去；越爬越高，直到一根光秃秃的老树杈，摇篮似的把她抱了起来。

她尽量不去想，这种感觉，跟被书莉抱着的感觉，有什么不同，哪个更好。

不。离开。女孩。

她真希望，自己从来没相信过这个承诺。

茱莉亚四处张望，在每一张脸上搜索着，寻觅着。在她周围，所有的人都在不停地动着、笑着、说着，唱着圣诞颂歌。她想向他们大叫，让他们闭嘴，请他们帮她找到这个小女孩。他们的声音都是噪音，在她的脑子里无尽地轰鸣。

“发生什么事了？”艾莉说道，一边摇着茱莉亚的肩膀，引起她的注意。

“她不见了。”茱莉亚几乎要哭了，“一分钟前，她还在这里，抓着我的手……然后教堂门开了，到处都是人。一定是这个吓到了她，她跑掉了。”

“我知道了。别走开。你听到我说话了吗？”

实际上，茱莉亚没怎么听见。她的心在狂跳着。她满脑子能想到的，只有今天晚上早些时候，爱丽丝很害怕上车、更害怕被系上安全带，但她还是那么做了；那个勇敢的、伤痕累累的孩子，让自己被绑上安全带，然后抬头，用她那双充满着悲伤的蓝绿眼睛看着茱莉亚，说道：不离开女孩？

茱莉亚承诺过的，发过誓，不会离开爱丽丝、让她孤单一人。她挤过人群，叫着爱丽丝的名字，在每一张脸上搜索着。她知道，自己看起来像个疯女人，但她不在乎。

一阵微风吹来，摇曳的树叶在街道上飘落，飞舞着越过草地。依稀，可以闻到不远处海洋的味道；她知道，如果她深吸一口气的话，尝起来会有眼泪的味道。她停了下来；自己的恐慌正在不断增加，她在尽力平息。现在，她能听见艾莉也在叫着爱丽丝，能看到一束束的手电筒光线穿过了公园。

想一想。是什么会让爱丽丝跑掉？

事情发生得很突然。在过去的两个星期里，爱丽丝已经对音乐非常着迷。她可以在音响前听着音乐，一站几个小时。她喜欢的歌曲非常多；所有的迪士尼电影原声音乐，她都喜欢。但在她听过的所有歌曲中，明显，有一首是她的最爱。

茱莉亚深深地吸了一口气，开始唱《一闪一闪小星星》。

她绕着空荡荡的公园，边走边唱。

“……我多么想知道你在哪里……”

一只鸟儿也在唱着它的歌。开始的时候，茱莉亚没注意到；然后，她突然意识到，那只鸟儿是在随着她的歌声，唱着和声。

“爱丽丝？”她小声说道。

“书莉？”

茱莉亚的腿一软。她抬起头，从那棵枫树光秃秃的枝丫间看上去。爱丽丝在那里往下看着，她的脸被吓得苍白，充满了担忧，她说：“不离开？”

“哦，亲爱的……不离开。”

爱丽丝离开了她在枫树上栖息着的地方，跳了下来

茱莉亚把爱丽丝拥在怀中，紧紧抱着。她感觉到这个小女孩在颤抖，知道她有多么害怕。

茱莉亚向后仰起头，说道：“对不起，爱丽丝。”

她的脸上浮起了一个颤抖着的微笑，“留下？”

“是的，亲爱的，我会留在你身边。”

爱丽丝摸着茱莉亚的脸，擦掉她的眼泪，“不流水。”她说道，听起来很担忧。

“这些只是眼泪，爱丽丝，眼泪。它们意味着我爱你。”

就在这时，艾莉走了过来，在她们旁边蹲了下来。“我们的女孩在这里。”她叹着气说道。

茱莉亚泪眼蒙眬地看着她姐姐，“我们本地的律师叫什么名字？”

“约翰·麦克唐纳。干吗？”

"我想，圣诞节的后一天，就开始着手收养程序。"

"你确定?"

茱莉亚把爱丽丝抱得更紧了，"在我的一生之中，从来没有这么确定过。"

圣诞节中午时分的时候，麦克斯已经去医院探望了他的病人，还有几个病房里的孩子；他也已经骑着他的摩托车跑了十五英里，到天主教堂去做了捐赠；还给他所有的家人，都打了电话。

现在，他站在他宁静的客厅里，盯着外面那灰色的湖面。雨下得太大了，整个后院，看起来都失去了色彩；甚至那些树，也一样失去了生机。

他该在家里立一棵圣诞树的。也许，那会对他的情绪有好处；尽管他也想不出来，为什么会有好处。他已经七年没买过圣诞树了。

他走到沙发旁，坐了下来；但是，他马上就明白了，这是个错误。幻象和记忆，一下子涌上了心头。他看见他妈妈坐在她最喜欢的那把椅子上，用放大镜研究着昆虫……还有他的爸爸，睡在躺椅上，一只手按在他那布满皱纹的脸颊上……还有苏珊，正在编织一条淡蓝色的毯子……

他拿起电话，打电话给医院。"这儿没什么事，"他被告知，"你不用过来。"

他挂上电话，站了起来。他不能就坐在这里，回忆着以前的圣诞节，他需要去做点什么，到什么地方走走。去爬山，或者……去看茱莉亚。

事情就是这样：一想到她，他就开始了行动。

他穿好衣服，跳上车，然后向她家开去。即使他知道他在当一个白痴，他也控制不住自己。他必须见到她。

他敲了门。

当茱莉亚来开门的时候，她在笑着，说着些什么。当她看到麦克斯的时候，脸上的笑容消失了，"啊，我还以为你去洛杉矶过圣诞节了呢。"

"我留下来了。"他轻声说道，"如果你忙的话……"

"当然不忙啊，进来。你要喝一杯么？我们有热奶油兰姆酒，很不错的。"

"那太好了。"

她领着他进了客厅，然后向厨房走去。她那个缺了几颗牙齿的小影子，亦步亦趋地跟着她；看上去，她们几乎成了连体人。

一棵华丽的、装饰得很漂亮的圣诞树，占据了房间的一角。

一阵回忆涌上了他的心头。——"来吧，男人丹，让我们为妈妈把这颗星星挂上去。”

他转过身去背对着树，在壁炉前坐了下来。一堆火在他身后噼啪作响，温暖着他的背。他不能在这里坐太久，但至少，他不用面对那棵树。两条狗蜷缩着，睡在他的脚旁。

“好，好，好。”

随着艾莉的声音，他抬头看去。她站在沙发后面，双手叉腰，“很高兴再次见到你，麦克斯。”

“你也一样，艾莉。”

她绕过沙发，坐在他旁边，“你知道我听说什么了吗?”

“崔佛·麦考利又在酗酒了?”

“老新闻了。”她看着他，表情严肃，这是她那张警察的脸，“我听说，你带我妹妹去看电影了。”

“这件事，被警方盯上了?”

“感恩节的时候，我什么也没说；现在也是节日，但是……”艾莉向他靠拢，靠得那么近，他都能感觉到，她的呼吸吹到了自己脖子上，“你敢伤害她，我就把你的蛋蛋割下来!”她靠了回去，又开始笑了，“你心疼你的蛋蛋吧?”

“绝对心疼。”

“那么，我们相互理解吧。好了，我很高兴我们有了这个小小的共识。”

“万一……”

艾莉皱眉道：“万一什么?”

“没什么。”

茱莉亚和爱丽丝回来了。

艾莉马上站起来，“我要去卡尔家了，你们两个好好聊。”她拿起一箱包装好的礼物，离开了家。

茱莉亚递给麦克斯一个杯子。

他们肩并肩地坐在沙发上，谁也没有说话。爱丽丝跪在茱莉亚脚旁，向茱莉亚哼了一声，用力把书放到她膝盖上。

“说话，爱丽丝。”茱莉亚平静地说道。

“读。女孩。”

“现在不行，我在跟麦克斯医生说话。”

“现在。”爱丽丝又打了一下书。

“不，晚些时候。”

“求？”

茱莉亚温柔地笑着，抚摩着爱丽丝的头，“过一小会儿，好吗？”

爱丽丝失望得垂头丧气地坐了下来。她把拇指塞在嘴里，开始翻着书。

然后，茱莉亚转向了他。

“你真棒。”他轻轻说道。

“谢谢。”

他听到了她声音中的沙哑，知道了他的赞美对她意味着很多。

她现在离他很近，近到了可以吻他的程度，他也希望她那样做。

但他稍微离她远了点，好像距离可以保护他似的。

她注意到了他的动作。她当然能注意到。

“你怎么了，麦克斯？”

对这个问题他应该感到惊讶，但他没有。“没什么。”他答道。

“我想，有什么。”

现在他们离得很近，他都可以看清她喉咙上的那颗小痣了。她那带着肉桂香的气息，飘拂在他的下巴上。跟他一样，她的呼吸也很急促。“爱。”他简单地回答道。

“对。”最终她说道，“那会彻底击垮你，这是肯定的。为什么你不回家去过圣诞节？”

“你。”

她盯着他的眼睛，似乎在仔细寻找答案。她给了他一个悲伤而会心的微笑，他不知道，她以为她明白了的是什么。“玩玩纸牌游戏如何，麦克斯？”最终，她说道。

“纸牌？”他忍不住大笑。

她微笑道：“这是不在床上的时候，一个男人和一个女人可做的事情之一。”

“难怪，我都蒙了。”

她大笑，“去把纸牌拿来，爱丽丝。”

爱丽丝抬头：“书莉赢？”

“没错，亲爱的。书莉要把麦克斯医生打得落花流水。”

最近这些年里，这座房子还是第一次，在圣诞节的时候，又成了一个家。

圣诞节变成了一场盛典，最重要的原因，是有了一个孩子。当然，爱丽丝还未能理解这一点。

天刚破晓，艾莉和茱莉亚就催促着睡眼惺忪的爱丽丝下了楼。

根据家族传统，礼物在早上已经被一个一个地拆开，然后仔细地重新堆放在圣诞树下。但爱丽丝的除外。她爱她的礼包们，整天把它们带在身边，抱在她那窄窄的小胸脯上。任何人如果打算去给她把礼物拆开，都会让她歇斯底里。

所以，礼物包里的玩具都还没有现身。这些包装的本身，对她来说，就已经是礼物了。

实际上，艾莉根本不想离开家，但在圣诞节的时候去看卡尔，是她的几个传统之一，她从来没落下过一年。在雨谷镇，就是这个样子。邻居们会在节日的时候互相串门问候，通常会待够喝一杯葡萄酒或是一杯热巧克力的时间。在整个童年，卡尔都会到盖茨家来过圣诞节；他在这里会发现，有一只写着他的名字、钉在壁炉上的袜子，树下还有一堆礼物。没人会去问为什么会这样，但他们每个人都知道。对独自跟他那精神受到极度创伤的爸爸一起生活的卡尔来说，他的家里，是不会有圣诞节的。

那个传统，一直持续过了布伦达和大汤姆·盖茨的有生之年。年复一年，卡尔都带着他的妻子和女儿们，穿过田野、越过河流，来盖茨家吃圣诞节晚餐。甚至在艾莉的妈妈过世后、这个传统已经开始弱化的时候，卡尔仍然从心底里觉得，他应该和盖茨家一起过圣诞节。

他爸爸过世以后，开始了一个微妙的转变。有几年，卡尔和莉莎邀请过艾莉到他们家吃晚饭。他们尝试着形成一个新的传统，但没怎么成形。莉莎总会煮些“错误”的食物，放些“错误”的音乐。对艾莉来说，这已经不像圣诞节了，她已经是个外人了。

今年，连邀请都没有了。毫无疑问，卡尔觉得，艾莉、茱莉亚和爱丽丝，已经是个新的盖茨家庭了，他想独自过节。但没有了莉莎，他的节过得应该不怎么好。

她把给他们的礼物装在一个漂亮的银色诺德斯特隆百货公司的包装袋里，沿着车道走了下去。在她的两旁，宏伟的杉树和雪松长得又高又直，绿色的树冠伸向灰色的天空。虽然雨已经停了，水滴仍然在从枝叶上和屋檐上滴落，持续不断滴答滴答的声音，呼应着她的脚步声。还有森林里别的那些声音：水流声，松针的沙沙声，松鼠们匆匆穿过树枝的声音，老鼠们跑着寻找躲避之处的声音。不时，还会有乌鸦或是猫头鹰的叫声。

这些声音，对她来说，就像是壁炉里的火的噼啪声那么熟悉。她无忧无虑地转到小路上，走进了树林。

她已经从这座桥上走过无数回了，或说是，从她家到他家走过无数回了，多到这条路上的草都没长起来过。即使是最近几年，开车或打电话已经比走路到邻居家去更为普遍了，这条路上的草仍然没长起来过。

顺着那条草被踩得长不出来的小路，她绕过果园，穿过菜地，经过了他们童年时在那里钓鱼的池塘。当她的靴子吱嘎吱嘎地踩在泥泞的地里穿过香蒲丛的时候，她听到了遗忘已久的童年时代的笑声——

水里有蛇，卡尔，——快出去！

那只是一根老树枝，你需要戴眼镜了。

你才需要戴眼镜呢……

她记得他们的笑声……还有他们一起在泥泞的河岸上一坐几个小时、随便聊天的样子。

她沿着那条小路，绕过那个弯，那座房子就在眼前。有那么一阵子，她看见了那座房子曾经的样子：一座盖着破瓦的斜面小屋；百叶窗破破烂烂，挂得歪歪斜斜，窗户很脏；院子里，拴着一群咆哮着的比特斗牛犬。

她眨了眨眼，继续回忆。现在她看见的，是卡尔自己修起来的房子。那是在他大专毕业后的几年，在跟莉莎结婚之前的时候。那时他在一家建筑公司上班，在每周四十五小时的工作之余，他会把余下的时间花在整修自己的房子上；真正意义上把这座房子建起来的人，是他，而不是他那无用的醉鬼父亲。

那是一栋小房子，从外表看起来似乎刚开始修建，到处都是尖角，歪歪扭扭的。各个房间，都是随着钱的到来而逐步增加的，没有真正的章法和理由。卡尔在这个地方倾注精力，努力为他的家人建造着他从未拥有过的家。最终的成果是，一座修建在一片绿茵如绢的草地上的古朴小木屋，四周环绕着一片两百岁的常青树树林。

一如既往，这座房子节日的灯光和装饰，都是世界一流的。艾莉总是认为，他是在弥补那些在客厅里连圣诞树都没有的年头，但他做得有点过了头。

门廊上镶满了白色的灯，栏杆上挂满了树枝，一个巨大的自制圣诞花环装饰着前门。

艾莉都在想着，应该能听到穿墙而出的音乐声了，但这里却是一片出奇的寂静。有那么一刹那，她都在想他们是不是不在家。她往身后瞥了一眼，看到了卡尔的宝贝——那台被他修复得很完美的1969版GTO跑车。

她敲了门。没人来开门，她又敲了一次。

终于，她听到了一阵雷鸣般的脚步声。

门被扭开了，卡尔的女儿们站在那里，挤在一起，灿烂地笑着。阿曼达，十一岁半，穿着一条低腰牛仔裤和一件粉红色T恤，系着一条镶着银钉的腰带，看起来成熟得让人不可思议；她长长的黑头发被盘成一条杂乱的辫子——只能是他父亲那笨拙的手编出来的。九岁的艾米莉穿着一件绿色的天鹅绒连衣裙，至少大了一个尺寸。八岁的莎拉，是唯一一个遗传了她母亲的草莓金色头发和满脸雀斑的孩子，还没来得及费心去换掉她的菲奥娜公主睡衣。

看到是艾莉后，她们三个脸上的笑容都消失了。

"只不过是艾莉阿姨。"阿曼达说道。

三个人咕哝着"圣诞快乐"，然后艾米莉叫着，喊她爸爸过来。

"呃，谢谢。"艾莉说道，目送着她们走开了。

卡尔从楼梯上走了下来。他走得很慢，就像是他才睡醒一样。他的黑头发乱糟糟的，左脸上有一些浅浅的粉红色印子。他穿着一条非常破旧的牛仔裤，两个膝盖都穿了洞，裤脚烂得像个拖把；他那件金属乐队的T恤，同样破旧不堪。

"艾莉。"他努力挤出笑容说道。他经过他的女儿们身边的时候，把每一个都抱了一下，然后放开。

"你看起来糟透了。"孩子们走了后她说道。

"我还正准备说你是多么美丽呢。"

艾莉关上身后的门，跟着他走进客厅。客厅里，一棵巨大的、装饰好了的圣诞树，占据了整个角落。她把那包礼物在圣诞树旁边放下了。

卡尔一屁股坐在沙发上，把脚放在了铜铸的咖啡桌上。他的叹息声那么大，都能把小吊饰震得叮当响着打转了。

艾莉在他身旁坐下。看到卡尔这个样子，她很困惑。他曾经以他那种笑呵呵的方式度过了那么多艰难的时光，现在不可能崩溃的。如果卡尔都会变脆弱，那就没有什么东西是靠得住的了。"发生什么事了?"她问道。

他往后面瞥了一眼，确定了一下他的女儿们不在附近，“莉莎圣诞节早上没有来……昨晚也没来吃晚餐。她没有送任何礼物。我告诉孩子们她会打电话，但是现在，我也开始怀疑她会不会打了。”

艾莉皱着眉头问：“她还好吗？”

“她很好。我给她父母打过电话，她跟她的新男友出去了。”

“听起来，那不像是莉莎。”

卡尔看着她，“不，她就是那样的。”

艾莉听出了藏在这几个字背后巨大的痛苦。她知道，那是关于他那失败的婚姻的一切，卡尔以前就想告诉她的。“对不起。”她喃喃说道。

“你也曾有过这样的经历，是吧？离婚就像是一个伤口，它总会愈合的。你总是这么说。”

事实是，艾莉从未有过他这样的感受。她的婚姻从未超过两年，她和她的配偶之间，从来都是情人关系，从未变成真正的深爱。上帝知道，她从来无法去带孩子，“我不觉得我的婚姻可以跟你的相提并论，卡尔。你可能会伤心很长时间。”

“不爱她，不会比爱她更痛苦。”他盯着火焰看着。

艾莉让他自己安静了一下。某种程度上，这就像是过去他们还是孩子的时候一样。他们会在桥上坐一整天，也不会说太多，只会问问：你还想发火吗？

“你们的圣诞节怎么样？”最终他问道。

“很好。我们做了爸爸那样的炖菜，还有多蒂奶奶那样的玉米面包。爱丽丝理解不了圣诞老人会从烟囱里下来的概念，也不愿意打开她的礼物。她无论到哪里，都抱着那些盒子。”

“到了明年，她会成为拿礼物的冠军。节日就该有礼物，小孩子们学得很快。我还记得我第一次让阿曼达去参加‘不给糖就捣乱’活动的事。”

“那是去了我家。”

他想笑了，她看得出来，“对。她不知道自己为什么要穿得像个南瓜，但是一旦你给了她糖果后，她就不在乎了。”

“她戴着我妈妈的绿色小礼帽，记得吗？”

卡尔看着她。在他那双她熟悉的眼睛里，她看见了一种非常深切而纯净的热望；她想对他伸出手去，告诉他一切都会好的，“我还以为你把这一切都忘了呢。”

“我怎么能忘呢？几十年来，我们都是最好的朋友。”

他叹了口气，看向了圣诞树。她有种感觉，她又让他失望了。这样的情况，开始经常发生，而她不知道是为什么。还有就是，她对一颗真正受伤的心的了解，只比她对小孩子的心的了解多一点点。可能最好是改变话题，让卡尔在这个特别的日子里，想一想与他这个破碎的家庭无关的东西。“茱莉亚想收养爱丽丝。她觉得，这孩子需要持久的关爱。”

“好主意。你们准备怎么做？”

“我们先提出一个终止爱丽丝父母的权利的动议。如果在公示期间没有人来认领她，茱莉亚对她的收养就顺理成章了。”

卡尔立即说道：“如果她的父母最终真的站出来了，怎么办？假如，他们之前不知道她被找到了呢？”

艾莉和茱莉亚像躲瘟疫一样地逃避了这个问题，这是个会毁了这一切的问题，“那就会很糟糕。”

“华盛顿会偏向亲生父母，即使他们都是人渣。”

“对，”艾莉说，“我知道。”

“所以，我们从以前的希望他们出现，变成了希望他们不出现。”

“对。”艾莉停了下来，望着他。他们又陷入了沉默。“没有你，都不怎么像过圣诞节了。”她有些伤感地说。

“是啊，”他说着，脸上的笑容消失了，“情况不一样了。”

艾莉不想跟他就这个话题聊下去。说实话，她害怕如果她跟他聊下去了，她就会开始考虑自己的孤独了。卡尔有时候和她聊起这些，都会让她想起在她的生命中错过了多少。她起身走进了厨房，倒了两杯龙舌兰酒，放在一个托盘里，旁边放着一瓶盐。到了客厅，她把托盘放在咖啡桌上，把他的脚推开。

“为什么……要喝酒？在圣诞节？”

“有时候，情绪它自己会改变。”艾莉耸耸肩，“有时候，就需要推一把。”她一屁股坐在他旁边，“干杯。”

“那些盐是用来干什么的？”

“做装饰的。”她拿起她的杯子，碰了一下他的，一饮而尽，“为更好的一年的到来。”

“同意。”卡尔喝完酒，把他的小酒杯放到了咖啡桌上。当他再次转向艾莉的时候，他似乎正在研究她，寻找着些隐藏起来的东西，“你恋爱过很多次了。"

她大笑，"也失恋了很多次。"

"你为什么能……一直相信爱情呢？你是如何跟人说你爱他们的？"

她感到自己的笑容有点挂不住了，"说爱是容易的，卡尔。但几乎不是认真的。我同情爱上我的那些可怜的家伙。"她想再笑一笑，但她做不到。他们所有的对话，都让他沮丧不堪。卡尔看着她的眼神，让她的感觉更糟。

"悲伤的事情，我们已经说得够多了，现在可是节日。"她说着把酒杯收了起来，然后走向音响，放了一张 CD 在播放器里，把音量开大，大到足以使卡尔的女儿们从休息室里出来。多半，她们在那里看着希拉里·达芙的电影。

"怎么回事？"阿曼达扯着她那歪歪斜斜、就要掉下来的辫子问道。女孩们紧紧地站在一起，在这个本应是最美妙的日子里，她们的眼神里却充满了悲伤。

"首先，你们有礼物需要打开。"

这让她们微微笑了一下，但没有笑开。

"其次，我要带你们去打保龄球。"

阿曼达做出了一副很成熟的面孔，"我们不打保龄球，妈妈说，那是下三烂的人才会玩的。"

艾莉看着卡尔说道："意思就是，她们不知道'秘密保龄'的事情？"

莎拉向前走了一步，"'秘密保龄'是啥玩意儿啊？"

艾莉弯下腰，"就是停止营业后打保龄球，一个人打，把音乐声开到震耳欲聋，还可以吃任何垃圾食品。"

"妈妈不会同意这么做的。"阿曼达说。

"我得让你们知道，"艾莉说，"你们的爸爸和我以前在'大保龄'打过工，所以你们会成为雨谷镇仅有的几个知道'秘密保龄'是怎么回事的孩子。现在，去换衣服！"

莎拉拽着艾莉的袖子，用一种舞台剧上念旁白的腔调说道："我能就穿着菲奥娜公主的衣服么？"

"当然可以，"艾莉说，"去'秘密保龄'，你想穿什么都行。"

阿曼达抬起头来问道："我可以化妆么？"

卡尔还没来得及回答，艾莉就说道："当然。"

在一连串的笑声中，女孩们跑上了楼梯。

卡尔看着艾莉，“我们已经二十五年没有溜进‘大保龄’过了。”

“我会打电话给韦恩，让他知道。他仍然是把钥匙放在那个守护精灵像的帽子里的。我们可以在前台上放五十块钱。”

“谢谢，艾莉。”

她笑了，“下次我离婚后你记得这个就行了，龙舌兰酒和午夜保龄。”

“这是一种魔法药水吗？”

她的笑容渐渐消失了。她看着他说：“不是。但是，有时候只能如此。”

21 chapter 魔法时刻

21 chapter

时间已经接近一月末—— 一个天空总是冷冰冰的、让人的情绪很容易暴躁的时间段。全镇的孩子们都只能站在窗口，看着那下着雨的后院；他们的妈妈们不得不花更多的时间，来擦去他们留在玻璃上的手指印。

在盖茨家的房子里，唯一的光线来自于那些电灯。屋檐上的雨水滴下来，听起来像是跳得飞快而无法平静下来的心跳声。

这样的情景，让艾莉感到焦躁不安。

不，不是天气让她如此心力交瘁，是和她在一起的那些人。

从社会福利服务部来的那个女人僵直地坐在沙发上，就好像在害怕空中飘着的狗毛会落到她那条灰色的羊毛裤上似的。

茱莉亚在一片冬天的白色里，显得沉着而自在，坐在那个女人身旁，“还有别的问题吗，沃顿女士?”

女人脸上的微笑很紧张，一晃而过；她浑身都很紧张。艾莉只看见她那参差不齐的牙齿闪了一下。“请叫我海伦，我确实还有最后几个问题。”她颇有些不自在地说道。

茱莉亚向她露出了一副做作的微笑，“尽管问吧。”

海伦放下钢笔，目光越过房间，看向爱丽丝独自玩耍的地方。她从来没跟海伦有过一次眼神接触。事实上，一给她介绍这个女人，她就号叫着跑开了。在一棵无花果树的盆栽后面蜷缩了将近一个小时；想去吃那些插花的时候，她才最终从藏身之处现身。“很明显，这种环境是完全可以接受的。对于你家环境的调查，是可以获准做……小孩子的临时寄养照顾的，而且，我没看到任何会让我们的建议产生逆转的不良情况。正如你一再提醒我们的一样，这孩子在你的照顾下正在茁壮成长。我的担忧实际上是针对你的，盖茨医生。我能直说吗?”

“我很乐意听取您的意见。”茱莉亚说道。

“很明显，她是一个被深深伤害过的小孩。也许你是对的，她不是自闭症或别的精神障碍，但她显然还是有些问题。我很怀疑她以后会变正常。我们发现太多的父母，在怀着极大的爱心和极高的期望收养了那些有特别需求的孩子们后，才意识到他们承担得的确太多了。我们国家有很多专为像……她这样的孩子设置的机构。”

“在那里，没有像她这样的孩子。”茱莉亚说，“她受过的伤害是独一无二的，我想。而且，我们无法判定她的未来。你知道的，我不但有资格把她作为病人来治疗，而且我已经完全准备好了作为父母来爱她。对她来说，还会有比这更好的吗？”

海伦脸上的笑容来得很慢，而且寡淡无味，“让你找到了她，真是她的幸运。”她扫了一眼爱丽丝，爱丽丝正站在窗前，对一只松鼠说着话。这位社会工作者站起来向茱莉亚伸出手，“我想我现在就可以直接告诉你我们的意见，从家庭调查的角度来说，我一定会推荐你来收养这孩子。”

“谢谢。”

当社会工作者离开后，茱莉亚脸上的微笑终于消散了。

爱丽丝跑向她，跳进她怀里。“害怕。”她喃喃说道。

“我知道，亲爱的。”茱莉亚紧紧地抱着她，抚摩她的头发，“你不喜欢戴眼镜的人，而且她还戴着一大堆闪亮的首饰，是吗？不过，你还是该对她笑笑。”

“臭女人。”

艾莉大笑起来，“我必须同意孩子说的这一点。”她向前门边的衣帽架走去，抓起她的外套，“我会给约翰打电话，告诉他你已经完成了家庭调查。他可以着手安排听证会的日期，以及终止她父母的权利的传唤了。”

茱莉亚抱着爱丽丝走向她，“每周一次、连续三周，在全国性的报纸上，是吧？这就是我们向全世界宣布的方式。”

“在首次出版后，他们有六十天的时间来递交应诉通知。在那之后，你就没事了。”

他们——爱丽丝的家人们。

虽然她们不谈这个，但茱莉亚和艾莉两个都知道，爱丽丝跟其他失踪或被遗弃的孩子不一样。可能有人在什么地方想着她，还记得她，但已经不再找她了。这孩子的父母可能会在任何时候，甚至是在从现在算起的数年以后出现，舐犊之情更甚过茱莉亚。

艾莉知道她妹妹实际上已经想过这件事了，对此十分痛苦，也决定了要承受这个风险。茱莉亚想，现在给爱丽丝一个家，再来担忧未来，总比让这孩子一辈子待在地狱，等待着可能永远不会出现的亲生父母，要好一些吧。

“好了，我得去干活了。”艾莉说道，“再见，爱丽丝。”

爱丽丝抱着艾莉，“再见，莱莉。”

艾莉也拥抱了她，“卡尔说，今天他的女儿们只上半天学；午饭后，他会带莎拉过来玩一会儿。”

“跟他说谢谢。或许这次，爱丽丝会跟莎拉讲话了。”她摩挲着爱丽丝的脖子，“是吗，小女孩？”

爱丽丝的回答，是一串尖尖的咯咯笑声。

艾莉从家里出来，走向她的巡逻警车。飞快地按了一下喇叭后——爱丽丝喜欢这声音，然后开走了。

圣诞节和新年后的这几周里，雨谷镇又回到了一如既往的冬天里。通常情况下，市区的街道上既没有车也没有人。酒馆比以前更早坐满，忙碌的时间比以前更长。艾莉、厄尔和梅尔轮流在高速公路出口旁，等着那些觉得灌饱了啤酒再去开车也没有关系的司机。周末的早场演出，让孩子们把剧院挤得水泄不通，在保龄球馆附近开车已经无法通行，也找不到停车位了。

飞狼女孩的新闻，已经几乎全部从报纸上消失了。甚至莫特，这些天来都有更感兴趣的东西了，比如关于圣海伦火山的传言，还有法院认可了马卡部落对鲸鱼的捕杀。

人们的生活已经从对警察局风波的关注中，回归到了自在的日常。雨谷镇又回复了平静，那些自告奋勇致力于让雨谷镇保持平和的人，都感到开心。自从电话很少响起了以后，卡尔又有了更多的时间来看他的漫画、画他的画了。花生根据他们每个人的家庭需要列出时间表，准时地支付着他们的工资。

总之，生活很美好。

艾莉开车到“老根据地”咖啡店，拿了一大杯摩卡拿铁，然后继续向警局驶去。她把她的车停在警局后面的车位上，走进了后门。她在餐厅里查看着冰箱里有什么东西，这时，花生冲了进来，哐当一声关上了身后的门。

“艾伦！”她用她那种专门为重大的八卦而准备的舞台式腔调说道。

艾莉喝了一口咖啡，又看了一眼时钟——十一点半就讲大新闻，的确太早了点。“让我猜猜：《幸存者》淘汰了不该淘汰的人。”她没好气地说道。

花生拍了她一巴掌，“《幸存者》节目已经结束了。”

艾莉关上冰箱，“好吧，有什么料，说吧？”

“重要的是，你要保持理智！卡尔和我都很担心。”

“这是在说我不理智？真令人欣慰。”

“你知道，你在某些男人面前会有多蠢。”

“我可不觉得会这样。毕竟，这个镇上唯一的帅哥，喜欢的是我的妹妹。”

“不再是了。”

“麦克斯不再喜欢茱莉亚了？”

花生打了一下她的肩膀。“认真一点。”她又说道。

艾莉皱眉，“你到底是在胡说八道些什么啊？”

“外面有个人在等着你。”

“所以呢？为什么搞得这么人心惶惶的？”

“他很帅；而且，除了你之外，他不会和任何人说话。”

“没开玩笑？”

“你看看你笑起来的那个样子，这正是我在担心的。”

艾莉慢慢走出餐厅，沿着走廊瞄了一眼。从这里她能看到的，只有一个背对着她的男人，坐在她桌子对面的椅子上。他穿着一身黑色的衣服。“那是谁？”她问花生。

“他不愿透露他的姓名，也不愿取下他的太阳镜。”花生哼了一下，“肯定是从加州来的。”

艾莉躲回餐厅，抓过她的包。在浴室待了五分钟后，她化好了妆，还刷完了牙。回到餐厅后，她转向花生，“我看起来怎么样？”

“不太好。现在，你已经完全进入荡妇模式了。”

“你管我呢！我已经好几个月没有约过会了。”艾莉抚平了她制服上的皱褶，调整了一下她衣领上的三颗金星，然后走进了警局大厅。花生赶紧跟着她，走在后面。

随着她的走近，卡尔抬起了头；他立即注意到她化了妆，然后扫了一眼对面的那个男人，摇了摇头。“大惊喜呀。”他咕哝着说。

她继续走着。“你好，我是巴顿警长。”她说着绕过她的桌子，“我知道……”

他转向了她。

艾莉都忘了她想说什么了。她能看见的只有轮廓分明的颧骨、饱满的嘴唇，和一头不羁的黑发。他取下太阳眼镜，露出了一双亮蓝色的眼睛。

“啊，我的老天爷！”艾莉暗自惊叹道。

艾莉没有跟他握手就坐了下来。

“我从很远的地方来见你。”他的嗓音沙哑而疲惫。

有口音。只有一点点，但已经足够分辨。她说不清他是什么地方的人。或许是澳大利亚人，或者法裔路易斯安那人。她曾经爱过一个有口音的人。

“我是乔治·阿泽尔。”他伸手从口袋里拿出一张折着的纸，放到她桌子上。

这个名字让她想起来了。

“我看，你想起我了。”他倾身向前，把那张纸推得离她近了些，“别担心你看我的那种眼光，我已经习惯了。我是为她来这里的。”

“她?”

他把他推过来的那张纸展开，那是一张爱丽丝的照片，“我是他爸爸。”

“爱丽丝，我们已经讨论过多少次同样的问题了?”茱莉亚忍不住对自己的这番话大笑起来。这些天来，她和爱丽丝一起做了许多事情。但是，没有任何一件可以明确地定义为“讨论”。

“穿上你的鞋子。”

“不。”

茱莉亚走到窗前，指着外面，“外面在下雨。”

爱丽丝消沉地坐在了地上，“不。”

“我们要去餐厅，还记得餐厅么?我们上个星期去过的，很好吃的派。穿上你的鞋子。”

“不。臭鞋子。”

茱莉亚举手投降做绝望状，“那好吧。你就在这里跟杰克和埃尔伍德待在一起吧。我会给你带些派回家。”她走进厨房，慢慢地、动作夸张地拿起她的钥匙和包，然后穿上了她的外套……当她往门口走了一半的时候，她听见爱丽丝站起来了。

“女孩去?”

茱莉亚转身的时候，表情严肃。爱丽丝站在那里，小脸上一副苦相，半是忧虑、半是生气。她的背带裤上沾满了油彩，那是刚才她们画画的时候溅上去的。茱莉亚本想坚定地告诉她，很抱歉，你不穿鞋子不能去餐厅，然后假装自行其是；这时，爱丽丝就会急急忙忙地穿上她的鞋。这是茱莉亚在对付普通的顽固小孩时用的办法。

相反，茱莉亚却来到她身边，跪了下来，让她们的眼睛高度一致，“还记得我们说过的规则吗?”

“好女孩。坏女孩。”

这样的描述，让茱莉亚战栗了一下；但是行为规则是一个复杂的概念，得花好些年去行使和理解，这是社会化的标志之一。只有制约人们行为的规则存在，社会才能存在。“去有的地方，小女孩们都得穿上鞋。”她耐心地解释道。

“女孩不喜欢。”

“我知道，亲爱的。这样行不：在车上的时候，可以不穿鞋；在镇上的时候，你穿上鞋，我们离开的时候，你就可以脱下来。好吗?”

爱丽丝皱着眉头思考着，“不穿袜子。”

“好的。”

爱丽丝顺从地穿过房间，把她的鞋子从前门边的盒子里拿出来。都懒得穿外套，她就到外面去了。

当她走上门廊，一片云越过天空飘到了头顶，院子被阴影笼罩了起来。细雨变成了小片小片的雪花，它们亲吻着爱丽丝的黑发和仰起的脸蛋，立刻就变成了冰冷的水滴。

“看啊，书莉！表亮!”

天在下雪，爱丽丝却赤着脚。真好。

茱莉亚抓起爱丽丝的外套，把女孩团入怀中，抱着她向车走去。当她们走到半路的时候，她听见电话响了。

“那肯定是艾莉阿姨，在叫我们看雪呢。”她把爱丽丝放在安全座椅上，绑好安全带。

“讨厌。紧。坏。”爱丽丝不停说着，表达着她的不满，“臭。”

“它不臭，它让你安全。”

这让爱丽丝闭上了嘴。

茱莉亚往播放器里放了一张 CD，开车走了。

爱丽丝连续听了七遍电影《妙妙龙》的配乐，没有停过。她最爱的歌是《水里的蜡烛》。每次播放结束后，她就会大叫着“再一次”，直到茱莉亚再播放为止。

最终，她们开到了“雨滴”餐厅门前的车位上，把车停了下来。

那首歌中断了。

“再一次?”

“不，爱丽丝。现在不行。”茱莉亚侧倾过去，试图把爱丽丝那双又冷又湿的脚穿进她的靴子里去，这就跟试图把湿了的手塞进手术手套里一样艰难，“下次，我得努力让你穿上袜子了。”

她下了车，绕到爱丽丝那一边。她微笑着打开车门说道：“准备好了吗?”

爱丽丝的眼睛里闪过了恐惧，但是她点了点头。

“你真是个勇敢的女孩。”茱莉亚帮助爱丽丝下了车。

爱丽丝慢慢向餐厅走着，低头盯着她的脚。

“别怕，爱丽丝。我就在这里，我不会放开你。”

爱丽丝抓得太紧，茱莉亚都感觉到疼了，但她什么也没说。

茱莉亚打开餐厅的门，头上的铃铛叮当叮当响了。随着这个声音，爱丽丝惊叫一声，扑向了茱莉亚。

茱莉亚弯下身子拥抱女孩，紧紧地抱着她。

格里姆姐妹在收银处，肩并肩地站着。很明显，她们是听到这声叫喊后一起转过身来的；现在，她们一起盯着爱丽丝。罗茜·齐考斯基在她们后面，她那粉红色的蜂巢式头发里插着一支铅笔。在她们左边，一个老伐木工独自坐在柜台上。

每个人都盯着茱莉亚和爱丽丝。

他们应该在一个小时以前就到了，在早晨和午餐的人群之间。上个星期茱莉亚来的时候，他们也处在他们现在的位置上。茱莉亚慢慢地站了起来。

格里姆姐妹三个并肩向前，茱莉亚突然想到了启示录四骑士[①]。当然，现在那个死了的骑士，是骑行在老妇人怀抱着的破旧骨灰缸里的。

她们先盯着茱莉亚，然后盯着爱丽丝。

茱莉亚也盯着她们。

爱丽丝紧张地哼哼着，拽着茱莉亚的手。

维奥莱特伸手在她的包里拿出一个鲜艳的紫色塑料硬币钱包，“给你，我

---

① 启示录四骑士：据新约圣经《启示录》描绘，在世界终结之时，将有羔羊解开书卷的七个封印，唤来分别骑着白、红、黑、灰四匹马的骑士，将瘟疫、战争、饥荒和死亡带给接受最终审判的人类，届时天地万象失调，日月为之变色，随后便是世界的毁灭。

的孙女喜欢这样的。”

看到这个礼物，爱丽丝的眼睛亮了起来。她诚惶诚恐地摸着钱包，把它拿在她的小手上，然后贴在脸颊上摩挲。过了一会儿，她抬头对维奥莱特眨了眨眼，说道：“谢……你。”

这三个老妇人都透不过气来了，彼此互相看着。最后，她们看向茱莉亚，立刻一起微笑起来。“你拯救了她。”黛西用僵硬的声音说道，很显然还沉浸在开口前的激动中。

“你妈妈会为你骄傲。”维奥莱特说着，向她的姐妹们点头寻求认可。她们三个整齐划一地点着头。

茱莉亚笑了。在这个镇上，她第一次有了被赞赏、被接受的感觉，“谢谢你们，没有你们的支持，我是无法做到的。全镇都在保护我们。”

“你是我们的一分子。”黛西简单地说。

就像一体似的，她们三人转身离开了餐厅。

茱莉亚紧拉着爱丽丝的手，带她走进角落里的一个卡座。她们在罗茜那里点了烤奶酪三明治、薯条和奶昔。菜还没有上的时候，门上的铃铛又响了。

爱丽丝抬头一看，说道：“麦克斯。”的确是他。

直到他拿起他的午餐订单、转身朝门口走的时候，他才看见她们。

当他看向她的时候，茱莉亚的心里一阵小小的翻腾。

“嘿。”他说。

她抬头向他微笑道：“没有约人吃午餐吗，医生?”

“暂时没有。”

“那么，或许你该和我们一起。”

他低头看着爱丽丝，“我可以坐在你旁边吗?”

她苦着一张小脸，陷入了沉思，随后喃喃说道：“不伤害书莉?”

听到这句话，麦克斯有点吃惊，“我连做梦都不敢想。”当他看到爱丽丝迷惑了后，又轻轻地说道：“不伤害茱莉亚。”

爱丽丝终于往旁边挪开，给他腾出了空间。

麦克斯在茱莉亚的对面坐了下来。他的屁股还没在塑料椅子上坐稳，罗茜就冲到了他身旁。她正笑得合不拢嘴，“这就像是在看登陆月球一样，我知道你们两个的事情是真的了。”说着，她在他面前摆好了一套餐具。

“爱丽丝是我的病人。”麦克斯平静地说道。

罗茜用一只她那化着浓妆、粘着假睫毛的眼睛眨了一下，“她当然是。”

等她走后，麦克斯说道：“在我吃完三明治以前，镇上的每个人都会知道这件事了。然后接下来的一个星期，我看的每个病人都会向我问起你。”

几分钟后，罗茜给他们端来了午餐。

“谢……你。”爱丽丝抬头，咧开她那缺着牙齿的嘴对她笑着说道。

罗茜回了厨房。

茱莉亚正要跟爱丽丝说一次只能吃一根炸薯条的时候，意识到麦克斯正在盯着自己。

目光相遇后，在他那双蓝色的眼睛里，她看到了畏惧。他在怕她，怕她们。这是那种她熟悉的畏惧，这样的畏惧是她生活中重要的组成部分。激情是危险的，而爱情更加危险。她的病人，往往是为了爱情而崩溃——要么太多了，要么太少了。但是爱丽丝教会了茱莉亚一些关于爱和勇气的东西。

“怎么了?”他不苟言笑地说道。

茱莉亚有了新的感觉，一种奇迹正在发生的感觉。她不害怕任何人了。

“过来。”她轻轻地说道。

他皱着眉头靠向了她。

她吻了他。有那么一瞬间，他拒绝了一下。然后，他顺从了。

爱丽丝咯咯地笑着说：“吻。”

麦克斯缩回去的时候，他脸色苍白。

茱莉亚大笑，“不妨给那些八卦一点可以聊的东西。”

然后，他们又回到他们的午餐上，好像这一切都没发生。后来，当他们站在门口往身上穿着外套的时候，茱莉亚敢挽着他的胳膊了——她都已经在大庭广众之下亲过他了，挽一下胳膊又算得了什么?

“我要带爱丽丝去西昆的野生动物养殖场，你要跟我们一起去吗?”

他停下来看了看他的手表，然后说道：“我跟你们去。”

茱莉亚催促着爱丽丝走出餐厅，回到车上。当他们到达西昆区野生动物养殖场的入口处的时候，雪已经下得很大了，大片大片毛茸茸的白色雪花从天空中掉落下来。有的雪已经开始积了起来，在篱笆上和草地上铺上了一层浅浅的白色。

茱莉亚把车停在一座小木屋前，养殖场的主人住在那里。两只黑色的小熊坐在门廊上，正在啃着巨大的树枝。

“你必须穿上你的靴子，外套，还有戴上手套。”茱莉亚说。

“不。”

“那么，就待在车上。”茱莉亚裹好衣服下了车。麦克斯站在他自己的车旁，茱莉亚走到他身边。纷纷扬扬的大雪撒在他们身上，火星一般地落在她的鼻子上、脸上。

“我们在等什么?”他问道。

“你会知道的。”

车门打开了，爱丽丝爬了下来。除了她的两只靴子穿错了脚之外，她穿好了全套冬装。

就在那时，弗洛伊德从房子里出来了，穿着一件巨大的风雪大衣。他从玩耍着的小熊旁边经过，走下门廊台阶，穿过白雪皑皑的院子走了过来，“你好，盖茨医生，赛内森医生。”他对爱丽丝弯下腰去，“你一定是爱丽丝了，我认识你的一个朋友。”

爱丽丝躲到茱莉亚后面。

“没事的，亲爱的。这是给你的惊喜。”

爱丽丝抬头，“惊喜?”

“跟我来。”弗洛伊德说道。

他们还没走两步，号叫声传来了。

爱丽丝抬头看向茱莉亚，茱莉亚点点头。

爱丽丝向那声音跑去。那叫声充满了悲伤和深情，飘浮在那冰冷的空气中。爱丽丝号叫着回答那叫声。

他们隔着铁丝网栅栏到了一起，小女孩穿着黑色羊毛大衣和一双穿错了脚的超大靴子，那只狼现在几乎长到它成年大小的一半了。

弗洛伊德走向大门，爱丽丝一瞬间就到了他身边，上下跳着，着急地喊：“打开。玩。女孩。”

他转动着密码锁。锁在咔咔响的时候，他转向茱莉亚问道：“你确定这安全吗?”

“我确定。”

他慢慢把门打开。

爱丽丝溜进了围栏，和狼滚在了一起。他们就像一窝生的小野兽似的，一起在雪里玩耍着。每次它舔她的脸颊的时候，爱丽丝都咯咯直笑。

弗洛伊德又关上了大门。他站在那里，看着他们玩耍，“这是自从我把它抓来后，它第一次停止了号叫。”

“她也很想它。”茱莉亚说道。

“你觉得他们……”

“我不知道，弗洛伊德。”

他们又陷入了沉默，看着女孩和狼在雪地里打滚。

“你对她做的事情，真让人惊叹！”麦克斯对茱莉亚说。

她微笑道：“小孩子们的恢复能力都很强。”

他回答得如此小声，她都几乎没听见——“不全是。”

她准备问他是什么意思。但在她组织好这个问题前，就听到了警笛声，“你听见了吗？”

他点点头。

起初声音还很远，然后更近。

越来越近。

当警灯刚刚穿透茫茫落下的雪雾出现在眼前的时候，弗洛伊德就立即行动了——他抓住爱丽丝的大衣把她从栅栏里提了出来，然后哐当地关上了大门。

爱丽丝蹲在地上，凄惨地号叫起来。

警车驶进院子停了下来。警灯依然亮着，断断续续闪烁着各种色彩。在那种怪诞的光线中，艾莉走向了他们。“他来找她了。”她直截了当地说道。

“谁？”茱莉亚问道。但当艾莉瞥了一眼爱丽丝后，她知道了。

“爱丽丝的爸爸。”

麦克斯背着爱丽丝走进了房子，她简直轻若无物。

他尽力不去想这种背着孩子的感觉有多么自然，但有些记忆被烙印得太深，无法抹去，有些动作做起来就像呼吸一样自然。

他想把她放在沙发上，以便他能去生火。

但她不从他背上下来，不松开搂着他的脖子的手。当他背着她在房子里走来走去、生着火的时候，她那不断地、轻轻地呼号让他感到心碎。

最终，他在沙发上坐了下来，把她放到了他的膝盖上。她的双眼紧紧闭着，脸颊冻得红彤彤的。她发出的声音现在更像是呜咽而不是号叫了，是她的身体对她的失去做出的自然反应。她的感情太强烈了，而能说的话又太少了。

“想想别的，”他告诉自己，“放一部电影，或把音乐声调大。”

他向后靠去，闭上眼睛。他立刻就知道了，不该这样。他的脑子里响起了一个孩子的哭声——流着大颗大颗的眼泪，“我的鱼儿再也不游了，爸爸。救救它。”

麦克斯抱紧爱丽丝，“没事的，小家伙，哭出来吧。实际上，那是件好事情。”

听到他的声音，她急促地呼吸着，看着他。这让他意识到自从他们离开野生动物养殖场，这还是他第一次开口说话，“茱莉亚必须跟艾莉一起到警察局去，她们很快就会回来。”

她对他眨着眼睛，出人意料地没流眼泪。他在想着她是不是不知道怎么哭。她不懂得用那种方式来宣泄痛苦——这个想法让他伤感。

“书莉不离开女孩?”

“不会的，她会回来的。”

“为女孩回家?”

“对。”他把一绺凌乱而潮湿的头发拨到她的小耳朵后面。

“狼?”她的嘴唇颤抖着。这个问题是那么大而复杂，但她只用这么一个字来问。

“狼也很好。”

她摇摇头，突然之间她脸上的神色看上去太成熟、太了然了，“不。牢笼。坏。”

“它需要自由。”麦克斯很容易就懂了她的意思。

“像鸟儿一样。”

“你知道被关起来是什么样的感觉，是吗?”他低头盯着她那张小小的、心形的脸。他非常清楚自己想看向别处——他需要看向别处，但他做不到。她让他想起了太多那些已经过去的时刻。令人吃惊的是，其中一部分，是美好的回忆。那时他还能静静地站着，抱着一个孩子会让他笑，而不是让他哭。

“给女孩读书?”她指着咖啡桌上的一本书，那本书已经打开了。

他把书拿了起来。

她马上挪动了一下自己的位置，紧紧待在他身旁。

他伸出一只胳膊抱着她，把书在他们面前打开。

她指着页面的顶部，非常肯定这是她们上次读到的地方。

他开始读道：“‘真实不是指你是如何被制造出来的，’木马说道，‘而是会发生在你身上的事。当一个孩子爱了你很久很久，不只是拿你当玩具，而是真正地爱上你，你就会成为真实。’”麦克斯的声音哽咽在那里。

“读给我听，爸爸。”——他仿佛又听见了另一个稚嫩的声音。

他感到爱丽丝的手在他脸上，正在安慰着他。这时，他才意识到自己在哭。

“没事。”她说道。

他低头看着她，尽力回忆着他上次哭是什么时候。

“好些了吗?”

他努力微笑，“好些了。”

听到这个回答，她微笑起来，依偎在他身旁。他合上书，开始给她讲另外一个故事，一个他花了很长时间去忘记，但仍然记在心底的故事。这样的感觉真好，跟人说说那件事——即使是讲到让他又想哭的悲伤之处时，她已经很快地睡着了。

22 chapter 魔法时刻

22 chapter

“DNA 配对的结果确凿吗?”茱莉亚问道。在车上的安静中，她的声音大得有点让自己不舒服。因为下着雪，天又快黑了，她们感觉自己像是处于某种奇怪的飞船之中。

“我不是专家，”艾莉说道，“但实验室的报告明确指出了确定性。她的 DNA 和他的，还有她妈妈的，的确匹配。还有，他知道她的胎记。我已经给联邦调查局打了电话，明天早上，我们会知道更多。但是……”

“她的真名叫什么?”

“布列塔尼。”

“布列塔尼。”茱莉亚叫着这个名字，试图在脑海里把它和爱丽丝联系起来。她想如果她把精力放在一些小事情上，比如那些她该做的事情上，她就不会去想那些大事情了。爱丽丝——布列塔尼，不是她的女儿，也从未成为过她的女儿。他们一直以来追寻着的答案在这一刻得到了实现——爱丽丝和她真正的家人的重新团聚。茱莉亚犯了个严重的错误，爱上了这个小孩。但这都不算问题，真正有问题的，是爱丽丝自己——这是茱莉亚最放心不下的。“为什么他过了这么久才来这里?”她有些愤怒地问。

艾莉把车开到标记着“警察局长”的车位上，把车停了下来。

茱莉亚盯着那个标记，车头灯把它照得红通通的。与此同时，落下的雪花把它遮盖了起来。今晚的一切似乎都处在矛盾之中。“我理解，你得履行你的职责，艾莉。我们两个都是。我们让自己在她身上投入得太多了。我明白。但我是专业的，相信我吧。我告诉过你我从来没有忘记我在承担什么样的风险，而且我知道怎样对爱丽丝最好。”她几乎是在对着艾莉怒吼了。

“你说的都是废话，但我知道你为什么要说这些。”艾莉转向她。在那种奇怪的半明半暗的光线中，她的脸显得更为苍老，布满了阴影，“有一个问题。”

“告诉我。”

“你知道乔治·阿泽尔是谁吗?”

茱莉亚皱着眉头，说：“谋杀了他的妻子和女儿的那个家伙？对了。他……”她深深地吸了一口气，摇了摇头。

“他是她的父亲。”

“不。”她摇摇头。一定是搞错了。阿泽尔案是一个大事件。参照他曾创建的互联网帝国，人们叫他“亿万富豪杀手”。八卦媒体关注了庭审过程中所有令人迷惑的方面，整个程序中唯一确定的就是，他有罪。“但是他被判有罪，他进了监狱啊？为什么……”她觉得难以置信。

“我不知道为什么，他才知道。”

茱莉亚看起来似乎石化了——除了无法接受之外，她什么想法也没有了。

艾莉碰了碰她的胳膊，“我可以一个人进去，告诉他我没找到你。”

“不。”茱莉亚走进寒冷的夜晚，努力让自己保持镇定。把爱丽丝交给一个充满了爱的家庭，是她会让自己去面对的事情；但乔治·阿泽尔，这是两码事。“不会交给一个杀人犯。”在走过院子、走上楼梯的那段长路上，她这么喃喃自语了不止一次。整段路上她都在努力回忆着所有她能想起来的关于那次审判的事实。她大多数的回忆都表明陪审团认定了他有罪。

棉球一般的雪花懒洋洋地从夜空中飘落，在路灯的光线和窗户里透出的灯光的层层照耀下，闪闪发光。

警局里很安静。

茱莉亚眨着眼睛，慢慢调整着，适应着室内的光线。大厅看起来似乎比平时要大些，但那是因为她只在新闻发布会期间来过这里，那时候这里挤满了人。卡尔在他桌子旁，戴着耳机；花生站在他旁边。两个人都用忧虑的目光看着茱莉亚。

艾莉的桌子和桌子前的椅子都空着。

“他在我的办公室里。”艾莉说。

“哦。”

艾莉看了一眼花生和卡尔，说：“你们两个待在外面。”

花生的眼睛里充满了泪水，“我们不想听。”

卡尔点点头，握住了花生的手。

艾莉领着茱莉亚穿过大厅，经过两间门开着、床空着的单人囚室，到了一扇开着的门前。门上有一块铜铭牌，上面写着：警察局长。

艾莉先走了进去——几乎立刻就响起了说话声——她说话有点太快了，而他的声音沙哑而低沉。

茱莉亚做了个深呼吸，跟着她姐姐走进了办公室。

茱莉亚完全无视房间里的其他东西——书架、桌子和家人的照片等，她能看见的只有乔治·阿泽尔。

若是在街上或是在人群中，她可能认不出他来；但是现在，她想起他了。高大，黝黑，还有死气沉沉——这些词语是媒体曾经对他的描述，很容易就看得出来，为什么他们会这么说。他的身高超过六英尺，肩宽臀窄。他英俊的脸轮廓分明，眼圈处呈现着瘀伤般的暗影，是那种阴沉易怒的脸；黑色夹杂着些许灰白的头发，几乎垂到了他的肩上。他的脸是那种容易让女人犯花痴的脸，尽管他看起来很疲惫。

“你就是那位医生。”他说道。他的声音里有口音，那种音节的延长，让她想到了新奥尔良，想到了炎热、颓废的地方，还有那些持续到深夜的谈话，“我想谢谢你为我女儿所做的一切。她还好吗?”

她迅速地、几乎是猝然地向前走去，然后伸出她的手。他握手握得很坚定，或许，甚至有点更多的意味。

“你是个杀人犯。”她说着抽回了手。她突然有种想去洗手、把被他握过的感觉洗掉的冲动，“一个一级谋杀犯，如果我没记错的话。”

他的笑容消失了。他伸手从他裤子后面的口袋里掏出一个信封，扔在艾莉的桌子上，“长话短说，上诉法院用驳回此案的动议推翻了初审法院的判决，因为证据不足的原因。最高法院同意了，上个星期，我被释放了。”

“只不过是因为技术细则问题。”

“如果你认为无罪判定只是技术细则问题，有一天我回到家，我的家人都不见了。”他的声音嘶哑了，“我不知道她们身上发生了什么，警察判定我是凶手，仅此而已。他们忽略了其他证据。”

茱莉亚无言以对。她拼命让自己不去想自己对这一切的感受，但恐慌仍然如影随形，“没有我，她活不下去。”她希望他明白这话里的意思。

“听着，医生，我被关了好几年。我在华盛顿湖边有座大房子，还有足够的钱请人给她最好的照顾，所以我们不要拐弯抹角了。我需要向全世界展示她还活着，所以我要她。现在!”

她盯着他，对他的话震惊至极，“如果你以为我会把爱丽丝交到一个杀人凶手的手上，你一定是疯了。”

“爱丽丝到底是谁?”

“这是我们给她起的名字，我们不知道她是谁。”

“好吧，现在你知道了。她是我的女儿，我到这里来带她回家。”

“你在开玩笑吧？据我所知，你是这整件事的幕后黑手。你不是第一个为了摆脱妻子而牺牲孩子的人。”

她看到他眼中有什么东西闪了一下。他到她面前贴近她说：“我也知道你的底细，医生。我不是这里唯一一个有着阴暗过去的人，是吧？你真的想要和我公开对抗吗?”

“随便你，”她坚持立场说道，“你吓不到我。”

他低头盯着她，低声说道：“告诉布妮我来了。”

“我不会让你拥有她的。”

他的呼吸温暖而柔和地扫过她的太阳穴，“我们都知道，你阻止不了我的。华盛顿州法院是支持家庭团聚的。法院见。”

他刚一走，茱莉亚就跌坐在一把冰冷的硬椅子上。她浑身都在颤抖。乔治是对的，华盛顿州法院对家庭重新团聚的看重，几乎超过了其他所有东西。

“你想谈谈这件事吗?”艾莉说道。

“谈是没有用的。”

“思考才有用。”她在心里说道。

她做了一次深呼吸，“我需要关于他的案件的信息。”

“他给了我这个。”艾莉把一叠文件从桌子上推了过来。

茱莉亚拿过文件，试着去读。她的手颤抖得非常厉害，白纸上的文字不停摇晃。

“茱莉……”

“给我一分钟。”茱莉亚听见自己的声音已经到了绝望的边缘。她用尽了自己的每一分自我控制能力，才没有开始尖叫或哭泣。要是再看看她姐姐那悲伤的眼神，或是听到几句安慰的话，她就会陷入绝望，“求你了。”

她把精力集中到那些文件上。那些文件描述了历审程序的梗概。撤销此案的原始动议，是由乔治的律师在主要案情陈述的结尾处提出来的；动议上对罪行的否认；上诉法院的逆转，以及州最高法院对逆转和解除的认可。所有这些，唯一让茱莉亚觉得有用的，是对可能性原因所做过的检测的原始认证，上面罗列了所陈述的案件的事实。

2013 年 4 月 13 日，大约早上九点半，乔治·阿泽尔打了一个电话到国王县警察局，报告他的妻子佐伊·阿泽尔和他两岁半的女儿布列塔尼失踪，且已失踪超过二十四小时。西雅图警局立即响应，派遣警官到默瑟岛上湖滨路 16402 号的阿泽尔家住宅，接着发起了一个全县范围、然后是全州范围的搜索。各个社区团体响应号召，组织了大量的搜索队和午夜的守夜活动。

在此期间进行的调查显示，在失踪之前阿泽尔夫人正处于外遇之中，且已申请了离婚。阿泽尔也和他的私人助理科林·约翰斯有婚外情。

根据调查，警方认定以下事实：

在 2001 年的 11 月左右，警方接到一个阿泽尔家打来的家庭暴力事件报警电话。警官在阿泽尔夫人身上发现了瘀伤并逮捕了乔治。当阿泽尔夫人拒绝指控她的丈夫后，这次申诉被解除了。

在 2002 年 4 月 11 日的晚上，邻居斯坦利·希曼报告了阿泽尔家的另一起暴力事件，虽然他没有给警察打电话。他跟他的妻子说阿泽尔家“又在那样了”。希曼指出他们打架的时间是晚上 11 点 15 分。

在周日即 2002 年 4 月 12 日将近中午的时候，邻居斯坦利·希曼目睹阿泽尔把一个大箱子，和一个较小的“麻袋似的”帆布旅行袋，装到他的水上飞机上。

阿泽尔承认，4 月 12 日大约下午 1 点钟的时候，他开着他的水上飞机从华盛顿湖起飞，飞机上没有别的乘客。根据其家庭证人的证词，接近两个小时后，他到了他姐姐在萧恩岛上的家。专家向警方证实，那个距离的通常飞行时间，将略少于一小时。当天晚上 7 点，阿泽尔先生回到他华盛顿湖的住所。

一个本地送花的人——马克·优丽欧，周日下午 4 点 45 分到达阿泽尔家。花是阿泽尔本人在那天下午一点钟的时候通过电话订的，但当他们送花过去的时候，阿泽尔家却没有人应门。优丽欧报告说看到一个白种男性，大约三十五六岁，穿着黄色雨衣，戴着一顶蝙蝠侠的棒球帽，上了一辆停在阿泽尔家住宅对面的白色面包车。

周一早上，阿泽尔打电话给几个朋友和家人，问他们是否知道他的妻子和女儿在什么地方。他告诉几位证人佐伊已经“又跑了”。早上 10 点半，当布列塔尼没有在托儿所出现，以及佐伊和她的心理医生失约后，阿泽尔报警，报告了她们的失踪。

在确定阿泽尔的嫌疑人身份后，警方获得了搜查令，到他家进行了搜查。在客厅的地毯上，他们发现了血迹。DNA分析证实了这血是布列塔尼的。此外，在这对夫妇的卧室里找到的确认为佐伊的头发样本，上面还连着发根，证明这里曾发生过打斗。梳妆台上的一个灯座碎了。

整个搜索期间，警官们一再指出，乔治·阿泽尔要么在搜索时莫名其妙地消失，要么看似对他家人的失踪漠不关心。这样的行为让警方考虑将阿泽尔作为嫌疑人。

基于获得的信息，杰拉尔德·里夫斯中士以谋杀他的妻子和女儿的罪名将阿泽尔逮捕，对他宣告了他的米兰达权利。州法院要求这个案件的嫌疑人不能被保释。这是一个残酷的、经过周密的计划和执行的罪行。阿泽尔拥有大量的个人财富，加上他的飞行员执照，让他有了非常高的弃保潜逃的风险。

遵守伪证处罚条款，遵守华盛顿州的法律，我保证以上所述是真实、正确的。

然后，是侦探的签名和日期。

看完文件后，她叹了口气，把文件放回了桌子上。

走廊里响起了雷鸣般的脚步声。

花生和卡尔抢着挤过那扇门，花生赢了。“怎样？”她关切地问。

“他是个人渣，”茱莉亚说道，“一个奸夫。而且几乎可以肯定，是个打老婆的人。但根据法院的判决，他不是杀人犯。他也不可能被再起诉——重复起诉是不可能的[①]。”她看着周围那些充满了担忧的脸，继续说道，“他也是她的父亲。DNA验证结果很确凿。华盛顿州法院……”

“我才不管什么国家法律，”花生看着茱莉亚说道，“我们要怎么做才能保护她？”

“我们需要一个计划。”卡尔说。

“如果有车要撞她，我会挡在她前面。”茱莉亚说。说完这句话，她感到她平静了下来。

她手上的颤抖停了下来。

---

① 重复起诉是不可能的：对同一罪行的重复起诉或定罪，这种情况为美国宪法第五修正案所禁止。

如果有车要撞她，我会挡在她前面。——那是真的。

“我们得开始行动了。”她已经振作了起来，虽然她现在连勉强笑一笑也做不到，甚至连以后还会不会笑也无法设想。她不会去想“万一……会怎么样”，那会摧毁她的意志。她所想到的只有爱丽丝，以及如何去保护她。

“雇一个侦探，”她对艾莉说，“深入调查一下阿泽尔的过去。查一下这个王八蛋什么时候、在什么地方打过人、卖过毒品或是酒后开过车。我们不需要证明他是个杀人凶手，只需要证明他是个不合格的父亲。”

当她们回到家的时候才刚刚五点过，但感觉起来，就像是到了半夜。乌云遮暗了天空，一英寸厚的雪覆盖了一切：草坪，屋顶，门廊的栏杆。房子在那一片白色之中，看起来绚丽夺目。

艾莉把车停得离房子很近。她们两个都没有下车。

“我不打算告诉她。”茱莉亚最后说道，直愣愣地盯着前方。

艾莉叹了口气，“你又怎么能告诉她？你离开她的身边去做个早餐，她都会不开心。”

茱莉亚无法接受那样的境况，就连想一下都不可以。

“不离开女孩，书莉。”——她仿佛听见爱丽丝在说话。

她打开车门，走进飘落的雪花里，几乎感觉不到寒冷。

她从雪地里走到打湿了的木头上，走上台阶，打开前门。房子里的灯光和温暖扑面而来。然后，她看到了蜷缩在麦克斯腿上的爱丽丝。看到茱莉亚进来了，她抬起头来粲然而笑。

“书莉！”她扬声叫道，从麦克斯的怀里溜了出来，跑向茱莉亚。

她把小女孩抱起来，紧紧地抱着她。“嘿，小家伙。”她努力微笑，希望自己的笑容看起来没那么勉强。

爱丽丝对她皱着眉问道：“伤心？”

“很高兴回到家。”茱莉亚说道。

爱丽丝的眼神缓和了下来。她又抱紧茱莉亚，把脸埋进茱莉亚的脖子里。

艾莉来到茱莉亚后面，抚摩着爱丽丝的头发，招呼道：“嘿，小姑娘。”

“嗨，莱莉。”她用一种含混而快乐的腔调答道。

麦克斯已经站了起来。壁炉的火光从背后照耀着他，让他的脸处在一片阴影之中。“茱莉亚？”他说。他的声音里包含着分量十足的关心。

这几乎让她卸下了盔甲。她试图像是不小心似的避开了他的触摸，但她发现他看出来了她是有意回避。他当然会发现。她不了解麦克斯太多，但她了解一点：他能看出她的伤心，他体会过心痛是什么感觉。现在，他已经从她脸上看到了这种感觉。怀里抱着爱丽丝，乔治·阿泽尔的信封就在她的大衣口袋里，她根本无法隐藏自己的情绪。

如果她让他碰了自己，她就会哭起来。她不想这样。上帝知道，她需要力量来面对即将到来的一切。

“他想把她要回去。”

麦克斯眼里流露出来的理解和悲悯，几乎让她无法承受。他慢慢走向她。有那么一会儿，她以为他要来吻自己。相反，他说道：“我回去等你。”

“但是……”

“不管什么时候，你方便的时候过来就行。你会需要我的。”

她无法否认，她的确迫切地需要得到安慰。

“我会等着你的。”他又说了一次，这次他不等她回答，就跟大家说了再见离开了。

他走后，一片沉寂。

“麦克斯，再见，”爱丽丝说道，“书莉不离开？”

茱莉亚努力吞咽了一下，感到眼泪冒出来了。她紧紧地抱住爱丽丝。“我不会离开你的，爱丽丝。”她说。她祈祷着，永远不要和爱丽丝分离。

那天晚上剩余的时间里，茱莉亚一直如堕五里雾一般。爱丽丝似乎感觉到了有什么不对，她比平时跟着茱莉亚跟得更紧了。

到九点钟的时候，她们两个都已筋疲力尽。茱莉亚给小女孩洗了澡，给她编好头发，把她放到了被子里。然后，她紧紧和爱丽丝依偎在狭窄的床上，试图给她读一个睡前故事，但她连眼前的字都看不清了。

“书莉伤心？”爱丽丝反复地说着，小小的一张脸皱成了一团。

“我没事。”茱莉亚说着合上了书，吻了爱丽丝道了晚安，“我爱你。”她对那张充满着婴儿香、柔嫩的脸蛋低语道。

“留下。”爱丽丝迷瞪着眼，喃喃地说道。

“不，已经是晚上了，爱丽丝该睡觉了。”

爱丽丝点点头，把大拇指放进嘴里吸吮着。

茱莉亚低头注视着女孩。

“我的女孩。”她自言自语道。

她的胸口一阵疼痛。她转身从床上离开，走下了楼。

艾莉坐在厨房的餐桌前，读着一叠文件。狗儿们躺在她旁边的地板上，温顺驯得一反常态。“法院说……”

茱莉亚举起一只手，仿佛是在防卫自己似的，“我现在谈不了这个，我需要点……时间。你能看着她吗?”

“当然。”

茱莉亚走进厨房，拿起车钥匙和她的包。每走一步，都像是会让她散架，感觉她就像是用旧透明胶粘起来的一样。“再见。我很快就会回来。”

出了门，她颤抖着深深地吸了一口气。渐渐变深的夜里，空气中充满了湿木头和新雪的味道。直到她快到车上了，她才意识到自己忘了拿大衣。

她在寒冷中向麦克斯家开去。当她转上他门前的车道上时，立刻有了一种温暖的感觉。

当她穿过白茫茫的院子、到了门廊的台阶的时候，发现他正在外面的平台上等着她。微弱的光线从一扇开着的窗户射出来，在他身上洒下了一层美丽的金色光辉。

看到他的时候，她浑身上下一阵强烈的激荡。这激荡来自她心灵最深处的某个向来平静的地方，穿透过全身每一块肌肉和骨头。那感觉是：回家了。

她登上台阶，走向他。他开始说着些别的什么，但她不想听到他说的话、他的声音、他的问题，那些东西太实在、太沉重了。此刻，她已经无法负荷更多。

她伸出一根手指放在他的嘴唇上，“带我到床上去，麦克斯。”

他低头注视着她。就在片刻间，她看到了这个男人笑容背后的哀伤，他也体会过分离的感觉。“你确定?”他问道。

她贴到他身边，伸手抱住他。“你在浪费时间。爱丽丝……”她的声音哽咽了，她强挤出了一丝笑容，“……可能会做噩梦。我不能离开太久。”

他把她揽进怀里，抱着她走上楼梯。她依偎着他，把脸埋进他的脖子里。一会儿后，他们进了他的房间。她从他的怀里滑下来，向后退了一步。尽管她此刻根本不想和他分开，但她感到别扭，有种完蛋了的感觉。

她解开了她的衬衫，让它掉在地上。接着，是她的胸罩。

他们站在那里，各自脱着衣服，咫尺却仿佛天涯。终于，两个人都脱光了，看着彼此。

他向她伸出手去，她什么也没说，甚至停止了呼吸。他伸出一只手绕过她的脖子，放在她的后颈上，把她拉向怀里。她失去了平衡，有点踉跄地跌到他的胸膛上。

他慢慢吻着她，带着出人意料而又一闪而过的温柔。她伸手环绕着他，抚摩着他的皮肤，想要他离得更近点，再近点。

她的脑海里闪过一个念头：把他推开，改变主意，说停下；我错了，你会让我伤心的。但她的恐惧只持续了一瞬间。激情已驱散了恐惧或迟疑。他们到了床上。在她意识里的某个遥远的角落，她看见他正在把她的衣服推到一边，用凌乱的白床单为他们的身体筑起一个巢；然后，她和他到了床上，她在他下面，她的双手急切地抚摩着他赤裸滚烫的身体。她的呼吸是那么的沉重而急促，让她感到头晕目眩。她的嘴里喃喃地叫着他的名字，但他们谁也听不见。他用双手突破了她的防线，把她压低，把她从快乐带入一种痛，然后又回到快乐。她听见他打开了避孕套——似乎是从遥远的地方传来的声音；然后，她把手放到他身上，导引着他。

他呻吟着，用他的身体覆盖了她，向她贴紧，直到她什么也无法思考，只剩下身体的感觉。

当他们结合时，随着一种直抵她灵魂深处的冲击，她叫出了声。有那么一刻，她在害怕，害怕自己会在这一切里，将自己迷失。

结束之后，他再次紧紧拥抱着她，吻着她，漫长、缓慢而温柔，让她想哭。

“你是个好男人，麦克斯·赛内森。”她声音嘶哑地说道。

“我曾经是。”

她往后退开足够的距离，看着他。这时，在单独的一盏灯那微弱的灯光照耀之下，她看到了以前即使是面对自己她都拒绝承认的东西：从她看到他的那一刻起，她就已经迷失；在他们的第一个吻后，就更为确定。她不能随便让自己跌进爱河，否则她会让自己沉沦进去。就像她深爱的爱丽丝一般，跌进了兔子洞，身边的一切都变得毫无意义。但是现在，他是否回报她同样的爱，已经不重要了。重要的，是爱本身，是与另一个人心心相系的感觉。她知道，这也正是他所担忧的。他们未曾预期会怎样开始，也无法知道要怎样结局。在过去——见鬼，就是在昨天，这都会让她害怕。但在今天，她已经学到了很多。

“昨天，我还在担忧着很多事情；今天，我知道什么是重要的了。”

“爱丽丝。”

“对，”她温柔地说道，“还有你。”

麦克斯躺在她身旁，紧紧抱着她赤裸的身体，盯着天花板。他已经很久没有过这种感觉了。他想整晚和茱莉亚待在一起，在她旁边醒来，吻她，跟她说早安，向她诉说脑子里想到的任何东西。

在平常的时候，这是有可能的；但现在，远远不是平常的时候。此刻，她的某部分已经分崩离析，她完全是凭自己的意志在让自己仍然保持一个整体。

他翻身侧躺着，低头看向她。“你真美。”他用手指在她下唇边缘摩挲着说道。

“你也是。”她微笑着说道。她用鼻子划过他的下巴。在她笑着的时候，她淡绿色的眼睛让他想起了早上雾气氤氲的热带雨林——清凉，深邃，充满了神奇。

“你正在让我变得浪漫。”他说。

“那么，你已经很浪漫了。”

听到这个，他笑了起来，“你们心理医生总是知道该说什么，不是吗?”

她盯着他看了很长时间后才回答：“不要骗我，麦克斯。这是我唯一想要的，好吗？如果你没有想对我说的，不要口是心非。”

“我从来没有对你口是心非，茱莉亚。”

“那么，告诉我些实情。”

“比如?”

她扫了一眼墙边的书桌，上面陈列着几个相框，是他以前生活中的照片。“比如，你的婚姻。”她说。

“她叫苏珊·奥康奈尔，我们在上大学的时候相识。看到她的第一眼，我就爱上了她。”

“直到?”

他的目光移开了一会儿，然后意识到这样是没有用的。她那敏锐的眼睛能看见一切，他当然无法以移开目光的方式来掩藏这苦痛。“相信我，现在不太适合谈这个。”他回避着，不想继续这个话题。

“会有合适的时间谈吗?”

“当然。”他轻轻说道。

她温柔地吻了他，然后说道：“我得走了，爱丽丝睡得不太好，如果她醒了看不到我，会害怕的。”当她说到女孩的名字的时候，她的声音里有一种犹豫。

“法院会知道，你才是她最好的归宿。”

“法院。”她重重叹息道。

“你觉得他们不会做出正确的判决?”

“事实上，我现在想不了那些。如果我去想，我就会崩溃。现在，我要把注意力集中在证明他是个不称职的父亲上。一步一步来。”

“你会需要我的。”

她慢慢向他露出一个坚定的微笑。这个微笑释放了他胸中的郁积，让他感到呼吸都更顺畅。“我一定会需要的。”她说。

艾莉这一夜都在噩梦和恐怖的幻象中度过。当她在黎明时分醒来时，整个人紧张而烦躁。她做的第一件事就是拿出文件——她已经读过这些文字那么多遍，几乎已经能全记住了。在过去的二十四小时里，她亲自给每一个处理过阿泽尔案的警察局打了电话。此外，她还跟国王县最好的私家侦探通了将近一个小时的电话。

跟她谈过的每一个人，以及她读过的每一份报告，都在说同一件事——他是有罪的。

但州法院没有认同。

艾莉在客厅里踱来踱去，狗儿们跟着她到处走，每次她转身的时候，狗儿们都会撞到她身上——它们也在跟着她不高兴。她的责任是证明乔治是个坏人，是个不合格的父亲，但目前为止，她所能找到的，都不过是含沙射影的讥讽和雾里看花的指控。

他是个奸夫，这是事实。这是唯一能板上钉钉的事情。邻居们只不过是“认为”他打了他的妻子，陪审员们“相信”他杀了她，但都没有任何事实依据。还有媒体……

跟她谈过的每个记者都确信他干过那件事，“有罪的王八蛋”是最常见的用来描述他的称号。但没有任何涵盖他上述恶劣行径的记录——没有贩过毒，没有酒后驾驶，甚至连酒后闹事都没有。

她咒骂了一声，抓起她的文件离开了家。

她驱车直奔“雨滴”餐厅。在这么早的时候，这家餐厅是唯一开了门的地方。像往常一样，这里挤满了上班前来吃早餐的伐木工人、渔民和磨坊工人。往收银台走的途中，她在每个卡座前都会停下来与人打招呼。

罗茜·齐考斯基坐在柜台后面，抽着烟。蓝色的烟雾袅袅升起，飘进积聚在她头顶的云雾里。

“嘿，艾莉，你来得真早。”她说着把烟头从嘴里拿出来，在烟灰缸里灭掉。五十年来，大家在“雨滴”餐厅都可以抽烟，任何法律也不会将此改变。

“我需要些咖啡因。”

罗茜笑了，“没问题。再来一块芭芭家的紫蓝莓松饼，如何？”

“谢谢。但只要一块，如果我还想再要一块的话，你就开枪打我吧。”

“是打伤还是打死？”

“把我打死吧。”在笑声中，艾莉转身向餐厅里空空荡荡的非吸烟区的一个卡座走去。

片刻后，她看到了他。

他趴坐在深红色的塑料卡座上，面前放着一个空咖啡杯。他看见了她，点了点头。

艾莉走到他面前。“阿泽尔先生。”她说道。

“你好，巴顿警长。”看起来他见到她并不高兴。他的目光扫过她拿着的厚厚的文件夹。

“我能坐在你旁边吗？我有一些问题想要问你。”

他叹了口气，“当然可以。”

她侧身走进卡座，坐在他对面。她看着他，努力想从他脸上看出些什么，但她能看见的，只有疲惫的双眼和深深的皱纹。当她正在整理着想法、组织着问题的时候，他说道：“三年了。”

“三年什么？”

他向她倾身，深深地看着她的眼睛，“我蒙冤入狱了三年！见鬼，我甚至对此一无所知。我以为佐伊离开我到她的某个情人那里去了，还带走了我们的孩子。”他那咄咄逼人的眼神很令人不安，“想象一下那是什么感觉。被判定干了一些可怕的、恐怖的罪行，把你放在笼子里让你腐烂。为什么？因为你做了错误的选择，让冲动主宰了你自己的生活。所以我有了外遇。所以对这件事我向我的妻子和家人撒了谎。所以我在大打出手后向她送了花。但这些，不能证明我就是凶手！”

“陪审团……”

“陪审团，”他轻蔑地说道，“他们看不到我之前的生活。所有的报纸和电视台都会在五分钟内就说我有罪。甚至没有人会去寻找佐伊和布妮。在我家人失踪的那天，有两个目击者看到一辆奇怪的面包车停在我家门口的街上，可是没人在乎。警察甚至都懒得去调查，一个穿着黄色的雨衣、戴着蝙蝠侠棒球帽，以及开着一辆灰色雪佛兰货车的白人。上个月当我花钱去调查后，他们又把我当成欧·杰·辛普森。而我每一天，都在等着 DNA 鉴定的结果会把我的女儿送回我身边。我不得不请求法院发出指令，把她的 DNA 和现场发现的血迹做了比对。我一拿到结果，就赶紧到了这里……结果，却发现你妹妹要跟我争监护权。”

罗茜来到桌子旁。“你的咖啡和松饼到了，艾莉。我放在你的桌子上了。”她露齿一笑，“为健康着想，赶紧去吃哟。”

罗茜离开后，乔治探身到桌子上，问道：“你相信我吗？”

她在他的声音里听到一种崩溃的感觉，一种半信半疑的感觉萦绕在她心头。她更愿意相信他是有罪的。“你想让我明白你是无辜的。”她注视着他慢慢说道。

“我是无辜的。如果你相信这个，事情会好办点。”

“当然，对你来说会好办点。”

“她怎么样？至少你能告诉我这个么？她还会吸吮她的大拇指吗？她是……”

艾莉赶紧站了起来。突然间，她需要和他保持距离了。“爱丽丝需要茱莉亚，你能理解这个么？”她反问道。

“她不叫爱丽丝。”他说。

艾莉走开了，都不敢回头。当她快走到门口的时候，她听见他对她叫道：“你告诉你的妹妹，我不会放弃的，巴顿警长。我不会再失去一次我的女儿。”

接下来的四十八小时，让人觉得既乏味、又难挨。雪已经停了。世界苏醒了过来，在一片银装素裹中闪耀着光辉。茱莉亚每时每刻都在工作。白天，她和爱丽丝在一起，教她学新词语，带她到外面的后院里去堆雪人。白天，爱丽丝问过几次她的狼，然后指着汽车，茱莉亚都缓缓地把她的注意力转移到她们在做着的事情上。不知道爱丽丝有没有想过，为什么茱莉亚总是一直亲她的脸蛋、抓着她的手——从她的表现，看不出任何迹象。

现在，最重要的时间是晚上了。她和艾莉、花生、卡尔，以及那位私家侦探工作了一整夜，研究了大量的警方报告、新闻报告和存档的录像。在医院上了很久的班后，麦克斯也过来帮忙。他们阅读或观看着他们能找到的关于乔治·阿泽尔的一切。到了周一早上会议结束后，他们搞清楚了他所有的情况。

但没有任何对他们有用的情况。

“读书女孩?”

茱莉亚收回思绪，瞥了一眼时钟。已经将近两点了。“现在不读。”她轻轻说道，“卡尔会带莎拉过来和你玩。你还记得莎拉吗?”

爱丽丝皱眉，“书莉留下?”

多么平常的要求。“现在不行，亲爱的。但我会回来的。”茱莉亚向她保证道。

听到这个，爱丽丝笑了，“书莉回来。”

茱莉亚蹲了下来。她还没有想好说什么，前门就被打开了。艾莉、卡尔和莎拉走进了房子。

大家都懒得说什么。

莎拉给爱丽丝看她带来的一对芭比娃娃。

爱丽丝没有反应，但她的眼睛已经离不开芭比娃娃了。过了一会儿，两个女孩走进了客厅，肩并肩地各自玩着。爱丽丝还是不知道如何与其他孩子进行互动，但莎拉似乎并不介意。

艾莉摸着茱莉亚的胳膊说：“你准备好了吗?”

茱莉亚勉强一笑，伸手去拿她的公文包。在出去的路上，她停下来跟卡尔说话。她想说的是：当爱丽丝感到舒适的时候，她会跟莎拉说话的。但当她张开嘴，却什么也说不出来。

“祝你好运。”他轻轻说道。

她点点头，跟艾莉上了警车。

除了挡风玻璃雨刷的砰砰声之外，车内一片沉默。她们开车到县法院，那是在港湾的山上，一座用灰白的石头建起的高楼，狂野的蓝色太平洋形成了一个非常绝妙的背景。今天，灰暗的天空模糊了地平线，令一切都显得苍白而模糊。

家庭法院在主楼层走廊的尽头。茱莉亚曾经常出入法院，家庭法院是她最不喜欢的。每天，都有很多人的心会在这里破碎。

茱莉亚停下来整理了一下她的海蓝色套装，然后打开门走了进去。她的高跟鞋敲击在大理石地板上。艾莉和她脚步一致地走着，穿着装饰着金星的制服，看起来非常自信。她们从坐在旁听席后排的麦克斯和花生身边经过。

乔治已经坐在了法庭的前面，身边是他的律师。

乔治看到了她们，从座位上站起来走向她们。他穿着深灰色的西装，一件挺括的白衬衫。他的头发被扎成了一条平整的马尾辫。“盖茨医生，巴顿警长。”他招呼道。

“阿泽尔先生。”艾莉说道。

他们身后，法院的门被砰地打开。茱莉亚的律师约翰·麦克唐纳急急忙忙地走了进来，拿着一个破旧的人造革公文包。他看起来很累，这没什么好奇怪的，因为他们所有人凌晨四点钟就起来了，寻找着用来对付阿泽尔的一切，“抱歉，我迟到了。”

乔治看着对方律师，毫无疑问注意到了约翰的棕色灯芯绒西装和起球的绿色衬衫。“我是乔治·阿泽尔。”他说着伸出手去，意欲和他握手。

“哦，好吧。”约翰说道，然后带着茱莉亚和艾莉到了他们的桌子旁。

法官走进法庭，坐到了她的座位上。她在那里盯着他们所有人看着。她开门见山地说道：“我已经看过了你的请求，阿泽尔先生。你知道的，盖茨医生已经成为你女儿的临时收养人将近四个月了，而且，最近已经着手永久收养程序了。”

“那是以前，法官大人，那时候这孩子的身份还处于未知。”乔治的律师说道。

“我很清楚时间顺序，我也知道这个案件的程序历史。本次开庭，讨论的是该未成年子女的安置问题。很明显，公共政策尽可能地倾向于自然家庭的重新团聚，但现在远远不是普通的家庭情形。”

“阿泽尔先生有家庭暴力的记录，法官大人。”约翰说道。

“反对！”乔治的律师又站了起来。

“坐下，律师。我知道他从未因此被正式起诉。”法官取下她的老花镜放在她的桌子上，然后看着茱莉亚，“我们的问题在你身上，盖茨医生。你不是一般水平的寻求永久监护权的收养人。你是我们国家最杰出的儿童精神病学家之一。”

“我不是因为我有这个能力才来这里的，法官大人。”

“我知道这个，医生。这意味着利益冲突。你在这里，是因为你不会撤回你的收养申请。”

约翰开始准备站起身，茱莉亚以一个触碰阻止了他。为爱丽丝恳请，没有人能做得比她更好。她抬头看着法官说道："在任何其他情况下，法官大人，如果一个家庭成员站出来了，我都会收回申请。但我看过这个案件的记录，我非常担心孩子的安全。孩子母亲的尸体一直没被发现，我们也没有看到无罪记录。阿泽尔先生声称自己是无辜的，但根据我的经验，有罪的人大都会这么说。我只想把最好的照顾给到这个可怜的孩子，她已经遭受了那么多折磨。你可以从我的报告中看出，她是个被极度创伤过的孩子。直到不久前，她还完全不会说话。我能和她取得进展，因为她信任我。让她离开我的照顾，会导致她受到无法弥补的伤害。"

"得了吧，法官大人，"乔治的律师说道，"她是个心理医生，我的委托人负担得起替换她的费用。事实是，阿泽尔先生和他女儿已经蒙受了巨大的时间损失。根据正义，他应当被立即赋予监护权。"

法官戴回了眼镜，看着他们所有人，"我会考虑这个意见。我会指定一个诉讼监护人来评估这孩子的特殊需求和当前状况，在我得出结论后，会让你们知道的。在那之前，孩子会继续与盖茨医生生活在一起。阿泽尔先生将被获准探视。"

乔治的律师猛地站了起来，"但是，法官大人……"

"这是我的裁决，律师。现在，我们要继续最大可能的照顾。这孩子已经受够了。我相信，你的委托人只想给他女儿最好的照顾。"她用小木槌敲了一下桌子，"下一个案件。"

茱莉亚花了一点时间才反应过来刚刚发生了什么：她仍然拥有爱丽丝的监护权——至少现在。

她听到约翰在跟艾莉谈着有关探视的安排。

茱莉亚懂得那一切。她已经不知道有多少次，自己被指定为诉讼监护人来保护小孩的权益。

她从容地从桌子旁离开，开始走出法庭。在后面的门边，她看见麦克斯在等着她。

然后，有人抓住了她的胳膊——抓得太用力了点。

乔治把她拉到一旁。他那好莱坞式的笑容不见了，已经被失败冲淡了。在他的眼睛里，是一种她没有预料到的悲伤，"我需要见她。"

她别无选择，只能同意。"明天。但我不会告诉她你是谁。反正，她也不会明白的。我们在大河路 1617 号。下午一点钟过来。"说完她挣脱他的胳膊，开始往外走。

他又抓住了她。

她低头看着他修长、古铜色的手指，它们把她的上臂完全环绕着抓住了。他是一个习惯于得到他想要的东西的男人，也不怎么在意侵犯别人的私人空间。“放开我，阿泽尔先生。”她有些恼怒地说道。

他立即照做了。

她想着他会退回去——被称为懦夫的人通常都会那样；而会打老婆的男人，都是以强凌弱的懦夫——但他没有。他站在那里，低头看着她，而且不知怎的，已变得怯懦，驼着背。

“她怎么样?”最后，他问道。

她敢发誓，她在他的声音里听到了伤痕，他的那些话说得很痛心。杀人犯和极端反社会的人通常都很会演戏——她提醒自己。“你很快就会知道你问的这些了。”她说。

“你认为你了解我，盖茨医生，整个世界都这么认为。”他退了回去，叹着气，伸手进他的头发里解开着他的马尾辫，“天啊，我已经厌倦了我赢不了的战争。所以，只需要告诉我：我的女儿怎么样？发育延迟到底是个什么鬼意思?”

“她在从地狱经过，但她已经快出来了。她是个坚强、可爱的小女孩，她需要许多治疗，以及稳定。”

“你认为我不稳定?”

“正如你所指出的一样，我不了解你。”她把手伸进她的公文包拿出一个录像带，递给了他，“我给你准备了这个。这是我们在各个阶段的一个选辑，它会回答你的一些问题。”

他小心翼翼地接了过来，就好像在害怕这个黑色塑料物会烧死他似的。拿到手中后，他低头看着。“她去过哪里?”最终他问道。这一次，他的声音如天鹅绒般温柔，这让她想起了他的老家在路易斯安那。根据庭审记录，他是在又脏又穷的河口地区长大的。

“我们不知道。我们想，是在森林里的某个地方。”茱莉亚才不会被他声音里透着的关注愚弄——他在耍她，她很确定这一点。他想让她认为，在这件事里他也是个受害者。“但我怀疑你知道。”她立即补充道。

艾莉来到茱莉亚身旁，抚着她的胳膊，“一切还好吧?”

“阿泽尔先生终于开口问爱丽丝了。”

“叫我乔治。她叫布列塔尼。”

听到这个提醒，茱莉亚畏缩了一下，“我们已经叫她爱丽丝很长时间了。”

“关于这件事，”他看着她们两个，“我想谢谢你们把她照顾得这么好。你真的是救了她的命。”

“是的，的确如此。”茱莉亚说道，“明天下午一点见，阿泽尔先生。请准时。”

茱莉亚点点头，走开了。她快到麦克斯身边的时候，才意识到艾莉没有跟上来。

茱莉亚回头一瞥，乔治和艾莉在谈着。

花生向她走来，背对着艾莉和乔治点点头。“这是个麻烦，”她说着抱起了双手，“你姐姐总是会黏在帅哥旁边。”

“我希望不会。”茱莉亚说道，突然之间感到筋疲力尽，“但也许，你该去偷听一下。”

“我很乐意。”花生说道，然后就过去了。

茱莉亚叹息着，走向在后门等着她的麦克斯。

23 chapter 魔法时刻

23 chapter

午后的阳光，如同未来一样捉摸不定，它们透过小窗的栅栏，照着硬木地板上的小水洼。

女孩躺在狭窄的单人床上发着牢骚，跟别的在午睡时间的孩子没什么两样，“不睡觉。读。”

麦克斯站在卧室门外，听见茱莉亚说道：“现在不行，亲爱的。睡觉。”

她开始非常小声地唱一首歌，麦克斯听不清楚。

这让他回想起他以前的生活——在那时的生活里，坐在床上的那个女人有深棕色的头发，那个孩子是一个名叫丹尼的男孩。

“再讲一个故事，”他会说。那个小男孩会被他们叫成“再一个丹”和“男人丹”。

麦克斯走到楼下。他在厨房里翻着橱柜，直到他找到了咖啡。泡了一壶后，他回到客厅，生起了火。

当他在喝第二杯咖啡的时候，茱莉亚终于下了楼。她看起来疲惫不堪，而且他敢肯定，她的脸上布满了泪痕。他想到她身边，用她抱着爱丽丝的那种方式抱起她，向她保证一切都会好起来的，但她看起来已经脆弱得经不起碰了。“给你来杯咖啡？”他说道。

“很好，咖啡。多放点牛奶和糖。”

他走进厨房，倒好另一杯咖啡，给她兑好牛奶和糖，端了回来。

她坐在壁炉前，背对着火。她的金发从她盘进去的发髻里散落了下来，暗淡卷曲的发梢垂落在她的脸庞周围。她的眼袋浮肿而阴暗，嘴唇发白。

“给。”他把咖啡递给她。

她微微扫了他一眼，闪过一丝微笑，“谢谢。”

他坐在她前面的地板上。

“我希望他是有罪的。”

“是吗？真的?”

她整张脸都崩溃了。她叹着气摇了摇头。“我怎么能那么想呢?”她喃喃道，“那会给她一个怪物爸爸。没有哪个小孩该承受这个。作为她的医生，我希望他是一个被误判的、疼爱女儿的父亲。作为她的妈妈……”她叹了口气。

他无言以对。他们都知道，无论怎样，爱丽丝——布列塔尼——都会受伤害。她要么会失去即将成为她妈妈的那个女人，要么会被从生身父亲身边带离。也许，现在还不会伤害她，她还不理解这意味着什么；但总有一天，她会感受到失去了什么。甚至，她会因此责怪茱莉亚。“我只知道，她需要你，你也需要她。”麦克斯安慰她道。

茱莉亚与他目光相对。她从壁炉前方的座位上滑下来，跪在他的面前，“我希望醒来后，发现这一切只是场噩梦。”

“我知道。”

她倾身向前，吻了他。他感到自己被这个吻颠覆了，被这个吻打碎了。

现在，他又能开始感觉到了，他无法停止，也不想停。他向后仰到可以看清她的距离，看着她，然后轻轻说道：“有一次你告诉我说，我对你的拥有，要么全部，要么没有。我选择全部。”

她努力笑了一笑，“你花的时间可真够长。”

女孩醒来后，她走到窗口，站在那里，看着窗外的院子里。她喜欢那些新词语，尤其是当她在之前加上“我的”的时候。这个词意味着，那个东西是她的。

现在在她的院子里有数百只鸟儿，不过还没有冰雪融化、阳光又温暖起来的时候那么多。下面，在融化着的雪面上，有一朵粉红色的花。

也许，她该把它摘进来。或许那会让书莉微笑，书莉需要多笑一些。

她尽力不去想那些，但已经太晚了——她想起了昨天晚上，当书莉把她抱得那么紧，自己不得不把她推开的时候……然后，书莉的眼睛因此流起水来。

最近，书莉的眼睛总是在流水。这是个不好的事情，女孩知道。虽然现在看来，女孩待在森林深处已是很久以前的事情，但她有时还会想起“他”，还有“她”。

“她”的眼睛流水流得越来越多……然后有一天，“她”死了。

这个记忆是可怕的。若是在以前，在过去的那些日子里，女孩就会开始号叫，呼唤着她丛林深处的朋友。

说话——

——这是她现在必须做的。说话是个好的事情，那会让书莉开心。但说什么话？她又要如何把那些话连起来？她要如何才能告诉书莉，这感觉起来有多温暖……她不再感到害怕？那些话太长了，她需要说的太多了。也许，她只需要今晚把书莉抱得格外紧，然后吻她的脸庞；她喜欢书莉在睡觉的时候对她这样做。这有点像魔法，能使女孩梦到在她后院里美好的东西，而不是像以前一样，睡在她寒冷孤独的洞穴里。

她听见了卧室门打开和关上的声音，听见了脚步声。

“你已经在窗口站了很长时间了，爱丽丝。你看见什么了?”

这样做不好吗？在这里的规则太多了，有时候她无法全部记住。

她转向书莉，书莉看起来就像她们读过的书里面的公主。女孩仍然能看见书莉的脸庞上水流过的痕迹，这让她心里觉得难过，就像故事里面，被它的小男孩忘记了的兔子一样。“不好?”她疑虑道，“不窗户站着?”

书莉笑了。只需这样，女孩又感到高兴了。“只要你愿意，你可以在那里站一整天。”她到她睡觉的床上坐了下来，把她的腿放到被子上。

“读书时间?”女孩期待着，伸手去拿昨晚的故事书。抓到后，她冲到了床上。“刷牙，先?”她说道，为自己想起了这件事感到骄傲——在故事时间，是很难想到这样的事情的。

“还有换睡衣。”

女孩点点头。她全部都会做：上厕所，刷牙，还有穿上那套带着白色硬脚的粉红色睡衣。然后她来到床上，紧紧依偎在书莉身边。

书莉把她转过身来，放到自己腿上，这样她们就鼻子对着鼻子了。女孩咯咯笑着，等着被吻。

但书莉没有那样做。她没有笑。相反，她很轻地说道：“布列塔尼。”

这个词狠狠地击中了女孩。那是以前“他”喝醉了，有些什么想法的时候会对她说的。书莉会有什么想法呢？女孩感到恐慌在她心里滋长。她抓着自己的脸颊，摇着头。

书莉把女孩的手握在她手里，又说了一遍。

“布列塔尼。”

这次女孩听出了这话里面藏着问题，书莉在问她些什么。

“你是布列塔尼吗？”

那几个字是不是一直都在那里，只不过被女孩的心跳声给淹没了呢？

你是布列塔尼吗？

布列塔尼。

这个问题，就像一条顺流而下游着的鱼。她抓住了它的尾巴，和它一起游着。她想起了一个很小很小的小女孩，卷曲的黑色短发，穿着巨大的白色塑料内裤。这个小孩生活在一个白色的世界里，灯火通明，地板柔软。她在玩着一个鲜艳的红色塑料球，当她把球掉在地上后，总有人会给她捡回来。

布列塔尼的球去哪儿了？在哪儿？——捡球的人经常会这么说。

她看着书莉，书莉现在是那么伤心，这让女孩心疼。

女孩怎样才能告诉书莉，她在这里有多开心，现在这里才是她的全世界，没有别的更好的了？

“你是布列塔尼吗？”

她终于懂了——你是布列塔尼吗？她非常缓慢地靠近书莉，给了她一个吻。退回去后，她说道：“我爱丽丝。”

“哦，亲爱的……”书莉的眼睛又开始漏水了；看起来，她像是缩小了些似的。她把爱丽丝拉进怀里，抱得那么紧，爱丽丝都快喘不过气来了。但她仍然在笑。“我爱你，爱丽丝。”茱莉亚泣不成声地说道。

爱丽丝不停地笑。她做到了，她说对了话。她又说了一遍，只因为她想再说，还因为说这个会让她觉得自己能飞起来。她不再只是个女孩了，“我爱丽丝。”

在警察局里的办公桌前，艾莉盯着眼前一大堆分散着的文件。那些小小的黑色文字蜂拥挤在页面上，一片模糊。她猛地把这堆文件往旁边一推，当这些文件飘落在地的时候，她有一种莫名其妙的满足感。

她从办公桌边站起来，离开了她的办公室。她一个人在大厅里，面对着空荡荡的办公桌和安静的电话，来回踱步。

她踱来踱去，思索着——现在怎么办？

他们所有的调查，都毫无结果。他们无法让法庭相信乔治是个不合格的父亲。

茱莉亚和爱丽丝，将面临分离。

艾莉走到后面房间的秘密橱柜旁，抓起一瓶威士忌。这瓶威士忌已经在这里放了那么多年，还是她叔叔以前放在这里的。“谢谢，乔伊。”她点着头说着，给自己倒了一杯。最后一刻，她决定把这瓶酒带回去。她打开灯，坐在大厅里她的办公桌前，喝着酒。

现在怎么办？这个问题总是阴魂不散。

她正在倒第二杯的时候，门被推开了。

乔治站在那里，穿着一条褪色的牛仔裤，上身的黑色人造麂皮衬衫敞开着，刚好露出一块三角形的、厚厚的黑色胸毛。

“巴顿警长。”他说着走了进来，“我看到灯还开着。”

“这里是警察局。”

“哦。所以午夜的时候你总是在这里，是吗？还喝着酒？”

“最近的日子可不太平常。”

他朝着酒瓶点点头，“你还有杯子吗？”

“当然。”——这样可不专业，但她已经下班了，现在她也不在乎了。她走进厨房，给他拿了杯子和冰块，回到她的办公桌前。她不在的时候，他已经拖过一把椅子坐在她的对面。她把杯子递给了他。冰块咔咔地碰着杯壁。

她仔细研究着他，注意到他的黑眼圈，这说明他有许多不眠之夜；他左手腕的内侧，有些浅浅的条状疤痕，说明在很久以前的某个时候，他曾尝试过自杀。“我爱她，你知道的。无论你觉得，你已经从地板上的那些报告里了解到了什么。”他开口说道。

他的话深深打动了她，让她有种认同的感觉。这些话令人信服；毫无疑问，他是刻意为之。她往后靠去，觉得需要在他们之间有点距离，“跟我说说你的婚姻。”

他不经意地晃动了一下手腕，这个动作显得不可思议的性感，这让她想起了那些有钱又悠闲的王国领主。“非常糟糕。她到处跟人睡觉，我也到处跟人睡觉。我们像疯子一样地打架。她想离婚。那本应是我第三次离婚了。”他释然地笑了，“就我本身而言，我是个浪漫主义者。”

艾莉懂得那种信仰。相信爱情，她想，跟我一样。她抛开那种比对，问道：“那么，你的妻子现在在哪里？”

“我不知道。如果你想知道，为什么我回答的时候听起来很无情，请记住：我已经回答了那个问题很多年了。没有人喜欢过我的回答。我以为她带着布列塔尼，跟什么新的男人跑了。”

艾莉观察着他说话。他的身上有一种非常诱人的魅力。也许是在他说话的语调，如此温柔、如此自信，或者是他轻快的口音，让每一个字听起来都像是经过仔细考虑的。“你为自己出庭做过证吗？”她又问。

“当然没有。律师说，我有太多东西不能被盘问了。我想过那样做，也许已经让人信服了。在监狱里的时候，关于这件事我考虑过很多，一直都觉得遗憾。我花了不少钱去请私家侦探，最好的线索来自那个送花的人。他报告他看见了一个人穿着黄色的雨衣、戴着蝙蝠侠棒球帽，坐在我家街对面的一辆面包车上。”

“然后呢？”

“然后，我们没有找到他。”

“所以你希望你为自己做过证了。”

“我不知道那样会如何。人们觉得我是个怪物。”

“这就是你来这里的原因吗？用爱丽丝——对不起，是布列塔尼——来证明你的清白？”

他凝视着她，现在他的脸上没有笑容，在他眼中也没有笑意。作为一个有着非常麻烦的过去的人，他看起来已经尽可能地诚实，“如果这个世界看到她还活着，他们就不得不重新考虑一切问题。”

“但是，她已经受过那么大的伤害了。”

“啊，”他平静而悲伤地说道，“我也是。”

“但她只是个孩子。”

“我的孩子。”他提醒着她。听到这句话，她发现一个走过了遗憾、走过了悲伤、受到了伤害的男人，会用他自己的方式去做任何事情。

“我想，你不知道她受过的创伤有多严重。我们找到她时，她几乎成了野人。她不会说话或者……”

“我已经读过了报纸上的报道，也看过了那些录像带。你觉得为什么我会跟你谈？我知道你的妹妹如何拯救了布列塔尼。但她是我的女儿，我的女儿！你要知道那是什么意思。我会让她得到最好的帮助，我向你保证。”

“我妹妹就是最好的，这就是我想告诉你的。如果你爱爱丽丝……”

他站了起来，“我该告辞了。我想只有你知道我有多爱我的女儿的时候，你才会尽到你的职责。但你是茱莉亚的姐姐，不是吗？这里，又是一个我找不到正义的地方。”

艾莉知道自己质疑他对他女儿的爱，做得太过了。“你会毁了她的。”她平静地说道。

“我很抱歉你会这么觉得，巴顿警长。真的。”他走到门边，把门拽开，然后停了下来，回头看着她，“我们明天见。还有，布列塔尼。”

艾莉叹息着松了口气。他说的“你才会尽到你的职责”，在她的耳边萦绕了很久很久。

过去几天，在那所有与事实、情绪及恐惧的斗争中，她的注意力一直集中在爱丽丝和茱莉亚身上。她都忘记了她还有职责。她是警察局长。正义就是她的职责。

那晚，茱莉亚失眠了。最终，大约在三点的时候，她放弃了睡觉，起床去工作。她在厨房的餐桌前坐了几个小时，在单独一盏台灯微弱的光线下，读着关于乔治·阿泽尔的东西。

关于他的生活全是影射和推测，一切都未被证实。

沮丧地把文件推到一边后，她穿上她的慢跑运动服出了门，希望寒冷的空气会让她的头脑保持清醒。今天，她需要保持镇定。她跑了几英里，沿着一条路到另一条路，直到她感到疼痛、上气不接下气。最后，将近黎明时分，她发现自己跑回了自己的车道上，到了回家的路上。

她走到她爸爸最喜欢的那个钓鱼点，站在那里，大口喘气，看着阳光爬上树梢。虽然现在这个世界漆黑而冰冷，她仍然记得以前夏天和他到这里来时是什么感觉，他巨大而长满老茧的手包裹着她的小手，让她觉得非常有安全感。

她听见了背后的脚步声。

“嘿，”艾莉说着来到她身旁，“你起得真早。”她递给茱莉亚一杯咖啡。

“睡不着。”她接了过来，弯曲手指，环绕在温暖的杯子上。

在寂静中，她们的眼光越过那片银色的土地，盯着远方的黑森林。在清晨的薄雾中，卡尔的房子闪烁着金光，时隐时现。

“他会得到监护权的，茱莉。”

“我知道。”茱莉亚低头盯着河，看着河面被粉红色的曙光照亮。

“我们需要证明他有罪。”她停了一下，“否则他就无罪。”

“你看了太多CSI[①]了。国家已经花费了几百万美元，他们都不能证明。”

---

① CSI：《犯罪现场调查》，美国电视剧。故事讲述的是由几个侦探专家组成的犯罪现场调查小组，他们的主要日常任务是研究犯罪现场，发现蛛丝马迹以追踪罪犯。

“我们有爱丽丝。”

茱莉亚感到顺着她的脊梁打了个寒战。为什么在绝望之中，她没有想到这个呢？慢慢地，她转过身来面对她的姐姐，“她什么都不记得。或者说，她无法告诉我们。”

“也许她可以带我们回到她被关着的地方去，或者她被抓到的地方。”

带我们回去——茱莉亚在心里重复了一遍。

“你的意思是……天哪，艾莉，你能想象那会让她怎样吗？”

“我们可能会找到证据。”

“但是，艾莉……她可能会……崩溃，又变成以前的样子。我怎么能接受？”

“如果乔治把她带走，她会受到多大的创伤？她会理解不是你抛弃了她吗？”

茱莉亚闭上了眼睛。这的确是她心里悬着的景象。如果爱丽丝再一次感受到被抛弃，她可能会又直接陷入不说话的状态。那时候，就无法挽救了。

“我已经从每个角度清楚考虑了这个问题。我一整晚都没睡。这是我的工作，茱莉。我必须遵循事实。如果我们想知道真相，这是我们唯一的希望。”

茱莉亚交叉了双臂，仿佛这个简单的动作可以抵御这深化下去的寒意。她从她姐姐身边走开了。艾莉不明白她的提议意味着什么，小孩子的心理有多脆弱，事情可以多么快地变成悲剧。

但茱莉亚知道。她已经在锡尔弗伍德街见到过。

艾莉来到她的背后，“茱莉？”

“如果爱丽丝再次……崩溃，我觉得我会活不下去。”

“条条大路通罗马。”艾莉平静地说。

茱莉亚转身对着她，“你什么意思？”

“无论我们做什么，或者我们怎么做，爱丽丝都会受到伤害。没有哪个孩子该不在爸爸身边长大；但是，失去你会更糟。对此，你要相信我的直觉。我们需要去弄明白。”

茱莉亚无言以对。艾莉伸手抱着她，把她拉近了些。

“来吧，”最后艾莉说道，“让我们去给我们的女孩做早餐。”

听到门铃响时，麦克斯刚洗完澡出来。他擦干身子，穿上一条旧牛仔裤下了楼。

"来了。"他打开门。

茱莉亚站在那里，他看得出来，她在多么努力地挤出微笑。"艾莉想把爱丽丝带进森林，看看是否……"她的声音颤抖起来，"……是否她可以找到……"

他把她拉进怀里，抱着她，直到她停止了颤抖。然后他把她带进客厅，在沙发上，他再次把她抱进怀里。

"她是在哪里被抓的。"最终茱莉亚说了出来，抬头看着他。她眼中的悲伤令人震惊，"我该怎么做?"

他轻轻地抚摩着她的脸，"你已经知道答案了。这就是为什么你一直在哭。"他擦去了她脸上的泪水。

"她可能会回到从前。或更糟。"

"如果乔治得到监护权，她会怎样?"

她开始要说什么，然后又停顿下来，深深叹了口气。

在接下来的沉默中，他说道："现在是去做她的母亲而不只是医生的时候了。"

她抬头看着他，"你怎么总是知道该对我说什么?"

他试图把眼光移开，但做不到。他慢慢离开了她，走到楼上。在书桌上，他找到了他要的东西：一个5×7寸的相框，照片上是一个穿着棒球队服的小男孩，在对着镜头微笑。他掉了两颗门牙。他拿着这张照片下了楼，重新坐在沙发上。

茱莉亚惊慌地站了起来，"麦克斯? 这是什么，你看起来……"

他把照片递给了她，"这是丹尼。"

她皱着眉头，研究着那张小小的、阳光的脸，然后又看着麦克斯，等着。

"他是我以前的儿子。"

她倒抽一口凉气，"以前的?"

"那是他最后一张照片。一个星期后，一个醉酒的司机撞上了他。他参加了一个游戏后，正在回家的路上。"

她的眼里充满了泪水。此情此景应该会让他心碎，使他陷入丧子之痛，但相反，这激励了他。这是他数年来第一次大声说出丹尼的名字，而且感觉很好。

"我愿意做任何事情……"他盯着她，毫不关心自己的声音是否嘶哑或者眼里是否在流泪，"做任何事情，来换取和他在一起多待一天。"

茱莉亚看了照片很久，然后慢慢地点点头。她懂了。“我爱你，麦克斯。”

他把她搂在怀里，紧紧地抱着她，“我也爱你。”他说得那么小声，他都不知道她是否听见了，或者他是否只是在心里说了；当他看着她的眼睛的时候，他知道：她听见了。

“有一天，你会告诉我有关他的事情的……有关丹尼。”她说。

他弯下腰来吻她，“对，总会有一天的。”

24 chapter 魔法时刻

24 *chapter*

“爱丽丝，亲爱的，你在听我说话吗?”

“读爱丽丝。”

“现在我们不会去读书。还记得我们今天早上谈过的，还有午饭时候又谈过的吗?”茱莉亚尽量让她的声音保持平稳，“有一个人要来看爱丽丝。”

“不。跟书莉玩。”

茱莉亚站了起来，“好吧。我要去楼下了。如果你愿意，你可以自己留在这里。”

爱丽丝立即发出了一个呜咽的声音，“不离开。”她从椅子上站起来冲到茱莉亚身边，把一只手伸进她的裙子口袋里。

茱莉亚的心里充满了痛苦。“来吧。”她轻轻地说道。

她们肩并肩地走下了楼梯，爱丽丝的手紧紧地揣在茱莉亚的裙子口袋里。

艾莉站在炉火旁，似乎在看着报纸。不幸的是，她的报纸是倒着的。“嘿。”她看着她们进来，说道。虽然她精心地化了妆，又烫了头发，但不知何故，她看起来仍然疲惫不堪，而且在害怕。

“嗨莱莉。”爱丽丝说道，拖着茱莉亚向艾莉走去，“读爱丽丝?”

艾莉微笑起来。“这孩子就像只闻到了气味的警犬。”她摩挲着爱丽丝的黑头发，“晚点再读。”

茱莉亚蹲了下来，盯着正在灿烂地笑着的爱丽丝。

“现在读?”

“那个人进来的时候，你不用害怕。我在这里，艾莉也在，你很安全。”

艾莉皱起眉头。

门铃响起。

听到这个声音，茱莉亚差点魂飞天外。

楼上那两只被关在艾莉卧室里狗，疯狂地跳着、叫着。

茱莉亚慢慢站了起来。

艾莉向门边走去。她停了一下，伸直了肩膀，然后打开门。

乔治站在那里，拿着一个巨大的毛茸茸的泰迪熊。“嗨，巴顿警长。”他一边说着，一边试着从她身边望过去。

艾莉向旁边走了一步。

茱莉亚看着这一切，仿佛身处在遥远的地方。她感觉自己就像是待在这房间里的一个鬼魂，刚死不久，看着葬礼后聚在一起的家人。一切，都那么安静而缓慢。没有人确切知道该做什么，或说什么。

乔治从艾莉身边走过，进入客厅。他卷曲的黑头发梳了一个马尾辫。他穿着一条普通的牛仔裤和一件昂贵的白衬衫，袖子卷了起来，直到他的手肘。

现在看着他们，在同一个房间里——这个男人有着黑色卷曲的头发和轮廓分明的脸，而这个小女孩就是他的翻版——他们之间的血缘关系毋庸置疑。

他向前走，让泰迪熊滑到了他的臀部。他不以为意地用一只手拿着它。“布列塔尼。”他轻轻地喊着这个名字。毫无疑问，他的声音里充满了关心。

爱丽丝溜到了茱莉亚后面。

“没事的，爱丽丝。”茱莉亚说着，试图轻轻从她身边走开，但爱丽丝不让她走。“她有坚强的意志。”茱莉亚对他说，“她不想离开我。”

“她的固执遗传自我。”他说道。

在接下来的一个小时里，他们就像是法国电影中一些可怕的场面的重现。开始的时候，乔治在试着和他的女儿进行沟通，但他说任何话，做任何动作，都没有用。甚至大声地朗读，也无法把爱丽丝吸引过来。不知什么时候，她又慌慌张张地跑到了那片盆栽植物后面，蹲在那里，透过那些又绿又亮的树叶注视着乔治。

“她不知道我是谁。”最终他说道，合上了书本丢在一旁，“我们已经太久没见了。”

他站起身来，开始在房间里踱步。然后，他突然停了下来，转向茱莉亚问道：“到底她会说话吗？”

“她在学。”

“她怎么才能告诉人们，在她身上发生了什么呢？”

“这才是对你最重要的吗？”

“去你妈的！”他说道。但这话并没有真正针对谁，实际上只是种绝望的发泄。他绕过沙发，向盆栽植物走去。他小心翼翼地移动着，仿佛正在接近某种野生的危险动物似的。

从那片树叶中传来一阵低沉的咆哮。

“这意味着她很害怕。”艾莉在厨房里说道。

楼上的狗儿们也开始号叫。

现在，乔治距离那些盆栽已经不到五英尺了。他蹲了下来，眼睛的高度几乎和他女儿的一致。他在沉默中皱着眉，他的女儿在恐惧中咆哮，这样过了很长时间。

最后，他伸出手去摸爱丽丝。

她非常用力地向后摔去，可能都让自己受伤了。一盆植物倾覆，倒在地上。

乔治赶紧把手缩了回来，“对不起，我不是故意要吓你的。”

爱丽丝手脚并用地趴在地上，从叶子的缝隙中盯着他，呼吸急促。

乔治深深地吸了一口气，又慢慢吐了出来。茱莉亚听出他认命了。结束了。至少，今天是结束了。感谢上帝。也许，他会放弃的。

让茱莉亚吃惊的是，他又开始唱歌了：《一闪一闪小星星》。

现在，轮到茱莉亚倒抽一口凉气了。他的歌声优美而精准。

爱丽丝安静下来。随着歌声的继续和重复，她坐到了自己的脚后跟上，然后站了起来。她小心地接近了盆栽，开始随着他一起哼着歌曲。

“你认识我的，不是吗，布列塔尼？”

听到了“布列塔尼”这个名字后，爱丽丝扭头跑开，跑上了楼。

卧室门砰的一声被关上了。

乔治站了起来。他把手插进口袋，看着茱莉亚。“当她还是个婴儿的时候，我总是给她唱那首歌。”他走近了些，说道。

茱莉亚正准备要说些什么的时候，她听到了有车开过来的声音，“外面是谁，艾莉？”

艾莉走向前门，打开。“见鬼！”她用力把门关上，转过身来，“那是 KI-RO 电视台和 CNN……还有《雨谷公报》。”

茱莉亚看着乔治，“你叫来了媒体？”

他耸耸肩，“医生，你到牢房里待三年了再来评判我。比起布列塔尼，我更是一个受害者。”

“谁会相信你这些屁话，你这个自私的王八蛋！”她努力控制着自己的愤怒——媒体已经来了这里，对着他大喊大叫没什么好处，“你已经看过她了，乔治。成为媒体关注的对象，会毁了她。你和我都知道，被他们编排的时候是什么感觉，无处可逃。不要这样对爱丽丝。”

“布列塔尼。”他的目光软化了起来。她想，她在他眼中看到了真正的关心。或者，他希望她看到了。这是她必须抓住的机会。“但是，你已经让我别无选择。”他语气强硬地说道。

门铃响了。

“你是真的想证明你的清白吗?”茱莉亚说道，她的声音处在了绝望的边缘。她在这么说时，心里想着：上帝，帮帮我；上帝，帮帮她。然后她看向她的姐姐，艾莉会意地点点头。

“为了证明这个，我已经花了很多钱。”

艾莉从厨房柜台边走过来，“现在，你有了些之前没有的东西。”

“一个小镇的警察局长在调查这个案子？这起不到什么作用。”

“不是我。”艾莉说着走向他。

门铃又响了一次。

“布列塔尼。”茱莉亚说道。说着这个名字的时候，她的舌头上感到一阵苦涩；或者还不只如此，那是一种目前为止她还没体会过的、真正的恐惧的味道。“我想她在森林里生活了很长时间，或许有数年。如果是这样，你的妻子可能也被抓到了那里。无论是谁抓了她们，都会在那里留下痕迹。”

乔治变得非常安静，“你觉得她能带我们到那里去?”

“也许会。”艾莉回答道。她知道茱莉亚很难对他点头。

“可是这……安全吗？我的意思是，对布列塔尼?”

茱莉亚无法回答这个问题，即使是为了爱丽丝。她已经太过悲伤，无法开口。她想，这是个错误，即使它有个正确的理由。

“茱莉亚不会让她到确切的现场去的……只要我们找到地方，就可以了。”艾莉的目光很坚定，“你要求我尽我的职责，乔治。这又是一个谎言吗?”

茱莉亚倒吸了一口气。房间里面充满了被恐惧压抑着、没说出口的话。如果他有罪，他会说不……

“好吧，”最后他说道，“但我们明天就去，别再拖延了。”

茱莉亚真不知道该如何去感受。“好吧。”她的声音不比耳语大多少。

“还有，不要媒体。”艾莉说道。

乔治一个一个地看着她们，好像在衡量着她们的诚意似的，“好。暂时不要。”

门铃声再次响起。有人在砰砰地砸门了。

“躲起来。”艾莉对乔治急道。乔治跌跌撞撞地跑进厨房，蜷缩在了橱柜后面。“跟我来。”她对茱莉亚说道。

她们两人走到门口，打开。

前门的台阶上站着几个记者，其中包括了《雨谷公报》的莫特。门一打开他们就开口了。

——“我们是来这儿采访乔治·阿泽尔的！”

——“我们知道那是他的车。”

——“你能确认，那个狼女孩就是他失踪的女儿吗？”

——“盖茨医生，你把那个野孩子治好了吗？她能说话了吗？”

茱莉亚盯着她面前这些面孔，有一种离他们很远、跟他们毫无关联的感觉。仅仅在几个月前，为了让他们问出上面最后那个问题，为了能以肯定的方式来回答这个问题，她还愿意付出任何代价。那时候，对自己名声的再造意味着一切；但现在，她的世界已经完全不一样了。

她感觉到了艾莉注视在她身上的目光。毫无疑问，她姐姐也在想着同样的事情。

茱莉亚望着外面那些注视着她的记者，他们都准备好了麦克风；现在，他们愿意相信她了，她又是个人物了，又是他们愿意相信的那个医生了。她知道，的确是这样。爱丽丝可以是她的能力的见证，正如她是乔治清白的见证一般。她所需要做的，只是借助一下爱丽丝——展示一下录像带和现在的女孩。她们所取得的康复程度，无异于一个奇迹。记者们会争着写关于她的治疗技术的文章。

最后，当她梦想过那么多次的凯旋时刻来临的时候，出乎意料的是，她只是酷酷地微笑着，简简单单地说道：“无可奉告。”

艾莉，卡尔，厄尔，茱莉亚，还有爱丽丝，都到了公园里。他们需要在黎明前出发。他们这次艰苦的旅程不能被记者们发现，媒体的追踪报道会毁了一切。乔治跟其他所有人分开站着，交叉着双臂，跟他的律师说着话。

“她能做到吗？”卡尔问道。这也是所有人在想着的问题。

艾莉无言以对。“我甚至都不知道，我们在希望她做什么。”她向卡尔伸出手去，握住他的手。他那温暖而熟悉的触感，让她的呼吸轻松了点。

她几乎一夜未睡，根据规定程序，给全国各地的执法同僚们发着邮件。她带着一个取证工具箱；也请了卡尔作为他们的官方摄影师，同他们一起。每一件事，都必须做得完全正确。如果他们真的发现了什么，她需要为县里的，甚至是联邦的犯罪现场调查员保护现场。

外面黑暗而安静，寒冷逼人。一月底冰冷的微风刮伤了他们的皮肤，撕裂了他们的嘴唇。他们已经在这棵大枫树下待了近半个小时。在这段时间里，所有人一句话都没说，除了茱莉亚——她跪在爱丽丝面前。在黑暗中，他们所有人看起来都像是鬼魂，尤其是黑头发、黑外套、红靴子的爱丽丝。

“害怕。”她发出了个比较轻微的咆哮。

“我知道，亲爱的。我也很害怕，艾莉阿姨也是。但我们需要找到你以前待过的地方。还记得我说过什么吗？你在丛林里的家在哪儿？”

“黑。”爱丽丝喃喃地说道。

艾莉听见了爱丽丝的呜咽，她颤抖的声音，她立刻就想阻止这件事。他们怎么能这样做呢？

“不离开爱丽丝？”

“不。”茱莉亚说道，“我会一直牵着你的手。”

爱丽丝叹了口气，用一个让人痛哭的、撕心裂肺的声音回答道：“好。”

他们身后，一辆车开了过来。那是他们这个队伍最后的成员。

艾莉走到人行道上，花生和弗洛伊德站在一辆野生动物养殖场的卡车旁边。在他们旁边，是那条拴着皮带、戴着嘴套的狼。

“你确定要这么做？”他问道。

“我确定。”艾莉从弗洛伊德手上接过皮带。

“狼！”爱丽丝叫喊着跑向它。

狼跳向爱丽丝，把她撞倒在地。

“你会把它带回来吗？”弗洛伊德看着那对在冰冷的草地上玩耍着的伙伴问道。

“我想不会。它该回归自然。”

弗洛伊德的目光落到爱丽丝身上，“我想，它可能不是唯一一只。”然后，他走回他的车上，开车走了。

艾莉低头看了一下她的手表，然后走向她的妹妹；茱莉亚正独自站着，盯着森林。“到时间了。”她说。

茱莉亚闭了一会儿眼睛，深深吸了一口气。她一边呼着气，一边走向爱丽丝，跪了下来："现在，我们得走了，爱丽丝。"

爱丽丝指着狼的嘴套和皮带说道："坏。陷阱。臭。"

艾莉和她妹妹交换了个担忧的眼神。昨晚，他们决定使用狼来帮爱丽丝，找到她以前生活的地方的路。在理论上，这看起来不那么危险。

"她需要它。"茱莉亚说。

"好。但我得一直让它戴着嘴套。"艾莉弯腰，解开了皮带。狼立即用鼻子蹭着爱丽丝。

"洞穴，狼。"女孩低声说道，然后，她和它开始向森林走去。

"见鬼！告诉我，那不是头狼吧？"乔治来到艾莉身边问道。

"走吧。"这就是艾莉的回答。

当太阳升上树梢的时候，他们已经离镇上很远了，只有脚步声嘎吱嘎吱地穿透着丛林，还有河水奔腾那银铃般的声音陪伴着他们。

有一个多小时没有人开口说话。他们形成了一个松散的队伍，由茱莉亚、爱丽丝和狼带领着，不停走着，在丛林里越走越深。

这里的树木长得更密、更高，它们粗大的树枝遮挡住了大部分的光线。阳光不时斜斜地穿透森林照到地面，看起来就像是固定在地上了一样；那光线如此的细小而斑驳，让人有种不是很确定能从中穿越的感觉。

他们继续不停向这片古老森林的腹心地带走去，那里的地面总是吸满着水，就像海绵似的；成片的苔藓挂在掉完了叶子的树枝上，就像挂着层层的羊毛。一层淡灰色的雾紧附在地面上，把他们膝盖以下的部分完全淹没。

中午时分，他们在一块小空地上停下来吃午餐。

艾莉不知道别人有什么感觉，但她在这里感到很不安。他们这个队伍看起来太小了，很容易就会走错路，迷失在丛林中。现在，唯一的声音是永恒不变的微风，吹拂着头顶那成千上万的松针。在凉爽的风吹到他们脸上之前很久，他们就听到了那沙沙作响的声音。

他们簇拥在一棵杉树根部，坐成一个不规则的圆形。这棵树非常巨大，就算他们所有人手牵着手，也无法合抱这棵树的树干。

"我们到哪里了？"乔治伸着一条腿问道。

卡尔打开地图，"你猜呢？反正离公园里的那些苔藓很远了。我想，我们离仙境瀑布不远了。谁知道啊？这里很多地方都没被勘测过。"

"我们迷路了吗？"乔治问道。

"她没有，"艾莉说着重新站了起来，"我们走吧。"

他们又走了几个小时，但走得很慢。厚厚的灌木丛和窗帘般挂着的苔藓挡住了他们的去路。在四棵巨大的树下的空地上，他们扎起了准备过夜的营地，在火堆周围搭好了他们荧光橙色的小帐篷。

在他们设置营地、用罐子煮着晚饭的所有时间里，都没有人说太多话。夜幕降临后，森林的声音淹没了一切。四处传来无穷无尽的仓皇奔跑声、跌落在地的声音和呱呱的叫声。只有爱丽丝和她的狼看起来轻松自在。在这一片绿色的阴暗之地，爱丽丝的行动更自如，走路挺得更直。这让所有人都想了一下，将来她会是什么样；什么时候，在人类的社会里，她才会有家的感觉。

别人都已经睡了很久以后，艾莉还没睡觉。她坐在河边，凝视着漆黑的森林，想着爱丽丝是怎样在这样的地方独自生活下来的。

她听到身后一根细树枝折断的声音，回过头来。

是茱莉亚，她面容憔悴而疲惫，“这里是开失眠会的地方吗？”

艾莉往旁边挪开，在长满苔藓的木头上给她妹妹让出空间。在她们两边，脆弱的绿色剑蕨随着她们身体的动作抖动着。

她们并排坐着，河水在她们的脚下奔流，在黑暗中几乎无法看见。夜晚的空气闻起来很厚重，充满了绿色的味道。头顶上，星星在树枝和云的空隙间若隐若现。

“爱丽丝怎么样？”艾莉问道。她的脑海中飞快地闪过一丝念头：很快，她们就不得不开始叫她“布列塔尼”了。这是她们不想面对的一长串事情中的一件。

“睡得很安然。到这里来了后，她完全放松了。”

“这是她的家乡，我想。她自己的后院。”

“她是在带我们去什么地方……或者只是在这里走着？”

“我不知道。”

“希望我们在做的是正确的。”茱莉亚的声音嘶哑了。

她们陷入了沉默，她们两人都在质疑她们的选择。艾莉想避免谈论乔治，但在这里，除了她和她的妹妹跟夜空之外什么也没有，可以更容易把事情看清楚。“你注意到乔治怎么看她了吗？”艾莉小声地说着，以防他醒着、听着；希望河水的声音会淹没她们的声音。

“注意到了。”茱莉亚回答。顿了一下后，她说道：“他看起来像是一个心碎的人。每次她忽视他或转过身去的时候，他都在摇头叹息。”

“这让我很紧张。如果我们找到……”

“我知道。”茱莉亚靠向了她，“无论发生什么，艾莉，没有你，我都走不到现在。”

艾莉伸出一只胳膊搂着她的妹妹，把她拉得更近，“对，我也是。”

她们身后传来一声树枝折断的咔嚓声。

艾莉猛地回过头。

乔治站在那里，手插在他的口袋里。“我睡不着。”他说着朝她们走去。

艾莉注视着他，“我猜，只有爱丽丝能。”

乔治盯着外面的森林。他没有看着她们，轻轻地说道：“我害怕我们会找到的东西。”

如果这是在演戏，那他可以得奥斯卡奖了。艾莉瞥了一眼茱莉亚，在她妹妹的眼里看到了担忧；茱莉亚也在她眼里看到了。“是啊。”最后，艾莉说道，把茱莉亚抱得更紧了，“我们都害怕。”

艾莉在黎明时分醒来，生起了火。在一片沉重的沉默中，他们吃过了早餐，撤了营地。当第一缕阳光照射进来的时候，他们又上了路，跟更深、更密的灌木丛做着斗争，在鱼线一般紧绷的蜘蛛网里穿行。刚过中午的时候，爱丽丝突然停了下来。

在这幽暗的世界里，四周环绕着高耸的百年古树，弥漫着无时不在的雾，小女孩看起来小得不可思议，她很害怕。她看着茱莉亚，指着上游说：“爱丽丝不去。”

茱莉亚抱起爱丽丝，紧紧抱着，说道：“你是个非常勇敢的小女孩。”她又对艾莉说道：“做好笔记，还有拍照。我需要知道一切。小心点。”

茱莉亚抱着爱丽丝走到一棵庞大的雪松树下，在树根处松软的苔藓上坐了下来。那只狼蹑手蹑脚走到她们旁边，趴了下来。

艾莉看着前方的树林和黑色的阴影。卡尔、厄尔、乔治和他的律师，一个接一个地来到她身旁，没人说一句话。需要非常大的勇气，才能让他们继续前行，走进那更深的丛林，但她做到了。

他们沿着河边绕过一个弯，翻过一座小山，发现他们来到了一个人为的空地上。周围的树桩形成了外围，倒在地上的木头画出了边界。地上到处都是空罐头盒，银色的侧面长满了霉和苔藓——有数百个空罐头，是经过数年的积聚形成的。旧杂志、书籍和各种各样的垃圾，在洞穴旁堆成一座小山。

不远处，一座没有门的小屋，掩藏在一片红杉林里。

在左边，一个黑暗的洞穴大张着嘴，上面长满了角度奇怪的蕨类植物，带着花边的叶子在微风中轻轻摆动。洞穴前面的地上，钉着一根闪亮的银色木桩，上面盘旋环绕着尼龙绳，一端被一个金属环固定在木桩上。

艾莉跪在木桩旁，审视着这一切。在那个破旧的尼龙绳末端，是一个被咬掉了的皮革手铐。手铐很小，刚好能环绕一个小孩的脚踝。皮革上满是黑色的斑点，那是血迹。她把眼睛闭上了一小会儿，希望自己看到的不是真的。在她思想深处，她看到了被锁在这木桩上的小爱丽丝。一定是女孩那小小的光脚，曾穿在泥泞中的那个圆环里。她曾在这里待了多久，一圈又一圈地围着这根木桩走着？

卡尔在她旁边弯下腰，拍了拍她。她等着他说点什么，但他只是抱着她的肩膀。

慢慢地，艾莉站了起来。“所有人把手套戴上。”然后，她错误地看向了乔治。

“天哪。”他说道。他的脸色苍白，嘴唇颤抖，“有人把她像只狗一样地绑起来吗？怎么……”

“别——”，艾莉感到泪水顺着她的脸颊滚落下来；这样很不专业，但她无可避免。“走吧。”她对卡尔说道。

艾莉在她第一个真正意义上的犯罪现场进行着搜索。在如此沉重的沉默中很难行走，更难呼吸。他们发现一堆女人的衣服，一只红色漆皮高跟鞋，一把溅着血的刀，一箱半成品“捕梦网”，和一张脏得他们无法确认之前是什么颜色的小婴儿毯，边上歪斜地缝着雏菊花纹。

当乔治看见毯子时，他发出了一个哽咽而绝望的声音，“哦，我的天哪……”

艾莉都不敢看他。她已经快崩溃了。如果再看着乔治的脸，加上他的声音，她就会完全垮掉。“把一切做好登记，厄尔。”她说。

在屋后面，发现了另一根木桩和另一个皮革脚踝套环。这个要大些，上面沾满了成块的干血。有另一个人曾被锁在这个木桩上。一个成年人——佐伊。

“她甚至都不能看见自己的女儿。”艾莉低声说道。佐伊的绳子要长些，这让她可以到达屋子里的床垫上。

卡尔又碰了她一下，示意道，“继续。”

她点点头。他的声音含混不清，一如她充满刺痛的眼睛。她慢慢向前走着，研究着一切，从一个苔藓覆盖的老树桩旁边的垃圾堆，到躺在两棵道格拉斯冷杉树之间那污迹斑斑的床垫。到处都有动物活动的痕迹，这个营地已经空置很长时间了。拾荒者曾来过。

在树林里离那脏兮兮的床垫不远的地方，艾莉发现了一个关着的旧行李箱，几乎锈烂了。她试了几次，最终打开了它。她在里面发现了一堆旧剪报，大多是关于那些消失在城市的街道中而从未被找到的妓女的。最晚的剪报日期是 1999 年 11 月 7 日。还有几把枪，和一个被鲜血覆盖的手臂吊带。

在箱子底部那一堆绷带、报纸和肮脏的餐具下面，是一件黄色的塑料雨衣，和一顶破烂的蝙蝠侠棒球帽。

乔治在她后面痛苦地放声大哭："他看到了，那个送花的人看到了绑匪把车停在我家门口。"

艾莉没有转身，她现在不能看乔治，但她听见他跪在了泥泞中。

"如果他们听了我的，或许他们早发现他了，在他做了……这个之前。哦，我的天哪。"

当他开始哭时，艾莉闭上了眼睛。她尽到了她的职责，找出了真相。

但，这不是她想找到的真相。

爱丽丝的心几乎跳出了胸口。她知道她应该赶紧逃跑！但她不能离开书莉。

在这里，她仍然能听见以前的那些声音。树叶飘落，树木沙沙，河水湍湍。这些是她记得的声音。虽然她的心中充满了恐惧，但还有些别的原因让她保持着坚强。

狼在轻轻地蹭着她。它爱她。不远处，"他"的东西一起堆放在那里，等待着"他"的归来。爱丽丝知道的。她能听见它们吧嗒吧嗒的脚步声，相互之间号叫着的声音；这是那种不易为人察觉的声音，比树叶的沙沙声和河水的湍湍声更轻柔。这是充斥在这黑暗之中的生命之声。

她弯下腰来。虽然不太容易，但她最终解开了狼的嘴套和脖子上的皮带，把狼从那恶臭的、讨厌的陷阱里放了出来。

它看着她，懂得了她的用意。

想到她又会失去它的时候，她感到伤心；但一只狼，需要和它的同类生活在一起。

“自由。”她喃喃地说。

它号叫着舔她的脸。

“再见。”她小声说道。

然后，它就走了。

爱丽丝回头看着书莉，她感到胸口胀得痛了起来。她知道她想告诉书莉些什么，但她不知道怎么用语言来表达。她牵着书莉的手，小心绕开那个地方（她再也不想看到那个洞穴，绝不）。她们翻过了一棵“他”砍倒的树，穿过一片荨麻地。

就是这个地方。

地上有个土堆，上面盖着石头。

爱丽丝松开拉着茱莉亚的手，向土堆跑去，然后慢慢地蹲了下来。

“妈妈。”爱丽丝用手指着石头说。那是一个她以为她已经忘记了的词语。曾经，在很久以前，她的妈妈也会像书莉这样吻她，然后把她放进一张闻起来有花的香味的床。

或者，这些只是梦而已。她不能确定。她只记得一个画面、一个瞬间：她弯下腰，吻着自己，轻轻跟自己说，要听妈妈的话，要记住她。

“哦……宝贝……”茱莉亚把爱丽丝拉进怀里紧紧抱住，轻轻摇着。

爱丽丝希望她的眼睛能像一个正常的小女孩一样流水，但她的情况有些不对头。她的心是那么痛，她几乎无法忍受。“爱书莉。”她说道。

茱莉亚吻了爱丽丝，就像她妈妈以前会做的那样，“我也爱你。”

爱丽丝微笑了。现在，她安全了。她闭上眼睛，睡着了。在她梦里，她变成了两个小女孩：大一些的女孩爱丽丝，知道怎样数清自己的手指，还会用语言来让人明白自己的意思；在河的另一边，是婴儿布列塔尼，穿着被称作尿布的裤子、玩着红球，以前的妈妈在那儿和她在一起，在挥着手告别。

爱丽丝知道自己睡着了。她也知道，在这个世界里，她只是爱丽丝，她在书莉的怀抱里，而且她是安全的。

茱莉亚站在希尔斯酋长公园的枫树下，怀里抱着熟睡的爱丽丝。当搜救队把她们放在消防队后，还没有人告诉她该到哪里去或是做什么。不知怎的，就像被冲上沙滩的贝壳似的，她和乔治又回到了这个搜索的起点来结束。直升机的轰鸣声和警笛的呼啸声终于消失了。

“现在怎么办？”乔治问道。他看起来既迷茫又困惑，似乎他并不是真的期待着茱莉亚能给他个答案。

“我不知道。明天艾莉会和各种专家一起回犯罪现场去。”

“你看到他怎么对待我的孩子了吗？他怎么能把她像只狗一样地拴着，而且……”

“别说了。”茱莉亚转向他，看到了他眼中的泪水和痛苦。他们还不知道所有的真实细节，还需要进行许多化验，等待结果。但他们都知道，事情是怎么回事了。

这一切不是乔治干的。

“对不起，乔治。”她想多说点，但她做不到。她感觉自己就像是用石灰石做的一样，正在一点一点地崩塌剥落。

“我想我们该晚点再谈，当一切都……平静下来之后。”

“我想对我们来说，一切都无法平静下来，乔治。但你是对的，晚点会好点。现在，我最好带我的孩子回家了。”尽管她不是有意的，但她还是注意到了那几个字眼——我的孩子。“我的意思是，也是你的孩子。”她补充道。

他小心翼翼地伸出手，抚摩着爱丽丝的背。他那黝黑的手在她的双肩之间，显得非常巨大，“我从来没有停止过爱她。”

茱莉亚闭上了眼睛。

茱莉亚现在无法想这个，否则她就会崩溃。含糊地说了声抱歉后，她离开他，匆匆向她的车走去。

当她快走到人行道上的时候，她看见了麦克斯。

旁边的路灯照耀在他身上，让他的头发变成了银白色，脸上全是阴影。

他慢慢越过街道，向她走来。他的脚步在坑坑洼洼的沥青路上发出很大的声音，每一步都和她的心跳一致。

他亲昵地走到她身边，柔声问道：“你还好吗？”

尽管她很努力，她还是忍不住奔涌而出的泪水，“不好。”

他从她手上接过爱丽丝，把熟睡的孩子放在她车上的座位上。然后，他做了他唯一能做的事：把茱莉亚抱在怀里，让她好好哭一场。

当艾莉写完报告，给相关部门发完传真和电子邮件之后，她已经筋疲力尽了。

她起身离开了她的办公桌，重重地叹息着。现在还只是晚上十点钟，但她感觉要更晚。

今晚，她也没有更多的事情可做了。于是，她慢慢站了起来，关了灯，走出警局。911 热线肯定会被各种询问电话打爆，但这都是明天才需要处理的事情了。

外面的夜依然寂静。一阵微风吹过她的头发，落叶在高低不平的人行道上跳舞。

当她快到她的警车的时候，看到了乔治。他斜靠在一盏路灯上，没有穿外套，肯定很冷。

她走向了他。

在她接近的过程中，他没有抬头。

艾莉从来都不太会说话，现在更是无言以对。

他看着她，“所有那些大城市的警察都只知道围着我调查，但是只有你找到了真相。”

“因为我有爱丽丝。”话出口后她才想起来，“布列塔尼。”

他躬身在她的唇上吻了一下。这不是代表爱情的吻，但她仍然很受用。

在别的日子、别的时间，这种感觉足以让她扑向他，把这个吻深化成别的事情；而现在，相反，她退了回去。

“谢谢。”他低声说。

“但这改变不了什么。”她声音嘶哑地说道，“爱丽丝需要我的妹妹，没有她……”

“她是我的女儿，你能明白这一点吗？”

艾莉憋了很久，才说出一句话来；当她说出来的时候，声音已经小得几乎听不见了。因为，事情的真相已经水落石出了。“是的，我知道。”

25 chapter 魔法时刻

25 chapter

到第二天三点钟的时候，所有主要网络媒体和有线电视频道都打破了它们的常规播出时间表，来报道在华盛顿州的丛林深处发现了佐伊·阿泽尔的尸体。犯罪实验室的鉴定证实了她的身份，以及曾在那里的那个男人的身份。"他"的名字叫作泰伦斯·斯贝，是一个前科累累的惯犯。他是曾被两次定罪的一级强奸犯，也是几年前斯波坎那些妓女失踪案的犯罪嫌疑人，但没有确凿的证据能证明是他所为。九月份的时候，在 101 号高速公路上的一桩交通肇事逃逸事件中，他已经被杀了。

所有的报纸、电台和电视台都宣告了乔治的清白。

他们说，这是陪审团制度的失败。被从服务员到参议员的每一个人称作"有罪的王八蛋"的人，变成了清白之身。法制频道的专家们，尤其是之前称他为"有一副杀手笑容的极端反社会者"的南希·格蕾丝，正在忙着改头换面、自圆其说。

现在，乔治和他的律师站在警察局的讲台上，他们整个下午都在回答着同样的问题。仅仅在几个星期前，曾经耸人听闻而又被他们抛弃的狼女孩的新闻，由于被揭示为他的女儿，又如火上浇油般地轰动起来。以"活着的证据"为名的头条新闻，印在了数以百万计的报纸上。

艾莉站在后墙边，左右两边肩并肩地站着卡尔和花生，看着这个节目。

她感到卡尔的目光盯着她。事实上，他成天把她注视得太密切了。无论她到哪里，他都在那里，站在那儿，但什么也不说。"干吗？"她问。

"什么干吗？"他答。

花生大笑起来，"你们两个赶紧停止哲学讨论吧，我跟不上。"

艾莉没理会她。"干吗，卡尔？"她怒了。

"没什么。"

“如果你有什么想法，你不妨说出来。我们做了那么久的朋友，我知道你在生气的时候是什么样子。我做了什么让你不高兴的了？”

她希望他可以笑笑，或者做出一些古灵精怪的反应，但他就只是盯着她。过了一会儿之后，她开始感到不舒服。

最终，他笑了，但眼神里没有笑意，“我觉得不是那样的，艾莉。实际上，我想你不怎么了解我。”说着，他走开了，回到他的桌子前坐了下来。他戴上耳机，拿出一个素描本，开始画画。

艾莉瞪大了眼睛。

花生没有笑。

“他又在扮大人物拿破仑①了。”艾莉怒道。

“镇上在流行一个传言。”花生说道，“今天早上我也听说了。那是罗茜在餐厅给我说的，她是在倒酒之家酒吧听埃德说的。”

“我猜那是关于我的。”

“那是说昨天晚上，某个女警长，被看见在吻某个著名的外地人。就在停车场所有人面前。哦，我有跟你提过他以前跟那些女人的历史吗？”她发出啧啧的声音，“那可不怎么好。”

艾莉战栗了一下，“实际上，是他吻了我。”

“好吧，这有什么不同呢？”花生叹着气，摇了摇头。这王是她某个孩子让她生气的时候的反应。“艾莉，你是个傻瓜。好吧，我终于说出来了。我一直在等着你一觉醒来后，能发现你身边的人——我们两个都在等着。但是，显然你不会。随便哪个长得好看的家伙来到这个镇上，你就像猫闻到腥味了一样地扑了上去。我现在都能听见婚礼的钟声了。谁会在乎他就要从茱莉亚身边带走爱丽丝，让我们所有人都心碎呢？重要的是，他拥有完美的笑容和一条大鸡巴！而且，他很擅长使用这两样。”她一口气说道。

“首先，那只是个吻，而不是给他口交。其次……”

花生从她身边走开了。

艾莉追着她，叫道：“回来，见鬼！你不能这么说了就走！”她抓住花生的胳膊，把她转了过来。有记者聚集在她们周围，但艾莉不在乎，“我对他没

---

① 大人物拿破仑：《大人物拿破仑》是2004年由杰瑞德·赫斯导演的电影，其主人公拿破仑是住在爱达荷州普林斯顿的一名普通高中生。他有着一头蓬松的红色头发，穿着笨拙的登山靴，还有一些并不为人欣赏的特殊技能，同时他也有着处于迷茫青春期的烦恼。

有想法，花生。”

“但我听说……”

“见鬼，你在听我说吗？我对他没有想法。完全没有，丝毫没有，绝对没有！他的确吻了我，我可以和他发生点什么，但我没有。我拜托你了，他要把爱丽丝从我们身边带走，你怎么能觉得我还会和他睡？”

花生皱眉道：“真的吗？你没有……”

“我绝对没有解开过我的裤裆。”

“为什么？”

现在轮到艾莉皱眉了，“爱丽丝更重要。”

“艾莉，对你来说，从来就没有什么比长得好看的男人更重要。”

“事情不一样了。”艾莉想着这件事，微笑了起来，如释重负。

“我为你感到骄傲。”花生笑着伸出一只胳膊搂着艾莉。她们一起回到花生的桌子旁。

“嘿，你说‘我们’是什么意思？你说‘我们’都在等着我来发现什么。”

花生耸耸肩，“你那么聪明，都可以证明乔治的清白，你肯定也可以睁开眼睛，看清楚什么东西就在你面前。有时候你该想一想那些爱着你的人，艾莉。”她低头看了一下表，“嘿，你不是得去法院吗？”

艾莉瞄了一眼时钟，“糟了，乔治已经走了！”她向门边跑去。

当她到达法院的时候，天开始下雨了，寒冷刺骨的雨滴从惨白的天空落下。她把车停在门前的街上，跑上台阶。

在法官办公室关着的门前，艾莉敲了敲。

“请进。”

她打开门，走进了那个宽大而简朴的房间。沿着所有的墙面，都是书。一张大桌子摆在房间的正中，后面坐着法官。

茱莉亚站在角落附近一株巨大的盆栽旁边，双方的律师都坐在法官桌子前面。乔治一个人站在房间的左边。

“所有人都到了，”法官说着戴上她的眼镜，“从你们上次到我这里来后，情况已经发生了改变。”

“是的，法官大人。”乔治的律师说道。

法官看着茱莉亚，“我知道你有多关心布列塔尼，盖茨医生。你也懂得法律程序。”

“是的。”这句话似乎掏空了茱莉亚，说完之后让她显得小了一圈，“我知道阿泽尔先生跟爱丽丝一样，也是受害者，所以我不想再伤害他一次。但是……”她停顿了一下，仿佛是在积聚勇气，然后她看向法官，“比较起他的需要，我们应该优先考虑孩子的需要。”

法官皱着眉，“以什么样的方式考虑？”

“她需要和我在一起待得更久。她爱我……相信我。我可以……”她的声音充满悲痛，陷入了绝望，“拯救她。”

艾莉走向茱莉亚，站在她旁边。

“她会永远是一个需要特殊照顾的孩子吗？”法官轻轻问道。

“我不知道，”茱莉亚回答，“她之前的状况非常糟糕，但她非常聪明，我相信她能跨越她的过去。但是，她会需要很多年不断的精心照顾和治疗。”

“肯定有为她那样的孩子开的专门的学校吧？”乔治说。

“有的。”他的律师答道，“而且别的医生也能治疗她。法官大人，阿泽尔先生也是个受害者，我们不能再次把他的女儿从他身边夺走，这会让他身上发生的悲剧更为凄惨。”

“不能。”法官说道，“而且我肯定，盖茨医生也明白这一点。”

茱莉亚转向乔治说道：“她根本不知道你是谁，乔治。我同情你，真的，昨晚我一整夜都在想你曾经受了多么大的痛苦；但现在的情况是，你的女儿才是最重要的。‘父亲’还是一个她不能理解的概念，如果现在把她从我身边带走，她会觉得自己被再次遗弃，然后退化到之前的恶劣状况里去。基本上，她肯定会退化到不说话、号叫以及自残的状况。她还不能和你一起生活，我很抱歉。”她盯着他看着，希望他能相信她，“也许你可以搬到这里来住几年，我就可以继续照顾、治疗她，我们可以慢慢地……”

“几年？”乔治看起来对此很吃惊，好像他从来没想到似的，“你想让我在这里待几年，而我的女儿和你一起生活？在她学着叫你妈妈的时候？那么我又是谁？住在隔壁的人？乔治叔叔？”

现在轮到茱莉亚吃惊了，“我也可以搬到西雅图……”

“你根本就没明白，盖茨医生。”他的声音很温柔，但很坚定，“我爱我的女儿。我待在监狱里的日子里，都在梦想着找到她，带她去公园，教她弹吉他。”

“你只是概念式地爱你女儿。为了了解你，我读过关于你的一切，乔治。当爱丽丝和你住在一起的时候，你总是不在家。她每周有五天都在托儿所待着。佐伊说你从来不回家吃晚餐，周末也不回家。你甚至都不认识你的女儿，你的女儿也不认识你。”

“那不是我的错。”他轻轻说道。

“我……爱她。”茱莉亚说道，她的眼睛里充满了泪水。

“我知道你爱她，这就是问题所在。这就是为什么她不能继续和你一起生活，或是作为你的病人。无论是在这里，还是西雅图。”

“我不明白，如果我能帮……”

“她永远不会爱我，”他说，“只要你在她身边，她就不会。”

茱莉亚深深地吸了一口气。她慢慢地闭上眼睛，控制了一下自己的情绪，然后抬头看着乔治。房间里面的所有人都知道她对此无话可说。

“我会为她做任何事情，”乔治承诺道，“给她找最好的医生和心理医生，我会确保她得到很好的照顾。过段时间，当她爱我、也知道我是谁的时候，我会带她回来看你的。我会确保她不会忘记你的，茱莉亚。”

在雨谷镇这样的小镇上，唯一比八卦更为普遍的，就是各种意见。每个人都有自己的意见，迫不及待地想跟人分享。麦克斯知道，当法庭的会议几乎才刚刚结束时，人们就已经开始谈论了。

他每十分钟就会给茱莉亚打一次电话，但从来没有人接。他等着她给他回电话，将近一个小时了，但他的电话仍然没有响起。

最后，他再也无法忍受了。她肯定会觉得她需要独处一下，但她这样做是错的。他已经犯过这种错误很久很久了——觉得必须独自承受心碎。他不会让她犯同样的错误。

他上车向她家开去。每动一下方向盘，他能想到的都是她。现在她应该坐在沙发上，或者躺在床上，在努力忍住不哭；但只要一想起爱丽丝的笑声、她吃花的样子，或是晚上睡前跟她吻安的样子，她的眼泪就会掉下来。

他知道。

她可能会试着去忘记它，摆脱它，就像他之前做过的那样。如果是那样的话，过许多年之后，她才会意识到这些记忆需要被记住，因为那是她唯一剩下的了。

他把车在她家门口停下。从外面看起来，一切正常。在这个雨季，守护着门廊的杜鹃依然蓬勃，青翠欲滴。淡绿色的青苔毛茸茸的覆盖着屋顶，屋檐下吊着些空花盆。在房子的后面和旁边，巨大的常青树们在互相耳语。他穿过院子走到前门，轻轻敲门。

艾莉开了门，端着两杯茶。“嘿，麦克斯。”她说。

“她怎么样？”

“不好。”

艾莉退后，让他进了门，然后把两个茶杯递给他。“她在楼上我的房间里，左手边第一间。爱丽丝在睡觉，所以小声点。”

他从她手上接过茶杯，“谢谢。”

“我要去警局，一个小时后回来。别让她一个人。”

“我不会。”

她开始往外走，然后又停下来转身对他说：“谢谢。你已经帮到她了。”

“她也帮到我了。”他随口答道。

他注视着她离开，听到她的车发动起来，然后他放下了茶杯——晚些的时候才需要用到这个。泡茶，是那种想去帮忙、但又不知道怎么帮忙的亲戚的做法。他上了楼。在关着的卧室门前，他停了下来，深呼吸了一下，然后打开门。

房间里充满了阴影，灯都是关着的。

茱莉亚躺在那张特大号带顶篷的床上，闭着眼睛，双手叠放在她的肚子上。

他向她走过去，站在床旁边。“嘿。”他轻轻说道。

她睁开眼睛，看着他。她的脸又红又肿，眼睛也一样。她的脸上留着泪水的痕迹。

“你知道关于爱丽丝的事了。”她轻声说道。

他爬到大床上，把她抱在怀里。什么也没说，他抱着她，让她哭，让她一个接一个地告诉他她的记忆中的场面。这是他很久以前也该做的，让他所有的记忆固化下来，坚固的东西才会持久存在。

她停下了她的故事，看着他，眼中闪着眼泪。“我该停止喋喋不休地说她了。”她说。

他轻轻地吻了她，这一吻代表了他想表达的一切。“继续说，”他退回身去说道，“我哪儿也不去。”

市中心的街道空空如也。艾莉经过每一个店面，里面的人都会悲伤而疲惫地跟她挥挥手。当她在餐厅等着拿她的摩卡咖啡的时候，有四个人拥抱了她。所有人都不愿意说什么。他们又能说什么呢？大家都知道明天的这个时候，他们的爱丽丝就会离开。

当她终于离开警局，前往河边的时候，天色已晚。当她走上门廊的台阶，向她自己的家门口走去的时候，她觉得在她的背上背着一个沉重的负担。在她的生命中，她从来没有感到如此糟糕过，即使作为一个离过两次婚、经历过父亲和母亲两次葬礼的女人——好吧，那些事情不一样。

房子里面的一切，都跟一直以来的样子一样。软垫沙发和椅子，在壁炉前构成一个聚谈之处，小摆设少之又少，大多是手工制作的。唯一不一样的地方，是墙角的无花果盆栽。

那是爱丽丝的藏身之处。

仅仅在几个星期前，那个女孩还会因为一点小动静，或是开始激动的时候，就躲到那里去。但最近，她已经越来越少躲到她那枝繁叶茂的避难所去了。

想到这些，艾莉几乎都难以忍受。那么，如果她想到这个都会心疼，茱莉亚会是什么样的感觉？时钟的每一声嘀嗒，对她来说都会是一个打击。

她走向音响，把一张《指环王：王者归来》的 CD 放进播放器。这是悲伤的一天。绝望的歌曲，低落的音乐。

她把她的包扔在餐桌上，砸得“砰”的一声。她刚给自己泡好茶，就看见了她的妹妹。

茱莉亚在外面门廊上。严寒之中，裹着她们的爸爸打猎的时候穿的旧羊毛大衣。

艾莉又泡了一杯茶，端到了门廊上。

茱莉亚接过茶杯，轻轻地说了声“谢谢”和“请坐”。

艾莉从门廊上的一口大箱子里拿出一床旧棉被，裹在自己身上。她坐在门廊的秋千上，把脚放在箱子上，“麦克斯去哪儿了？”

茱莉亚摇摇头，“他们医院有急诊，他想留下来着……但我想一个人待着。爱丽丝在睡觉。”

艾莉开始准备站起来，“我是不是该……”

“不，不用了。就在这儿待着吧。”茱莉亚悲伤地笑了起来，“现在，我听起来就跟爱丽丝一样。我的意思是，布列塔尼。”

“对我们来说，她永远不会是布列塔尼。”

“是啊。”茱莉亚抿着茶。

“你要怎么办？”

“离开她吗？”茱莉亚盯着她们的后院。黑暗之中，她们看不清河对面。月光照亮了水面。“我已经想了很久这个问题，不幸的是，我还没有答案。”她的声音微弱而颤抖，“这就像是，又一次看着妈妈死去一样。”

她想要说更多，但突然沉默了下来。“对不起，有时候……”她站了起来，转向一边。“现在，我得去她身边了。”她用小小的、嘶哑的声音说道，然后走开了。

艾莉感到自己快要流泪了。她把被子扔开，站了起来。独自一人坐在这儿哭，有什么用？

她走进潮湿的草地，向河边走去。穿过黑色的田野，她看到了卡尔家闪烁的黄灯。“有时候你该想一想那些爱着你的人，艾莉。”花生这样说过。卡尔一直是那个名单中的一员。在她的两次婚姻、她所有的不幸，以及她父母的过世这些事情中，卡尔一直都是她生命中永远都在的那个男人。

尽管他有时候会因为些什么事情很生她的气，但他是这个星球上唯一懂得她、无论如何都爱着她的男人。现在，她需要一个这样的朋友。

她片刻间就来到他门前，敲了门。

然后等着。

没有人应门。

她皱着眉头往后看了一眼。卡尔的GTO停在那里，藏在一个棕褐色帆布罩和零星的落叶下面。

她打开门把头伸进去说道：“有人吗？”

仍然没有回答，但她看到走廊上亮着一盏灯。她向灯走去，来到莉莎书房关着的门前。

突然间，她想，莉莎是不是回来了？这个想法让她的眉头皱得更深了。她的胃一阵扭曲，让她感到恐慌，这感觉来得莫名其妙。她敲了门，“有人吗？”

“艾莉？”

她推开门，看见卡尔一个人待在那里，坐在一张绘图桌后面，周围散落着许多纸张。

因为某种她还没怎么搞明白的原因，艾莉有了种解脱的感觉，“你的女儿们去哪儿了？”

“花生带她们去吃饭和看电影，这样，我就可以工作。”

“工作？”

“我还以为今晚你会跟乔治出去呢。”

“不想和他出去。”她叹了口气，“他不适合我。我需要怎么做？该大肆宣扬吗？”

“不适合你？”卡尔靠在他的桌子上，注视着她，“通常，直到你结婚为止，你是不会发现这个的。”

“说得好。现在，认真的，你在做什么？”

她穿过房间走向他，注意到他脸上和手上都有污迹。当她走在他后面，感到他的胳膊碰着她，她立即觉得不那么孤单、不那么摇摇欲坠了。

在他面前有一堆画纸。在最上面，是一张暗淡的、还没完成的男孩和女孩牵着手奔跑的素描。在他们头顶，一只巨大的翼龙似的鸟，用巨大的翅膀遮住了太阳。

他把素描推到一边，下面是一张完整的彩绘，几乎可以说是一幅画，跟上面那张图一样的两个孩子，围坐在一个淡淡发光的球旁。他们下面的标题写着：如果他们能看见我们的一举一动，我们又怎么能隐藏？

艾莉震惊于他的作品的质量：色彩鲜艳，线条明晰。不知何故，画面中的人物看起来既抽象、又真实。毫无疑问，他们的眼中充满了恐惧。

“你真是个天才画家。”她默默地说着，想着，充满了惊奇。过去所有的日子里，当她坐在办公桌前，或是准备着文件、看着杂志或是和花生聊着天的时候，卡尔都在画着画。以前她都漫不经心地以为，他所画的，都跟他在徐先生的化学课上画的一样，只是信手涂鸦而已。她突然感到自己越来越搞不懂自己。她怎么能每天都跟他在一起，却对此一无所知？“现在，我明白为什么你说我自私了，卡尔。我很抱歉。”

他慢慢地微笑起来。这个微笑让他的脸变了样，让她想起很久以前有过许多次这样的时候。“这是一部漫画，关于两个孩子的，他们是最好的朋友。他是一个好孩子，却成长在一个不好的环境里，有一个老是喜欢喝醉的爸爸。她把他藏在她的谷仓里。他们的友谊，后来被证明是这个世上最后的纯真；然后，在黑暗降临前摧毁巫师的球的任务落到他们身上。但如果他们接吻了，或是做了更多，他们就会失去他们的力量，然后被毁掉。我刚开始向出版社提交这部漫画。”他向她解释道。

“这说的是我们！”她说道。有了这个认识后，感觉就像是某处的一扇门打开了，向她展示了一个她从未见过的走廊，让她惊鸿一瞥，“为什么你以前没让我看过？”

他把一缕头发别到他的耳朵后面，站起来面对着她，“很久以前，你的眼里就看不见我了，艾莉。以前你只看得到我是个瘦弱、不懂事的孩子，然后我变成了那个静静地、总是为你着想的人。但是，你已经很长一段时间没有真正看过我了。”

“我看得见你，卡尔。”

“很好。因为我已经等了很长时间，想告诉你些事情了。”

“什么?”

他牢牢地扶着她的肩膀，然后吻了她。

不是朋友式的轻轻一吻，或者是“希望你感觉好点”的那种轻轻掠过嘴唇的吻，而是一个实实在在的、让她浑身的血液涌向头顶的、全方位的舌吻。

开始的时候，艾莉是拒绝的，这太突然了；但这次，卡尔不会让她有话语权了。他把她顶在墙上，不停地吻着，直到她呼吸不过来、心开始狂跳，她想她就要晕倒了。这是个毫无保留而又承诺了一切的吻。

当他终于退回去，让她被这样的突发状况弄得呜咽起来的时候，他一脸严肃，“现在，你明白了吗?”

“噢，我的天!”

“镇上的每个人，都知道我对你是什么感觉。”他再次吻了她，然后说道，“我都开始觉得你很蠢了。”

她不知道为何一个接近四十岁、离过两次婚的女人，又会有像一个十几岁的女孩般的感觉，但这正是她现在的感觉：头晕目眩，气喘吁吁。突然间，她的整个人生豁然开朗。现在，一切都对头了。

“卡尔!”——

在他们的后面，门开了。艾莉慢慢转过身，仍然觉得晕头转向。

花生站在门口，拿着两个巨大的比萨盒。犹如一根茎上的花儿一样，三张小脸在她身边摇曳着。花生说道：“去穿上你们的睡衣，爸爸一分钟后就会上来，把你们放到床上。”她们走了，上楼梯的脚步声消失了以后，花生把比萨盒放在她身边的椅子上。她的目光从卡尔身上移到艾莉身上，然后又回到卡尔身上。

最终，她的嘴角浮现出了一个微笑，“你吻了她?”

艾莉想：花生知道？然后感到一丝气愤。当卡尔把她拉向他的时候，她就忘了别的一切。在那双她一直熟悉的眼睛里，她看到了爱。这次，是真的。是那种寒冷的一天里在两个孩子间开始，然后持续一生的爱。他紧紧握住她的手，“是的。”

花生大笑起来，“的确，是时候了！”

艾莉伸出双手抱住卡尔，吻了他。她不在乎花生是不是在旁边看着。即使是在大街上，穿着制服，在处理交通违章的过程中，她都不在乎了。她一生都在寻觅的爱情，一直都在那里，在田野的另一头等着她。“是的，”她对着他的嘴唇低语道，“的确是时候了。”

茱莉亚知道她把爱丽丝抱得太紧了，但她似乎无法放手。她无法把她当成布列塔尼。过去的一小时里，无论她在做什么，或者好像是在做着什么的时候，茱莉亚都在注视着时钟，脑子里一片空白。但是时间一直在前进，从她身边流过。过去的每一秒钟，都会让她离那个时间更近一点。那时候，乔治会开车到房子前，敲门，然后要求带走他的女儿。

“读爱丽丝。”那孩子用她的手指打着书页。不知怎的，她总是确切地知道她们上次是读到哪里为止的。

茱莉亚应该静静地合上书，说“是时间来说说别的事情”了，然后跟她讲一下有关分裂了的家庭和回来了的爸爸的事情；但她做不到。相反，她让自己抱着小爱丽丝，不停给她读着故事，好像这样会多出一天似的。“几个星期过去了，”她读道，“小兔子变得非常衰老，但男孩依然那么爱它。他是如此爱它，他爱它所有掉了的胡子，它那原本粉红却已变成灰色的耳朵，以及它身上褪色了的棕色斑点。它都开始变形了，除了那个男孩外，几乎没人认得出它是只兔子了。”茱莉亚已经发不出声音了。她坐在那里，盯着书，上面的字迹变得模糊而晃动。

“希望爱丽丝是真实的。”

她抚摩着爱丽丝柔软的脸颊。每次她们读这个故事的时候，爱丽丝都会说这句话。不知何故，这个可怜的小女孩觉得她自己不是真实的。现在，已经没有时间来向她证明了。“你是真实的，爱丽丝。还有那么多的人在爱着你。”茱莉亚热切而心痛地说道。

“爱。”爱丽丝小声地说了一句，像往常一样，带着一种敬畏。

茱莉亚合上书，把它放在一边，然后把爱丽丝抱到她的腿上，这样她们都看着对方。

爱丽丝立即伸手环绕着茱莉亚的脖子，给了她一个蝴蝶之吻。然后，她咯咯地笑了。

坚强点，茱莉亚想。

“你还记得玛丽和秘密花园，还有那个非常爱她的男人吗？那个男人是她的父亲，他曾经消失了，记得吗？”茱莉亚说起这话便失去动力。她盯着爱丽丝焦虑的脸，觉得自己会落入她眼睛里那蓝绿色的池子中去，“有个男人，乔治，他是你的爸爸，他想爱你。”

“爱丽丝爱书莉。”

“我想告诉你关于你爸爸的事情，爱丽丝。布列塔尼。你必须对此有所准备，他很快就会来了，你必须明白。”

“是妈妈吗？”

茱莉亚几乎放弃了，但是看了看时钟，提醒她时间是多么短了。她必须再试。

爱丽丝必须明白的是茱莉亚没抛弃她，她别无选择。她瞥了一眼昨晚她精心打包好的手提箱，在那里面是这个镇为“他们的”女孩收集起来的衣服和玩具。此外，茱莉亚把所有爱丽丝最喜欢的书，和几件还用不上的、她童年时的最爱打好了包。还有数箱来自本地各个家庭的捐赠。镇上的每个人，都给了他们的爱丽丝一些东西。

她怎么才能扣上爱丽丝的——布列塔尼的——外套，吻她的脸颊，然后跟她说：再见，你会好起来的；跟这个你不认识他、他也不认识你的男人去吧；去一个城市的大房子里生活吧，那里的街道如果没有人帮助你无法穿越，而你在那里永远无法被人理解。

她怎么才能做到？

她又怎么才能不这么做？不管她怎么在这一切上纠结，她无法逃避的事实是：乔治·阿泽尔也是其中的受害人。他已经失去过他的女儿，又克服种种困难再次找到了她。他当然想带她回家。而且，他雇用了最好的医疗专业人员来照顾她。茱莉亚害怕的是那还不够，但她不知道怎么才能阻止这必然。

她急促地呼吸了一下，收紧了抱着爱丽丝的手臂。她听见外面一辆车开来的声音。

“妈妈？”爱丽丝又说道。这次，是她的小女孩的声音听起来颤抖又害怕了。

“哦，爱丽丝。”她低声说道，抚摩着她柔软粉红的脸蛋，“我真希望我是你的妈妈。”

爱丽丝有一种非常不好的感觉。就像是“他”第一次离开她时，她吃了河边灌木丛里的红色浆果，然后吐了起来的时候。

书莉在说着些爱丽丝无法让自己明白的东西。她在努力尝试着理解，她知道这些词语非常重要。爸爸，机会，女儿。书莉说这些词语的时候很慢，好像这些词语沉重地压着她的舌头似的。爱丽丝知道这些词语意味着一些重要的事情。

但她无法理解；那种尝试，现在都让人很难过。

书莉的眼睛不停地流水。

爱丽丝知道这意味着书莉很伤心。但为什么？爱丽丝做错了什么？

她已经在那么努力地变乖了。她带那些成年人们去了森林里那个最糟糕的地方，甚至还去了覆盖着“她”的石头旁，即使这让爱丽丝觉得很伤心。她让自己想起了她曾努力忘记的事情。她已经学会了使用叉子、勺子和马桶。她已经让他们叫她爱丽丝了，甚至学会了爱那个词，当有人对她用那个词叫她的时候，她从心里感到高兴。

所以，还剩下什么，她还有什么没做？

她知道“离开”是什么意思。当妈妈脸颊苍白、声音颤抖、眼睛漏水的时候，很快，她就死了。他们会试着告诉你你不明白的事情，紧紧地拥抱你，让你无法呼吸。

然后有一天他们走了，你孤身一人，你希望你的眼睛漏水的时候会有人能再次拥抱你，但你现在是一个人了，你不知道你做错了什么。

爱丽丝觉得胃里那种不舒服的感觉回来了，这种恐慌让她呼吸都会感到痛。她一直想着她什么地方做错了。

“鞋子！”她突然说道。或许这就是原因。她从来不想穿鞋子。它们挤着她的脚指头，会把她的脚压碎，但如果书莉会继续爱她，她会穿上它们。“鞋子。”她强调道。

书莉向爱丽丝露出一个悲伤而抱歉的微笑，“现在不穿鞋子，亲爱的。我们在屋里。”外面传来一个声音，像是一辆车开进了院子里。

她怎么才能说出我会乖的，书莉？永远，永远，我会做你所说的一切。

“好女孩。”她轻轻地把这句话当作一种承诺说了出来。从头到尾，她都是认真的。

书莉又微笑了，“是的，你是个非常好的女孩，亲爱的。这就是我如此伤心的原因。”

光做个好女孩，还不够。她懂得了这个。

“不要离开爱丽丝。”她绝望地说道。

书莉向那个装着外面的玻璃框——窗户望去。

她在等着，爱丽丝知道。等着些不好的东西。

然后，书莉就会离开。

然后“爱丽丝”又成了个“女孩”了……她将孤单一人。“好女孩。”她又说了一次，她的声音嘶哑了。她说不出更多的话了。她跑着穿过房间，拿起鞋子，试着把它们穿在正确的脚上。“鞋子。保证。”

但是书莉什么也没说，只是盯着外面。

26 chapter 魔法时刻

26 chapter

艾莉看到密集的新闻车停在了老公路的两旁。一个白色的警察路障已经设置在她的车道上，禁止其他车辆进入。花生站在路障前面，双臂交叉，嘴里衔着哨子。

艾莉把警灯和警笛闪了一下，前面的人立即给她让出了路。记者们分成两排，走向路的两边。她把车开到车道上停了下来，摇下车窗跟花生说道："他们在危害交通安全，让厄尔和梅尔到这里来驱散人群。今天就算没有媒体，也够糟糕的了。"

一辆鲜艳的红色法拉利停在了她们和警车后面。艾莉从后视镜里看了一下，乔治在对她微笑，但是很淡，并不是真的笑容。他的眼睛里有一种悲伤的、忧心忡忡的眼神。

记者们围满了他的车，问题雪片般飞来。

——"现在你打算做什么?"——

——"你会办一个葬礼吗?"——

——"你把你的故事卖给谁了?"——

"把他们赶出去，花生。"艾莉说道，然后加大了油门。

法拉利跟着她，沿着坑坑洼洼的石子路向前。

艾莉一直看着她的后视镜，希望他会掉头，或消失。

当她在门廊前停下来的时候，她的胃已经缩成了一小团。

她停下车，熄了火，然后下了车。

乔治走到她前面，开口问道："我看起来怎么样?"他的声音听起来很紧张。他把一缕头发塞到他耳朵后面。

"很好。"她清了清喉咙，"你看起来很好。"

他微笑了起来，紧接着笑容布满了整张脸，把紧张一扫而光，那双蓝蓝的眼睛炯炯有神。接着，他的微笑又消失了。他看着房子说道：“到时间了。”他的嗓音温柔而性感。她想，不知有多少女人被他这样的嗓音卷入了黑暗，独自丢在那里，迷迷糊糊地想着，为什么她们会那么迷失。“我告诉过你的妹妹，我会在三点钟的时候接走布列塔尼。”

布列塔尼！她叹了口气，让他走过院子。当他们快走上台阶的时候，一辆奔驰开到他们后面，停了下来。

“那是谁？”她问乔治。

“科雷尔医生，他会来照顾布妮。”

那个人从他车上下来了。高高瘦瘦的，带着一副近乎优雅的疲惫神态。他走向他们。他瘦削的脸上棱角分明，但显示不出他的个性特质。“乔治。”他向乔治点点头，然后握了艾莉的手，“我是塔德·科雷尔。”

他握手的力量很弱。艾莉有一种几乎无法抗拒的暴扁他一顿的冲动。“很高兴认识你。”她正要转身的时候，注意到了他胸前口袋里的注射器，“那是干什么的？你是个吸毒的吗？”

他面无表情地答道：“这是镇静剂，那个女孩可能会不高兴这次转移。”

“你觉得呢？”艾莉忍不住看着乔治。她知道自己的眼睛里有什么——那是绝望的恳求：别这么做。但她没有说出来。

“她是我的女儿。”他平静地说道。

她无言以对。艾莉知道，如果她是他的话，世界上没有任何力量可以让她从她的孩子身边离开。

她点点头。

他们三个向房子走去。艾莉敲了敲前门。

这是她在拖延那即将到来的必然。

然后，她打开了门。

茱莉亚坐在沙发上，把爱丽丝抱在怀里。《爱丽丝梦游仙境》打开着，放在爱丽丝的腿上。在沙发旁边，放着一个小小的红色手提箱。

茱莉亚抬头看着他们。她美丽的脸庞上闪着泪痕，眼睛肿得像桃子一样，布满了血丝。她没有动。艾莉敢肯定，她根本动不了。听到敲门声的时候，茱莉亚的腿都不是她自己的了。麦克斯站在她身后，他的手搭在她的肩膀上。

“阿泽尔先生，”茱莉亚用颤抖的声音说道，“我看到你带来了科雷尔医生。”她向医生点点头，然后站了起来，“久闻大名了，医生。”

“您也一样。”科雷尔医生说道。他的声音里没有讽刺的意味，“我看过了录像。你对她做的治疗非常了不起，你应该把此发表到医学刊物上。”

茱莉亚低头看着爱丽丝，现在爱丽丝看起来很害怕。

“书莉?”爱丽丝说道，她的声音是从恐惧里迸出来的。

“现在，你该走了。”茱莉亚说得那么小声，他们都走近了点才听清。

爱丽丝摇着头，“不走，爱丽丝留下。”

“我希望你能留下，亲爱的，但是你的爸爸也想爱你。”她抚摩着爱丽丝的小脸，“你记得你的妈妈吗？她也会这么希望的。”

“书莉妈妈。”爱丽丝的声音中无疑充满了恐惧。她努力将茱莉亚抱得更紧。

茱莉亚努力去掰开女孩细长的手臂，“我希望我是……但我不是。没有书莉妈妈，你必须跟你爸爸回去。”

爱丽丝疯狂起来，踢打着，尖叫着，咆哮着，号叫着。她抓伤了茱莉亚和她自己的脸。

“哦，亲爱的，不要。”茱莉亚说道，努力安抚着这孩子，但她哭得太厉害了，根本听不见。

科雷尔医生趁机走过来，给爱丽丝打了一针。

这孩子对此号叫得更厉害了，一声巨大、绝望的哀号，叫出了她生命中见过的所有黑暗。

艾莉感到眼泪刺痛了她的双眼，模糊了一切。

茱莉亚抱着爱丽丝，当镇静剂开始生效后，她慢慢安静了下来。

“对不起。”茱莉亚对她说道。

爱丽丝沉重地眨着眼睛，她用手臂环绕着茱莉亚，盯着她，“爱。书莉。”

“我也爱爱丽丝。”

听到这句话，爱丽丝开始哭。她哭得没有声音，没有发抖，没有孩子般的歇斯底里；变成水分从她圆嘟嘟的粉红脸颊上流下来的，只是她灵魂深处的释放。她抹了一把自己的眼泪，皱了皱眉。接着，她抬头看着茱莉亚，喃喃地说道：“真伤心。”然后，她睡着了。

茱莉亚也低声说了些什么，他们谁都没有听见。看起来，她已经被默默说出的那几个字，以及爱丽丝的眼泪，彻底摧毁了。

他们都在那里站了一会儿，彼此互相盯着。这时科雷尔医生说道：“我们得赶快了。”

茱莉亚僵硬地点了点头，抱着爱丽丝走了出去，向法拉利走去。她看了下乘客位的座椅，然后转向乔治，“她的儿童安全座椅呢?”

“她已经不是个婴儿了。”他说。

“我去拿。”艾莉说着，向卡车走去。不知怎的，她刚刚注意到的这个细节触动了她；在把儿童安全座椅——那是爱丽丝的座位——从她的车上解开取下来的时候，她哭了。当她把座椅装进法拉利的时候，她努力不让乔治看见她的脸。

茱莉亚慢慢地弯下腰，把熟睡着的孩子放进了车里。她在爱丽丝的小耳朵旁耳语着，他们都没听见她说的是什么。然后，她吻了爱丽丝的脸蛋，退后，轻轻关上了车门。

茱莉亚和乔治面对面地站着。她递给他一个厚厚的牛皮纸信封，“这里面是你需要知道的一切，她午睡的时间、晚上睡觉的时间，对哪些东西过敏。现在她喜欢吃果冻了，但只喜欢里面有菠萝的；还有香草布丁。她喜欢玩意大利面，搞得乱七八糟的，我不让她吃那玩意儿。看到大耳朵兔子的图片会让她很开心，挠她的脚板心也会让她咯咯直笑。她最喜欢的书……”

“好了。”乔治的声音很刺耳，充满了沙哑的感觉。他用颤抖的手接过了信封，“谢谢你，为这一切。谢谢!”

“如果你有问题，就给我打电话。我随时都可以过来……”

“我保证。”

“我想一头撞在你的车前面。”

“我知道。”

“如果你……”她已经语不成声了。她擦了擦眼睛，说道：“照顾好我的……我们的……女孩。”

“我会的。”

头顶，一阵寒冷的微风吹过，树叶沙沙作响。从远处传来一声乌鸦呱呱的叫声，然后又一声。艾莉差点以为自己听见了一声狼嚎。

“好了，”乔治说道，“我们得走了。”

茱莉亚向后退去。

艾莉走到她妹妹身边，伸出一只胳膊抱着她。茱莉亚突然觉得自己太虚弱、太单薄了，就像一个住了很久的院、刚刚才下床的人。麦克斯也过来了，他和艾莉一左一右地抱着她。没有他们的在场支持的话，艾莉想，她的妹妹可能会崩溃。

乔治上车开走了，科雷尔紧随其后。

一时之间，他们的引擎轰鸣，轮胎碾得碎石路咯咯作响。然后，他们的声音消失得无影无踪，

剩下的，只有风吹过的声音。

“她哭了。”茱莉亚喃喃地说道，浑身发抖，“所有我给她的爱……最后，只是教会了她怎么去哭。”

麦克斯把茱莉亚拉进怀里，紧紧地抱着她。他们没有更多可说的了。

爱丽丝，已经走了。

她在一辆车上。

但这不是她以前见过的那种车。这个很矮，几乎贴着地面，而且它像一条蛇似的到处冲着。音乐的声音那么大，吵疼了她的耳朵。

她慢慢地睁开了眼睛。她的感觉怪怪的，摇摇晃晃的，有点恶心和疲惫。如果她不小心点的话，她的嘴会把胃里的一切都吐出来。她舔了舔干燥的嘴唇，四周看着，寻找着书莉或莱莉。

她们不在这里。

她感到内心深处的恐慌在开始积聚。唯一让她没有尖叫出来的原因，是她实在是太疲倦了——她似乎也无法发出多大的声音来（他肯定能听见她的心跳声，跳得那么大声，他肯定会对她大吼大叫的。她用手把自己的心口覆盖起来，好让传出来的心跳声小些）。

“书莉？”她对那个人说道。

“她在雨谷镇，我们已经离开很远了。但现在你会跟我在一起了，布列塔尼，一切都会好起来的。”

她不完全懂得他说的那些词语的意思，但“离开”她是知道的。她的眼睛开始流水了。这样的哭泣，真痛。她抹去了眼泪，有点惊奇，眼泪是透明的。感觉起来，它们应该跟她的血一样，是红的。因为那感觉就像是又被锋利的刀刺穿，开始流血了。她记得流血是什么样。“书莉妈妈走了。爱丽丝是个坏女孩。”

那个人看着她，他皱着眉头。她知道，现在他会打她了；但她不在乎。书莉再也无法改变这一切了。

一想到这个，她的眼睛流水流得更多了。她开始轻轻地低号，虽然她知道没有人会去听她的。她已经离属于她的地方太远了。她的号叫变得更为大声，更加绝望。

“布列塔尼?”

她什么也没说。保护她自己的唯一方法就是沉默。再也没有人关心她了，所以，她需要变得又小又安静。

她闭上眼睛，等着自己再次入睡。最好是能梦见书莉，假装见到了书莉。在她的梦里，她是个好女孩，有一个书莉妈妈在爱着她。

过了些时候——茱莉亚不知道是什么时候，她对时间已经没有感觉了——她让麦克斯下楼，也让艾莉回去上班了。他们两个成天都在努力安慰她，然而起不到任何作用，只会让她觉得窒息。坦白说，她用尽了浑身的每一点力气，才能让自己保持镇定，而不是尖叫着，直到把嗓子都叫哑。她不能让自己面对她爱的人，和爱她的人。这样只会让她想起爱丽丝。

她从卧室的窗户向外盯着，看着空空落落的院子。

鸟儿们——春天到来时，那些鸟儿们会来看爱丽丝的……

在她后面，两条狗相互轻轻地哼哼着，它们已经找了它们的女孩将近一个小时了。现在它们安静下来了，躺在爱丽丝的床边，等着她回来。不时地，它们会发出一声号叫。

茱莉亚看了一眼手表，想着他们已经走了多长时间。才几个小时，但感觉起来已经过了一生。

现在是五点半，他们应该快进城了。爱丽丝所爱的森林的苍翠，已经变成了混凝土的灰白。她对那里会感到陌生，就像是到了别的星球似的。没有茱莉亚，这个小女孩会退化，再次回到她那充满了害怕而不出声的状况里。她会非常恐惧，无法安抚。

“求求你，上帝，”她大声说道，这么多年来她第一次祈祷，“好好照顾我的女孩，别让她伤害她自己。”

她从窗口转过身，看见了那些盆栽。爱丽丝到来之前，这些盆栽植物是分散着的，放在整座房子里不同的地方。现在，它们形成了一片森林，爱丽丝的藏身之处。

她知道她应该就待在那里，跟那些盆栽保持距离，但她做不到。她走到那些植物旁，抚摩着它们绿油油的叶子。“你们也会想念她的。”她嘶哑地说道，根本不在乎她是在跟一些植物说话。如果她现在变得有点疯，也没关系。她现在不是盖茨医生，她只是一个平凡的女人，刚失去了一个不寻常的女孩的女人。

终于，接近六点了。现在他们可能在浮桥上，正在越过华盛顿湖，接近瑟岛了；爱丽丝会看见远处积着雪的大山，想起她以前生活的地方。那里空气的味道也不一样，到处都是烟雾、汽车，以及单调乏味的蓝色海湾。

最终，她离开了房间。楼下很安静，除了麦克斯煮饭发出叮叮当当的声音。

她走到餐桌前，上面摆着两套餐具。她假装没看见那个空着的位置，本来是摆第三套餐具的地方。“你在煮什么？”她问麦克斯，他正在厨房切菜。

听到她的声音，他抬起头来，

他们的目光交会了。“炒菜。”他放下刀，向她走来。

“电话一直在响。”

“是艾莉，”他说道，“她想确定你没事。”

他伸出一只胳膊抱着她，把她带到窗口，一起看着黑暗的后院。夜晚最初的几颗星星，在天空中眨着眼睛。

她靠在他身上，他温暖的身体让她觉得舒服，也让她感到了自己是多么冷。他没有问她感觉如何，或是告诉她一切都会好的。他只是把手放在她的脖子后面，支撑着她。没有他，她可能已经渐渐远离，飘浮在虚无缥缈的海洋上了。但就这么一个简单的手势，他提醒了她，她还没有失去一切，她不是一个人。

“我想知道她现在怎么样。”

“别去想，”他温柔地说道，“你能做的，只有等。”

“等什么？”

“等着有一天，当你想起她的号叫，或是吃着花、想跟蜘蛛一起玩的样子的时候，你会笑，而不是哭。”

茱莉亚希望自己能听进去。作为一个心理医生，她知道他是对的；但她内心深处那份作为爱丽丝的母亲的深情，让她无法相信这句话。

在他们后面，门铃响了。

老实说，茱莉亚很感激有这么个让她分心的事发生。“你把艾莉锁住外面了？”她问道，擦着眼睛，努力微笑，“我不是让她去上班的，我在想，跟卡尔待在一起对她会好些。”

“会好些吗？”麦克斯问道，“和爱你的人待在一起？”

“比什么都好。”

他点点头。

茱莉亚松开他的手，走向门边，打开门。

爱丽丝站着那儿，看起来小得不可思议，而且很害怕。她的两只手绞在一起，这是她困惑的时候的样子；她的两只鞋穿错了脚。她发出一声哽咽的、困惑的号叫，脸颊上分布着渗着血的抓痕。

乔治站在爱丽丝后面。他英俊的脸变得苍白，而且布满了她以前没见过的忧虑的皱纹，“她觉得你让她离开了，是因为她是个坏女孩。”

这句话对茱莉亚的冲击，就像直接在她的心脏上来了一记重拳。她蹲了下来，看着爱丽丝的眼睛，“哦，亲爱的，你是个好女孩，最好的。”

爱丽丝以她自己那种绝望而安静的方式哭了起来，她整个身子都在颤抖，但她没有发出一点声音。

“说话，爱丽丝。”

女孩摇摇头，发出尖锐的呼啸，绝望的哀号。

茱莉亚抚摩着她，“说话，宝贝，求你了。”

那分离的痛苦再次扭曲了茱莉亚全身，撕碎了她的心。她无法再次承受，她们两个都不能。她知道爱丽丝想扑到茱莉亚怀里，她想要一个拥抱，可是她已经吓得不敢动了。这个小女孩能想到的所有都是，她很坏，所以茱莉亚会抛弃她，就像她的妈妈曾经做过的那样。所以，她又不敢说话了。

乔治走上吱吱作响的门廊台阶。

爱丽丝从他身边闪开，身子紧紧贴着房子的墙面。她的脚踢到了地上的金属狗碗，当当的声音划过寒冷的夜空，消失在空气里，又剩下一片安静。

乔治看着爱丽丝，然后看着茱莉亚，“我打算在奥林匹亚带她去吃晚饭，她就……疯狂起来，咆哮着，号叫着，抓破了自己的脸。科雷尔医生什么也做不了，他无法让她平静下来。”

“这不是你的错。”茱莉亚轻轻说道。

“在监狱里的这些年……我梦见她还活着……”

茱莉亚很同情他，她慢慢地站了起来，“我知道。”

“我想再找到她……我以为她会跑到我的怀里，吻我，告诉我她是多么想念我。我从没想过……从来没有想到她会不认识我。”

“她需要些时间才能想起来……”

“不。她再也不是我的那个小女孩了。我猜你是对的，你说过她从来就不是。当她还是个婴儿的时候，我总是不在家……现在，她是爱丽丝了。”

茱莉亚无法呼吸了。她的心里泛起一丝希望，犹如黑暗中的一个小火苗。

她听见麦克斯来到他身边，他抚着她的肩膀，支撑着她。她把她的手放在他手上，然后对乔治说道：“你的意思是？”

乔治低头盯着他的女儿。突然之间，他显得苍老，他需要做出艰难的选择，去面对更艰难的生活。“我不是她需要的那个人。”他的声音非常小，茱莉亚几乎没有听见，“我完全无法照顾好她。爱她……和养育她，是两码事。她属于这里，和你在一起。”

茱莉亚伸手抓住麦克斯的手，紧紧握着，但她看着乔治，“你确定吗？”

“以后……告诉她……我在用我所知道的唯一方式在爱着她……那就是放手。告诉她我会等着她，她只需要给我打个电话。”

“你永远都是她的爸爸，乔治。”

他退后了，走下一级台阶，又一级。“他们会说是我抛弃了她。”他轻轻地说。

茱莉亚看着他，希望她能跟他说“不会的”，但他们两个都知道，媒体的确会那样。媒体会为此苛刻地评判他。

“你的女儿会知道真相的，乔治，我向你发誓，她永远都会知道你爱她的。”

“我甚至都不能吻她，跟她说再见。”

“总有一天你可以吻她的，乔治，我向你保证。”

“把她看紧点，”他说，“我犯过那样的错误。”

茱莉亚的情绪很激动，喉咙哽咽，她所能做的只有点头。如果这是一部迪士尼的电影而不是真实的生活，爱丽丝这时就会给她的爸爸一个拥抱，然后说再见。相反，她却蜷缩在房子旁，努力消失在大家的视野里。她的脸上都是抓痕，交叉着血和泪的条纹。

乔治转身走开了。在车道上，他最后挥了一次手，然后上车开走了。

茱莉亚跪在爱丽丝面前。

爱丽丝站在那里，双臂直直地放在身体两侧，双手握成拳头。她的嘴唇在颤抖，眼泪唰唰地流，显示着她的恐惧。

茱莉亚又开始流泪了。她根本止不住自己的眼泪，即使她现在在笑了也不能。她的情绪几乎强烈到无法抑制，整个身体都在颤抖。

爱丽丝看起来被吓坏了。她看着乔治开走了，然后转向茱莉亚，“爱丽丝回家？”

茱莉亚点点头，“爱丽丝回家了。”

爱丽丝低声说道："书莉妈妈！"然后扑进了茱莉亚张开的怀抱。

她们向后摔倒在硬木地板上，仍然没有分开。茱莉亚紧紧抱着爱丽丝，吻着她的脸颊、她的脖子、她的头发。

爱丽丝把她的脸埋在茱莉亚的脖子里。她轻轻地低语着，喃喃地说道："爱书莉妈妈。爱丽丝留下了。"

"对。"茱莉亚说道，又笑又哭，"爱丽丝留下了。"

尾声 | ending

魔法时刻

尾声 ending

一如既往，九月是一年里最好的月份。漫长、炎热的白天融入了寒冷而清爽的夜晚。全镇的草坪就像天鹅绒一样厚，绿得不可思议。在高大的常青树间四散分布着的枫树和赤杨树，已经穿上了它们红色和金色的秋装。这一年的天鹅已经离开了灵湖，然而到处都还有乌鸦，蹲在每条街的电话线上，呱呱地向路人们叫着。

茱莉亚走到奥林匹克大街和观雨街的交界处，停了下来。

爱丽丝立即紧紧地跟了上来，把手塞进了茱莉亚的口袋里。这是数周以来她第一次这样做。“现在，爱丽丝，”茱莉亚低头望着她说道，“我们已经谈过这件事了，没什么好害怕的。”

爱丽丝抬头对她眨眨眼。虽然在过去的九个月里，她长了不少肉，也长高了至少一英寸，她的那张脸仍然是个小小的心形，有时候让人觉得都无法容纳她那双会说话的、大大的眼睛。今天，她穿着粉红色灯芯绒裙子、棉紧身衣和一件白色的毛衣，看上去和其他任何第一天上学的女孩没什么不同。只有观察仔细的人才会发现，作为五岁半的小孩子，她的牙齿缺得太多了点；时不时地，她会叫住她的书莉妈妈，向她表示：“爱丽丝不怕。”

茱莉亚带爱丽丝走到附近的一张公园长椅上，坐在一棵保护伞般的大枫树下。头顶上的树叶跟熟透了的橘子一个颜色，不时，会有一片飘飘摇摇落到地面。茱莉亚先坐了下来，然后把爱丽丝抱到她的膝盖上，温柔地说：“我觉得你在害怕。”

爱丽丝把一根大拇指放进嘴里镇定了一下，然后慢慢拿了出来。她在非常努力地勇敢起来。她粉红色的书包放在旁边的地上，那是乔治最近给她的礼物。“他们会叫爱丽丝狼女孩。”她小声说道。

茱莉亚抚摩着她那圆嘟嘟的、天鹅绒般柔软的小脸蛋。她想说不会的，他们不会的。但她和爱丽丝的交流，还没有达到可以讲这些善意的谎言的程度。“他们可能会。主要原因是，他们都希望他们能认识一只狼。”她另外想了个说辞。

“或许，可以明年再上学吧?”

“你现在就该上了。”茱莉亚缓缓把爱丽丝从腿上放下来，“好吗?”她们站在一起，手牵着手。

一辆车在她们旁边的街道上停下来。四道门一起开了，一群女孩咯咯笑着下了车。最大的那个跑在前面。

艾莉穿着制服，带着深深的疲倦和令人惊艳的美丽，牵着莎拉的手走向茱莉亚。

“你当然是很准时的，”艾莉说道，“你只有一个孩子需要准备；把这三个弄在一起，好像是要集中一群蚂蚁。别说卡尔了，他忙得让他无暇顾及了。”但她在抱怨着这些的时候，她是笑着的，“或许是我的原因，我总是叫他听着就好。”

莎拉穿着蓝色牛仔裤和粉红色的 T 恤，背着《妈妈教我这样做》图案的书包，看着爱丽丝，“你准备好上学了吗?”

“害怕。”爱丽丝说。她抬头看着茱莉亚，又加了一句：“我害怕。”

“我第一天去幼儿园的时候，也很害怕。但很有意思，”莎拉说，“我们吃了蛋糕。”

“真的?”

“你想和我一起走吗?”莎拉问道。

爱丽丝抬头看向茱莉亚，茱莉亚对她鼓励地点点头，“好吧。”

爱丽丝用口型对茱莉亚说道：离我近点。茱莉亚微笑着点点头。

两个女孩到了一起，开始向学校走去。

艾莉步伐一致地走在茱莉亚身旁，“谁能想得到，是吧? 你和我在一起走着，送女儿们上学。”

“这是一个新的家庭传统的开始。那么，你的新浴室怎么样了?”

“卡尔订了一个按摩浴缸。”艾莉咧嘴笑了，“足够装下两个人了。他准备明年春天开始添加些房间。三个女儿住在我们以前的卧室里，真是个噩梦，她们无时无刻不在吵架。”

“你见过你的新邻居了吗?”

“见过了，来自加州的一对夫妇。他们的两个儿子，已经像得了相思病的小狗一样跟着我们的女儿们转了。我觉得很好玩。卡尔并不觉得那么好笑。但是，我想他很高兴莉莎让他把房子卖了，那里面有太多不美好的记忆。”

“反正，他一直是属于我们家的。”

“是啊。”艾莉说道，听起来就像个在恋爱中被迷得神魂颠倒的女人。经过了两次折磨人的婚姻、被磨去了棱角之后，她终于在拉斯维加斯的一个小教堂里获得了幸福。

她们穿过街道，爬上了到雨谷小学去的阶梯。她们周围都是牵着她们小孩的手的女人们。茱莉亚注意到她旁边的女人，有着一头漂亮的红头发和一双明亮的、饱含热泪的眼睛。当她见到茱莉亚在看着她，女人笑了笑。“这是我第一次，”她说，“送鲍比到学校。我希望我的眼泪不会让他觉得尴尬。”

“我知道你的意思。”茱莉亚说道。让爱丽丝到外面的世界里去，很难，但她必须这样做。

当她们在门廊上走着的时候，一声铃响了。孩子们和父母们分开，消失到教室里。

爱丽丝紧张地看着茱莉亚，“妈妈?”

“我会整天坐在门口，等着你。如果你紧张了，你向窗外看看就行，好吗?”

“好。”但她听起来并不好。

“你想让我送你进去吗?”

爱丽丝看着在催她快点的莎拉，然后看向茱莉亚。“不用了。”她用唇语说道：我是个大女孩了。

“来吧，爱丽丝。”莎拉说道，“我带你去施密特女士的房间。”

爱丽丝跟着莎拉，沿着最后一点走廊走向114房间。她担忧地看了茱莉亚最后一眼，然后推开门，走了进去。门在她身后关上了。

茱莉亚叹息着舒了一口气。在同一时间里，她既想笑又想哭。

“你的孩子不想走，而我的却巴不得赶紧走。”

“你的孩子们没有爱丽丝那样的经历。或许现在就上学，对她来说还是太早了点……”

艾莉伸出一只胳膊抱着茱莉亚，把她拉到身边，“她很快就会好的。”

她们手挽着手走出了学校，下了楼梯，穿过街道来到公园里。她们在那冰冷的木长椅上坐了下来，盯着这个改变了她们的生活的小镇。这棵第一个欢迎爱丽丝的枫树，树叶已经变成了一片亮黄。

“现在她在上学，你打算去干什么?”艾莉一边向后靠去一边问道，“明年，她还会全天上学。”

最近，这个问题也经常出现在茱莉亚的脑海中。她不禁问自己，你是谁，你想要什么？问题的答案让她感到惊奇。在她一多半的生命中，她都在被自己的事业驱使着。事业对她来说意味着一切。是的，有一阵子她失去了事业。也许她曾有些过失——她不知道，也永远不会知道她是否应该做到不让安柏走上那条路——但这个过失不是关键原因，那是她从中得到的教训。生命是极其脆弱的。如果你很幸运拥有了一个充满了爱的家庭，你也必须回报他们无尽的关怀。她再也不会害怕爱了。她转向她的姐姐说道：“麦克斯向我求婚了。”

艾莉发出一声尖叫，把茱莉亚拉进怀里，紧紧抱着。

“我想，我也要在这里开一个工作室，做一个兼职的工作。这里也有需要我的孩子。”

艾莉退后道：“妈妈和爸爸会因为你而非常骄傲，茱莉。”

她的话让茱莉亚微笑了起来。“是呀。”她把眼睛闭上了一小会儿，呼吸了一下，然后，她想起了一切——不到一年前，她还是个害怕自己的思想、害怕那些蕴含在强烈情感里的危险的女人……那个走进了她心里的叫作爱丽丝的小女孩……还有那个敢于超越自己的黑暗、走向这片古老的森林深处发现光亮的男人。她知道，多年以后，雨谷镇的人们会谈起这个特殊的时刻，一个与众不同的孩子走出丛林，融入了他们的生活，改变了他们所有人；还有这事是如何在十月中旬开始发生的，那时候的树叶都已变得橘黄，树木们在清冷的、带着雨的味道的微风中摇曳，太阳带着一抹鲜艳的金黄照亮了一切。

魔法时刻。

在她的余生中，她都会记得这个时刻。那是她终于回到了家的时刻。

致　谢

在本书的写作过程中，数位人士的帮助起到了至关重要的作用，谨向他们表达诚挚的谢意：

琳赛·布鲁克斯，国际儿童救助中心项目管理部调查经理；

露娜斯·伯内特，华盛顿州纽波特市警官；

凯妮·莱文，刑事辩护律师，我的挚友；

还有基姆·菲斯克和梅根·强斯。他们为我带来的帮助，远远超出他们的想象。